烽火戏诸侯 著

XUEZHONG
HANDAOXING

8剑仙尽低眉

江苏文艺出版社
JIANGSU LITERATURE AND ART
PUBLISHING HOUSE

图书在版编目（CIP）数据

雪中悍刀行. 8，剑仙尽低眉 / 烽火戏诸侯著. —
南京：江苏文艺出版社，2014
ISBN 978-7-5399-7429-3

Ⅰ.①雪… Ⅱ.①烽… Ⅲ.①长篇小说－中国－当代
Ⅳ.①I247.5

中国版本图书馆CIP数据核字（2014）第099053号

书　　　　名	**雪中悍刀行8剑仙尽低眉**
作　　　　者	烽火戏诸侯
出 版 统 筹	黄小初　侯　开
选 题 策 划	李文峰　风染白　梁　朕
责 任 编 辑	姚　丽
文 字 编 辑	风染白
责 任 监 制	刘　巍　江伟明
出 版 发 行	凤凰出版传媒股份有限公司
	江苏文艺出版社
出版社地址	南京市中央路165号，邮编：210009
出版社网址	http://www.jswenyi.com
经　　　销	凤凰出版传媒股份有限公司
印　　　刷	北京润田金辉印刷有限公司
开　　　本	700×980毫米　1/16
字　　　数	251千字
印　　　张	17.5
版　　　次	2014年6月第1版，2019年4月第6次印刷
标 准 书 号	ISBN 978-7-5399-7429-3
定　　　价	29.80元

影视版权抢订热线　13911704013
江苏文艺版图书凡印刷、装订错误可随时向承印厂调换

第一章

徐凤年起程离京，幽燕庄骤生波澜

安静收好棋子，放起棋盘，徐凤年正襟危坐，『真要有那么一天，我就在力保北莽铁骑不得入北凉的前提下，带去所有可以调用的北凉铁骑，直奔西楚，让全天下人知道，我欺负得姜泥，你们欺负不得。我徐凤年说到做到！』

冷冷清清的下马嵬总算有了些人气。

李玉斧已是火速离京，远离是非之地。而没了神荼的剑痴王小屏则留在了驿馆，估计日后少不了为虎作伥的骂声无数。王小屏进了一间侧屋，闭门谢客。然后小和尚笨南北就火急火燎跑来下马嵬，见着了世子殿下的惨淡景象后就直挠光头。徐凤年也不多嘴他在皇宫里的凶险"吵架"，跟他约好一起出京，然后去一趟两禅寺，不承想小和尚摇头说道："师父让我跟殿下一起去北凉，让我代他传授顿悟之法。"

徐凤年讶异问道："你要是没赴京面圣还好，可你才出京城就跟我去北凉，这不就等于挑明你们两禅寺跟朝廷彻底闹翻了？不怕两禅寺被朝廷一怒之下封了正门？"

李子姑娘不乐意搭理这些事情，一门心思在院子里堆雪人，后院的积雪被用光以后，先前还让徐凤年去外院甚至街上铲雪，用箩筐装回院子，当下已经被她堆出大大小小三十个雪人，那叫一个气势恢宏。

南北小和尚咧嘴笑了笑，"师父说封寺不打紧，反正寺里和尚都饿不死，没了理所当然的饱暖，苦时说法才心诚。"

徐凤年无奈道："你师父倒是心宽。"

笨南北一脸惆怅担忧，"师父的顿悟，我就怕说不好。"

徐凤年百无聊赖地躺在藤椅上，轻描淡写地说道："南北，要不你和李子还是别去北凉了。或者哪一天我想你们了，再邀请你们去北凉做客。"

李子姑娘已经用光所有积雪，大功告成堆出最后一个雪人，拍着冻红的双手走来，听到这句话，愣了愣，先是气势汹汹想要反驳，继而想起一事，吓得脸色苍白，犹豫不决。

显然她后知后觉想起了那个笨南北成佛而去的噩梦。

徐凤年平静道："我信命，宁可信其有不可信其无，但信不意味着就一定要认命，我不管你师父李子的爹到底怎么个想法，你要是敢去北凉，我就能把你五花大绑丢到南海，东海也行。立地成佛的顿悟佛法，天大地大，北凉的确是最容易传播的地方，但你也说过苦时说法心更诚，那么就去北凉以外的地方吃苦去。北凉，暂时不对你们开这个门。"

除了说经说法一事，其余事情都很笨的南北小和尚顿时陷入两难境地。

徐凤年不给他们多想的机会，继续毫不留情说道："你们这就马上离开京城，免得被我牵累。"

李子姑娘红着眼睛，咬着嘴唇。

徐凤年板起脸道："听不懂逐客令？"

李子姑娘打着哭腔道："我才一段时间没见你，你就白了头，万一下次你说死就死了——我就只有你和温华两个朋友，温华又找不到——你让我怎么办？"

徐凤年欲言又止。

笨南北双手合十，走到东西身边。徐凤年闭上眼睛轻声道："你们可以先途经西蜀入南诏，可以一路走到南海边上。路是难走，但相对安稳。"

李子姑娘到底是初长成，由女孩变成女子了，这一次没有撒娇，也没有纠缠，转头抹了抹眼泪，抽了抽鼻子，小声道："那我走了啊。"

徐凤年始终闭目凝神，铁石心肠。

她好不容易挪步到了后院门口，转头说道："我真走了啊。"

徐凤年无动于衷。

轩辕青锋悄然白眼。

半晌以后，轩辕青锋有些哭笑不得——一颗小脑袋探出门口，泪眼婆娑，然后又有一颗光头也跟着鬼鬼祟祟探出来。

徐凤年猛然站起身，两颗脑袋嗖一下都躲了回去。

徐凤年跨过门槛，见到她背对自己，走过去拧了拧她的耳朵，扳过她的身子，低头柔声笑道："以前都是我送你礼物，这次你和南北去南海，记得顺手帮我挑几样礼物，以后见了面，我会跟你讨要的。我俗气，礼物怎么贼贵贼贵的怎么来。"

李子姑娘低头哦了一声。

徐凤年转头对南北和尚笑道："那我就把这个妹妹交给你了，照顾好。记得一万斤胭脂水粉，也比不得一个活人。"

南北和尚点了点头。

送行到下马嵬驿馆门口，徐凤年仅是挥了挥手就转身。

留下一个哭得稀里哗啦的少女，和一个手足无措的年轻和尚。

回到院子，徐凤年蹲在一个及膝高的小雪人面前，怔怔出神。

他的二姐徐渭熊从小便鬼怪精灵，少女时曾经在武当山真武大帝雕像背

后刻有"发配三千里"五字，当时武当山上道士只当作稚童行事无忌讳，如今想来，联系当年初次游历最远三千里之外，可算一语成谶。

轩辕青锋问道："你是真武大帝投胎？"

徐凤年淡然道："我身边的人，就没一个有好报的。我娘没了陆地剑仙境界，我大姐命途多舛，我二姐差点死于梅子酒，我师父李义山病死，我弟弟也指不定什么时候就为我入指玄。你不怕？"

轩辕青锋如疯子一般泛起由衷笑意，捧腹大笑，"怎一个惨字了得！我都要开心死了！"

徐凤年重重吐出一口气，没有在意疯婆娘的幸灾乐祸，站起身，"回家。"

天下符剑第一的神荼归还真武大帝，赵丹坪脸色阴晴不定，默默心算天机，却连苗头都算不到。白莲先生倒抽了一口冷气，用疑问语气念叨了一声"剑痴王小屏"。孙堂禄和几位起居郎都下意识低头，望向脚尖，不敢多看一眼这种尚且不知是噩兆还是祥瑞的景象。面容酷肖龙虎山一位老祖宗天师的赵凝神痴呆站立，念念有词，不断摇头。龙虎山力压武当一头后，占据运势，龙池中紫金莲花开朵朵，摇曳生姿。龙虎山真人更是英才辈出，而且又有赵姓与外姓相得益彰的传统，齐玄帧斩魔之后，便有手捧拂尘做剑的齐仙侠享誉江湖，被誉为有望成为当代剑道魁首之一，名字取得极妙，齐仙侠果真有侠骨，更有仙气。加上四位赵姓大天师健在，赵丹坪在京城鼓吹造势，又有晚辈赵凝神横空出世，更何况有白莲先生一旁辅佐，龙虎山怎么看都是气运堪称颇为鼎盛的时期。可面子十足，内里却让天师府堪忧。龙池植有所剩不多的莲花，仍是有继续枯萎的惨淡迹象，这让天师府黄紫贵人百思不得其解。

皇帝陛下平静地对赵丹坪道："赵天师，去趟钦天监。"

赵丹坪领命急行而去。

赵篆即便当上了储君，貌似还是当雅皇子时候的闲淡心态。皇帝转头笑道："篆儿，你领着白莲先生与凝神四处走走，若有何地何处不妥，回头给朕写一份折子。记住了，别找人代笔。"

赵篆苦着脸点头。他这个太子和两名道士在皇宫大内闲庭信步，走得漫无目的。赵篆突然笑问道："白莲先生，你说万一徐家嫡长子才是真武大帝转世，那岂不是很棘手？"

白煜轻声笑道："天上做仙，落地为人。真是如此，也无妨。八百年前大秦皇帝以真武大帝投胎转世自居，也一样不曾统一北莽，只能跟凡夫俗子一般抱憾辞世。"

赵篆问了个极为尖锐的问题："先生，世人都羡仙人得长生，历朝历代都有皇帝苦求方士，或炼丹或访仙，可没有一个长生不老的，活过一百岁的皇帝都没有，那你们龙虎山既然是道教祖庭所在，有没有过真正证道长生的前辈天师？道教典籍上的飞升一说，孤是不太信的，白莲先生你信不信？"

按照离阳宗藩法例，太子可自称"孤"。

白莲先生哈哈大笑，爽朗说道："白煜年幼便被师父带去了龙虎山，也曾问过他老人家世上是否有仙人。我只将师父言语转述一遍。他说道士修仙问大道，就像那采药人登山采药，有些人很懒，但命里有时终须有，入山一次就采得名贵药材，满载而归，这类人，武当有洪洗象，白煜所在的龙虎山也有一位。但绝大多数人都是天道酬勤，时有时无，但终归是有所收获，像天师府四位大天师，就是如此，成为了山外世人眼中的活神仙，距离道教真人的说法，也只差一线。更多人则无功而返，可经常登山，不说采药，能够眺望山景，就可视野开阔，心旷神怡。多走走不常走的艰辛山路，也能锻炼体魄，延年益寿。先代前朝确实有许多蹩脚方士以长生术取媚帝王，惑乱朝廷，这在白煜看来有百害而无一益，后世人自当警醒，但龙虎山的内丹法门，不以'长生'二字迷惑众生，则有百利而无一害，不论帝王卿相还是贩夫走卒，都可以学上一学，故而陛下当年首次召我入京，与太子殿下一样笑问我世上有无逍遥仙人，有无上乘长生术，我都回答没有。实则飞升之事，神仙之人，白煜既然是修道之人，自然信其有。而帝王本分，不在自得滔天福祉，而在谋求天下太平。长生术就是逆天而行。皇帝奉天承运，才自称天子，因此想要证道长生，就会尤为艰辛，更不为上天所喜。星斗运转，江河流走，庙堂帷幄，人生人死，皆在'仪轨'二字。我朝儒家排名犹在道教之前，便在于儒家内仁义外礼仪，确是一方治国良药。可天底下还是没有医治百病的药方。道教清静无为，是另外一方药，东传中原的佛教，其实也是。陛下灭佛，不是灭真佛，而是拔除那些伪经伪僧，何尝不是为了以后让太子殿下登基之时大赦佛门而为？良药苦口，陛下用心亦是良苦，太子殿下韬光养晦，深谙黄老精髓，却不可不细细体谅。"

太子赵篆当时听佛道之辩心不在焉，白煜此时娓娓道来，则聚精会神，一字不漏。他环视一周，见四下无人，轻声道："父皇视青词宰相赵丹坪为一介伶人，孤却不敢如此对待白莲先生！还望先生他日能够入朝为官，不求自得长生，只求万民尽得福泽。"

他日，自然是他赵篆登基之时。

白煜微微一笑，不置可否。

赵篆同样会心一笑。

赵凝神始终神游万里，对于太子和白莲先生的聊天置若罔闻。

赵篆领着两位天师府道人到了钦天监外便离去，白莲先生望着规格逾矩的钦天监高楼，轻轻问道："算出来了？"

赵凝神点头道："是徐凤年无误。"

白煜不惊不喜反而有些悲戚神色，喃喃自语："难怪龙虎山初代天师显灵龙池画天书，留有'马踏龙虎'的谶语。不过人世藩王，尚且要王不见王。离阳正值天地人三才齐聚，也难怪你徐凤年如此身世凄凉。身边在意之人，可曾有一人得圆满，得善终？"

白煜叹息一声，拍了拍身边年轻道士的肩膀，"孤隐赵黄巢做得篡命之事，在地肺山都能养出一条恶龙，我就不信你我做不到。"

京城五十里路程之外，有一座小镇，当初离阳王朝平定中原，收纳天下豪绅富贾匠人等三教九流入大瓮，扩城之前，大量人流都只得定居在城外，人去城空，久而久之，就转手被后来势力鸠占鹊巢。这座伏龙镇胜在离京不远，倒也繁华，依山傍水，一些好地段的府邸至今还被京城权贵占据，用作踏春避暑秋游赏雪之用。伏龙镇上一座闹中取静的客栈，来了个满头银丝的老人，出手谈不上阔绰，但气韵极为不俗，掌柜和伙计都望而生畏，平时一身灰衣的老人独坐进食饮酒，都没有谁敢上前搭讪。

然后又来了一对客人，跟灰衣老人坐在同一张桌子上。

女子貌如天仙，背有一把修长华美的紫檀剑匣，如同仕女图上走出的绝代佳人，可惜拥有生人勿近的凛冽气质。

好似仆役的中年儒生则双鬓霜白，坐在了灰衣老人对面。

灰衣老人平淡道："曹长卿，跨过天象门槛成为儒圣，来我这儿耀武扬威来了？还是要阻拦我杀徐凤年？"

已是儒圣的儒士淡然笑道："恰好要等徐凤年还一样东西，就顺路跟你叙旧而已。之后你们之间的恩怨，我不会插手。"

满头雪的韩貂寺瞥了一眼那位西楚亡国公主姜姒，收回视线，"我韩貂寺虽是个阉人，却也知道陛下不会亏待了天下百姓；你曹长卿虽说不是一己之私，却是以一国之私害天下。复国？你就算是陆地神仙，真复得了？"

曹长卿摇头道："不尽人事，不知天命。"

韩貂寺冷笑一声，起身后狰狞说道："你跟徐凤年说一声，五百里以外，一千里之内，我跟他之间必定分出一个死活。"

曹长卿没有言语。

韩貂寺丢下一袋银子在桌上，走出客栈。

曹长卿望向公主殿下，后者平静说道："他只能由我来杀。"

曹长卿有些头疼，"韩貂寺未必能杀徐凤年。"

已是御剑如仙人的年轻女子面容语气古井无波，"我说话算数。"

曹长卿哪怕是连顾剑棠南华方寸雷都可挡下的儒圣，对此也毫无办法。

六大藩王和几位新王出京之前，两辆马车便率先悄然离开太安城。

马夫分别是青鸟和少年死士戊。

刘文豹终于修成正果，挨了好几天天寒地冻的老儒士得以坐入车厢，对面就是那位剑痴王小屏。刘文豹想跟这个号称武当山上剑术第一人的江湖高人讨教一些养生功法，可见到王小屏那死气沉沉的模样，还是打消了念头，省得惹恼了这尊真人，被北凉世子误以为自己顺杆子往上爬。官场上胃口太大，不知足可是大忌。刘文豹穷困潦倒大半辈子，没吃过猪肉却也见过猪跑，守得云开见月明之后，非但没有志骄意满，只敢越发惜福惜缘。出了太安城城门，刘文豹掀开帘子，探出脑袋回望一眼，神情复杂。没能当上名正言顺的庙臣，说半点不遗憾那是自欺欺人，可一身纵横霸学能够在王朝西北门户的北凉施展开来，那点可有可无的遗憾也就算不得什么了。刘文豹放下帘子，老脸开花，笑容灿烂，狠狠揉了揉脸颊，几乎揉得火辣生疼才罢手，靠着车壁，自言自语道："北凉春暖花开之前，我刘文豹能不能有上自己的一辆马车？嘿，咱也就这点指望了，官帽子大小，入流不入流，都不去想，

是个官就成。”

前头马车内，徐凤年和轩辕青锋相对盘膝而坐，中间搁放了一只托童梓良临时购置而来的楸木棋盘，墩子崭新。当下一味崇古贬今，精于手谈的风流名士要是没有几张被棋坛国手用过的棋盘，哪里好意思拿出来待客，因此就算这张棋盘材貌双全，也并不名贵。轩辕青锋对于弈棋只是外行，好在徐凤年也胡乱落子，二人斗了个旗鼓相当，要不然以轩辕青锋的执拗好胜心，早就没心情陪徐凤年下棋。轩辕青锋棋力平平，可胜在聪明和执着，每一次落子都斤斤计较，反复盘算，此时遇上瓶颈，也不急于落子，双指之间拈了一枚圆润白子，望着棋盘问道：“徽山要是有一天过了朝廷的底线，被清算围剿，你会不会把我当作弃子？”

徐凤年斜靠着车壁，一只手摊放在冰凉棋盅上，“我说不会你也不信啊！”

轩辕青锋的思维羚羊挂角，说道：“你对那个李子姑娘是真好，我第一次看到你如此对待一个外人。”

徐凤年打趣道：“吃醋了？”

轩辕青锋抬头冷冷看了他一眼。

真是个刻薄到不讨任何人喜欢的娘们儿。

徐凤年安静等待她落子生根，缓缓说道：“你有没有很奇怪徐骁能够走到今天？他不过勉强二品的武力，春秋四大名将中就数他最寒碜，不光是陷阵战力，打败仗也数他次数最多。家世也不好，不说豪阀世族，甚至连小士族都称不上，也就是平平常常的庶族寒门。徐骁当年早早在两辽之地投军入伍，也是无奈之举。可就是这么个匹夫，把脑袋拴在裤腰带上带兵打来打去，就给他打出了成就。我师父以前说过，徐骁当一名杂号校尉的时候，手底下不到一千号人马，打仗最卖力，捞到的军功却最少——都给上头将领躺着看戏就轻松瓜分大半。那些年他就只做了一件事情——不断拼命，然后从别人牙缝里抠出一点战功。他的战马跟士卒一样，甲胄一样，兵器一样，从杂号校尉当上杂号将军，再到被朝廷承认的将领，一点一点滚雪球，终于在春秋战事里脱颖而出。而且起先参与到其中，也不走运，头三场恶仗，就差不多把家底赔了个精光，一起从两辽出来的老兄弟几乎死得一干二净。徐骁说他年轻那会儿不懂什么为官之事，就是肯塞狗洞，肯花银子，自己从来不留一颗铜板，一股脑都给了管粮管马管兵器的官老爷们。那次他是送光了金银都没办成事，在一个大雪天，站成一个雪人，才从一名将军手里借来一千精兵，结果给他赌赢了，啃下了一块所有人都不看好的硬骨头。我前些年问他要是万一站着求不来，会不会跪下，徐骁说不会，我问他为何，他也没说。徐骁年纪大了以后，就喜欢跟我唠叨陈芝麻烂谷子的往事，说他年轻时候如何风流倜傥，如何招女子喜欢，如何拉大弓射死猛虎。这些我是不太信的，不过他说习惯了拿雪块洗脸，能从草根树皮里吃出鱼肉的滋味，醒来睁眼总感觉能看到刀下亡魂，我是信的。以前我总用'好汉不提当年勇'这句话顶他，不知为何现在倒是真心想听一听他说那些陈年往事。"

轩辕青锋想到了如何落子，却始终手臂悬停。

徐凤年自嘲道："如今北凉都知道我曾经一个人去了北莽，做成了几件大事，其实在那边很多次我都怕得要死。遇上带着两名大魔头护驾的拓跋春隼，差点以为自己死了；遇上差不多全天下坐四望三的洛阳，也以为差点就要死在大秦皇帝陵墓里；在柔然山脉对阵提兵山第五貉，稍微好点。我以前很怀疑徐骁怎么就能当上北凉王，只有三次游历之后，才开始知道做人其实不过是低头走路，说不定哪一天就能抬头摸着天了。"

徐凤年伸了伸手，示意胸有成竹的徽山山主下棋，"这些话我不好意思跟别人说，你不一样，咱们说到底是一路货色，所以我知道你肯定会左耳进右耳出。"

轩辕青锋敲子以后，定睛一看棋局，就有些后悔。

徐凤年笑道："想悔棋就悔棋，徐骁那个臭棋篓子跟我下棋不悔十几二十手，那根本就不叫下棋。"

轩辕青锋果真拿起那颗白子，顺势还捡掉几颗黑子，原本胶着僵持的棋局立马一边倾倒。徐凤年哑然失笑，轩辕青锋问道："你笑什么？"

徐凤年大大方方笑道："我在想你以后做上了前无古人后无来者的女子武林盟主，肯定会有不少年轻俊逸的江湖俊彦对你倾心，愿意为你誓死不渝，然后我就想啊，我不是江湖中人，竟然都能够跟你同乘一辆马车下棋，而且你还极其没有棋品地悔棋，觉得很有意思。"

轩辕青锋冷笑道："无聊！"

徐凤年摇头道："此言差矣。"

轩辕青锋说翻脸就翻脸，没头没脑怒容问道："言语的言，还是容颜的颜？"

徐凤年开怀大笑道："你终于记起当年我是如何暗讽你了？"

那一场初见，徐凤年曾用"此颜差矣"四字来评点轩辕青锋的姿色。

轩辕青锋竖起双指，拈起一颗棋子，看架势是一言不合就要打赏给徐凤年一记指玄。

徐凤年神情随意道："不过说实话，当年你要是有如今一半的神韵气质，我保准不说那四个字。我第一次落魄游荡江湖，满脑子都是天上掉下来一个美若天仙的女侠，对我一见钟情，然后一起结伴行走江湖，觉得那真是一件太有面子的美事，气死那些年轻成名的江湖侠客。如今托你的福气，完成了我一桩心愿。"

轩辕青锋脸色古怪，"你这样的人怎么都能伪境指玄又天象。"

徐凤年落子一枚，扳回几分劣势，低头说道："提醒你别揭我伤疤啊。"

轩辕青锋落子之前，又提走几颗黑子，徐凤年抬头瞪眼道："轩辕青锋，你就不无聊了？！"

轩辕青锋一脸天经地义，让明知与她说道理等于废话的徐凤年憋屈得不行。

然后就是不断悔棋和落子。

出了下马嵬驿馆，坐入马车时便将西楚传国玉玺挂在手腕上的轩辕青锋蓦地满身阴气瞬间炸开。

徐凤年心知肚明，转身掀开帘子，看到僻静驿路上远远站着一名青衣儒士。

稍稍偏移视线，便是满目的白雪皑皑。

一名女子蹲在雪地中，大概是孩子心性，堆起了雪人。

徐凤年没有下车，从轩辕青锋手中接过玉玺，轻轻抛出，物归原主。

马车与那位儒圣擦肩而过时，将玉玺小心放入袖中的曹长卿温润的嗓音传入徐凤年耳中，"韩貂寺扬言会在五百里以外千里之内，与你见面，不死不休。"

轩辕青锋望向这个出乎意料没有下车的家伙，"都不见上一面？真要如李玉斧所说，相忘于江湖。"

徐凤年没有说话。

轩辕青锋阴阳怪气啧啧几声，"那亡国公主还动了杀机，有几分是对你，估计更多是对我吧。"

徐凤年收拾残局，将棋盘上九十余枚黑白棋子陆续放回棋盒。

轩辕青锋笑问道："你有没有想过如果有一天西楚复国，跟你的黑子这般兵败如山倒，你该怎么办？眼睁睁看着她如西蜀剑皇那样的下场，剑折人亡？然后闲暇时念想几下，不可与人言？"

徐凤年抬起头，看着这个女魔头。

她还以颜色，针锋对视，"不敢想了？"

徐凤年笑了。

安静收好棋子，放起棋盘，徐凤年正襟危坐，"真要有那么一天，我就在力保北莽铁骑不得入北凉的前提下，带去所有可以调用的北凉铁骑，直奔西楚，让全天下人知道，我欺负得姜泥，你们欺负不得。我徐凤年说到做到！"

京城张灯结彩迎新冬，更在恭贺诸王离京就藩。这一日的黄昏好似床笫之后欲语还休的女子，褪去衣裳极为缓慢，一名衣着华贵的中年男子下车，踩在余晖上缓缓走入饭馆。屋内没有任何一个自诩老饕的食客，都给门外挂起的谢客木牌拦在门外，乘兴而来败兴而归，好在京城都知道九九馆的老板娘架子比皇亲国戚还大，习以为常了。跟男子差不多时分来到街上的食客，看到有人竟然入了屋子，就想着跟进去碰运气，结果给几名扈从手握刀柄，拦住去路，那些馋嘴食客瞥见这些扈从刀鞘裹金黄丝线之后，都吓得噤若寒蝉，立即唯唯诺诺退去。

姓洪的俏寡妇施施然掀开帘子，涮羊肉的火锅已是雾气升腾，她只是端了一些秘制的调料碗碟放在桌上。男子左手抬起虚按一下，示意女子坐下，然后夹起一筷子羊臀尖肉放入锅中，过了好些时候也没收回筷子。没有坐下的妇人极力克制怒气，以平淡腔调说道："别糟蹋了肉。"

男子闻言缩回筷子，慢悠悠去各式各样的精致碗碟中蘸了蘸，这才放入嘴中，点了点头，确实别有风味。他一直动嘴咀嚼京城最地道的涮羊肉，却没有开口言语。妇人就一直板着脸站着。吃完了瓷盘里光看纹理就很诱人的臀尖肉，男子就放下筷子，终于抬头说道："洪绸，你有没有想过，当今天下，每一个离阳朝廷政令可及的地方，辖境所有百姓，都无一例外受惠于荀平。这一切归功于他的死，归功于朕当年的见死不救，归功于朕登基以后对他的愧疚。"

被当今天子称名道姓的女子冷笑道："洪绸只是个头发长见识短的妇道

人家，顾不得大局，只知道没了男人，就只能去怨恨那些害死他的王八蛋。今天之所以没弄几斤砒霜倒入锅中，只是知道毒不死你而已。"

这个男人自然就是当今的离阳天子。雾气中透着股并不腻人的香味，劳累一天之后，吃上那十几筷子，只觉得暖胃舒服。他收回视线，对于妇人的气话和怨恨并不以为意，只是轻声说道："胶东王赵睢跟他说了几句话，朕就让他丢了所有军权。"

女子凄然大笑，"你是当今天子，还有你不敢做的事情？"

皇帝洒然笑道："你高看朕了，天底下不能做的事情多了去，朕就不敢动徐骁，徐骁的儿子到了眼皮子底下，朕还是得忍着。"

她冷笑道："坐龙椅的人，也好意思跟一个孩子斗心斗力。"

皇帝伸手挥了挥扑面而来的热气，侧头说道："朕还是孩子的时候，也照样是要提心吊胆，夹尾巴做人。太安城那些文人雅士都诉苦说什么京城居不易，朕一直觉得好笑，因为天下唯独皇宫最居不易。臣子们想的是活得好不好，皇宫里头，是想着能不能活。朕登基之前，告诉自己以后要让自己的所有孩子不要过得跟他们父皇一样，可真当上皇帝以后，才知道人力有穷时，天子天子，终归还是凡夫俗子，也不能免俗。家家有本难念的经，朕是一家之主，徐骁是，你洪绸也算半个，操持这个饭馆，想必也有许多愤懑。比如你兢兢业业购置最好的羊肉，最好的锅底，最好的调料，自认价钱公道，一分钱一分货，可顾客肯定吃多了以后，就觉得你家的涮羊肉其实就那么回事，背后指不定还要骂几句这婆娘心真黑，要不就是通往太安城的驿道出了状况，导致你手头缺货不得不歇业时，更要骂你不厚道，凭什么别家饭馆日日开张，就你九九馆把自己当大爷？难保不会撂下几句糟心话。将心比心便是佛心，道理是如此，可之所以是可贵的大道理，不正是因为它的易说难行吗？而且天底下就数这些个道理最刺人，很多人不愿意听的，因为你说了，别人做不到，就尤为挠心挠肺。朕也是当了皇帝后，批朱过那么多多年累积下来，比立冬那场大雪还多的诤言奏章，才深知个中滋味。"

皇帝没有转头去看女子脸色，自顾自说道："赵稚没什么说得上话的女子，又知道你不喜她当年行事，朕这次来，没有别的意思，只想替她与你知会一声，她那么做是不对，可回头再做一次，她还是会那么选择。可她心底还是跟朕明知错事而为之一样，会难受。人非草木，都会有恻隐之心。朕说这些，不是想让你原谅赵稚，好如初见。她这些年在宫中，所用铜镜，依旧是你当年送她的那一柄，她记得清清楚楚，八分银子。”

这位以勤政节俭和守业有术著称的皇帝站起身，走向门槛时笑了笑，停下脚步，“朕要承认一件事，朕很嫉妒徐骁当年能跟先帝把臂言欢，甚至临死前仍然不忘留下遗嘱：徐骁必须早杀。一则利于朝廷安定，再则他好早些在下边见着徐骁，如果真有阴冥酆都，也好一起在阴间继续征伐，有徐骁辅佐，一定可以笑话阎罗不阎罗，否则没有这名功勋福将，他不安心。但徐骁的儿子若是长大成人，一定要厚待。可惜了，老头子临终两件事，朕这个当儿子的都没能做到。”

走出饭馆，皇帝没有急于坐入马车，而是缓行在寒风刺骨的冰冻河边。河面上有许多顽劣稚童背着爹娘叮嘱在凿冰捉鱼，大内扈从都不敢接近，只是远远跟随，只有柳蒿师走在当今天子五步以外。

皇帝随口说道：“柳师，一干有望成才的柳氏子弟都已经被送往京城，无须担心。”

既然已经被尊称为师，年迈的天象境高手也就没有如何兴师动众去谢恩，只是重重嗯了一声。

皇帝停脚站在河边，捧手呵气，自言自语道：“徐骁，要是你儿子死在你前头，朕就赐你一个不折不扣的美谥。可若是你先身死，杀戮无辜谥‘厉’，朕就送给你这么一个当之无愧的恶谥。”

草枯鹰眼疾，雪尽马蹄轻。

驿路上两辆马车飞速南下，天空中有一头神异青白鸾刺破云霄。

去的是那座上阴学宫。瓜熟蒂落，再不摘，就过了好时辰。徐凤年一心想要将梧桐院打造成另一座广陵春雪楼，缺了她虽然称不上无法运转，但自己当家才知油盐贵，再者徐凤年也不希望那名喜好抱白猫的女子在上阴学宫遭人白眼。徐凤年此时跟青鸟背靠背而坐，一路欣赏沿途风景。死士戊少年心性，快马加鞭，两辆马车在宽阔驿路上并驾齐驱。青鸟总给外人不近人情的表象，可一旦被她自然而然接纳，则可谓善解人意入骨。她向少年打了个手势，戊咧嘴一笑，两人跃起互换马车。徐凤年略微挪了挪位置，侧身坐在少年身后。

少年戊欲言又止，挥鞭也就不那么顺畅。徐凤年笑问道："有话就说。"

连姓名都不曾有的少年轻声问道："公子，我不喜欢车厢里那紫衣婆娘，打心眼里讨厌她。"

徐凤年好奇问道："为何？"

少年戊就是爽利人，既然张了嘴，也就竹筒倒豆子，抱怨道："这婆娘谁啊，不就是一屁大小山头的女匪嘛，凭啥在公子面前横眉瞪眼要横，换成是我，早一脚踹下马车了。一点都不知足，就算她是跟公子你做买卖，那也是她占了天大便宜，怎么到你这儿反倒成了天大人物了，搞得她是皇后娘娘似的。公子啊，不是我说你，对女人就不能这么宠，再说了，她也没啥好看的，我瞅过几眼，也没见她是屁股翘了还是胸脯大了，也就一张脸蛋说得过去，可公子你又是什么人？顶天立地，天底下除了你谁敢去杀皇帝老儿的儿子。公子，你说是不是？"

徐凤年哈哈大笑，"你这拍马屁功夫是和谁学来的，一塌糊涂。"

少年戊转头一脸幽怨，"公子，我说正经的！"

徐凤年敛去大半笑意，眯眼望向远方，可惜没有下雪，也就没有那雪花大如手的美景了，他轻声微笑道："其实不光是你，也没有谁会喜欢她这么个娘们儿。"

少年戊一挥马鞭，"对啊，那公子你咋就处处顺着她？该不会是真喜欢上她了吧？那我可得说句良心话，公子你这回岔眼了，不值当！"

徐凤年也不怕车厢内女子是否动怒，脑袋靠着车壁，"去年之前，全天下也没有几个人喜欢过我。这算是同病相怜。"

少年戊一副懵懂表情，明明知道公子说了个道理，可就是不理解，只是哦了一声，接受得十分勉强。

徐凤年玩笑道："很多人和事情，就跟女子怀胎十月一样，得慢慢等，急不来。"

少年戊嘿嘿笑道："公子要是让那娘们儿大了肚子，然后拍拍屁股一走了之，就解气了。"

徐凤年拿北凉刀鞘拍了一下少年的脑袋，"不知死活，她可是指玄境的女魔头。"

徐凤年有些纳闷，车厢内的徽山山主竟然破天荒没有动怒，甚至连出声都欠奉。

车内，紫衣女子对镜自照，寂静无声。

如同水声冰下咽。小雪时分，今年南方竟是罕见的雪花大如稚童手.。

大雪之下，便是驿道也难行。距离上阴学宫还有一个节气的路程，两辆马车走得急缓随意，大雪阻路，恰好到了一座临湖的庄子附近，就折路几里去借宿。看这样的大雪，没有两三天恐怕是下不停，不是逗留一宿就能起程的，因为从官道驿路转入私人府邸开辟出来的小径，行驶起来尤为坎坷，其实以朱袍阴物和武当王小屏的修为，倒也可以让路上厚达几尺的积雪消融殆尽，只是那也太过惊世骇俗，徐凤年也不想如此招摇行事，五六里雪路，竟是硬生生走了将近一个时辰。

庄子悬有一块金字匾额，徐凤年是识货人，一看就知是出自写出天下第四行书《割鹿祭文》的董甫之手。幽燕山庄，一个出过父子武林盟主的大庄子，家学源远流长，是江湖上少有的以一家之力问鼎过江湖的宗门，内外兼修，长于练气和铸剑。幽燕山庄的龙岩香炉曾经跟铸出霸秀剑的棠溪剑炉齐名，只是棠溪剑炉已成废墟，龙岩香炉虽未步其后尘，可惜也是闭炉二三十年，近甲子以来这座庄子也不曾出过惊才绝艳之辈，只是靠着祖辈攒下的恩荫辛苦维持，不过在一州境内，仍是当之无愧的江湖执牛耳者，不容小觑。

徐凤年走下马车。

山庄自扫门前雪，哪怕如此磅礴大雪，庄子前仍是每隔一段时辰就让仆役勤快扫雪，使得地面上积雪淡薄，足可见其底蕴。

两辆马车在这种天杀的光景造访山庄，在大门附近侧屋围炉取暖的门房赶忙小跑而出，生怕怠慢了客人。幽燕山庄素来口碑极好，对府上下人也是体贴细致入微，入冬以后，未曾落雪，就已送出貂帽厚衣，还加了额外一袋子以供御寒开销的碎银。作为正门的门房，张穆也算是一员小头目，又是庄子的门面角色，貂帽质地也就格外优良，还得以披上一件狐裘，便是寻常郡县的入品官吏，也未必有他这份气派。张穆迎来送往，见多了官府武林上的三教九流，两辆马车并不出奇，不过是殷实小户人家的手笔，可那几位男女，可着实让练就火眼金睛的张穆吓了一跳：为首年轻男子白头白裘白靴，腰间悬了一柄造型简单的刀，一双丹凤眸子，俊逸得无法无天——庄子上的小

主人已经算是难得的美男子，比之似乎还要逊色一筹。白头年轻人身边站了个紫衣女子，且不说相貌，端是那份古怪深沉的气度，怎的像是自己年幼时见着的老庄主，打心眼里就畏惧忌惮？才看一眼，就不敢多瞧了。年轻男女身后还有一位健壮少年，以及一名辨识不出深浅的枯寂男子，还有一位冻得哆嗦搓手直跺脚的年迈儒士。

张穆肚子里犯起嘀咕：都是生面孔，该不会是快过年了，来庄子借剑观剑的棘手人物吧？幽燕山庄藏剑颇丰，俱非凡品，许多在江湖上久负盛名的剑客都喜欢来这里借剑一饱眼福，当代庄主又是一掷千金的豪气性子，交友遍天下，观剑还好，若是遇上借剑之人，多半也就有借无还了，使得庄子的藏剑日渐稀少。老庄主手上传下九十余柄名剑，如今已经只剩一半不到，这还是贤淑夫人不惜跟庄主几次吵架，才好不容易将几柄最为锋利的绝世名剑封入剑炉旧地，否则免不得给那些江湖人糟蹋了去。

徐凤年轻轻抱拳，略显愧疚道："恰逢大雪拦路，无法继续南下，在下徐奇久仰幽燕山庄大名，就厚颜来此借宿一两日，还望海涵。"

张穆听着像是一口太安城的腔调口音，听着不像是刻意登门索要名剑的人物，如释重负。庄主喜好迎客四海，张穆耳濡目染，下人们也都沾染上几分豪爽，只要不是那些沽名钓誉还喜欢占便宜的所谓剑客，张穆其实并不反感，加上眼前几位气韵不俗，极为出彩，言语神态又无世家子的倨傲自负，张穆也就亲近几分，正犹豫要不要开口让他们稍等片刻，好让手下去禀告一声，可觉得让这几位远道而来借宿的客人在大雪天等在外头，于情于理都不合适，万一真要是权贵子弟，就要给幽燕山庄引来没有必要的祸水了，可自作主张领进了门，出了状况，计较到他头上，他一个小小门房也吃罪不起啊。正当张穆不露声色左右为难之际，那位姓徐的公子已经微笑道："劳烦先生跟庄主通报一声，在下在此静等就是，若是有不便之处，也是无妨，徐奇能见到董甫的行书，乘兴而来，哪怕过门而不入，亦是乘兴而去。"

这位公子哥心性如何，张穆不敢妄自揣度，可细事上讲究，上道！张穆心里舒服，也就毕恭毕敬抱拳还礼，顺水推舟笑道："斗胆让徐公子等上少许，张穆这就亲自去跟庄主说一声。"

徐凤年伸出一只手掌，示意门房不用理会自己这伙人，然后安静立于风雪中，远远仰头欣赏匾额上"幽燕山庄"金漆四字，只觉字体顺畅而腴润，深谙中正平和之境界。约莫一炷香工夫，张穆就小跑而出，步伐快速轻灵而不急躁，显然是登门入室的练家子，不是寻常江湖上那些胡乱杜撰几套把式就去自封大侠的家伙可以比拟。他身后跟着一名大管家模样的身披黑狐裘子的老者，见到徐凤年一行人之后，抱拳朗声道："徐公子快快请进，这次委实是幽燕山庄失礼了。在下张邯，这就给公子带路，府上已经架起火炉温上了几壶黄酒。"

徐凤年笑着还礼道："徐奇叨扰在前，先行谢过幽燕山庄借宿之恩情。"

庄子管家连忙一边领路，一边摆手笑道："徐公子莫要客气，只是有招待不周之处，还希望公子尽情开口，幽燕山庄虽非那世家门阀，可只要贵客临门，是向来不吝热情的。"

徐凤年笑着点了点头，一行人跟着张邯跨过侧门门槛——正门未开，也在情理之中，一座府邸仪门，可不是对谁都开的，就像北凉王府开仪门的次数就屈指可数，得此殊荣者，无一不是离阳王朝或明或暗的拔尖人物。徐凤年这帮连名字都让幽燕山庄没有听说过的陌路过客，能够请得动大管家亲自出门迎接，这份礼遇真不算寒碜了。徐凤年过门以后，会心温醇一笑，有着不为人知的隐秘——老黄剑匣藏六剑，其中一把便出自幽燕山庄的龙岩香炉，命名沉香。一路仿佛没有尽头地穿廊过栋，终于被领到一栋可以饱览白雪湖景的临湖院子，院门石刻"尺雪"二字，真是应景，便是出身优越素来眼高于顶的轩辕青锋，也挑不出毛病，入院之前，还回望了一眼大雪纷飞坠水的龙跳湖。幽燕山庄依山傍水，卧虎山有一脉延伸入水，如睡虎栖息，眺望而去，山顶建有赏湖角亭。

除了常年打理幽静院子的既有两名妙龄丫鬟，张邯还特意带来了几名原本不在尺雪院子做事的女婢，也都姿色中上，兴许是知道携带了"家眷"，院内院外一起五六个庄子女婢，都是气质娴静端庄，非是那种一眼可窥出媚态的狐媚子。张邯进院却不进屋，而带笑意对徐凤年说道："徐公子，庄主不巧有事在身，无法马上赶来面见，公子见谅。"

徐凤年摇头道："本就该徐奇亲自去拜会庄主，若是庄主亲临，在下可就真要愧疚难当了。张老先生，只需闲暇时告知徐奇一声庄主何时得空，在下一定要亲自去携礼拜谢，只是没料到大雪封路，耽搁了既定行程，不得已借宿得匆忙，礼轻得很，实在是汗颜。"

张邯心情大好,哈哈笑道:"来者是客,徐公子客气了,客气了啊。"

说实话,张邯委实是气恼了那些所谓的狗屁江湖豪客,看似大大咧咧,一照面就跟庄主兄弟相称,大言不惭,什么他日有事定当两肋插刀的话语,其实精明得连他这个山庄大管家都自惭形秽。这帮子人在庄子里一待就是少则几旬多则个把月,混吃混喝,吃相太差,稍有无意的怠慢,说不定就跑去庄主跟前阴阳怪气几句,更有甚者,曾经有个也算享誉东南江湖的成名刀客,都五十几岁的人了,竟然做出了欺辱庄上女婢的恶心人行径,至于那些慕名而来的剑客游侠,谁不是冲着庄子里的藏剑而来,小算盘打得噼里啪啦,庄主又是那种拉不下脸的好人,张邯终归只是一个下人,就算狠下心去唱白脸,也唱不出花来,这些年着实委屈了持家有道的夫人。今天撞上这么个懂礼识趣的徐公子,让张邯心中大石落地大半,毕竟幽燕山庄想要东山再起,需要的还是那些脚踏实地的江湖朋友,多多益善,若是家中父辈握有实权的官宦子弟,对幽燕山庄而言,更是无异于雪中送炭的极大幸事。

张邯轻轻离去,五名女婢都美目涟漪,忍不住多看了几眼那名狐裘公子——真是俊,而且不是那类脂粉气的俊俏,而是满身英气。三名外院丫鬟原本还有些怨言,天寒地冻谁乐意伺候外人?亲眼见着了徐凤年之后,满心欢喜就直白地洋溢在她们那三张美艳脸蛋上。这光景让少年戊看着就偷着乐,我就说自家公子哥到哪儿都吃香。他忍不住剜了一眼紫衣女子,后者敏锐察觉到少年死士的眼神,视线交错,说不清道不明,最不济没有太大杀意,少年愣了一下,这鬼气森森的婆娘转性了?竟然没有打打杀杀的迹象?

小院果真温好了几坛庄子自酿的上等沉缸黄酒,火炉中木炭分量十足,屋门半开,依然让人感到暖洋洋,透过院门就可以看到一院门的银白湖景。院子不大,也就两进,屋子足够,还不给人冷清寂寥的感觉。一直在尺雪小院做活的两名丫鬟去忙碌了,其实院子本就洁净,无非就是做个样子,好让客人觉着庄子这边的殷勤善意。三名串门女婢则伺候着黄酒和贵客。徐凤年笑着问过她们是否饮酒,能否饮酒,她们相视一笑,婉约点头以后,其中一位开口只说可以喝上一两左右的酒,不敢多喝,否则给管事撞见,少不了训话。徐凤年就多要了几只酒杯,客人和女婢一起共饮黄酒,其乐融融。剑痴王小屏不喝酒,去了屋子闭门闭关。

刘文豹都喝出了通红的酒糟鼻子,一直念念有词,都是饮酒的诗文佳篇，让几名误以为他是账房老先生的丫鬟都觉得有趣。

徐凤年笑问道："入院前，看到湖边系有小舟，这种时分能否去湖上？"

一名胆子大些的女婢秋波流转，嗓音柔和，"启禀徐公子，庄子上就有专门的摇舟人，只需奴婢去知会一声，就可以入湖垂钓，在舟上温酒也可。可这会儿雪太大了，公子要是湖上垂钓，就太冷了，得披上内衬厚棉的蓑衣才行。"

徐凤年点头道："那就麻烦你们取来蓑笠，摇舟就不需要了。"

身段婀娜的女婢应诺一声，起身姗姗离去，没多久又摇曳生姿而来。青鸟起身给公子披上厚重蓑衣，徐凤年拎着精巧的竹编斗笠，还有一盒早准备好的精制鱼饵，走出院子。除了轩辕青锋，一行人送到了湖边，徐凤年单独踩上小舟，笑着对众人挥挥手。五名女婢只顾着痴看那位公子哥的神仙丰姿，心想着什么人靠衣装佛靠金妆，这位徐公子便是披上蓑衣，那也是怎么看都俊逸。

她们都没有留心到这个叫徐奇的白头年轻人登舟之后，不见摇动木橹，小舟便已轻轻滑向湖中。

大雪大湖，孤舟蓑笠。

一竿独钓寒江雪。

女婢们回过神后，久久不肯离去，等到实在熬不过大雪冬寒，只得恋恋不舍返回尺雪小院。

半个时辰后，一群白衣人踩水而至，男女皆有，翩翩如白蝶，气韵超凡脱俗。

飘飘乎如登仙。

这群仙人轻灵踩水，一掠便是五六丈，高高掠过了小舟，直扑幽燕山庄。当那群如同仙人的白衣男女气势汹汹扑向临湖山庄时，卧虎山亭中站着一名年轻俊美男子，腰间佩有一柄出自龙岩香炉的名剑，铭刻古篆"无根天水"四字，他正巧看到湖面上白蝶点水的一幕，顿时拳头紧握，一身阴鸷气焰，愤怒中带有惊惧。世人皆言上古有仙家，超尘脱俗，隐世时餐霞饮露，与世无争，只要现世，那就是吸为云雨，呼为雷霆。居高临下独站亭中的年轻人作为幽燕山庄的少主，眼界奇高，自然不会将那群白衣人误认仙人——不过春秋之中分裂南北两派的练气士而已，北派以太安城钦天监为首，广陵江以北，都沦为朝廷走狗，勤勤恳恳替赵家天子望气观象，久为诟病；南方相对凋

零散乱，以南海白瓶观音宗为尊，蛰居海外孤岛，为人处世，形同散仙。

这十几位由一名练气宗师领衔而至的练气士，无疑是高高在上的仙岛出世人。之所以如此兴师动众，离开南海重出江湖，图谋的正是龙岩香炉隐蔽所铸的符剑。这是一桩南海愿打山庄却愿挨的强横买卖。当年有南海女子白衣赤足入江湖，才入武林便被惊为天人，无数侠士才俊对其顶礼膜拜，若非被那一代剑神李淳罡给打哭了回去，说不定还会有更多让人津津乐道的仙人事迹流传至今。幽燕山庄的老庄主当时便是其中一位仰慕者，如今的庄主张冻龄继承父愿，雇船出海访仙士，遭逢百年难遇的龙卷，给一名观音宗女子练气士所救，因缘巧合，相互爱慕，私奔回山庄。二十五年前观音宗一位练气大家悄然杀到，要那名女子自尽，痴情人张冻龄为此不惜封掉代代相传的铸剑炉，答应只为观音宗铸造符剑八十一柄，以换取妻子性命，他日若是铸剑不成，他可以与妻子一同赴死。铸剑本就不易，练气士所需的上乘符剑更是难上加难，二十五年后，不过铸成三十六把符剑。幽燕山庄摇摇欲坠，已是近乎倾家荡产，少庄主张春霖对这些要债索命的南海练气士如何能不深恶痛绝？难道真要他眼睁睁看着爹娘殉情？

一对年近五十却不显老的男女缓缓登山。男子相貌粗犷，生得豹头环眼，有骁勇莽夫之恶相，神情气色却恬淡，牵手入亭，偶尔侧头望向妻子，尽是粗中有细的铁汉柔情。妇人跟儿子张春霖有七八分形似神似，衣着素雅，端庄貌美，面对大难临头的死局，不惧死，却充满了无声的愧疚。一起进入亭子，张春霖咬牙切齿，红着眼睛，赌气地撇过头去。妇人走去拢了拢儿子的上品辽东狐裘，轻声说道："是娘不好，耽误了你爹不说，还祸害了山庄祖业。"

幽燕山庄庄主张冻龄微微瞪眼道："说这些做什么，什么耽误祸害，尽说胡话。张冻龄能找到你这么个好媳妇，已经是祖坟冒青烟，再有半点怨言，可就要挨雷劈了。"

张春霖虽然待人接物都彬彬有礼，滴水不漏，可与自己爹娘也无须戴上温良面具，眼眶湿润望向父亲张冻龄，"都怨你，剑术平平，一辈子只知道铸剑，连娘亲也护不住！"

张冻龄哑口无言，也不觉得在儿子面前要装什么力拔山河的英雄好汉，只是嗯了一声。

妇人面冷几分，沉声斥责道："春霖，不许这么说你爹！"

张春霖低头望着自己的双手，哽咽道："其实都怪我，是我护不住爹娘。我是个孬种，这会儿手还在颤抖，握不稳剑，更不敢对那帮人拔剑。"

张冻龄轻轻一笑，眼神慈祥，摸了摸儿子的脑袋，"有爹在，天塌下来都该爹第一个扛着。春霖，咱们江湖人啊，尤其是练剑，总不可能谁都是一品高手，更不能奢望什么剑仙境界，不做亏心事就足够，不怕鬼敲门。嘿，这些逍遥海外的练气士也算是江湖上所谓的神仙了，被神仙敲门讨债，我跟你娘走得不冤枉。你虽说已经及冠有些年头，可也不用太过自责，更别一心想着报仇，爹娘这二十几年，都是赚的，再说还有了你，都赚到姥姥家喽，你要是在爹娘走后活得钻牛角尖，爹娘在下边才不安心。爹是粗人，这辈子只会打铁铸剑，也没教你什么为人处世的道理，说不来半句金玉良言，但有一件事你要牢记，世上有心无力的事情太多了，做人不能把自己活活憋死，那才是真的枉费投胎来世上走一遭。"

这辈子头回流泪的张春霖抬起头，泪眼模糊，"爹，我真的不甘心啊。"

极少对儿子摆老爹架子的张冻龄平静道："不甘心也要活下去。"

妇人动作轻缓地拿袖口擦去儿子的泪水，转头望向湖上独坐小舟垂钓的蓑笠人，不想父子深陷沉痛，转移话题皱眉问道："那陌生人是谁？"

张冻龄咧嘴笑道："大雪封路，来庄子借宿的一伙客人。听张邯说不俗气，以他的眼力，连身手高低都没看清，想必是不简单，若是往常，我肯定要结交一番，到时候又免不了被你一顿说教。我啊，就是这种狗改不了吃屎的犟脾气。这些年苦了你，有句俗语不是说巧妇难为无米之炊嘛，说的就是媳妇你呢。"

妇人强颜欢笑，轻轻摇头，然后握住他和儿子的手。

张冻龄呼出一口气，"你我下山吧，要是不小心让客人跟观音宗起了冲突，我良心难安。春霖你就别露面了，爹娘做好最后一次迎客，以后就是你当家了。"

张春霖一手握紧古剑，眼神坚毅道："我一同下山！"

张冻龄为难之时，眼角余光瞥见湖面动静，惊讶咦了一声，然后瞪大眼珠，一脸震惊。

第二章

观音宗寻衅幽燕，徐凤年临湖拒敌

此时佩刀却驭剑的年轻人，在岸上目瞪口呆的众人看来，那就是只要天人不出，我于世间几无敌。

白衣练气士在湖上蜻蜓点水，漫天风雪自然而然远离他们身躯几尺之外飘落，为首仙家临近幽燕山庄不足三十丈。尾上一名年轻女子练气士踩水跃过小舟之前，俯瞰了一眼那名无动于衷的男子，盘膝而坐，披有一件厚实裘衣，头顶斗笠，有两缕出乎寻常年龄的白发从鬓角轻柔垂下，一眼望见渔客面容，十分年轻，以俗世眼光看待，皮囊异常出类拔萃，以至于不穿鞋袜的她跃过小舟之后，仍是回首望去一眼，只觉得这家伙该不会是吓傻了，还是沉醉于湖上垂钓，真的什么都没有看见？

寒江之上孤寂而坐的徐凤年一直屏气凝神，对这些踏湖飘摇的白衣练气士视而不见，哪怕被他们"踩"在脚下也不曾有丝毫气机动静，甚至刻意让胃口大开而蠢蠢欲动的阴物隐匿起来。一则徐凤年只是中途借宿幽燕山庄，不想多事，万一这些世俗眼中的仙士仙子是山庄需要扫榻相迎的贵客，徐凤年不觉得让嘴馋的徐婴大开杀戒，是为客之道。二来徐凤年敌视的仅是京城钦天监，南边的练气士跟他无冤无仇，相逢是缘，就当一并观仙赏景了。

只是当徐凤年感到这伙白衣仙家流露出一丝与身份不符的杀机后，就不再一味藏拙，摘下斗笠，一叶扁舟如箭矢飞速倒退，在湖面上划出一道美妙涟漪。

刹那之间，小舟在出湖二十丈处急停，恰好挡住为首练气宗师的落脚点。

面容枯肃的白衣老妇人微皱眉头，身形骤停，与身畔大雪一起飘落在湖面上。她身后十几位相对年轻的仙家相继停足。

这帮练气士踩在湖面之上，纹丝不动，如白蝶停镜面。

幽燕山庄临湖院落不知谁率先看到这一幅玄妙景象，几声惊讶之后，没过多时就陆续走出院门，驻足远观，很快人头攒动，既有府上清客仆役，也有庄主"托孤"的远朋好友。

徐凤年平淡道："是幽燕的客人，在下欢迎至极，若是寻衅，可就要坐下来慢慢聊，好好说道说道了。对了，你们既然能站在湖上装神仙，想必道行不差，坐着屁股也不会冷吧？"

气息枯槁的老妇人眉头皱得更紧，身边大多数练气士也都面容不悦，唯独最后那名独独赤足的白衣女子发出一声轻笑。

一位约莫三十岁的白衣仙子悄然转头，无奈瞪了她一眼，后者迅速板起脸，可惜一双笑意不减的秋水长眸泄露了天机。

十六人都背有一柄或是数柄长短不一的符剑，或从历代古籍记载仙人手上传承下来的桃木剑，或是拥有千年岁月的青铜古剑，便是"新"剑，那也是以甲子计算。

相传练气士修道之法独树一帜，专门在洞天福地百丈之上当空采集天雷，以秘术制成雷珠，一掷之下，威力巨大，当真如同平地开雷。或是最早一缕朝霞映照东海，收入符镜之中，一照之下，阴邪秽物无不灰飞烟灭。更有收集无主魂魄共赴酆都以阳身入阴间积攒阴德的神奇说法。总之高明练气士的玄妙手段，层出不穷，常人只会感到匪夷所思，也就由衷敬若神明，视如替天行道的仙家。其实练气士出自上古方士，跟道门炼丹真人有些相似，只不过练气士这条羊肠小道走得更窄更远。

一名年轻男子练气士冷声道："让开！"

徐凤年自来便是软硬不吃的无赖性子，笑道："问过我。"

然后轻轻拍了拍腰间北凉刀，"再问过我的刀。"

老妇人虽然是世间寥寥无几的顶尖练气大家，却没有一味盛气凌人，淡然道："去幽燕山庄，只是按约取剑。年轻人，愿意拔刀相助落难人，是好事，可也须讲理。"

徐凤年站起身，拍了拍蓑衣肩头积雪，"我认识的一位前辈，曾经从幽燕山庄拿到一柄好剑，你们取剑可以，拿走便是，可要仗势欺人，我还是那句话，问我，问我刀。"

先前那位冰冷言语的男子练气士更是不遮掩他的怒气。

匹夫一怒，血溅五步，人头抢地。天子之怒，伏尸百万，流血千里。

在凡夫俗子看来，仙家一怒，何尝比天子一怒轻巧闲淡了？

世人都晓神仙好，就是知道仙家的高高在上，全然不输帝王将相。

这位练气士不掩本心，怒气勃发，身边狂风骤雪飘荡不止。

他怒极而笑，朗声大笑道："大胆竖子，你可是想要与我席地而坐论道论道？好，那我就给你一坐！"

白衣仙家果真坐下。

如一座山岳蓦然填江海。

除了为首老妇人，其余练气士都拔高脚尖离湖几尺。

湖面翻摇，气势骇人。

可让这人无比尴尬的是，他附近湖面都剧烈晃动了，那一叶小舟竟是如同出湖在岸，岿然不动！

徐凤年不去用刻薄言语当面挖苦那个弄巧成拙的练气士，只是眯眼抬头望向鹅毛大雪，自言自语道："有个吃剑的老前辈说过一句话，让我心神向往得很：天上剑仙三百万，遇我也须尽低眉。真是应景啊。"

徐凤年收回视线，解下蓑衣后，很欠拾掇地笑眯眯道："来来来，先问过我，才有资格再问一问我腰间北凉刀。"

张春霖怒道："这人疯了不成？"

庄主张冻龄也是不看好，忧心忡忡。妇人是观音宗一位练气大家的亲传弟子，有望继承衣钵接手师传，这也是当年观音宗勃然大怒的缘由。天下习武人号称百万，如她这种珍稀角色，一直被视为"万金难买之坯"。妇人坠入情网之后，一心相夫教子，修为早已如漏壶滴水散尽一空，可眼光还在，同样不觉得那客人可以讨得了半点好处，须知十六位练气士中的老妇人，不仅在观音宗地位超然，在整个南方练气士中也是辈分奇高，看上去是古稀老妪，实则活了将近两甲子的漫长岁月。武道上可能还会拳怕少壮，可练气一事，却是毫无疑问的愈为年老愈是老辣。像那剑道，跟观音宗有一桩天大宿怨的李淳罡可以三十岁之前走上鳌头，登顶四顾之后无人比肩，可练气士，千年以降，只有寥寥几人在三十岁之时孕育出大气运，江湖喜好用百年难得一遇盛赞某人的无上天赋，之于练气，以千年一遇四字形容都不过分！李淳罡恰好便葬送了这样一位半国疆土亦不换的天纵之才。

张春霖当下就率先走出凉亭，"我去拦下那疯子，幽燕山庄的祸事，万万没有理由让外人来扛。"

张冻龄和妇人相视欣慰一笑，携手下山。

初生牛犊不怕虎，那是因为不曾入山，不知道吊睛大虫的厉害，张春霖由于家世渊源，对练气士畏惧至极，以至于拔剑都不敢。要清楚张冻龄自嘲"打铁匠"，剑道造诣平平，可张春霖天资极佳，在弱冠之年便已经只差小宗师境界一层纸，这五年更是不敢有丝毫懈怠荒废，练剑入痴，可对上那批南海远道而来的白衣仙家，仍是不敢一战。所以当他看到湖上小舟拦路，就有些气恼这借宿客人的不知好歹，更多还是担心那孤舟垂钓的白头男子被幽燕山庄殃及池鱼。说到底张春霖虽然身为少庄主，心性仍是淳朴，哪怕天赋

根骨随他娘，可终归是张冻龄的种，拥有可贵的赤子之心。练气士可怕之处不在于剑术如何杀人取头颅如探囊取物，而是这些仙家方士犹如气运宠儿，在练气一途登堂入室后，可以凭借各自机缘，从指玄境乃至于天象境中撷取一种甚至数种大神通，一般江湖武夫，别说二品小宗师不入法眼，就是金刚境界的顶尖高手，也能与之一战，在压箱的法宝秘术祭出之前，都可不落下风。

而湖上徐凤年，一口气对上了十六个成就高低不一的练气士。

听闻"北凉刀"三字，除了为首老妇人心中略起涟漪，其余白衣仙家都根本没有上心。观音宗孤悬海外，就算是春秋战事之中，也不曾看过谁的脸色，中原动荡神州陆沉之前，不知有多少临海的帝王卿相，以最为煊赫的俗世身份，心悦诚服地对观音宗顶礼膜拜，偶遇踏岸真人，无一不是执弟子礼仪，欣喜若狂，虔诚讨教养生之法。北派练气士又被称之为"附龙派"或是"扶龙宗"，类似道教祖庭龙虎山，而南方练气士更像是偏于一隅的清净武当山，不问苍生只问鬼神。

观音宗十六白衣此次离海登岸后，只走险峻路途，遇山攀山，遇水踏水，过洞天福地而采天雷，临深渊古潭而捕蛟虬，绝不与凡夫俗子打照面，旭日东升则在山岳之巅吐纳朝霞，应了"真人不露相，露相不真人"那句古语。在他们眼中，幽燕山庄的生死祸福，不过是草木荣枯，不扰心丝毫。这并非是练气士视别人性命如蝼蚁般卑贱，而是练气士对待自身也是无异。圣人所谓朝闻道夕死可矣，大抵就是这些仙家直指根脚的确切概述。

一个佩有北凉刀的白头男子，在习惯了被世人供奉为神仙的他们眼中确实不值一提，真正让他们刮目相看的是那男子稳坐船头的修为。

天网恢恢，疏而不漏。练气士就是对天机查漏补缺的隐秘角色，落网之鱼，若是天机本身使然，要让其跃过龙门，那就扶衬一把，钦天监附龙派因此而来；若是天机遗漏，那就视作化外天魔，阴邪秽物，务必打碎魂魄，送入宗内月镜天井，让其永世不得超生，观音宗更多是行此之事。当年莲花台上大真人齐玄帧动了天人之怒，无视日后天劫临头，斩杀天魔却不送往仙岛天井，而是自作主张网开一面，与寻常世俗恶人一视同仁，只是送往六道轮回，因此一直被观音宗视作如此煌煌地仙，落得一个只能兵解却无法得道飞升的凄凉下场。

徐凤年跟人打架，不论你如何超凡入圣，向来不喜欢碎碎念叨，你死我活而已，今天竟是破例，轻轻一脚踩下，舟上鱼竿轻轻跳起，他一手握住，抖腕之下，鱼线所及之处，鹅毛雪花尽数碾碎飘零。

"今日之所以拦下你们，有两件事要说上一说。我知晓你们观音宗向来不问世事，算是名副其实的海外仙师，我本人对你们并无半点恶感，但是你们一直觉得吕祖转世的齐玄帧当年斩魔，却又放过他们送往轮回，是逆天而行，但我今天要给齐玄帧，或者说是洪洗象说一句，就我所知的他两次自行兵解，一次在龙虎山斩魔台，一次在武当小莲花峰，都只是为下一世再修行证道，并非你们所想那般不敌天道，导致身死道消。"

那名坐也不是起身也不是的男子练气士讥笑道："俗子安敢妄言天道！"

练气养气俱是超拔俗人不知几万里的老妪轻轻抬手，面无表情，仅是示意后辈不要多言。

徐凤年继续说道："公说公有理，婆说婆有理，我也不奢望在你们一亩三分地上指手画脚，听不听是你们的事情，与我无关。但第二件，你我双方就是谁也逃不掉了。"

一伙白衣仙人大多对此人大放厥词有些不满，倒也谈不上太多愤懑怒气，只是觉得好像听一名尚且穿尿布的无知稚童，当面跟庙堂忠臣夸夸其谈经国济民之大事一般，有些滑稽可笑而已。

那名赤足女子大概是个不可理喻的怪胎，竟是很不合群的神采奕奕，瞪大一双灵气流溢的眼眸，跟见着了宗门内古书上记载的凶兽神物一般。

徐凤年不理会他们的神情，提鱼竿佩凉刀，回头看了一眼山顶凉亭，见先前所立之人已无踪影，缩回视线后微笑道："第一个教我练剑的前辈，是个打铁匠，他曾经跟我吹牛，刚到江湖没几年，就碰上了顶有名气的大人物，还跟他一见如故，把传家宝都偷出来赠予他，我后来才知道他是谁，送他剑匣其中一柄名剑的年轻人又是谁。剑名沉香，如今被留在了武帝城，曾经在龙岩香炉历代铸剑中排在魁首之位。当年那个送剑的年轻少庄主，也变成了幽燕山庄的庄主。我不知你们观音宗一口气来了十六位，所图为何，但我先前察觉到你们其中一人杀机流泻，那么这件事我就算不讲理，也得多事地管一管。对，你们不会在意我所佩是否是北凉刀，甚至也不忌惮北凉和

三十万铁骑。相隔万里，就算一方是徐骁，一方是观音宗的宗主，也没可能相互去对方地盘上找麻烦，所以今日事今日了，你们到得了岸上，算你们这些仙士仙子的本事，我就算残了死了，也不会让谁记仇报复，可如果你们万一没能登岸，可否不在庄子杀人取命，有话好好说，跟张冻龄一家子俗人相安无事？"

老妪叹息一声，"好一个今日事今日了，若真是人人如你，天下也就没有我们练气士什么事情了。"

徐凤年静等下语。

老妪摇头道："可惜有些规矩，不能坏。我们与幽燕山庄的约定，是宗主闭关之前钦定，龙岩香炉符剑八十一柄，少上几柄亦是无妨，我也可拼却被责罚，为张冻龄说情几句，留下性命。可符剑一事，委实事关重大，再者张冻龄生死与否，本宗其实并不在意，但宗内叛徒，势必要杀。没有规矩不成方圆，世人以为我们练气士无情，原因亦是在此。欲行天道，至亲可灭。"

徐凤年笑了笑，"道理说尽，都不亏欠，那咱们就开始不死不休了。"

便是在岛上也以只近天道不近人情著称的老妪笑了笑，离岛之后所言话语总计不到十字，此时不到一炷香，却是早早超出，"这公子放心施展手脚，就算本人和十五位宗门弟子死在湖上，也是气数使然，断然不会牵累任何人。可符剑一事，死了十六人，也一样会有下一拨来到幽燕山庄，公子只要不耍心机手段，挡得下，自然算你有大气运，观音宗就算满宗尽死，不存一人，也无怨无悔。"

原本风雪萧萧山湖寒的壮烈场景，都给徐凤年接下来一句市井泼皮无赖话给坏尽了氛围，"你们观音宗不会有几百上千号练气士吧？"

被盛赞料算天机无遗漏的老妪竟是哑然，神情古怪。

赤足女子弯腰捧腹，总算还好没有笑出声，忍耐得艰辛异常。

其余十四位练气士都有些哭笑不得，这白头小子真是无法形容的满身市井草莽气啊！俗，俗不可耐！

但老妪似乎无比郑重其事，威严沉声道："各自上岸。"

当下便有七位仙士一掠而过。

徐凤年脚下是一叶扁舟，舟底则是入天象后阴森戾气换成金紫之气的朱袍阴物。

练气士先前"坐湖"，湖面晃荡，唯独一舟不动，二品内力的徐凤年自然没这份唯有一品才可做出的壮举的修为。

兴许只有老妪才知晓轻重：所面对的是一名可能要高过指玄的古怪敌手。

徐凤年一手挥鱼竿，一手挥大袖，除了袖中十二柄飞剑尽出，双剑一组，分别刺向六位练气士外，更有一条银白鱼线甩向舟后，一线裂开岸边湖。

兴许是练气士不兴单打独斗，被又是飞剑又是截江的惊世骇俗手段阻拦一记后，没有强硬冲撞剑阵和水墙，一名地位大概是仅次于老妪的中年女子练气士轻声念道："结罡北斗。"

徐凤年抖腕不止，仅是一根鱼竿，断江复而再断江，气机如银河倒泻，真真正正是那翻江倒海的仙人气度。

一座大湖，晃动幅度，哪里是那名男子练气士坐湖可以媲美其中二三？

徐凤年得势不饶人，肃然朗声道："向幽燕山庄请剑！"

请剑！

幽燕山庄在下了卧虎山的庄主的果决授意下，几乎人手一剑，便是仆役丫鬟都不曾缺少，当下便以迅雷不及掩耳之势搬出了所有庄上所藏的名剑古剑。张冻龄更是带上妻子儿子急掠而去急掠而归，这名庄主手提两柄被封入龙岩香炉的"龙须""烽燧"，妇人则提了一把"细腰阳春"，少庄主张春霖除去所佩"无根天水"，捎上了剑炉封存的最后一柄世代相传的名剑"杀冬"。

湖面上如数条恶蛟共同祸害一方，风波不定，景象骇人。

徐凤年将鱼线终于崩断的鱼竿抛去湖中，最后一次截江，白发不知何时失去了禁锢，肆意飘拂，如同一尊仙人天魔混淆不清的天上客，并非那豪气干云，而是那一股无人可以体会的悲凉怆然，声如洪钟："世人记不得你，我便替你再来一次！剑来！"

都说人心不足蛇吞象，这白头年轻人竟是有一种恶蟒吞天龙的气概！

幽燕一庄千百剑，浩浩荡荡由山上、庄内、剑鞘内，无一例外掠向小舟之上的男子。

他还不曾出刀。

所以他说先问过我，再问我刀。

徐凤年踏出一脚，双手扶摇，一手仙人抚顶式，一手一袖青龙式，一气之下，将千百剑砸在了十六位练气士头顶！

世人只是听说老一辈剑神李淳罡曾在徽山大雪坪慨言"剑来"二字，让龙虎山颜面无存，那等恢宏异象，道听途说而已，无法真正领会其瑰丽雄浑。千剑飘浮掠空，身在其下，岂不是要感到泰山压顶？以为在劫难逃的幽燕山庄张冻龄跟妻子面面相觑，一方面震撼于那名陌生客人断江截白衣，以及借剑千百压仙人的骇人壮举，另一方面更迷惑此人为何要为山庄出头。张冻龄出手阔绰，仗义疏财，看似是治家无方的败家子，只是自身剑术平平，无法稳固山庄在江湖上的地位，只能出此下策结纳朋友，有些像是胡乱撒网捕鱼，靠运气行事，寄希望于网到几尾当下名声不显、日后成就龙身的鲤鱼。这么多年过去，他早已心灰意冷。江湖人士混江湖，大多早已圆滑如泥鳅，与之打交道久了，他的一腔热血义气早已随同性格棱角一起消磨殆尽。这次临危"托孤"，仅是需要前来旁观的知己，才十之一二，其余都借口托词，好一些的还会寄信婉拒几句，更多曾经借剑而走的成名侠客不记得当时如何感激涕零，什么滴水之恩必当涌泉相报，干脆就是音信全无，屁都不放一个，继续在当地做他们大名鼎鼎的大侠剑客。好在张冻龄看得开，既然连生死都罔顾，也就顺其自然，不跟这帮道貌岸然之徒过多计较什么，倒是儿子张春霖气不过，赏给他们一群"君子剑""仗义人"的反讽称号。

张春霖亲眼见识了千百飞剑当空的奇景后，转头望向张冻龄，声音颤抖道："爹，是咱们庄子世交好友的子孙？"

张冻龄摇头自嘲道："不像。幽燕山庄两百年前鼎盛时，两位先祖先后担任武林盟主，兴许还有这样了不得的朋友，如今绝无可能。爹用庄子半数藏剑换来的香火情，你都见过了，就算是你那个跟爹有过命交情的曹郁伯伯，也不过是多年滞留二品境界的修为。可湖上那一位，显然金刚境都不止了。若非如此，也挡不下那些练气士冲阵。"

张春霖一肚子打翻酒醋茶，"难道是龙虎山上的小吕祖齐仙侠？可是不像啊，既无拂尘，也无道袍。如今天下盛传西楚亡国公主可以御剑入青冥，可她又是明确无误的女子。"

张冻龄洒脱笑道："天晓得，不管了，只能听天由命，不庸人自扰。这场恶仗，以我们的身手，就算想锦上添花都插不了，说不定还会帮倒忙。如果幽燕山庄能够躲过此劫，张冻龄就是给这个不知姓名的大恩人磕上一百个响头，也是心甘情愿。"

张春霖小心翼翼问道："爹，我想跟他学剑，可以吗？"

张冻龄无奈道："你想学，那也得这名年轻剑仙愿意教你。"

尺雪小院精剑尽出，五名女婢丫鬟中有两人甚至先前都曾装模作样捧剑。幽燕山庄既然以练气和铸剑著称于世，一人得道鸡犬升天，庄子上的仆役也都练过一些外人看来十分高明的心法和把式，可"剑来"二字脱口而出后，飞剑出鞘，尺雪院子外的两人不光没有察觉手中古剑如何出鞘，娇躯更是被顺势牵引，几乎向前扑倒在地。别说她们惊讶得合不拢嘴，满脑袋空白，想不明白为何那么一个英俊的公子哥，先前还极好说话地与她们围炉温酒共饮，就连门房张穆和大管家张邯都是瞬间热泪盈眶，暗自念叨定是庄主和夫人好人有好报，菩萨显灵，才让这般神仙人物出现在幽燕山庄。

一名紫衣女子一手抱琴一手提酒，缓缓走向卧虎山凉亭。

古琴是尺雪珍藏雅物，一坛子黄酒由滚烫变为温热。离亭七八丈时，她一掠而上，席地而坐，古琴在膝，仰头灌了一口黄酒。

仅是一手猛然按弦。

铿锵之声如凤鸣九天，清越无双。

那一年徽山山巅，书生入圣时，大雪坪不曾落雪，仅是大雨滂沱，波澜平静之后，李淳罡重入陆地剑仙之前，有个她讨厌至极的男子也还不曾白头，给她撑了一回伞。她也不知道自己是恨他到了徽山，牵一发而动全身，最终害得她父母双亡，只能愧疚一生，还是怨他有着人人艳羡的北凉世子身份，可以不用像她那般受罪，只能如一株孱弱浮萍般漂无所依。也不知道自己为何与虎谋皮，愿意跟这么一个初见时吊儿郎当的落难乞丐做买卖。是什么时候讨厌依旧，却不那么讨厌了？是得知他孤身北莽之行气运荡然无存如白纸，自己反而因汲取玉玺而境界暴涨，终于可以可怜他了；还是他得知木剑游侠儿折剑之后，明明那般消沉却不与人言，仅是在躺椅上跟她说了难得正儿八经的梦想和雪人；还是太安城雪中泥泞行至九九馆，他弯腰在桌底给她裙摆轻轻系了一个挽结？

坐在亭子顶上的轩辕青锋喝光了一坛酒，高高抛入湖中。

剑痴王小屏兴许是最后一个凑热闹的"外人"，他走出院门，抬头望着洶洶大雪，不知是不是想起了在山上看到当年师父背着年幼小师弟拾级上武当，大师兄默默跟在身后不断给小师弟拂积雪，不苟言笑的王小屏会心笑了笑，心胸中那股大师兄幸得黄庭又失黄庭的怨气，以及小师弟不惜兵解再证三百年大道的遗憾，也都在这一刻缓缓散去。望向湖上那个年轻人的背影，王小屏拍了拍肩膀上的雪花——师兄弟你们交给我的担子，我王小屏就算曾经打心眼里不喜徐凤年，也会扛下！

山上练剑下山问道的王小屏笑意不减，大踏步掠向湖边，伸出一手向前抹去。

以大雪凝聚出一柄长剑。

晶莹剔透。

谁敢上岸？王小屏既然做得斩妖除魔的事情，亦是杀得所谓的海外仙家！

其实徐凤年根本就没奢望让轩辕青锋和王小屏出手，这和信任与否无关，实在是习惯了万事不靠外人。当然，船底朱袍阴物是个例外，他们一活人一阴物的交情那是数次生死对敌搏命攒下来的——黄河龙壁合力击杀魔头洛阳，弱水见徐淮南，提兵山杀第五貉，铁门关一役的绝密截杀，太安城的天魔降世，力敌柳蒿师，最后相携出宫城，徐凤年信她，就是信自己。故而赐名或者是改名徐婴的阴物在船底隐蔽反哺境界，徐凤年靠它才能借剑千百，对阵十六位白衣仙家，只有心安理得。

密密麻麻如飞蝗的飞剑以仙人抚大顶之万钧大势，狠狠砸下，徐凤年才切身体会这帮海外仙士仙子的厉害之处。如果单打独斗，恐怕除那个为首老妪外，徐凤年自信都可以十招之内当场击杀，可七名男子练气士踏罡结阵北斗，七柄符剑累加积威，不容小觑，分担到他们头上的三百多柄飞剑仅是毁剑阵，重创竭力镇守阵眼的一名仙师，轻伤三四人，其余都可全力再战。观音宗自古便是出了名的阴盛阳衰，故而徐凤年摘出六百剑轰然抛向八名仙子，符剑造就的古怪剑阵如滴溜溜珠子一气旋转，形成一扇镜面，不光没有伤人，连符剑都不曾毁一把，其余一把剑独独飞向老妪，更是在离她一丈外，便尽数被反弹而飞。

徐凤年是头一次驭剑如此巨大规模，手法难免生疏滞涩，可徐凤年的心智在三次游历之后，打磨得无比圆满，如同十二柄剑胎大成的邓太阿飞剑，哪里会一鼓作气之后再而衰三而竭？一拨飞剑砸顶之后，单手一拂半圆，驾驭浩浩荡荡的飞剑以小舟为圆心，飞速绕行一圈；第二拨转作侧面扑杀而去，湖面被剑气所伤，撕裂得溅射无数，白茫茫的鹅毛大雪在落湖之前，更是被搅烂。徐凤年所站位置，给人感觉就是天地之间，我以千百黑剑杀百万白雪！

湖上众人跟随飞剑转动，男子、女子两拨白衣仙家，脚步灵动，踩踏湖面，并肩而行，一同直面那好似酆都阴物惑乱阳间的恶煞凶剑。

此时所站位置，纹丝不动站在原地的老妪离徐凤年最近，八名女子练气士衣袂飘飘，如敦煌飞仙，符剑结成宽阔镜面由横摆变成竖放。

八柄符剑本身无比灵动活泼，在练气士气机牵引下成就表面上极静的玄妙境界。

男子练气士则要略显仓促，质地不同的符剑仅是一柄柄掠出，竭尽全力将迎面而来的三百柄飞剑撞偏。那名先前坐湖"献丑"的练气士其实修为不俗，在阵眼练气士重伤之后，立即坐镇天枢。对敌之时，对敌之前尚有几分身份生就的傲气，此时不见丝毫心浮气躁，隐约有登堂入室的练气大家风范。他们这次针对幽燕山庄取符剑，拿剑是一事，历练也是一事。练气士无疑深谙他山之石可以攻玉的精髓，这一路北行，就已经有一位师姐在潭边观月时顺势提境，从浩瀚如宝山的指玄一境中悟出其中一妙，按照练气士的独有手法，便是如龙宫探宝，撷取龙眼而还，若是谁能得天地造化，侥幸悟得天象境之大妙，更是被视作得骊珠而功成。

飞剑与符剑阵或触碰或撞击在一起。

声响如山崩石裂，远比迎春爆竹挂在耳边还要来得震人耳膜。

老妪依旧无动于衷，剑来便弹剑，不看仿佛雄踞浩然大势之巅的白头年轻人，只是轻轻望向两拨同宗不同脉的得意子弟，不曾流露出丝毫异样表情。

两次带动飞剑之后，徐凤年驭剑手法以惊人的速度提升。

徐凤年双手各自起势，第三拨中三百柄飞剑依旧横冲直撞向男子练气士，其余将近七百柄飞剑，更是干脆不理睬道行高深的老妪，齐齐掠向女子

练气士，而且尤为精彩万分的是这一次飞掠，不再密密麻麻汇聚一堆如同飞羽密集攒射，而是看似凌乱不堪——飞剑轨迹简直就是混乱不堪——实则让人防不胜防，绝非一个剑阵镜面可以抵挡全部。练气士胜于专心致志练气，抱朴怀浑圆最终气吞天地，仅就体魄而言，大多数连二品武夫都远远比不上，别说七百柄飞剑，就算仅是寥寥几把飞剑贯穿身体，这些白衣仙子就要香消玉殒。

一名容貌美如艳妇气质却雍容的女子练气士平淡出声："结宝瓶！"

八剑凝大瓶，如南海观音持宝瓶，符剑由动转静，而且气机牵连成网，织成大网。

脱离宝瓶剑阵的女子微微一笑，收回符剑，朝符剑轻轻哈了一口气，轻声呢喃，"指剑。指山山填海。"

她遇上南海观音宗每一位练气宗师都会遇到的"瓶颈"之后，这次离开海岛，观月悟指玄一妙，得以"指剑"，终于打破瓶颈。

只见白衣仙子并未驭剑而出，而是中指伸直，大拇指扣至无名指之上，以此在剑身上不断指指点点。

一点灵光即是符，点点灵光结成仙人篆。

飞剑当空，遮天蔽日，先是其中一柄坠入湖中，继而是两柄，四柄，八柄。

不知是否是人力借力终是有穷时，她让差不多一百柄飞剑坠入湖中后，翻过剑身，"指剑。指海海摧山。"

湖中一百剑重新跳出水面，竟是为她驱使，掉转剑尖，向徐凤年驾驭的飞剑掠去。

如此一来，不光是宝瓶阵压力骤减，还让北斗符剑的男子练气士得以换气换阵，更有人掏出各自祭炼宝器，而不仅只能以符剑对抗飞剑。

独立船头风雪不近身的徐凤年不以为怒，更无惊惧，嗤笑道："剑来二字，你真当以为只有鞘中剑可做杀人剑？我驭剑十万，便是轻如棉絮，一样压死你！"

徐凤年双袖飘荡，猎猎作响。

天下湖上百万雪花，各自凝聚一线，各自成短剑寸剑。

天地之间顿时犹如凝滞静止，万事皆休。

只有剑。

无数柄剑。

黑白相间。

此时佩刀却驭剑的年轻人，在岸上目瞪口呆的众人看来，那就是只要天人不出，我于世间几无敌。

北莽雨巷一战，狭路相逢，目盲女琴师薛宋官便曾经让小巷一瞬间停雨。敦煌城门一战，当世第一大魔头洛阳更是一脚踏下，溅起雨水无数做飞剑，跟新剑神邓太阿一争剑道高低。徐凤年论境界高低，比不上跳过金刚入指玄的目盲琴师，论己身内力，更是被大雪坪李淳罡和敦煌城外洛阳甩出十万八千里，可架不住他脚底船下蛰伏有朱袍阴物这位双相六臂天象高手，双方心意相通，比之徐凤年驾驭十二柄飞剑也不差，徐婴源源不断将内力输送给徐凤年，如滔天洪水涌入湖，水涨船高，撑船人徐凤年自然就有了独立鳌头的剑仙假象。徐凤年自以为自知斤两底细，借天力做出数万柄歪歪扭扭的雪剑，威慑力远远超过真实效果，却不知道体内一方犹如荷叶枯萎殆尽的残败池塘，一粒紫金莲种子，破土而出，一株嫩苗轻轻摇曳，气象通大玄。

众人头顶，湖上数万柄白剑，横竖倾斜，粗细长短，没有定式，但就气势壮阔这一点而言，确实举世罕见。徐凤年对剑道的独到领悟，加上阴物徐婴圆满天象境界的支撑，最终造就了湖上这一幅画卷。

江湖有不可避免的草根气，买不起刀剑，拿不到秘籍，混得穷困潦倒，一文铜钱难死英雄汉。江湖有戾气，嘴上称兄道弟，回头便插兄弟两刀。江湖有血性义气，引刀成一快，不负少年头。但江湖亦是会有仙侠气，练气士白衣飘飘，在湖上凌波微步，是市井眼中的仙气无疑，徐凤年为旧人恩情执意拦路，起先看似螳臂当车，是常人无法理解的侠气，数万雪剑悬空，更是仙气。徐凤年胜勇追穷寇，不给他们丝毫喘息机会，双手猛然下按。

大雪数万剑一起压向观音宗练气士。

一直表现平庸的赤足年轻女子突然嬉笑道："天上世间万万剑，手上一剑足矣。"

她没有使出那柄更适宜斩妖驱邪的符剑，而是跟王小屏有异曲同工之妙，在湖面和雪剑缝隙之间，弯腰前冲，好像一支白羽箭，一手做了个拎起水桶的手势，湖中一道水柱如同一尾蛟龙出水，被她握住，便是一柄幽绿长

剑。明显是要擒贼先擒王，一剑斩去始作俑者，头顶万剑又如何？

你做数万雪剑，我便一把水剑破之。

不知何时，江湖上传入这么个诡谲说法：南海有龙女，剑术已入神，风高浪快，骑蟾万里一剑行。

观刀谱最后一页，有灵犀一说，误打误撞，准确说是丧失大金刚境界以及跌两重境的徐凤年只能退而求其次，一心驭剑近战，十丈以内十二飞剑，自诩杀尽指玄以下江湖人。徐凤年怡然不惧，依旧让雪剑压塌而下。

剑道、剑术便一直存有争议，鱼与熊掌难以兼得，数百年来以李淳罡最为兼备，两袖青蛇是剑术巅峰，剑开天门则是剑道顶点。邓太阿在力战北莽第一人拓跋菩萨之前，给人感觉便是一心要踩在吴家剑冢头顶，以剑术走到极致而得道，借剑以后，才做出变化，开始兼顾剑道。这不是说桃花剑神的剑道就差了，只是相比剑术上的造诣成就，才显得没有那般璀璨。以手中剑争取最大程度的杀伤，达到千人敌的恐怖境界，对剑术和剑道两大门槛都要求极高，一剑破去士卒身披甲胄并不难，可甲胄毕竟是死物，甲士却不是，也不是木头桩子，任由剑气伤及自身。再者，世间万力尽出，皆有回馈反弹，当年羊皮裘老头广陵江一战，十之三四都是为自己剑气所伤。

执火不焦指，其功在神速。尖钉入金石，聚力在一点。

驭剑太多，难免就要分心分神，对这两点武道至高要义都必然会有所折损，这也是天下剑林之中无数成名剑客不屑驭剑杀敌的根源。一寸短一寸险，驭剑离手，本就殊不明智，当空泼下一拨剑雨，更是无聊至极，漫天撒网捞鱼，岂能比得上一竿钩鱼来得凌厉凶狠？

吕祖以后，剑道真正扛鼎不过李淳罡一人而已。

徐凤年扯下天上相对重势不重力的雪剑之后，就一直在等这生死立判的时刻，只是跟想象中略有出入：原本忌惮的是那位老妪，而非眼前这个直刺而来的年轻姑娘。徐凤年生性谨小慎微，说难听一点就是胆小怕死，万事往坏了去想。对敌南海练气士，始终有一点疑惑：练气士虽为不染尘俗的仙家，可这些修为深浅悬殊的十六人离海登岸，深入离阳王朝腹地，必定不会都是贴身近战肉搏如同纸糊的老虎，起先是担忧湖底有真正高明剑士潜伏，伺机而动，可徐婴充沛气机如水草根须蔓延湖底五十丈，并没发觉异样，既然不在水底，自然便在十六人之中，唯独没有料到会是眼前赤足女子递出一剑，来一锤定音。

既然早已知晓练气士会有后手，在见识到那名美妇仙子的指剑之后，徐凤年已经相当高估观音宗，可真当面对那轻描淡写的一剑，才知道还是低估了。

那一剑以水造就，三丈之外便何处来何处去，化为一摊湖水，坠入湖中，可赤脚女子仍是直直掠来，这让已经结阵雷池的徐凤年心知不妙。果不其然，剑胎圆满的十二飞剑不知为何，在将那名练气士刺透成筛子的刹那之间，竟是如同叛主的甲士，虽未倒戈一击，却在女子身边温顺如蝴蝶，翩翩旋转，轻灵愉快，毫无剑气杀机可言，这让从未失去飞剑掌控的徐凤年顿时心头震骇，嘴角有些苦涩。这妮子竟是心机深沉，那一手汲水做剑根本就是幌子，她本身才是真正的秘剑，看似自寻死路，其实更是有所凭恃而为。徐凤年曾经听羊皮裘老头说过，天下剑林之中，两种人是真天才：一种如邓太阿，道术都不俗气，桃花枝是剑，朽木是剑，雨水是剑，天地之间无一物不可做剑；另外一种更是罕见，天生亲剑继而克剑，本身即是无上剑胎，任你剑法如何上乘，剑招如何凌厉，只要不是证道剑仙，一不小心，出剑之后就要为其作嫁衣裳。

既然问过了剑。

那就问刀。

徐凤年一手按住腰间北凉刀刀柄。

老妪突然说道："卖炭妞，回来。"

不承想在南方练气士中一言九鼎的练气大家出声之后，有个古怪昵称的赤脚女子仍是嬉笑一声，非但没有减速，反而急速前掠，一心问刀。

不等徐凤年出手，朱袍阴物竟是也生忤逆念头，从湖底悄无声息跃起，双臂扯住年轻女子一双粉嫩脚丫就给拽入冰寒刺骨的水中。

徐凤年和南海老妪都流露出一抹没法子掩饰的头疼神情，都跟爹娘管束不住性情顽劣的孩子一般无奈。

徐凤年给阴物传递了一份心神，对一直没有出手的老妪微微作揖，极有礼数说道："北凉徐凤年见过观音宗老前辈。"

老妪笑了，一张沧桑脸庞如枯木逢阳春，刻意忽略北凉二字，说道："不承想遇见了李剑神的徒弟，幸会。中原年轻一辈剑士人才济济，的确是

本宗小觑天下英雄了。"

徐凤年平静问道："老前辈能否暂时退让一步，晚辈定会尽力弥补观音宗。龙岩香炉铸造符剑延期一事，和贵宗清理叛徒一事，徐凤年了解清楚以后，肯定给前辈一个说得过去的说法。"

老妪犹豫了一下，摆摆手道："谈不上退让。卧虎山上有指玄高人，岸上又有武当王小屏，如果你动了杀心，今日本就是本宗死绝的凄凉境地。既然你退让在先，我也没那脸皮得寸进尺。离宗主出关大概还有三年，这段时日，本宗登岸子弟十五人，都会跟随我行走大江南北，砥砺心境，孕养浩然之气，只要三年之后，幽燕山庄可以允诺给出七十柄符剑，我可以亲自返回宗门，给张冻龄说情，至于本宗叛逆生死，仍是需要宗主亲自定夺。"

徐凤年笑道："晚辈多嘴一句，符剑铸造为何如此艰辛？"

老妪倒也好说话，一副知无不言言无不尽的架势，"一则材质难觅，与李淳罡木马牛相似，皆是天外飞石；再者锻造符剑，与寻常铸剑大不相同，一步差不得。当年约定八十一柄符剑，并非本宗仗势欺人，幽燕山庄的龙岩香炉，历代先祖搜集而得储藏材质，足够打造八十余柄符剑，只是张冻龄铸寻常剑，堪称大师，可惜被不值一提的剑道造诣拖累，又闭门造车，坐井观天，在符剑之事上，非但没有立下尺寸之功，反而白白费去许多珍贵材质。"

徐凤年比画出一个幅度，"这样一柄短剑，可锻造几柄贵宗所需的符剑？"

老妪平淡道："若无意外，悉数成功，可有八柄。"

徐凤年又是轻轻一揖，抬头后一本正经说道："三年之约，晚辈可以替幽燕山庄答应下来。"

那名从指玄境界中悟出两指剑的婀娜美妇笑眯眯道："你若是将幽燕山庄几人带去北凉，到时候改口反悔，难不成要远在南海的本宗，跟你们北凉三十万铁骑为敌？"

徐凤年笑意真诚醉人，一边抬手系住发丝，一边说道："这位符箓入剑举世无双的仙子姐姐言重了，晚辈岂会是这种言而无信的人。"

那辨别不出真实年龄的美妇人显然被这家伙的油嘴滑舌给为难住，既不好撕破脸皮说狠话，也不适宜顺水推舟掉入圈套，不过一声姐姐，她倒真是顺耳又舒心。

徐凤年拍了拍腰间北凉刀，"本该摘刀作为信物，可委实是不太方便，回了北凉某人得心疼死。老前辈，你尽管开口提要求，如何才能信我？"

老妪思量一番，提了一个莫名其妙的说法，"日后凉莽大战，可否让本宗练气士赶赴北凉边境，观战却不参战？"

徐凤年笑道："只要不动手脚害我北凉，绝无问题。"

老妪笑道："一言为定即可。"

徐凤年赶紧溜须拍马道："前辈爽快，这才是世外高人！比起什么狗屁龙虎山，高出一百楼不止！"

老妪坦然受之，身后那些个先前疲于应付漫天飞剑的仙士仙子都对其印象改观不少，尤其是那位被观音宗宗主寄予厚望的嫡传弟子美妇人，嘴角翘起，嫣然一笑——这小家伙真是有趣，分明是驾驭飞剑无数的骇人身手了，还是如此没个正形。

老妪直直望向徐凤年，后者赧颜一笑，喊道："徐婴！"

湖面如同一剑斩裂，朱袍阴物率先浮现当空，对十五名海外仙家，悲悯相一双紫金眸子熠熠生辉，微微转动，扫视一遍。

哪怕那容颜俏媚的少妇练气士，被它盯上一眼之后，也压抑不下心中潮水般的恐惧。

老妪一笑置之，轻声一句，"徐公子功德无量。"

然后便转身踩湖离去。

十四名练气士陆续跟上，悟得指剑的女子等名义上的太上师伯祖浮出水面后，拉出浑身湿透的虽然年轻辈分却高到无法无天的赤足女子，回眸一笑，这才离去。

赤足女子转头冷哼一声，飘然远去。

湖上一群白蝶飘飞。

老妪放慢脚步，来到赤足女子身边致歉道："师伯，方才弟子不得已直呼名讳。"

赤足女子抽了抽精致鼻子，摆手道："没事，我就是记恨那头阴物。"

老妪笑道："俗人仙人一纸之隔，天魔天人一线之间，它已不是阴物了。否则老妪便是拼上性命，也要出手。"

看模样尚未二十的年轻女子问道："为何阻拦我接下那人一刀？"

老妪沉声道："既然是李淳罡的徒弟，未必不能借力开天门。"

年轻女子恨恨道："等着！"

老妪柔声道："师伯，地肺山恶龙为武当李玉斧所伤，正是采撷墨骊的大好时机……"

说到这里，老妪露出一丝尴尬。

赤足女子俏皮一笑，抬起一脚，湖底被带出一大片顺手牵羊而来的飞剑"鱼群"，跳出湖面，又蹿入湖中，继续游弋。

这场雷声大雨点也是不小的湖上酣战，虽然没有分出你死我活，却也已经让幽燕山庄三四百号江湖人士震撼得心神激荡。

徐凤年本想借剑在先，就得有始有终，再来还剑一次，顺便抖搂抖搂风采，不承想粗略估计，少了足足两百柄剑，这让徐凤年忍不住转身对着湖面破口大骂。

这样一来，怎么好开口拐骗幽燕山庄去北凉效力？

下次见面，一定要跟羊皮裘李老头一样，打得你赤脚哭着回南海。

等到徐凤年重新披上蓑笠，提鱼竿拎鱼篓登岸时，剑痴王小屏早已不知所终，青鸟安静站在岸边，接过公子手上物件。鱼篓中空无一物，徐凤年有些汗颜。听潮湖里的锦鲤别说钓鱼，你就是弯腰拍水，也能让几尾鲤鱼跳到手上，徐凤年在湖上挨冻，辛辛苦苦钓了个把时辰，结果无功而返。除了刘文豹小跑而至，幽燕山庄张冻龄、张春霖父子，还有叛出观音宗的妇人也赶来，俱是发自肺腑地感激涕零，不等徐凤年说什么，张冻龄好歹也算是一州江湖魁首，二话不说就要下跪磕头，徐凤年连忙扶住，不让他如此行大礼。捧了满怀名剑的张春霖更是满脸崇敬，恨不得当下就要拜师学艺。徐凤年犹豫了一下，终究还是没有道破实情，难得装了一次行侠仗义的好汉，言辞客套，"庄主借宿在先，徐某人还礼在后，互不亏欠什么，张庄主莫要太过上心。实话说来，这次跟幽燕山庄借剑千余柄，到头来给那帮南海练气士偷走不少，徐某当下愧疚难当。"

张冻龄一直以为必死无疑，哪里计较那批被顺手牵羊而走的数百把剑，何况庄子上珍藏的几十柄名剑都还在，像那张春霖佩戴的无根天水，以及龙须、烽燧、细腰阳春、杀冬，无一例外都物归原主。张冻龄为了身边女子尚且舍得封闭世代相传的龙岩香炉，又岂会重视庄子所藏名剑重于相濡以沫的妻子？张冻龄讷于言辞，此时不知如何感恩戴德，才能报答一二，如此一个响当当的大老爷们儿，只是嘴唇颤抖，握住眼前白头年轻男子的手，一切尽在不言中。

徐凤年没有急于反身尺雪小院，直截了当说道："幽燕山庄还有三年时间去铸造剩余符剑，我家中恰好有几柄材质类似木马牛的大秦古剑，等我回府，近期之内就会让人送来庄子，大抵可以帮庄主解燃眉之急。"

张冻龄一脸愕然，喃喃自语："这如何使得？世人都说滴水之恩涌泉相报，可既然是涌泉之恩，张冻龄又该如何回报？"

徐凤年笑了笑，"湖上拦截南海仙家，只是意气使然，可之后那几柄大秦古剑，还得跟幽燕山庄做笔买卖，不是白送。"

最怕亏欠人情的张冻龄如释重负，频频点头道："如此最好。若是恩人不嫌弃，幽燕山庄所有密室，便是龙岩香炉也对公子大开，任由公子搬走，除去犬子所佩无根天水是及冠礼赠物，不好卖给公子，其余便是杀冬、龙须、烽燧和细腰阳春四柄藏剑在内，庄上所有喊得出名号的古剑利剑，都可以让公子一并拿走。再者，数位先祖当年游历江湖，偶有奇遇，幽燕山庄对于练气一事小有心得，那几本秘籍，张冻龄只留下摹本，原本都由公子拿去。庄子上还有些田契金银……"

张冻龄正说得起兴，被妻子扯了扯袖口，猛然回神，才自知失态，讪讪一笑，心想以这位公子的家世底蕴，哪里瞧得上眼那些黄白俗物，醒悟之后，抱拳致歉道："是张冻龄俗气了，公子切莫怪罪。"

徐凤年回望湖面一眼，转头笑道："去尺雪小院慢慢谈？"

张冻龄自不敢有半点异议。

一行人到了小院，管事张邶已经把三名串门婢女连坑带骗带离院子，只留下两名本就在尺雪做活的丫鬟。主客双方围炉而坐，少庄主张春霖没敢坐下，壮着胆子打量这位年龄看上去与自己相差不多的公子哥。可能是徐凤年的借剑太过惊世骇俗，张春霖误以为这位白头剑仙仅是瞧着年轻，实则已经活了好几甲子超然物外的世外仙人。

徐凤年饮了一口黄酒，"庄主有没有想过把幽燕山庄的基业搬出去？"

北凉缺土地缺金银，但最缺人才。幽燕山庄代代相承的高超铸剑手艺，

是渔不是鱼，庄子上那近百号一辈子都在跟铸造打交道的能工巧匠，可不是几柄名剑可以衡量的价值，对铁骑雄天下的北凉来说殊为可贵。接下来朝廷一定会在盐铁之事上勒紧北凉脖子，步步逼近，徐凤年不得不未雨绸缪，如果有一大批经验老到的巧匠在手，就等于节省下一大批铁矿。

张冻龄愕然之后，苦涩道："恩公，实不相瞒，这两年眼看铸造符剑完工无望，张冻龄也曾犹豫是不是携妻带子浪迹天涯，躲藏苟活，可每次到了龙岩香炉前，就都没了这份念头。数百年二十几代人的祖业，张冻龄可以死，但祖业不能毁在张冻龄手上，不说其他，每年清明祭祖扫墓，后辈子孙不管如何不出息，总得去做的。"

徐凤年点点头，没有强人所难。

张冻龄大气都不敢喘，英雄气短，更是满心愧疚，只觉得万分对不住身前慢饮黄酒的恩公。

徐凤年笑道："那我就以剑换剑，取走龙须、烽燧在内的九柄名剑。"

张春霖急眼了，匆忙插嘴道："恩公，小子所佩这柄无根天水也拿去，庄上便是砸锅卖铁，怎么都要凑足一百柄好剑才好还恩。"

张冻龄洒然笑道："是该这样，恩公如果嫌弃一百柄剑太过累赘，幽燕山庄亲自送往府上。"

张春霖毛遂自荐道："小子就可以做这件事情，正巧想要游历江湖历练一番。"

徐凤年也没有推拒，抬头看了一眼风流倜傥的张春霖，"徐某此番出行，有两辆马车，其中一辆可以用作装载百剑。不过无根天水就算了，君子成人之美，小人才夺人所好，徐某本就不是什么君子，却也不想当个小人，吃相太过难看。好不容易在庄主和夫人面前有些江湖好汉的意味，不能眨眼之间就破功了。"

张冻龄是不苟言笑的粗朴性子，听闻这话也是咧嘴一笑——这位恩公倒真是性情中人。庄主夫人更是一些隐藏心结次第解开，眉目舒展，越发温婉恬淡。江湖阅历谈不上如何丰富的张春霖更是哑口无言，在这位年少成名的少庄主看来，既然这位恩公已是亲眼所见那般举世无双的剑仙风采，谈吐也该是不带半点世俗气的，哪里想到言谈之间如此平易近人。徐凤年抬手借剑一观，张春霖手忙脚乱递出烽燧一剑，看得屋外门口两位丫鬟相视一笑——少庄主平日里可都是温文尔雅得很，便是迎见江湖上的大侠前辈，也从不见他如此拘束紧张。

徐凤年抽出半柄名剑烽燧，剑身如镜清亮似水，徐凤年眯眼望去，笑道："方才在湖上切磋，有一位女子练气士使出了指剑，据说可以指山山去填海，指海海去摧山。你们幽燕山庄练气与练剑并重，对这个有没有讲究？"

张冻龄一脸古怪，张春霖聚精会神，不肯漏过一字，倒是庄主夫人柔声道："恩公有所不知。观音宗擅长练气，其中惊才绝艳之辈，可以去指玄和天象两种一品境界中摘取一鳞半爪，美其名曰龙宫探宝。从指玄中领悟，较之更高一层的天象，相对简单，但也仅是相对而言，一般练气士，便是穷其一生，一日不敢懈怠，也未必能做到，委实是太过考校练气士的天赋机缘。湖上指剑之人，取法道教符箓飞剑派的点符之玄，点天天清明，点人人长生，点剑剑通灵，三重境界，依次递减。那名练气士不过三十岁年纪，能有此境，只要甲子岁数之前点剑再点人，未必不能百岁之前去点天，从天象中拣寻物华天宝。练气士之强，自然不在体魄，而在练气二字。"

夫人犹豫了一下，轻轻呼出一口气，神情复杂道："为首练气大家乃是本宗长老'滴水'观音，最擅驭水，袖中净瓷瓶重不过三两，传言却可倒水三万三千斤。"

徐凤年手指抹过古剑烽燧，笑道："看来是这位练气大家手下留情了。"

张春霖冷哼一声，"恩公在湖上画出雪剑数万柄，那老妇人分明是知难而退。"

徐凤年摇头道："我那些手笔，不论是借幽燕山庄的实剑还是湖上造雪剑，吓唬人可以，说到真正伤人，就稀松平常。"

张春霖正要为心目中顶天立地的神仙恩人辩驳几句，徐凤年已经笑道："少庄主，我其实跟你差不多岁数，不妨兄弟相称。"

张春霖张大嘴巴，张冻龄和妇人也是面面相觑，不敢相信这名年轻剑仙真是二十几岁的男子。

几乎算是萍水相逢，交浅不好言深，张冻龄三人也就不好意思继续赖着不走，起身谦恭告辞，除了无根天水，其余几柄名剑都留下。徐凤年闭上

眼睛，回忆湖上女子练气士的指剑手法，有模有样在烽燧剑上指指点点，哈气印符，大概烽燧不是那符剑，徐凤年也仅是有其形而无其神，没有半点气机动静。王小屏进入屋子坐下，自己倒了一杯酒，一饮而尽，斜瞥了一眼不断重复指剑烽燧的世子殿下，沙哑开口："指法无误，确是练气指玄一妙，可是没用，观音宗自有独门气机导引。武当号称天下内功尽出玉柱，许多秘籍流传山外，亦是一字不差，为何仍是寥寥无几人可入正途？无他，阴阳双鱼，失其一便全然失去精髓。"

徐凤年点点头，转移话题，"小王先生，取一柄剑当佩剑？"

王小屏也不客气，探手一抓，握住了一柄古剑龙须，叩指一弹剑鞘，院内风雪骤停，王小屏点头赞道："就这把了。"

徐凤年一笑置之。

王小屏平淡道："你如何应对韩貂寺的截杀？"

徐凤年叹气道："只能兵来将挡水来土掩了。"

王小屏摇头道："你虽有指玄女子轩辕青锋，枪仙王绣的刹那，再加上天象阴物傍身，即便还有我届时出剑，一样未必能全身而退。"

徐凤年讶异道："这还不够？"

王小屏反问道："天下第十一王明寅死在你眼前，你就真当这些高手不是高手了？再者，王明寅的天下第十一，仅是离阳王朝的十人末尾。韩貂寺则不然，他是当之无愧的天下十人之一，更是最为擅长以指玄杀天象。只要韩貂寺舍得一条性命，要杀你，绝非如你所想的那么艰难。江湖顶尖高手竞技，一种是对敌王仙芝，倾力只为切磋；一种是当时犹在天象的曹长卿对阵指玄感悟仅在邓太阿之下的韩生宣，互有保留，留有一线余地；最后一种，才是彻彻底底的生死相搏，肯这样做的韩貂寺，便是儒圣曹长卿也要头疼。"

王小屏语不惊人死不休，"我奉劝你到时候对上韩貂寺，不要轻易让朱袍阴物出手，它能跟柳蒿师斗个旗鼓相当，恐怕在韩貂寺手下不过五十招，就要修为折损小半。擅长指玄杀天象，不是一句空话。你一旦让阴物反哺你内力，跟韩貂寺死战，到时候阴物遭受重创，你能好受到哪里去？说不定韩貂寺就等着你如此作为。到时候我王小屏就算不惜性命护着你，也难如登天。在我看来，你只能用使用刹那枪的她，加上暗中潜伏的死士拿一条条命去填补窟窿，耗费韩貂寺的内力，然后寄希望于那名徽山女子会替你拼死一战，最终交由我三剑之内决出胜负。胜了，万事大吉；输了，你自求多福。"

徐凤年苦笑道："何谓天下第十？这便是天下第十人的能耐吗？"

王小屏冷笑道："杨太岁问心有愧，这些年跌境跌得一塌糊涂，你能独自杀他不算什么大本事。至于第五貉，他的指玄是不弱，可比起能与邓太阿比拼指玄的人猫韩生宣，仍是不值一提。算你运气不好，若是将韩貂寺换成天下第九的断矛邓茂，有天象阴物护着你，也会轻松一些。"

徐凤年闭上眼睛，喃喃自语："陆地神仙之下韩无敌吗？"

徐凤年喝过了黄酒，走出院子走向卧虎山凉亭，一路行去，鹅毛大雪拂了一身仍满肩。应该是张冻龄扮黑脸发了话，没有闲杂人等凑来套近乎，紫衣女子靠着凉亭廊柱，双腿伸出，面朝湖水，膝上搁放有一架古琴，徐凤年走入亭中，也不见她神情有丝毫涟漪。

徐凤年开门见山道："韩貂寺在三百里以内就会出现，你打算出几分力？你我事先说好，我就能量力而行。"

轩辕青锋皱了皱眉头，"那只人猫不过指玄境界，值得你如此兴师动众？"

徐凤年坐下后，平静道："一来韩貂寺是公认的邓太阿之后指玄第二人，臂绕红丝，弹指断长生的手法，肯定比我厉害太多。二来我就怕他来个莫名其妙的天象境，就不是指玄杀天象那么简单了，到时候真得吃不了兜着走。皇子赵楷一死，扶龙无望的韩生宣差不多生无所恋，恨我入骨，如果能杀我十次绝对不会只杀九次。徐婴是天象境，不适合出手，我现在就担心王小屏出剑之前，韩生宣毫发无损。"

轩辕青锋双手搭在琴弦上，"你知道上次西域围剿韩貂寺吗？"

徐凤年点头道："白狐儿脸没有说一句话，只能从戊那边听到一些琐碎。你们三人带有一千六百精锐北凉轻骑，总计三次碰面韩貂寺，都被他逃出包围圈。其中一次为他斩杀骑兵四百人，硬生生扛下戊的一根铁箭，白狐儿脸搏命一刀还是没能砍断他的手臂，只是斩去一团红丝。另外两次，戊说你受伤都不轻。其中一次要不是你撞上几位道行不差的西域密宗老僧，汲取内力，吸成人干，你的心弦就要被人猫彻底崩断。"

轩辕青锋点头道："三次围杀，你嘴里的白狐儿脸都搭上了性命上阵，如果不是这家伙不计生死，北凉轻骑早就给韩貂寺反过头来截杀，一点一点蚕食殆尽，我和死士戊哪里经得起这个老阉人几次针对？说到底，他还是想蓄力刺杀你这个正主，没将我当作一盘菜而已。若非如此，他完全可以在最后一场围剿中，跟我们三人和一千余百骑兵互换性命。下徽山之前，我何等自负，只觉得可以在天下十人中轻松占据一席之地，挤掉邓茂都不在话下，对上不过才是第十的韩貂寺之后，才知道以前是多么无知。侥幸活着返回北凉之后，我对自己说，这辈子在成为陆地神仙之前，都不要傻乎乎去找韩貂寺的麻烦。"

徐凤年轻声道："我知道了。"

轩辕青锋依旧没有转头，轻声问道："是不是很失望？"

徐凤年双手抱着后脑勺，"没。"

轩辕青锋笑问道："方才在湖上大费周章，跟一帮练气士打得天翻地覆，是不是担心自己死了，就跟李淳罡一样，被江湖说忘记就忘记了？"

徐凤年笑了笑，"还是你懂我。"

轩辕青锋瞥了一眼徐凤年腰间北凉刀，好奇问道："你怎么应对那个可以双手生撕巅峰时符将红甲的人猫？"

徐凤年要么就是心中没底，要么就是没有推心置腹，含糊说道："只能走一步看一步。"

轩辕青锋没有刨根问底，看着徐凤年伸出手掌轻轻摇晃，将雪花拂去，百无聊赖之后，起身离去。轩辕青锋往后一靠廊柱，脑袋撞在柱子上，发出轻轻的砰一声，不知过了多久，她低头望去，犹豫了一下，弯腰给裙摆系了一个结。

当天黄昏，幽燕山庄就凑足了两大箱子庄子珍藏多年的名剑，小心翼翼搬到了尺雪小院。不知为何，王小屏在拿到龙须之后，仍是多要了两柄，一柄短剑"小吠"，一柄宽剑"割鹿头"，在幽燕山庄仅算是上乘好剑，只是距离名剑仍有一段差距。徐凤年对此不闻不问。在洪洗象下山之前，剑痴王小屏是当之无愧的武当剑术第一人，杀人荡魔的手腕，甚至还要超出两位师兄王重楼和俞兴瑞，剑意之精纯，放眼天下也是名列前茅，毋庸置疑。王小屏取了三剑，徐凤年大抵可以猜出一些端倪，三剑在手，对上韩貂寺那也就是三剑的事情，不成功便成仁。

晚饭时分，徐凤年单身赴会，幽燕山庄这边除了张冻龄、张春霖和庄主夫人，还有两名张冻龄结识半辈子的至交好友。一个叫曹郁，使用一双蛟筋鞭，四十岁进入二品小宗师境界后，已经停滞整整十年，非但没有跻身一品境界的迹象，反而有了逆水行舟不进则退的可怕苗头，这些年走南闯北，四处寻访高人，切磋武艺，都没能有所裨益。另一名是用剑的名家，姓段名懋，所谓的名家，那也仅是一州境内罕逢敌手，走的是偏门路数，修术不修意，算是邓太阿的徒子徒孙。江湖便是如此，瞪大眼珠子盯着鳌头人物如何证道，万千后辈就一门心思模仿。段懋生平最得意的一笔战绩，便是始终未进二品，却仗着剑术诡谲，击败了两名小宗师。曹郁和段懋，在地方江湖上，几乎都算是打个喷嚏都能震上一震所在州郡的通天人物，不知凡几的江湖儿郎为了能够拜师门下，费尽心机。毕竟大多数人一辈子都不可能接触到那些飞来飞去的神人仙师，能够勉强离手驭剑几尺，也就差不多等于御剑的无敌剑仙了。吴家剑冢稚子驭剑碎蝴蝶，这类说法，也就听上一听，谁都不会当真。

曹郁和段懋都是老江湖，知道避开忌讳，没有大煞风景纠缠着徐凤年的隐秘身份，不过眼中的炙热渴望无法掩饰，一个急于稳固境界，不求到达那传说中的一品，只求不跌出二品；另一个习剑，突然遇上徐凤年这么一个动辄驭剑千百的恐怖隐仙，眼巴巴想着能从白头剑仙嘴里得到一两句金玉良言，说不定就能让剑术突飞猛进。可惜那名不知真实年龄的陆地神仙始终不开金口，好在曹郁和段懋期望不高，能坐在一张桌子上吃顿饭，也觉得脸面有光，以后走出幽燕山庄与同辈晚辈说上几句，那也是堪称惊世骇俗的精彩段子了。你听过李淳罡在牯牛大岗一声剑来，可你见过有人驭剑百千去劈湖斩仙人吗？

酒足饭饱，段懋旁敲侧击问道："徐前辈，湖上那十几位白衣仙家，果真是南海观音宗的练气士？前辈你能够以一敌十几，最不济也有指玄境界了吧？"

平白无故得了一个前辈头衔的徐凤年心中好笑，面无表情，似乎在回味湖上巅峰一战，落在曹段两人眼中，自然不是什么自负，而是高人该有的矜持。

晚饭之后，众人移步幽燕山庄一栋别致雅园。园内遍植紫竹，大雪压竹叶，不堪重负，时不时传来砰然作响的折竹声响。雪夜红泥小火炉，府上身

段最为曼妙的丫鬟玉手温酒，更有满头霜白的剑仙坐镇，共饮杯中酒，不曾有过这种经历的曹段二人尚未饮酒，便已醺醉几分，这要传出去，怎能不是武林中一桩佳话美谈？

段懋感慨道："前辈那一手以雪做万剑，真是惊天地泣鬼神的神仙手笔，段懋此生都会铭刻五内，心向往之。"

曹郁也不甘落后，击掌赞道："曹某人虽不练剑，可亲眼见到前辈湖上一战，此生已是无憾！只恨当年没有提剑走江湖啊！"

徐凤年恍惚间，好像回到了纨绔世子时，被身边膏粱子弟溜须拍马的场景，不由怔怔出神。

就在此时，一袭色泽极正的刺眼紫衣走入视线。

她的紫，跟灯笼照映下的那一片紫竹林相得益彰。

裙角收拢做一挽结，显得她身形越发婀娜。

她没有落座，只是对徐凤年说了一句很多余的废话，"我还是不会出手。"

徐凤年讶异道："我知道了啊。"

轩辕青锋默然转身。

张春霖目不转睛，心神摇曳，不输当初观战湖上互杀。

世间还有这般妖冶动人的女子？

徐凤年身体微微倾斜，手肘抵在榻沿上，嘴角翘起——这婆娘竟然也会良心不安？

张春霖小心翼翼问道："恩公，这位姑娘是？"

徐凤年笑道："萍水相逢而已。"

曹郁和段懋同时咽了一口口水，脸色有几分不自然。因为他们都记起当今江湖上一位崛起的女子，也是常年紫衣，来自徽山大雪坪。外人只知道牯牛大岗飞来横祸，降下一道粗如山峰的紫色天雷，轩辕家族内可扛大梁的顶尖高手几乎死绝，以为轩辕氏男子死了一干二净后，就要衰败，不承想轩辕青锋横空出世，小道消息铺天盖地，都说她是喜好烹食心肝的女魔头，而且擅长采阳补阴，阴毒至极。这般为害武林的狠辣女子，人人得而诛之。关键是她跟北凉世子有千丝万缕的牵连，寻常匡扶正义的白道人士，也不敢轻易出手。

徐凤年突然闭上眼睛，伸出手指狠狠抹了抹额头。

然后低下头，佯装举杯饮酒，却死死咬住牙根。瓷杯纹丝不动，杯中酒水起旋涡，如龙卷。

徐凤年一手握杯，一手覆杯。眉心一枚印痕由红入紫。

陪伴饮酒诸人只当这位江湖名声不显的散仙出神沉吟，自顾自碰杯对饮，不敢打扰。张春霖向来眼高于顶，以幽燕山庄虎老架不倒的武林地位，自身又出类拔萃，生得一副好皮囊，对寻常倾慕于他的女子都止于礼仪，半点不去沾惹，不知为何见到那名冷如霜雪的紫衣女子后，便一瞬痴心，只是不知她与恩公是什么关系，天人交战半晌，眉宇间仅是彷徨落魄，凄然独饮。知子莫若母，叛出南海孤岛的妇人轻轻叹息。张冻龄性子粗糙，细微处察言观色的功夫不够火候，只顾着跟曹段两位世交好友推杯换盏。

徐凤年悠悠然长呼出一口气，曹郁、段懋二人停杯转头，一脸匪夷所思，只见那一缕雾气飘荡如游走白蛇，在空中好似扭头摆尾，所过之处，碾雪化齑粉。徐凤年放下酒杯猛然起身，告辞一声，径直走向尺雪小院，过院门而不入，步伐飘浮，几乎是跟跄前行，面容狰狞的他犹豫了一下，当空一掠，身形如同一根羽箭直直坠入湖中，沉入湖底。

紫竹林这边不知真相，面面相觑，都看出对方眼中的疑惑震惊，难不成这便是江湖上传闻的口吐剑气如蛟龙？

王小屏自打上山后第一次握剑，在武当众多师兄弟中展现出卓绝的天赋，一直被视为为剑而生的极佳剑坯，他自己也一直坚持将来某一天要为剑而死。交错背负有幽燕山庄烽燧、小吠、割鹿头三柄剑，这位剑痴缓缓来到湖边，为湖底年轻人镇守湖面。

当初徐凤年上武当，王小屏不以为意——一个劣迹斑斑的纨绔子弟，跑到山上练刀，能练出什么出息？大师兄不惜拿一身大黄庭修为去换"武当当兴"四字，更是让王小屏怒意满怀，赌气之下，就干脆下山磨砺剑心，求一个眼不见为净。时至今日，抛开真武转世那一层身份，不说武当山的伏笔，王小屏对徐凤年也谈不上有太多好感，不过就纯粹武道历程而言，确实有几分欣赏。

吕祖曾言，我辈修道，莫要修成伶人看门狗。

王小屏盘膝而坐，枯坐到天明。

幽燕山庄往南三百里是江南。

一场突如其来的连绵大雪，银装素裹，万物不费银子披狐裘。清冷雪夜中，一名黑衣老者踏白而行，双手入袖而藏。所行之地，前不着村后不着店，最近一处歇脚村子也在三十里以外，寻常老人十有八九就要冻死在这雪地里，不过看老人行路气韵，颇像有些武艺傍身的练家子，虽无太多高人跋扈的气焰，想必应该不至于冷死在路途。老人一袭宽袖黑袍，一双厚实锦靴沾雪，满头霜白发丝，当头落雪不停，倒像是霜发之上添雪华，有些冷冷清清的意趣。

老人走得面无表情，目中无人无物，哪怕是十几位白衣仙家飘然而过，如一只只踏雪飞鸿，何况其中一名年轻女子身后还携带了百柄飞剑浩然御剑行，黑衣老人也仍是视而不见，只是直视前方，如此一来，反而是素来超脱尘俗的练气士们多看了几眼。练气士以观天象望地气看人面著称于世，打量之后，犹然琢磨不透。为首老妪轻轻一拂袖，将一名身形略微停顿的宗门晚辈推出几丈外，她则停下。大雪铺盖，谈不上什么路不路，可这位在幽燕山庄外面对徐凤年那般阵仗还不出手的老妪，竟是有了晚辈遇上前辈，故而避让一头的谦恭姿态。练气士分作两拨，一拨已经掠出黑衣老人所行直线，老妪身后那一拨则静止不动。不说那驭剑的赤足女子眼珠子滴溜溜转动，一脸费解，便是悟出指剑的观音宗嫡传弟子也有些讶然，更别提其余此趟出行历练的练气士，都望向那名径直远远擦肩而过的老头子。

黑衣老人骤然停下脚步，没有转头，但众人都察觉到这位高大黑袍老者散发出一缕气机，死死锁定住了宗门滴水观音。

老妪脸色如常，只是双脚深陷雪中。

瞬间如一尊老魔头降临的黑袍人收回气机，抬头望北，眨眼时分过后便继续前行。

作为观音宗权势长老的老妪松了口气。前一拨练气士往回飘荡，围在老妪身边，都有些动容悚然。老妪等黑衣人消失在视野，这才一语道破天机："是韩貂寺。"

年纪最轻却是辈分最高的光脚女子嬉笑道："人猫嘛，我听师妹提过的，因为擅长指玄杀天象，所以就是陆地神仙之下韩无敌。滴水，怎么盯上了你？"

老妪嘴角带着涩意，默不作声。还是那如世家美妇的指剑练气士出言解惑："太上师伯，你有所不知，此獠之所以被贬称为人猫，恶名昭彰春秋，一直跟三甲黄龙士和北凉王徐骁并称当世三大魔头，除去韩生宣是离阳王朝第一权宦、是赵家天子最为信赖的近侍外，还因为他一直喜欢虐杀一品高手，上一代江湖四大宗师中，让天下练气士都束手无策的符将红甲，就是被韩生宣徒手剥去符甲，生撕身躯，挂头颅在旗杆之上。符将红甲尚且如此，更别提那些仅是一品金刚境的江湖高手了。北莽定武评，大抵是平分秋色的格局，若非这二三十年中，被这位大太监暗中不知杀去多少位金刚境高手，其中几名便被制成了残酷的符甲，导致整个江湖大伤元气，否则武评出炉的天下十人，离阳王朝绝对不会仅有五人上榜！"

美妇人小心翼翼看了眼老妪，"师叔从天象境界中悟出持瓶滴水在内三种神通，兴许是被韩貂寺给看破了，只不过不知为何最终还是没出手。"

年轻女子哦了一声，轻轻提脚踢雪，眼神清亮，跃跃欲试。

那名坐湖却出丑的男子练气士冷哼一声，"人猫再无敌，也不是真正无敌于世，否则也不至于被曹官子三番五次进入皇宫，他哪里敢单独一人挑衅我们观音宗？"

典型的井底蛙做派，历来大门大派里都不缺这类货色，井口不过稍大，便自视等于天地之宽阔。不过观音宗虽说孤悬南海一隅，倒真是有这份底蕴去目无余子，傲视江湖。只不过对上拔尖高手中又算屈指可数的韩貂寺，这位练气士的猖狂，就有些不合时宜了。

老妪便没有助长后辈一味小觑陆地江湖的风气，摇了摇头，直言不讳，"韩生宣真要杀人，本宗唯有宗主出关以后可一战，而且胜算极小。"

此话一出，顿时四下无声。

黑衣老人一直走到天明，来到江南重镇神武城之外，城门未开，就安静等在外头，跟一些城外赶集而来的百姓杂处。夜来城内城外一尺雪，有衣衫单薄的年迈村翁在拂晓时分驾车装载烧炭碾过冰辙子驿路，为了卖出好价钱，人和牛车显然都来得早了。离门禁取消还有一段时辰，卖炭老翁深知冬雪寒重，下了车狠狠跺脚，打着哆嗦，舍不得拿鞋子扫雪，弯腰用手在牛车边上扫出一片小空地，这才抱下头顶一破毡帽的年幼孙子，让他好站在无雪

的圆圈中。一老一小相依为命，谁离了谁都不安心，只能这般在大雪天咬牙扛着刺骨冻寒。小孩儿肌肤黝黑，身形枯瘦，靠牛车遮挡寒气，不忘踮起脚尖，握住爷爷的一只手，试图帮着搓热。

城内衣裘披锦的雅士可以乘着大雪天气，围炉诗赋，火炭熊熊，温暖如春，大可以酒足饭饱之后呻吟几句什么"严冬不肃杀，何以见阳春"，什么"新笔冻毫懒提，泥炉醇酒新温"，却极少有人知道贫寒人家到了这种会死人的天气，会惨到指直不得弯。满头银霜的黑衣老人瞥了一眼城头，又看了眼那对卖炭爷孙，眼神不见丝毫波动。既然不是宫中人，便不理江湖事，不杀江湖人。出宫以后，他就再没有理睬过江湖半点，否则以他的脾气，昨夜遇见那帮不愿依附朝廷的练气士，尤其是那位老妪，早就出手分尸割头颅了。

对他来说，自己已经不是什么权倾皇宫的韩貂寺，只是自作弃子的阉人韩生宣了。

当年那名可怜女子死前，将赵楷托付给他，而不是托付给赵家天子。一饭之恩，足以让这辈子最为恩怨分明的韩生宣以死相报。

韩生宣眼神一凛。

城门缓缓开启，一名白衣女子姗姗而来，走到了牛车后头，悄悄推车。

卖炭老翁察觉到异样，吁了一声，拉住老牛，停下炭车。十指冻疮裂血的年幼稚童跳下马车，看到车后头的仙子姐姐，一脸懵懂。

女子站定，笑脸问道："牛车怎么不走了？"

小孩子不敢说话，委实是眼前姐姐太好看了。

观音宗的太上师伯弯腰摸了摸他的脑袋，笑眯眯温柔道："我叫卖炭妞，你呢？"

稚童将双手藏在身后，怯生生回答道："水边。"

后又赶紧红着脸补上一句："我娘是在水边生下的我。"

女子嬉笑道："那你喊我卖炭姐姐。"

小孩子哪来这份勇气，嗫嗫嚅嚅，不敢答话，小跑回前头，躲在爷爷身边。光脚女子轻灵跃上铺在一车木炭上的破布上，安静坐着。老牛前行得越发轻快几分。

本来涌起浓郁杀机的韩生宣缩回探袖一手，没有入城。

静等徐凤年。

江南这一场大雪终于渐小渐歇，两辆马车缓缓行驶在驿路上，一路行来，路旁多有槐柳不堪重负被积雪压断，进入江南以后，便是死士戊这般性子跳脱的少年，也逐渐言语寡淡起来。按照地理志舆图所示，前头那座城池，相距京城已经八百里有余，这意味什么，谁都心知肚明。

　　黄昏时分，从清晨动身就没有遇到歇脚点的马车停在一处，是一座瞧上去颇为崭新的大庙。天寒地冻的鬼天气，香客仍是络绎不绝，乘坐马车的众人就想着去讨要一顿斋饭果腹，下车以后，看到牌匾，背负三柄长剑的中年道士蓦然会心一笑。

　　龙虎武当两座山，关于道教祖庭之争，后者无疑落于下风，不承想在江南之地，竟然还有道观大庙去祀奉真武大帝。

　　入庙以后落座，兴许是庙里道人见到来客身穿武当山道袍，加以气度不凡，很快惊动了真武庙内一位地位超然的年迈道人，亲自接待这帮贵客。一问之下，得知是武当山辈分最高的几位真人之一的王小屏莅临，那真是震惊之后整张老脸笑开了花，念叨了很多遍的"蓬荜生辉"。虽说龙虎山力压天下名山洞府一头，凭借与天子同姓以及几位羽衣卿相造势的底蕴，一副唯我独尊的架势，可在俗世眼中，平易近人的武当山，尤其是大莲花峰上寥寥几位从不轻易下山的真人，也一样是得道高人的派头。王小屏游历江湖，手持一柄神荼符剑一路斩杀无数魑魅魍魉，早已在江湖上广为流传。徐凤年一行人进餐时，跟那名道人一番攀谈，才知道这座真武庙曾经毁于春秋战事，后由当地豪绅富贾耗费纹银数万两新建，占地八亩，其实已属违制，只是神武城广受旧庙香火之情，父母官们乐见其成，故而睁一只眼闭一只眼。

　　吃过斋饭，老道人亲自领着这帮外地人去真武大殿。大殿东西各有配殿，主殿中真武大帝脚踏龟蛇，两边墙壁上皆是云气缭绕的图案。徐凤年入殿之前想入乡随俗烧上一炷香，结果被王小屏拦下，老道人瞥了一眼，也未深思。徐凤年站在蒲团之前，想着当年姐弟四人登上武当，大姐四处逛荡，二姐就拉着他鬼鬼祟祟绕到了真武雕像身后，亲眼看到她拿袖中匕首刻下"发配三千里"那一行小字，当时孩子心性，只觉得二姐如此大逆不道，只有过瘾解气。徐凤年抬头望向那尊塑像，长呼出一口气。老道人是头回见到如此年轻竟是白头的香客，不知为何，香客都扎堆在外边，此刻大殿出奇寂静，眼中年轻公子哥满头霜雪，白衣白鞋，衬托之下，主殿内犹如神灵恍

惚，仿佛那尊真武大帝雕像都有了几分说不清道不明的仙灵气，一直把好奇心都偏向武当剑痴王小屏的沧桑道人，在心中忍不住道了一声奇了怪哉。

徐凤年，徽山紫衣轩辕青锋，三剑在背的王小屏，一杆刹那枪安静藏在马车底做轴的青鸟，少年戊，满腔热血想要去北凉施展抱负的刘文豹，这六人走出香火鼎盛的真武庙，走向马车。钻入车厢前，徐凤年突然对轩辕青锋说道："你就在这里止步，柳蒿师在南边偷偷迁往京城的柳氏后人，你去截杀一次，能杀几个是几个，也别太勉强，能够不泄露身份是最好，也别穿什么紫衣了，毕竟你的根基还在广陵道辖境内的徽山。"

轩辕青锋冷面相向，一双秋水长眸，布满不加掩饰的怒意。

徐凤年不以为意道："既然你决定不出手，那就暂时分道扬镳，总比到时候让我分心来得好。"

轩辕青锋直截了当冷笑问道："你是记恨我不帮你阻截韩貂寺，还是说心底怕我掉过头，在背后捅你刀子？"

徐凤年淡漠看了她一眼，"都有。"

轩辕青锋死死盯住徐凤年，接连说了三个"好"字，长掠离去。

徐凤年望向青鸟，柔声问道："都安排好了？"

她微微点头。

徐凤年低头弯腰钻入车厢，靠车壁盘膝而坐。两次出门远游，其中都有禄球儿的如影随形，这个死胖子自然不是跟在屁股后头吃灰尘或者是看世子殿下笑话的，北凉旧部当年分散各地，铁门关一役就足够看出毒士李义山的大手笔，而更多相似的布局显然不止、不拘泥于一时一地。这些春秋骁勇旧将旧卒，大部分的确是出于各种原因远离军伍，但许多精锐人士都各怀目的不约而同选择了蛰伏，分别隐于朝野市井。北凉当下已是跟皇帝彻底撕去最后一层面皮，既然徐凤年板上钉钉会成功成为下一任北凉王，这些棋子也就是时候主动拔出，向北凉那块贫瘠之地靠拢而去，这一切都按照李义山的锦囊之一，有条不紊开始进行，但其中一股势力暗流汇聚，只为了特意针对韩貂寺一人！

一部轻骑六百人。

一股铁骑三百人。

一山草寇两百亡命之徒，人数最少，战力却最强，因为夹杂有北凉从江湖上吸纳豢养的鹰犬近八十人。

除去最后一股阻杀韩貂寺的隐蔽势力，前两者不合军法的紧急出动，完完全全浮出水面之后，让地方上都措手不及，州郡官员俱是瞠目结舌，可不敢轻举妄动，只是通过驿卒火速向上边传递军情，一个个如同热锅上的蚂蚁，生怕如此数量的精锐士卒集体哗变，会害得他们丢掉官帽子。相比之下，京城那边内官监大太监宋堂禄骤然之间一跃成为司礼监掌印，天下宦官第一人韩貂寺无缘无故"老死"宫中，对地方官员而言只是远在天边的骇人消息，巨大涟漪在层层衰减之后，波及不到地方道州郡县四级。

王小屏破天荒坐入徐凤年所在车厢，问道："真要拿几百条甚至千条人命去填补那个不见底的窟窿？"

徐凤年平静道："没有办法的事情，有韩貂寺活着一天，我就一天不得安生。既然他敢光明正大截住我，我当然就得尽力让他长一回记性。"

王小屏不再说话，脸色谈不上有多好。

徐凤年把那柄陪伴徐骁一生戎马的北凉刀搁在膝盖上，轻声说道："我既然都走到了今天这一步，就没有回头路了。我也不说什么'慈不掌兵'这种屁话，但是实在没精力再在北凉以外跟人纠缠不清了，干脆就来一个干干净净，就跟帘子外边的景象一样，白茫茫，求死的去死，不该死的，尽量活下来。"

徐凤年自言自语道："徐骁说过，不到万不得已，北凉三十万铁骑绝不踩向中原。否则这二十年来，北凉若是依附北莽，一起举兵南下，日子肯定比现在要过得好。可做人，终归还是要有些底线的。用徐骁的话说，那就是一家人有恩怨，那也是关上门来磕磕碰碰，谈拢了是最好，就算谈不拢，也不过是自立门户，撑死了弄个小院子，一家人老死不相往来。门外有毛贼也好，有盗寇也罢，只要他徐骁一天站在了门口，就绝没有开门揖盗的道理。"

徐凤年自顾自笑了笑，"当初我怕死，其中一些也是怕徐骁都已经有了那么多骂名，再因为我这个扶不起的不肖子而叛出中原，临老还给人骂作两姓家奴，那么我死了，也是真没脸去见我娘亲。"

王小屏始终无言语。

第三章

神武城白头相煎，韩生宣身死命消

韩貂寺转头瞥了一眼握枪蓄力的年轻女子，不再多瞧，眼神冷漠望向黑压压以碾轧之势发起冲杀的悍勇骑兵，自言自语了一句：「人猫就这般吓不住人吗？」

离神武城越来越近。

六百骑马蹄激烈如疾雷。

徐凤年离开马车，对面骑将翻身落马，跪地恭迎。

随后三百骑和两百人几乎同时到达。

徐凤年单独骑上一匹无人骑乘的战马，一骑当先。

风雪之中，隐约可见一名黑衣人，一夫当关。

接下来一幕，让人悚然。

王小屏直到这一刻，才真正心甘情愿去递出三剑。

天下第十人韩貂寺拦路而站。

看到当头一骑白马之后，开始对撞而奔。

徐凤年一人一马，毫无凝滞，加速纵马狂奔。

自称卖炭妞的赤足女子乘坐牛车入城以后，帮助爷孙卖完木炭，就反身走向城门。凭借女子直觉，她坚信那只人猫是在等待在幽燕山庄让本宗吃瘪的白头男子。

她没有径直出城，而是登上城头，坐在城墙上，摇晃着一双脚丫。

练气士想要证道飞升，有一条捷径千年不变，那就是斩一条恶龙，将那颗墨珠吞入腹中，温养一甲子以后，根据史料记载便可头顶生角，半龙半人，将来就能先过天门，再入主一座江海龙宫。

她觉得机会来了。

六百轻骑骑将卢崧，身世清白，历年攀升，由地方州郡层层递交给京城兵部报备的履历，没有半点出格之处，正值壮年，西楚观礼太安城一事，天下汹汹而动，前不久还收到了一份兵部密敕，要官升一级，即将亲身领兵千余骁骑，参与对西楚旧地几个叛乱重灾区形成的隐性包围圈。卢崧生得俊朗风流，有文人雅气，唯一为人诟病的便是嗜好服用药饵寒食散，每逢酷寒，也要光脚踩踏木屐，长带宽袖，行走如风。

三百重骑骑将王麟则与儒将卢崧截然相反，作风跋扈，出身一支春秋末尾才扎下根的乡族宗室。三百精骑都是不服天王老子管束的王家子弟兵，倒也不如何窝里斗，欺负自家人，只一门心思为祸外乡邻郡。前些年实在是让郡守倍感棘手，幕僚支了一招，招安！郡守大人觍着脸跟朝廷死乞白赖求了一个杂号将军下来，才算勉强安抚住及冠没几年的王麟。开祥郡王氏，作

为根基不牢靠的外来户,靠的是动辄出动五六百号青壮子弟的持械血斗,才硬生生把邻近大族屈服气了。王麟的爹,是春秋里活下来的百战老卒,跟几位麾下兄弟一起卸甲以后,靠着扎实的人脉,经营着一个不小的茶庄,虽说生意做得不温不火,但也攒下一份不容小觑的家业。可惜王麟是个败家子,游侠义气,没事就拉人纸上谈兵,明摆着天底下没什么仗可以打,仍是把少说得有二十几万两真金白银的厚实家底都砸在了那支骑兵上,买马养马,购置兵器军械,开辟校武场等,都是一张很能吃银子的血盆大口。好在三百铁骑成制后,再没有给州郡惹麻烦。王氏三百骑,披甲乘马,就往寂静无人的平原上练兵冲杀,若是卸甲下马,就拉去深山老林,往往要待上个把月才出山,官府只当什么时候王氏家产难以为继,家道中落,王麟这头初生牛犊也就该消停了,哪里预料到这次三百铁骑疾驰数百里,直奔神武城,私下都在猜测是不是神武城哪位公子哥争风吃醋,又惹恼了这个经常一怒为红颜的情痴疯子。

王麟率领有官家身份的三百精骑开道,身后两百余彪悍壮汉亦是乘马狂奔,刀剑都用布条裹住。王麟与这帮在金字山安营扎寨的草寇是老交情了,每次入山历练士卒,多半是双方拉开阵仗,不带兵器在密林中大打一架,互为攻守,每次以半旬或是一月为期限,可伤人却不可杀人,直到一方象征性全军覆没为止。原本王麟以军法铁律治理部卒,战力可观,自然胜多输少,可今年金字山上分批次来了几十号陌生脸孔,不太好亲近,偶尔手痒才入局厮杀,哪怕仅是小二十号人,每次都能让王氏子弟吃不了兜着走,尤其是那个姓任的女子,出手那叫一个狠辣,久而久之,一个愿打一个愿挨,不打不相识,倒也算实打实打出了一份不俗交情,毕竟根子上,两伙人都是同气连枝,草灰蛇线,可以绵延千里以外——北凉!

这趟出行,毫无征兆,可谓精锐倾巢出动,几个当下没有露面的隐蔽牵头人,不约而同跟三方势力给了个开门见山的冷血说法:事成了,荣华富贵;失败了,就把脑袋砸在神武城外。王麟对此没有太大顾虑,养兵千日用兵一时,他们王氏父子能够有今天,看似是他爹的苦心经营,不惜金银肯塞狗洞,方方面面都打点到位了,其实真相如何,王麟比谁都清楚,比如王家的管事,才是真正深藏不露,王麟一身武艺,尽出于那名看似酸儒的教书匠。这个世道,世代相传的传家宝可以卖,才情学识可以卖,女子身躯可以卖，人情脸面可以卖，唯独命，除了傻子，没谁愿意卖。王麟惜命更怕死，可他愿意赌上一把，要赌就赌一把大的，小打小闹，一辈子就是当个杂号将军的命。

包括任山雨在内的十数人是最后一拨从北凉秘密潜入金字山的北凉鹰犬，别看她妖娆如郡城里卖肉卖笑的名妓，举手投足都是勾搭人的妩媚，骨子里实则十足的草莽气。不过任山雨个子不高，哪怕快三十岁了，还是如同尚未完全长成的少女，小巧玲珑，偏偏要去拎一对宣花板斧，劈起人来就跟剁猪肉差不多，从不手软。金字山经过多年演化，鱼龙混杂，她上山落草后，有几个不长眼的家伙半夜摸门而入，第二天寨子帮众就看到院外一地碎肉，几条野狗家犬都吃了个滚圆。

先前当三股势力汇流，瞪大眼睛终于看到正主，不论是卢崧、王麟还是任山雨这些亡命之徒，都有些吃惊，竟然是北凉下一任大当家的？这让王麟有些百思不得其解，是怎样的死敌才能让这位北凉世子需要劳驾千骑去保命？任山雨美眸流转，以往都是色坏男子目不转睛盯着她瞧，风水轮流转，今天换成了她。任山雨在北凉豢养的江湖人物中只算堪堪二流人物，跟大剑吕钱塘和南疆巫女舒羞这类二品宗师，还是有些差距，只能在见不得光的地方刀口舔血，哪里能够亲眼见到这位当年名动北凉如今名动天下的年轻人，一路上她都远远盯着那个跟卢崧并肩骑马的白衣世子——京城观礼期间，传出两件壮举，一刀撕裂御道百丈，大殿外揍得顾剑棠义子像条狗。

任山雨对此将信将疑。

终于临近神武城。

包括卢崧、王麟和任山雨在内的一线精锐战力，都在一瞬间心知肚明，哪怕对面仅有一人，对所有人而言都是一场生死大战了。

那名黑衣老者，有一种势。

力拔山河势摧城。

神武城外一片肃杀，地面宽阔平整，可供百骑整齐冲杀，这让精于骑战的卢崧和王麟相视之后，都看出了对方眼中的如释重负。

可当两人察觉到世子殿下竟是一骑当先后，都有些惊慌失措，这家伙若是死了，他们这辈子就算彻底完蛋了。按照常理，擅长带兵的卢王二人本该乘机一鼓作气拥上，可不知为何，当他们看到城外黑衣老者跟白衣白马白头

之人几乎同时展开一条直线上的捉对厮杀后，都忘了发号施令，不仅是他们和身后九百骑出现略微失神，任山雨跟两百多悍匪也都一脸愕然，尤其是少女模样却天然内媚的金字山头号草寇，眼皮子不由自主跳了跳。

城外杀机骤起。

城内一名不起眼的青衫文士，身材修长，可能是脸庞俊雅的缘故，给人文文弱弱的感觉，手指轻轻捻动一截柳。

北莽一截柳。

插柳柳成荫，被一截剑气插在心口，传言只要不是陆地神仙，一品高手也要乖乖赴死。

他面带微笑，一脸懒洋洋神情——在太安城没能杀掉下马嵬内的目标，给离阳和北凉掀起风浪，没关系，在神武城外浑水摸鱼，也不差。

城北方向，一名少女扛了一杆早已失去花瓣的枯黄向日葵，沿着城墙外围，往城东这边蹦蹦跳跳而来。

偶有早起行人遇见这小姑娘，都有些惋惜，模样挺周正的，就是脑子好像有些毛病哪。

城东，徐凤年策马狂奔，不知是否是性子急躁，急于一战，已经不满足战马速度。

战马前腿扑通一声跪下，前扑出去，徐凤年身形飘摇，一袭白衣急掠前行。

刹那之后便是相距仅仅十步。

徐凤年一掌外翻，一掌内拧，脚步轻灵，说不出的写意风采。

他一肘抬起，恰好弹掉生死大敌韩貂寺的探臂，双手猛然绞缠住人猫左臂，一个抡圆，以旁门左道跻身天象巅峰的徐凤年就将这尊春秋大魔头给摔砸向了城头！

一气呵成！

依稀只见黑衣老者如投石车巨石砸向城墙之后，双脚一点，踩在墙面上，以更为迅捷的速度反射而回。

世人眨眼之快，在两人之间却是百年之慢。

韩貂寺一掌推在徐凤年额头。

黑衣直接将白衣向后推滑出二十余丈。

此时众人才意识到城墙晃动，有无数积雪坠落在墙根。

徐凤年不仅腰间悬凉刀，背后还负剑春秋。

韩貂寺等徐凤年站定之后，这才缓缓卷起一袖，露出满臂红丝。

好一场白衣战黑衣。

好一幕白头杀白头！

韩貂寺在众目睽睽之下卷起袖管，丝丝缕缕的纤细红绳浮游如赤色小蛇，如蜉蝣扎堆，密密麻麻，让人望而生畏。

让死物具有生气，向来是天象境高手的象征，例如陈芝豹能够让梅子酒青转紫，除去那杆梅子酒本身不俗外，跟他突如其来的儒圣境界也有莫大关系。历代剑仙，大多也都能够让某柄俗剑通灵，一如高僧说法顽石点头。

韩貂寺没有急于趁热打铁，并拢双指，抹过手臂"红云"。人猫越是这样闲淡镇静，对面千人就越是感到窒息的压迫感。一些眼尖之辈，尤其是出自北凉牢笼的鹰犬，都已经猜出了韩貂寺的身份。这名权阉跌宕一生，对敌无数，他的武学成就，一直被视为谜团，当初仍年纪轻轻的韩生宣，一举剥皮符将红甲，可谓横空出世，这也拉开了新一代江湖的序幕。随后酆都绿袍无故失踪，北地枪仙王绣死于徒弟陈芝豹之手，哪怕强如李淳罡，也一样在广陵江一战后，以借剑一事，收官了独属于青衫风流的江湖。

韩貂寺望向对面那个行事出格的年轻人，扯了扯嘴角，起先确实没有想到此人胆敢一骑当先。按常理说，愈是位居高位，愈是惜福惜缘惜命。福缘如水，不花心思去藏风聚水，别说福泽绵延子孙，自身都未必能保全，文坛魁首宋老夫子便是如此。不过以韩貂寺的眼力，一招过后就看出北凉世子的气势，只是下乘的借势。道教有请神下天庭，佛门有法相降伏，这两者都算偏门，但是根底正统，南疆巫蛊最为阴毒，向阴物邪祟借力，互成子母傀儡。韩貂寺明知徐凤年是临时跟阴物借取境界，可让他大开眼界的是，这等杀敌一千自损八百的拙劣行径，徐凤年却似乎没有受到太多反噬，被他一掌按头逼退之后，仍是勉强保持气定神闲，并未被打散气机，现出原形。韩貂寺懒得询问，也不屑跟将死之人废话，是驴子是骡子，无非就是拉出来遛一遛。

韩貂寺做了一个让所有人感到滑稽的动作，弯下腰，捏了一个估计不会太结实的松散雪球，很多老人一老，就会有些不可理喻的孩子心性，可谁会觉得韩貂寺如此不济？

韩貂寺斜斜摊开手掌，柔柔一推，雪球坠落地面，并非直直掉下，而是

偏向驿道以外，那里有许多来不及清扫的积雪，最深处兴许厚达两尺。不足拳头大小的雪球最先是慢悠悠滚动，刹那之后便是迅捷如野马奔槽，恰如白云之上雷滚走，越滚越大，三丈以后便有半人高，十丈以后已是两人高，此后声势叠加，更是惊世骇俗。雪球刮裹地皮，不光是粘起两尺厚雪，连硬如冰辙子的地面都碾出凹槽，使得雪球表面沾带上许多灰黄泥土。这颗雪球在驿道以外划出一道弧线，凶狠冲向距离韩貂寺二十丈的徐凤年。

韩貂寺伸出双手一抓，抓出两团雪，又是一拍，两个雪球滚出。跟两批人打雪仗嬉戏一般，韩貂寺这边不断抓起雪球，继而拍出一记半弧。要知道他这一次独自一人，单挑千人，千人之中有本该出现却最终缺席的徽山轩辕青锋，有刹那枪的继承人，有三剑在身的武当剑痴王小屏，自然还有同气连枝的徐凤年和天象阴物，更有卢嵩、王麟、任山雨这样的北凉鹰犬。

雪球翻涌，速度不一，竟是默契形成了一线潮。如此一来，独独率先扑向徐凤年的那颗硕大雪球就显得格外扎眼。

没有谁傻到去坐以待毙，早已决定孤注一掷的年轻将领王麟狞笑道："冲阵！"

五十铁骑齐齐出列，同一时间展开冲锋，马蹄由轻缓变急沉，驿路上顿时雪花溅射，这一线推移路径上，干净的白茫茫一片变成了昏黑泥泞。

除了王麟跟身边与郡县地理略显不合时宜的五十铁甲重骑，三十岁依旧一张童颜脸庞的任山雨跟二十名精锐北凉谍子也一并掠出。她竭力静心屏气凝神，只觉得天地清明，对武道有独到天赋的女子只觉得己身悠悠一呼一吸，在耳边响起，声重不输马蹄激鸣，这让对城外拦路韩貂寺心生畏惧的女子心稳几分——我任山雨一人不入你人猫法眼，可我也不是那糊糊的纸人，一戳就破，何况姑奶奶身边还有一千精骑！

王小屏钻出车厢，一手绕后，悄悄搭住三剑中的烽燧。

少年戊不知何时来到了车顶，一手提牛角巨弓，一手拈住两根沉重铁箭，手臂肌肉逐渐鼓胀如山丘。

一日一箭，本是少年死士的体力极致，可今日一战，连活下去都不去念想了，又哪里在乎是否自断一条胳膊？

青衣女子从车底抽出枪头钝圆的刹那，面无表情，拖枪而奔。

少年戊在视野开阔的高处，使了个千斤坠站定。马车摇晃，车轮子立即下陷，碾碎了几条冰辙子。这名出身北莽的死士重重呼吸一口，一气呵成，挽起大弓，箭指韩貂寺。

可少年很快脸色剧变，师父传授的独门牵引术，百试不爽，一旦过河搭桥，便是雨巷中的薛宋官挡得住，却躲不开，从未有人能够切断箭尖"指点"。但是那名黑衣老者让少年戊知道了什么叫天外有天，就在戊的眼皮子底下一闪而逝，箭术所致的气机牵引极为讲究藕断丝连，如此一来，少年戊未战便先输了一阵，原本攀至顶点的精神气立即一触即溃。这让颇为自负的少年有些茫然，咬牙之后，箭尖随着牛角弓开始微微偏移，硬着头皮寻觅韩貂寺的踪迹。

位于一线白潮之前的雪球，形同一座小山，气势汹汹碾轧而至。

徐凤年任由雪球当头迎来，皱了皱眉头，不太理解为何那老宦官出此下策。李淳罡曾经明确说过，驭千百剑杀一人，跟杀千百人是截然不同的路数，前者可以达到剑意与剑术形神兼具，故而广陵江畔一战，羊皮裘老头的那一剑，仅仅是一招在李淳罡剑道生涯中称不上最高明的剑气滚龙壁，便绵延了整整半个时辰。对阵近万铁骑虎视眈眈，没有任何花哨剑势出手，一场可以誉为惊天地泣鬼神的誓死不退千人敌，往往在有幸旁观的幸存者看来，谈不上丝毫华丽场景，都是力求一招毙命，最不济也是一招重创。韩貂寺不是那空有名头的雏儿，而是天底下最擅长捕鼠的老辣人猫，不论境界高低，仅论实战阅历，韩貂寺可谓离阳王朝当之无愧的第一人。

徐凤年有朱袍阴物不遗余力馈赠的天象修为傍身，内力之浑厚无匹，尤胜当初六分残缺大黄庭一筹，可以说，今日一战，徐凤年从未如此自信，甚至可以说几近自负。

徐凤年屏弃疑惑杂念，踏出一步，一拳砸在雪球之上，雪球裹挟翻滚势头汹涌倒下，就在徐凤年一拳砸碎它的那一瞬，一身天象圆满修为如洪水溃堤，散去一半有余，徐凤年的手臂顿时被挤压出一个曲度。北莽之行，徐凤年连番历经生死一线的恶战，心性早就磨炼得无坚不摧，没有任何焦躁不安，只是凭借本能，变拳为掌，夫子拱手，双脚顺势而为，往后撤出一步，将雪球往上一拖，不为碎去雪球，只是试图将雪球扎根地面形成的上升之势破去，然后斜身侧肩撞去，仅凭坠入金刚境界的体魄跟雪球一记猛然对撞，以身做刀，用开蜀式硬生生劈开了雪球。两半雪球虽说依旧前滚，但士气不

再，五六丈后便消散消融。

徐凤年岿然而立，一手握住腰间佩刀。

当他破雪之后，其余北凉方面五十铁骑也都大致马到功成，大致以双骑合力毁去了雪球，不过半数铁甲护身的重骑也付出了惨重代价，缘于雪球被刀劈或是枪穿炸开之后，有细微不可见的红绳激射而出，如草丛毒蛇一跃而起，将铁骑一口致命，最惨的死法是十几名骑兵连人带马都撞上了悬在空中的丝线，变成两截，当场倒毙在泥地上。前一刻还鲜活的生命，在这种战事中，往往就是说死就死，没有任何回味的余地。

徐凤年心中了然，有些苦涩，人猫手段老到地来了一手釜底抽薪，没有想着要和徐凤年这个必杀之人如何缠斗，而是瞄上了阴物徐婴。雪球一线而过，如鱼游弋水中潜伏积雪中的红袍阴物没了辗转腾挪的余地，摆明了被竭泽而渔。它也没有露出任何破绽，一颗雪球滚过时，一袭朱袍安静飘浮在雪球前方，尽力去隐蔽身形。与天地共鸣，就有许多得天独厚的神通，若非千骑这一方亲见，恐怕就是王小屏都不敢说可以察觉到阴物始终躲在雪球另外一壁。

但韩貂寺不是王小屏。

今日不再穿皇宫大内那一袭鲜红蟒衣的银发权宦，第一时间就掠至那颗雪球之后，人猫阴物相隔一丈，分明是双方都试探不到分毫气机牵动，可敌对双方都真真切切知晓了踪迹。

阴物不得已仓促收回四分天象修为，双臂撕开雪球；几乎同时，黑衣老猫一钻而透，红绳一手负后，一手拍向阴物悲悯相。

朱袍阴物吃亏在于它在收回境界之时出现了一抹犹豫，若是徐凤年这般性情凉薄的人物，别说四分修为，八分天象都要收回，才有信心去阻挡韩貂寺的磅礴一击！

阴物双臂握住人猫那只手，开始撕扯，其余双臂猛然拍向人猫两侧太阳穴。

韩貂寺嘴角冷笑，不知死活的蠢物。

几缕红丝如游蛇出自身后，在阴物四周翻摇，彻底断去它跟犹有六分境界的徐凤年的牵连。不用韩貂寺如何倾力出手，只见得他全身爬满猩红丝线，阴物除去撕裂雪球的两条手臂，其余四条手臂都被这股灵动红色沾染，如附骨之疽遍布那一袭华美朱袍，握住韩貂寺一手的双臂继续竭力撕扯，拍向太阳穴的双臂依旧靠拢推移，而且剧痛刺骨之下，空闲双手更是当胸砸下，势必要砸烂韩貂寺中下丹田。

中了当今天下第一皇帝近臣韩貂寺的赤蛇附真龙，阴物一张悲悯相，不见半点异样。

饶是心志坚毅如王小屏，也有些动容。

不去看阴物四条手臂血肉模糊，韩貂寺狞笑道："再杀一个天象！"

负于身后的右手终于挥出。

他被握住的一臂向前推出，拉伸双方间距，爬满"赤蛇"的右手以其人之道反治其人之身，握住阴物一臂，往回一扯！

韩貂寺身后空中荡出一条离开身躯的胳膊。

与人猫对敌，一着不慎，那就是满盘皆输。

悲悯相依旧古井无波，近乎死板愚蠢地动作照旧，只求一个纠缠不休！

韩貂寺正要撕掉阴物第二条胳膊。

白衣狂奔，北凉刀出鞘。

卸甲！

韩貂寺将当年四大宗师之一的符将红甲给剥皮卸甲，自然不会给这个突袭而来的后辈依葫芦画瓢，大笑一声，将阴物丢掷而出，身形后掠。

大地撕裂出一条深不见底的沟壑。

这场血战，韩貂寺注定不会故作清高，端什么架子了，为了杀死徐凤年，他可以处心积虑做出任何举止。

这样的天下第十人，才是最可怕的。

左手刀徐凤年没有乘势追击，折向来到身形飘零落地的阴物身边。

欢喜相示人，仅剩五臂之一，扯了扯徐凤年衣袖，仿佛是告诉他没有关系。

所剩不多的雪中，仅是血。

徐凤年抬了抬衣袖，毅然转头，朝韩貂寺奔去。

十二柄飞剑凌乱飞出，瞬间攀至指玄巅峰。

同日同时，东海之滨武帝城。

一名独臂老头儿没个正形，拈指将一截剑放入嘴角咀嚼，浪荡不羁入城，含混不清轻轻哼唱。

"谁家小子不负破木剑。谁家儿郎不负北凉刀？"

这一架打得毫无章法。

卢崧、王麟身上或轻或重都有北凉军的烙印，今天也不例外，身先士卒，破去韩貂寺引发的一线潮之后，看到一白一红一黑纠缠在一起，两名骁将忍不住面面相觑，都从对方眼中看出一抹尴尬，显然都有些不知所措。本以为占尽天地利人和，靠着八百骑卒和两百江湖散兵，只需要一路冲杀过去，甭管对面是谁，都能占到便宜。可那名以后需要投靠效命的年轻主子，就好似那不谙世情的愣头青，一门心思想要出风头，在六臂魔头失利之后，依旧非要单打独斗，跟韩貂寺一对一死磕，这让儒将卢崧心中也有些愤懑，心想你若是死在神武城外，咱们这些人将近二十年苦兮兮分的忍辱负重，就都成了竹篮打水一场空。卢崧提了一杆梨花枪，停马高坐，眼神阴沉。

王麟年纪较小，一腔热血，倒是觉得这个比他还年轻的北凉世子有些鲁莽行事，但秉性有些对他的胃口，最不济没有做缩头乌龟，让自己身后几百号兄弟蜂拥送死。王麟拎了一对雷公锤，是祖传的武艺，父辈便是绿林好汉出身，当年在景河一役捶死了西楚一员盖世猛将，虽说有欺负对手力战多时气短力竭的嫌疑，可毕竟是实打实捶烂了敌将的胸膛。王麟天生膂力出众，一对雷公锤那就是六十斤重，寻常士卒别说久战不停，就是一个策马冲锋都是天大累赘。王麟甩了甩一柄锤子，目不转睛望向那边的战场，只觉得目眩神摇。

任山雨伸手捋了捋鬓角发丝，眼神迷离。以前经常听说北凉小主子生得俊俏非凡，是一等一的风流班头人物，她与刀口舔血的姐妹几个，私下闲聊，都不太信后来的传言，说什么他亲身去了趟北莽，还把北院大王徐淮南的脑袋割下了，甚至连提兵山第五貉都给宰掉。任山雨只想着哪怕他真是认真练了几年刀，境界也有限，毕竟修为高低，跟秘籍多寡脱不开干系，却不是必然有关，贪多嚼不烂，任山雨是过来人，比一般人都知晓贵精不贵多的道理。可今日亲眼所见，对上当之无愧的天下第十人，虽说处于下风，可毕竟是货真价实让人猫数次出手，她自认十个任山雨，也没这等本事。

任山雨比卢崧、王麟这些武夫更没有退路可言，进了北凉这个关押许多头凶兽的牢笼，就没听说过谁能不脱几层皮走出去的，任山雨就记得一个曾经在武林中鼎鼎大名的江湖巨擘，办事不力，给掌管北凉一半谍子的褚禄山逼着亲手剜一目断一手，苟延残喘，当了十几年的掌勺伙夫。

神武城十里以外有数骑疾驰而来。

为首白熊袁左宗。

城外大战正酣，闻风而动的神武城已经开始闭城戒严。青衫文士沿河悠然而行，手中一截干枯柳枝，落在路人眼中，想必跟那拎桃花枝就做上当代剑神的邓太阿是差了十万八千里，可真正领教过北莽一截柳手段的，都已经没有机会去掉以轻心，除了那名黑虎伴随入北莽的黑衣少年。对于让自己生平第一次失手的徐龙象，文士模样的北莽第一杀手当然念念不忘，亲手植下一截柳，竟是没有成荫，这让他耿耿于怀。好在这一次潜入离阳王朝，不杀天赋异禀生而金刚的徐龙象，去杀徐龙象的哥哥，也是一桩乐事，可惜没能在下马嵬出手，给北凉离阳同时添堵，退而求其次，只能在神武城外展开一场志在必得的袭杀，这位一截柳心底多少有点遗憾。

他看似慢悠悠逛荡时，相距城门还有几里路，城内河流却也是将近尽头，蓦地城头好似被巨石撞击，传来一阵气机涟漪，以一截柳的修为，自然能够清晰感知，可他并不着急，他做的脏活，次次都是火中取栗，最为看重火候，现在才下锅，心急吃不了热豆腐，他不着急。以韩貂寺的通玄实力，只要那白头小子没有傻乎乎急着投胎送死，估计少说能逗弄小半个时辰。一截柳对那只恶名昭彰的人猫，破天荒带有几分敬意，以指玄跨过门槛杀天象，不正是他这半个同行梦寐以求的境界吗？

他骤然停下脚步。

目光所及，有一个黑衣少年拦住去路。

少年咧嘴一笑，指了指自己胸口。

一截柳跟着笑起来。

之前只有他黄雀在后，袭杀别人，不承想这次颠倒过来。一截柳瞥了眼冰雪覆盖的河流，有些自嘲，常在河边走哪能不湿鞋。

丢了枯枝，一截柳袖中滑出一柄纤薄无柄的短剑。

当嗜好吃剑的独臂老头子步入城中，死士寅在东海武帝城门口驻足。他背了一只大箱子，原本装载有二十几柄剑，如今已经荡然无存，它们都是在

幽燕山庄排得上名号的名剑，把把都可以用削铁如泥去形容，可这段日子远远跟随在老人身后，箱中名剑就仅仅像是那路边摊上的碎嘴吃食，哪家孩子稍微馋个嘴，花上几文钱就能买回去。这一路相随，寅走得谨慎而憋屈，可想到世子殿下的叮嘱，又不敢流露出半点不满，为了从老人嘴中捞出准话，只能小心翼翼伺候着。其实半旬前两人就已经临近武帝城，按照殿下的说法，何时在东海天空看见青白鸾，何时入城，对此老人有些目光不善，可终究还是捺着性子，算是给了个天大面子。寅虽然是王朝中排得上号的死士刺客，可模样憨拙，如同市井小贩，只是身材结实一些而已，无法想象他曾经亲自参与刺杀帝师元本溪，此时背了个大箱子，如释重负地站在城外，在来来往往的江湖豪客、成名侠士之中，完全不惹眼。

寅反身远离武帝城，这会儿是肯定赶不上那场战事了。

只希望那位北凉新主可以安然无恙。

多灾多难二十几年都熬过来，万万没有理由横死他乡。

人间大雪，天上则是无法想象的云海璀璨。

一剑悬停九天上。

古书诗歌都以"御风而行""飘飘乎登仙"来形容神仙逍遥，文人士大夫登高作赋，看似闲情逸致，实则山路坎坷，往往一次游览名山的往返，就要历经半旬乃至整月时光。历史上不乏失足坠崖的文人骚客，如此涉险，登山之后，会当凌绝顶，饱览风光，尤其是那云海翻涌的壮阔景象，可能便是那儒家所谓的"天地之间浮浩然"。

此剑悬停处，高出绚烂云海，置身其中，宛如身临大海之滨，此时又临近黄昏，夕阳西下，霞海五彩斑斓，无比瑰丽，几处彩云如瀑布垂直，令人望而生畏。

如果说幽燕山庄湖上练气士白蝶点水，仅是有几分形似仙人，这名踩在剑上的女子，那就是形神俱是如天仙了。

当她能够御剑之后，每逢心中阴郁，就会单独破云而出，在这种仙境中怔怔出神，甚至谈不上什么观海悟剑，就只是发呆而已。

云海之上数十丈，又有一层金黄色的略薄云层，如同楼上楼，难怪道教典籍有九天十八楼之说。她回过神后，御剑拔地而起，触手可及那一层楼，伸出一手，轻轻一旋，旋出一个气涡，一如那放大了无数的女子脸颊酒窝。

圣人曹长卿凌空"登楼"，每当他拾级而上，先前那一层台阶便烟消云散。

曹官子轻声说道："要是他死在旧西楚境内，也算是一方不错的药引子。离阳这分明是摆开阵势，非要我们复国了。"

北凉王妃之后女子剑仙又一人的姜泥语气平淡道："原来我们都是过河卒子。"

曹长卿笑了笑，不再说话。

当徐凤年驭剑十二，孤身提刀奔来，韩貂寺没有将太多注意力停留在此子身上。假借阴物之力，不值一提，吴家剑冢的驭剑术，较之自己的赤蛇附龙也称不得如何上乘，人猫更留心徐凤年跟双相阴物的间距，双方既然心意相通，互相反哺修为也就不足为奇。

韩貂寺想要知道两者身形可以拉伸到何等长度。先前阴物蛰伏积雪，跟徐凤年相差三十丈有余，此时徐凤年看似单独袭来，朱袍阴物实则遥遥如影随形，步伐一致，空灵飘忽，阴物一袭宽敞袍子，如戏子抖水袖，行云流水，始终保持十八丈间距，不远一寸不近一毫，看来十八丈便是两者修为流转的最佳间距。

出鞘一刀卸甲之后，徐凤年没有急于出第二刀，三丈以外十丈以内，十二柄剑胎圆满的邓太阿赠剑，眼花缭乱，轨迹诡异，驭剑术臻于巅峰——不过是八字纲领，心神所系，剑尖所指。徐凤年竟是自揭其短，反其道而行之，刻意分心分神，任由飞剑胡乱旋掷掠砸一通，犹如稚童打架，泼妇闭眼瞎抓脸面，完全没有乱中有序的大家风范。

韩貂寺心中冷笑，闲庭信步，伸出食指，凌空指指点点，不等一剑近身一丈，就弹飞出去。

原本徐凤年要是敢全神贯注驭剑，以韩貂寺对指玄境界的感悟，少不得让这小子吃足苦头。指玄，叩指问长生，那只是世人尊崇道教的偏颇之说，指玄玄妙，远不止于此。万物运转有仪轨，大至潮涨潮落，月圆月缺，小至花开花落，风起微末，身负指玄，就像天上落雪，在韩貂寺眼中，只要视线所及，一片雪花所落而未落，在他眼中都有丝丝缕缕的明确轨迹，这种妙不可言的轨迹之浓淡，又与指玄境界高低相关，初入指玄，便是模糊不堪；久

入指玄，修为渐厚，便越发清晰。

吴家剑冢当年九剑破万骑，战死大半，其中吴草庵，境界仅是中上，一生止步于指玄，比起两位天象同门，不可同日而语，可草原一战，九人联剑，却是以他为当之无愧的"剑尖"，剑锋之下杀掉足足三千七百骑，直到吴草庵力竭而亡，才换由其他人顶替剑尖位置。吴草庵作为那一代剑冠的剑侍，跟随主子出冢历练，不曾跟人技武，在剑冠成名之后，独身东临碣石，西观大江东去东望海，一夜之间直入指玄，最后赶至大江源头，一人一剑跟随大江一起东流，出海之时，指玄攀至顶点，难怪后人戏言吴草庵用短短二十日完成了其他武人一辈子做的事情。

你以阴物天象修为对敌我韩貂寺，那是自寻死路，以指玄问我韩貂寺，虽说已是独具匠心，故意另辟蹊径，也不过是拖延死期而已。

韩貂寺在半炷香内熟悉了纷乱十二柄飞剑的各自习性，便开始收拾残局，一脚沉沉踏下，左手拇指食指双指舒展，出其不意握住一柄飞剑首尾，不顾飞剑锋芒大放、颤鸣不止，双指指肚一叩合拢，一剑砰然断折，右手红丝拂动，浑水摸鱼，一手伸出，就缠绕住狭长双剑，往回一扯，双剑在人猫握拳手心拧扭成团。

韩貂寺随手丢弃剑胎尽毁的飞剑，煮青梅、斩竹马、折桃花，一气呵成，嗤笑一句："邓太阿用这十二剑，才算回事。"

徐凤年心境古井无波，右手扶摇，心意牵引剩余九剑，以仙人抚大顶之势当空砸向韩貂寺，左手北凉刀一往无前，一袖青龙，直刺人猫。

黑衣人猫面容恬淡，剑雨泼洒而下，不过一步就踏出剑阵，虽说九柄飞剑在落空之后便击向他后背，可韩貂寺全然视而不见，只是大踏步迎向那一袖青龙，一掌拍烂了北凉刀所绽放出来的浓烈罡气。罡气四散炸开，哪怕让韩貂寺双鬓银丝肆意吹拂，人猫照旧以掌心推了北凉刀刀尖上，五指成钩，攥紧北凉刀，"北凉铁骑北凉刀，换了人，就不过如此。"

不等徐凤年松手，韩貂寺抬手提刀，一脚踢在徐凤年腹部，徐凤年本身看似无恙，四周雪地则是气机涟漪乱如油锅，地面更是轰然龟裂。

韩貂寺皱了皱眉头，这小子既然身后背负一柄无鞘剑，竟然仍是不愿弃刀，他手掌带动刀尖，往回一缩，刀柄如撞钟，狠狠撞在徐凤年心口。徐凤年仅是脸色苍白，十八丈外朱袍阴物已喷出一口猩红鲜血。韩貂寺哪里会手下留情，转身一记鞭腿扫在徐凤年肩膀。徐凤年如无根浮萍被劲风吹荡，双脚离地侧向飞出，可因为死死握刀，几乎横空的身躯欲去不去。韩貂寺和徐凤年一竖一横，双方之间便是那一柄刀尖不存的北凉刀。九柄飞剑如飞蛾扑火，可都扑在了灯笼厚纸之外，不得靠近人猫这株灯芯。

韩貂寺见这小子不知死活到了一种境界，浮现一抹怒容，一臂红丝赤蛇迅速攀附住北凉刀。在即将裹挟徐凤年手掌之时，后者猛然双手握住刀柄，遥想北莽遇上陆地龙卷，大风起，扶摇上青天，那一次次拿命练剑，徐凤年此刻人形如平地生龙卷，双手掌心刹那之间血肉模糊。

韩貂寺以不变应万变，松开刀尖，任由手心刀锋翻滚肆虐，眼神阴鸷，声音阴柔瘆人，"好一个酒仙杯中藏龙卷，有些意思，难怪李淳罡会对你刮目相看。"

韩貂寺正要痛下杀手，东南方向一袭青衣拖枪而至，韩貂寺的指玄终于展露峥嵘，如雪重于霜，竟是在眨眼之间以自身神意压碎了其中一柄飞剑的徐凤年心意，玄雷一剑直掠拖枪女子。

面容清秀的女子微妙抖腕，名动天下的刹那枪挽出一个灿烂枪花，单手拖枪变作双手提刹那，一枪横扫千军，砸在玄雷飞剑之上。砰然一声巨响，女子借助刹那枪反弹，身形如陀螺，躲开飞剑锋芒，旋出一个向前的弧形轨迹，脚尖踩地，高高跃起，一枪以万钧之势朝韩貂寺当头砸下。

这一切看似繁复，不过都是瞬息之变。

韩貂寺似乎明知对徐凤年一击致命不现实，也就失去纠缠兴致，缩手屈指一弹，将手心龙卷北凉刀恰好弹向刹那枪，甚至不给一男一女收力间隙，脚步飘逸，一手轻轻推在徐凤年胸口，一手凌空一敲，直接就将两人各自击退。

一枪不得进就给驱退的青鸟在空中旋转枪身，刹那枪尖在地面上一点，不等双脚落地，在空中就又是一枪砸向韩貂寺脖颈。

韩貂寺冷哼一声，虽然才两招，显然人猫就已经腻歪了这名女娃娃不知天高地厚的挑衅，左手搭在刹那枪尖以下几寸，脚下轻走，走了一个半圆，就将刹那枪倾力一击完全卸去劲道，骤然欺身而进，对身形浮空的青衣女子一手拍在肩膀，没有磅礴天象修为灌注的女子当即就像断线风筝脱手飞走。韩貂寺握住刹那枪，朝女子坠地处丢掷而出，速度之快，乃至于根本没有什么呼啸成风的气象，仅仅悄无声息。

青鸟早已不是襄樊城外芦苇荡一役的女子，一枪看似要直直透胸毙命，心中清明，脚步凌空虚踩，竟是在空中稳稳倒退滑行，仓促却不狼狈，双手握住刹那钝圆枪头，身形斜斜坠地，一脚踩出一个泥坑，硬生生止住颓势，双眸泛红，经脉逆行，倒提刹那枪，再度向韩貂寺奔去。

当真是悍不畏死。

不管身世如何飘零，老天爷总算手下留情，让这世上终有一人，不管离他远近，都值得她此生哪怕进死退活，仍是不退一步。

世间最痴是女子。

大概是受青衣女子感染，先前还有些忐忑不知所措的卢崧、王麟等人终于醒悟，无须出声，当两位骑将率先展开冲杀时，双方麾下精锐骑兵几乎同时展开沉默冲锋，没有呼喝声壮胆，没有暴戾喊杀声，只有阵阵马蹄声。

韩貂寺可以不理睬年轻女子家传枪仙王绣的刹那，可以不理睬那些蝼蚁骑卒的亡命冲杀，唯独不能不理睬那名白头男子的悄悄后撤，当我韩貂寺是何人？是那青楼女子？你膏粱子弟花钱勾搭几下，才知家底不够，就想着全身而退？

韩貂寺杀机渐浓，突然眯眼，终于来了。

人猫对倒提刹那枪的青鸟视而不见，对剧烈马蹄声响置若罔闻，驻足而立，望向正东方向的马车。

有一袭不似龙虎山那般华贵鲜亮的朴实道袍，中年道人背负三剑，只见他伸手在背后一抹最上剑匣，面带笑意，"有远朋好友雪夜叩柴扉，听闻小吠最怡情。"

说是小吠却不小。

剑痴王小屏这一剑递出，城内外都听闻有轰隆隆连绵不断的急促雷鸣。

王小屏初时练剑，便立志只要我出一剑，出剑之后收剑之前便是一次陆地神仙，一剑在手，仙人于我如浮云。故而这一剑无关指玄无关天象，与境界高低根本无关。王小屏练剑以来，便以剑心精纯著称于世，便是洪洗象也佩服不已，哪怕那时候年轻掌教尚未开窍自识吕祖转世，可骑牛的眼光，何曾差了？

小吠一剑起始于王小屏，终止于韩貂寺，如一挂长虹悬于天地。

神武城外拦路，韩貂寺还是第一次流露出郑重其事的神情。

韩貂寺能够强势挤入天下十人行列，凭借的是他在境界之拼上无与伦比的优势，本就是媲美邓太阿的指玄，得以擅杀天象，因此只要你没有步入高高在上的陆地神仙境界，像朱袍阴物就从不入他法眼，更别提临危主动退避的轩辕青锋。可王小屏这个为剑而生更不惜为剑而死的剑道扛鼎大才，不一样。

韩貂寺敬重那挂空一剑，倒也没有生出畏惧，一挥袖，臂如蛇窟，条条红绳如抬头示威小蛇，嗤嗤作响。这一剑躲是躲不过去的，韩貂寺也不想躲避，身陷杀机四伏的一场大围杀，面对众人倾力层出不穷的凌厉手段，尤其是此时王小屏一剑气势如虹，仍是洒然一笑，举手起赤虹，激射腾空，与小吠针锋相对。

一声洪钟大吕响彻天地！

震荡得神武城城墙又是一阵摇晃，墙上缝隙积雪又一次不得安生，簌簌落下。

尘土飞扬，黑泥白雪相间。

尘埃落定后，韩貂寺安然无恙，只是手臂裹绕的猩红似乎淡去一两分。

韩貂寺扯了扯嘴角，朗声笑道："王小屏，你这一剑算不算斩了蛟龙？还有两剑，不妨一并使出。三剑之后，我便剥皮剔骨了你，让武当失去一峰。"

说话间，众人才发现青衣女子手中红枪枪头抵住了这名老宦官的后心，只是好像无法推移分寸入肉。

刹那枪弯曲出一个醒目弧度，几近满月，足见清秀女子的刚烈。

韩貂寺见王小屏无动于衷，知道以这名武当剑痴的心性，不会为言辞所激将，也不再废话，转头平静笑道："女娃娃，就不怕折断了王绣的珍贵遗物？"

马车车顶，死士戊挽弓弧度尤胜刹那枪，一次崩弦，两根铁箭以迅雷不及掩耳之势射往一直立于不败之地的老宦官。

少年使出双箭之后，踉跄后退两步，拉弓右臂血管爆裂，顿时绽出一串串血花，面无人色，目光死死盯住那头该死却偏偏不死的人猫。

雅名日月并立，俗名榻上双飞。

公子取名就是有学问有讲究，雅俗共赏，少年戊很喜欢很满意。

韩貂寺后退一步，武夫极致力拔山河，可要是于山河之上再添一羽重量，也能压死人。本就弯曲到极致的刹那枪立即崩飞，青衣女子往后荡出，滚出六七丈，一身青衣不复洁净，满身污秽泥泞。青鸟艰难起身，握住了坠

下的刹那枪。

先前倒提刹那，那是王家独门绝学，陈芝豹梅子青转紫亦是脱胎于此，只是在他手上用出，青出于蓝而远胜于蓝。王绣有生之年，最大遗憾是未能有亲生儿子传承一身绝学，这才对外姓弟子陈芝豹倾囊相授，因为王家枪法，需要雄浑体魄支撑，讲求气机逆流，是霸道无双的野路子，最是伤身，女子体魄本就阴柔，如此阴损行事，无异于雪上加霜，后来陈芝豹杀师成名，王绣死得远非外界所想那般死不瞑目。

青鸟握住遗物刹那，吐出浊气，咽回污血。

死士当死。

韩貂寺轻描淡写握住一根离自己眉目近在咫尺的铁箭，咦了一声。因为第二根铁箭失去了踪影，哪怕以他近乎举世无匹的敏锐感知，亦是没能探查究竟。

随手丢出已经现世的那支铁箭，将远处一骑穿透头颅，坠马滚地。韩貂寺转头瞥了一眼握枪蓄力的年轻女子，不再多瞧，眼神冷漠望向黑压压以碾轧之势发起冲杀的悍勇骑兵，自言自语了一句："人猫就这般吓不住人吗？"

韩貂寺平地而起，去势跟王小屏小吠一剑如出一辙，岂是一般精壮骑卒可以抗衡，一脚踏下，就将一人一马拦腰斜斜踩断。

阵亡人马后边一骑来不及偏移方向，毫不犹豫就提矛一刺。韩貂寺根本不出手，径直前行。铁矛刚触韩貂寺之身即被弹飞，那挟带战马奔跑巨大冲势的铁骑，整匹战马直直撞在韩貂寺身上，就像一头撞在铜墙铁壁上，战马当即毙命，马术精湛的骑卒临死一搏，一拍马背跃起，一刀劈下。

不见韩貂寺如何动作，瞬间就将那悍不畏死的骑卒分尸。

无数块血块落地之前，韩貂寺已经继续前行。直线上的第三骑微微侧出，凭借直觉一刀劈向这名黑衣宦官的脑袋，才提刀，就给韩貂寺一手推在战马侧身，连人带马给横向悬空抛出，还殃及横面一骑，一起跌落在地。

若仅是这一横向敲丧钟，以两名骑卒的能耐不至于随马一同身死，可人猫之出手，何等狠辣，缠臂红丝一去一回，就是将两名骁勇骑卒当场五马分尸一般。

韩貂寺不给当先一线骑卒掉头回马枪的机会，且战且退，摆明是要以一己之力将一大拨骑卒斩尽杀绝的架势。

第二拨骑卒的视线之中，如铁丝滑切嫩豆腐，王麟重甲铁骑也好，卢崧轻骑也罢，都是如此脆弱。

王麟一个擦肩而过，一条胳膊就跟铜锤一起离开身躯。

若非紧急赶至的卢崧一矛挡下红丝，王麟就要步骑卒后尘，给撕裂肢体。

两名为首骑将侥幸存活下来，并肩而战，非但没有远离战场，反而继续靠向那尊春秋三大魔头之一的人猫。

任山雨一咬牙，握紧跟她玲珑身体严重不符的斧头，率先前行增援，身后北凉秘密豢养的扈从跟随娇柔女子一起兔起鹘落，飘向那一处血肉横飞的战场。

身陷全军必死之地，将军先死；将军死绝，校尉再死；校尉死光，才死士卒！

远处。

徐凤年蹲在地上，北凉刀被插在一旁，双手手心不堪入目，几乎见白骨。

徐凤年转头轻声问道："一炷香，够了没？"

朱袍阴物点了点头。

徐凤年捧起一捧雪，将脸埋在雪中。

站起身后，兴许是察觉到血雪擦脸，越擦越脏，他抬起手臂用衣袖抹了抹。

然后抓起了那柄北凉刀。

韩貂寺如同光天化日之下的魑魅魍魉，来到一名剑客身后，一指划下，然后拇指中指叩指凭空一弹，就活生生剥下半张人皮，也不彻底杀死那剑客，脚步飘荡，任由剑客摇摇坠坠，嘶喊得撕心裂肺。人猫继续转移捕鼠，不远处负有箭囊的卢崧铁矛早已折断，目睹惨绝人寰的景象，不忍剑客受罪，从箭囊拔出一根羽箭，射死了那名生不如死的剑客，眼眶渗血的尸体直直向后倒去。

韩貂寺手臂红绳赤蛇剩下十之七八，伸长如鞭，一旦被它触及，仅仅丢胳膊断腿已经算是幸事，有几十名骑都是一扯之下，拦腰截断，身上甲胄完全如被刀割薄纸。

不知是不是这尊毁去一代江湖的魔头觉得不够爽利，一根长鞭分离数条

长蛇，乱鞭砸下，韩貂寺圆心以外数丈，就是一座人间炼狱，根本没有人可以近身。

王麟断臂之后，自己咬牙包扎，丢出仅剩一锤，就给乱鞭搅烂，碎锤四处溅射如暴雨，直接就将韩貂寺周遭数名铁甲重骑击落，其中一块更是去而复还，若非王麟丢锤之后迅速抽刀格挡，也是被碎块穿胸命丧黄泉的下场，可即便挡下了，一击之威，仍是让王麟人仰马翻。卢崧适时策马而过，弯腰拉住王麟肩头，扶他上马，两骑成一骑。

携带劲弩的骑卒也是徒劳无功，几次战阵夹缝之间气势汹汹的巧妙攒射，仅如柳絮扰人不伤人，反倒是被韩貂寺以恐怖的鲸吞之势吸纳，看似被射成了一头刺猬，可转瞬之后就全部逆向射回，一圈战骑死绝，多数弩箭都是透体一人之后，去势犹然迅猛，战场之上出现一串串葫芦，被己方兵器所杀，让人倍感荒凉。

百万大军中取上将首级，一直被视为荒诞不经之谈，替天子守国门的西蜀剑皇做不到，亡国之前剑尽断的东越剑池老一辈剑道宗师也没有做到，可此时韩貂寺的的确确是在数拨骑军阵型中如入无人之境。

卢崧、王麟领兵治军已算是出类拔萃，可委实是没有当下千百人冲杀一人的经验，一时间也拿不出万全之策，只能是拿部卒一条条鲜活性命去拼掉那尊魔头的内力。好在有任山雨在内的武林高手穿插策应，韩貂寺杀得随意闲淡，可毕竟没有一战之下让两支骑军士气溃散。

仅是帮忙稳固骑军冲杀的连绵攻势，八十余北凉死士就已经折损小半，除了寥寥数人，皆非韩貂寺一合之敌，无一例外都是迎面便死。

这才小半炷香工夫啊！

任山雨披头散发，全然没有山上落草为寇时劈杀也娇媚的光景，得空喘息换气时，眼角余光瞥见遥遥置身风波之外的白头年轻人。女子善变，先前还仰慕俊雅世子练刀大成，这会儿心中难免有几分愤懑，怨恨他不好好在北凉作威作福，偏偏要在地盘外招惹上如此棘手的活阎王。

让任山雨咬牙不退的理由不是拿命去博取什么青眼相加，而是该是徐凤年近侍的青衣女子，持一杆红色长枪，找寻韩貂寺死战。那名女子的视死如归，在北凉阴影笼罩下命薄如纸的任山雨哪怕怯战万分，也不敢后撤。

将领死战而退，一名卑微士卒皆可杀。

众人眼中的青衣女子在参与战阵之后，没有一味蛮力绞杀，一击不中即退出数丈外，所有人都惊讶于她的枪术入神，都没有注意到她一次次嘴唇微动咽血。

任山雨深呼吸一口，稳了稳心神，跟身边几名相熟扈从打了个眼神，互成犄角，切入战阵。

乱鞭杂如丛花，韩貂寺不知何时单手握住一颗头颅，拔出身躯，往后一抛，就将任山雨的一柄板斧砸得稀巴烂。女子喷出一口鲜血，双膝跪地，双手捂住嘴巴，指缝滴血不止。

有骑将死战在先，两支骑卒一拨拨相继赴死。

死四百。

接近一炷香了，韩貂寺低头看了眼几根不如先前壮观的红鞭，十存四五。

西域夔门关外三处截杀，身陷其中一场截杀的韩生宣没有能够杀到至关紧要的铁门关外，他没有跟汪植所率的三千精骑过多纠缠，直接杀穿了厚实阵型就往西而去，仍是赶不及救下皇子赵楷。在这位前任司礼监掌印看来，小主子要坐上龙椅，身为奴仆的他必须一步一步退下来，先是交出掌印太监，再是渐次退居幕后，从权倾天下变成一个活死人，安分守己躲在幕后阴影中，然后死在当今天子之前。

给赵家看家护院，春秋之中和春秋以后捕鼠无数，除了符将红甲，还有一名隐秘天象境高手，被制成了后来的符将金甲，至于一品金刚指玄二重，更有十数人之多，被称之为魔头，韩生宣当之无愧。如果说黄三甲和徐骁联手毁掉了春秋，那么后来韩生宣的暗杀和徐骁的马踏江湖，就是一起毁掉了江湖。韩生宣自知愚忠于赵家，一生不悔不愧。

韩貂寺高高丢出所有长鞭，声如爆竹炸裂，势如蛟蟒蹚河，又是一场腥风血雨。

站在马车上的剑痴王小屏轻声道："下山入世之后，才知天下太平，唯有北地狼烟，年年熏青天。"

一抹身后第二匣，王小屏递出烽燧。

第一剑小吠挂大虹，第二剑烽燧则出匣一丈便不再升空，并未直刺韩貂寺，而是以诡谲跳动之灵态前行，宛如捕蛇，将杀机重重的赤蛇红鞭悉

数绞杀。

杀尽那几条祸乱赤蛇，烽燧也力有不逮，无望袭杀放蛇人韩貂寺，在低空化为齑粉，随风而逝。

王小屏手指掐诀，风起云涌，尽入剑匣，最后一剑割鹿头，直冲云霄。

臂上红绳剩下些许的韩貂寺伸出左手，抚摸那些朝夕相处了大半辈子的赤蛇，抬头望天，一脚踩下，地动山摇。

所有战马骑卒都听闻一阵地震闷响。

车顶少年死士颓然坐地。

第二根铁箭辛苦隐蔽，还是被韩貂寺一脚踏碎。

一直仰望天空的韩貂寺没来由笑了笑，呢喃道："年少也曾羡慕那青衫仗剑走江湖。"

被围剿至今不曾流露丝毫疲态的人猫轻轻拍了拍手，红绳尽数剥落，汇聚一线，竟是做剑的迹象。

一柄割鹿头由天上落人间，有几道粗壮闪电疯狂萦绕。

韩貂寺身前一条红线三尺剑，悠然升空。

手上终于没有一丝红绳的韩貂寺在线剑阻挡割鹿头之时，拔地而起，如彗星扫尾，直接掠向徐凤年！

青鸟面容如同回光返照，神采奕奕，竭力将手中刹那枪掷出。

几乎以一命换一搏。

雷池剑阵布于十丈外，韩貂寺双手在胸口往外一撕。

九柄飞剑都被撕扯得飘向数十丈之外，像那无主的孤魂野魄，不见半点生机，纷纷躺落大地，可见徐凤年根无法分心驭剑。

徐凤年已是左手凉刀，右手春秋，羊皮裘老头儿传授的两袖青蛇冲荡而出，比之吴家剑侍翠花更为形似的两袖剑，徐凤年的这两袖，神似更胜，尽得精髓！

李淳罡正值举世无敌时曾放言，一袖剑斩尽人间剑，一袖剑摧尽美人眉。

这才是真风流。

可徐凤年终归不是剑术剑意双无敌的剑神李淳罡，此时窃取而得的天象修为、指玄招数，都为韩貂寺天生克制，这头杀意流溢的人猫不顾双袖碎烂，双手从剑锋和刀背上滑过，左手朝徐凤年头颅一拍。

徐凤年脑袋往右一晃，他右手又是狠狠一拍。

徐凤年身后朱袍阴物双膝跪地，一张悲悯相开始流淌紫金血液，另外一张欢喜相流淌金黄血液。

韩貂寺厉声道："赵楷坐不上龙椅，你徐凤年也配当上北凉王？！"

言语之后，韩貂寺一手握住徐凤年脖子，一手握拳，砸在这位北凉世子的眉心。

跪地阴物的脑袋如同遭受致命捶击，猛然向后倒去，眼看就要滑出十八丈之外，它猛然五臂抓地，指甲脱落，仍是不肯松手，终于在十六丈处停下。

这一条沟壑中，沾染上触目惊心的紫金血液。

韩貂寺冷冽大笑道："北凉刀？"

老宦官一肘砸下，徐凤年一条胳膊咔嚓作响，身后十六丈处朱袍阴物一条手臂折断。

北凉刀轻轻掉落。

刹那枪刺向人猫后背。

韩貂寺空闲一手随手一挥。

面无表情的徐凤年趁机艰辛提起右手，一柄春秋剑无力地抵住韩貂寺心口。

韩貂寺如痴如癫，走火入魔，加大力道抓紧徐凤年脖子，往上一提。

徐凤年双脚离地，朱袍阴物随之脖子出现一道深陷瘀痕。

韩貂寺轻声笑问道："剩下六百骑，加上一个未入陆地神仙的王小屏，一个匆忙赶来收尸的袁左宗，我韩生宣想要走，能伤我分毫？"

剑尖颤抖，始终指向人猫心口。

韩貂寺神情归于平静道："放心，你死后，我不会走，拼死杀掉王小屏和袁左宗后，在黄泉路上，要再杀你一次。"

看着那张异常年轻的脸庞，那双异常冷漠的桃花眸子，韩貂寺涌起一股剧烈憎恶，轻声笑道："去死！"

徐凤年点了点头。

去死。

一剑贯胸透心凉。

春秋一剑去千里。

有人在东海武帝城借剑春秋。

他曾与巅峰时李淳罡互换一臂。

他曾吃下名剑入腹无数。

这一剑去势之猛，不但贯穿了正处于蓄力巅峰的韩生宣的整颗心脏，还逼迫其身形往后苍凉飘去。

既是徐凤年此次第一剑递出，又等于隋姓老祖宗亲手一剑刺心韩生宣。

舍得千骑赴死，都不过是锦上添花的障眼法。

这一剑去万里，才是雪中送炭。

徐凤年大踏步而去，跃起，对着一脸复杂的韩生宣当头拍下。

仙人抚大顶。

一掌让韩貂寺跪入雪地！

心脏破碎的人猫已是七窍流血。

他竭力想要站起。

徐凤年又是一掌抚顶。

扑通一声，满头银丝散乱的韩生宣再一次跪下。

徐凤年一记倾斜手刀，割去天下第一权宦的这颗大好头颅。

他看也不看一眼始终跪地不倒的无头尸体，转身背起倒在血泊中的朱袍阴物，捡起北凉刀，然后走向那一片残肢断骸的残酷战场，扶住命悬一线的青鸟。

所有披甲骑卒都整齐下马。

徐凤年沉声道："卸甲！"

北凉甲士，只握北凉刀，只披北凉甲！

80

第四章

龙尾坡风波顿生，破客栈真人露相

黄裳放下酒碗，轻轻问道：『京城有人言，要让北莽不得一蹄入中原，当真？』

徐凤年正要说话，身后袁左宗冷笑道：『黄大人可知北凉老卒六百声恭送？』

　　江南山岭多逶迤如盘蛇，淮南龙尾坡尤其如此。相距重镇铁庐三百里，多有商旅来往，只是一场罕见大雪封山阻路，山路之行难上难，一般商贾宁肯绕远路转入驿道。

　　龙尾坡上有一支旅人艰难往北，一辆简陋马车缓缓前行，劣马四蹄没入雪中，更是吃力，鬃毛晦暗的黑马打着响鼻，喷出一团团雾气。马夫是个干瘦老仆，都舍不得挥鞭驾马，都说快马加鞭，可巧妇难为无米之炊，一匹军旅中淘汰下来的老马，鞭子抽多了，来了无赖脾气，十有八九就不愿走了，好在车厢中的主人善解人意，时不时出声跟马夫安慰几句，让他不用太过于着急赶路。

　　车厢内的老者面容清癯，裹了件恐怕比老马还要上岁数的破败袭子，神态安详，捧书默念。车外山林银装素裹，忽如一夜春风，千树万树梨花开。老人掀起帘子举目眺望，原本积郁心境，也为之开阔几分。

　　同是龙尾坡上，马车身后不足半里路，有五骑紧紧尾随，大多黑衣劲装，三男二女。为首一骑是个轮廓微胖的富态中年男子，生了一对如佛像的圆润耳垂，应是有福气之人，罩了一件惹眼的白狐狸皮面的鹤氅，给人观感不俗，容易心生亲近。身后一骑年轻俊彦，面如冠玉，提了一条裹金枪棒，便是这等阴寒天气，也是呼吸悠缓，确是当得"风姿如神"四字评语。两名女子中一名年纪稍大，若说女子似水，在世俗眼中，她全身上下便都流淌着风流风情，殊为难得的是媚而不妖，有大家闺秀的端庄。并肩策马的少女就要黯然失色，仅是中人之姿，宛如邻里初长成的小家碧玉。最后一骑是个相貌粗犷的少年，衣着寒酸，马术也蹩脚，隔三岔五就要偷偷去揉几乎开花的屁股蛋，几次都给前头的小家碧玉抓个现行，少不得一阵白眼，让少年涨红了脸，恨不得挖个坑把自己埋在雪地里。当一路上跟他针尖麦芒相对的少女转过头，换了一张面容，跟提棒俊彦欢声笑语，难掩一身贫寒气的少年就会偷偷壮胆望向年纪略大的女子的婀娜背影。

　　他叫李怀耳，地地道道的铁庐城人，爹娘去得早，大伯是个教书先生，名字也是大伯给取的，他自认这辈子也就这个文绉绉酸溜溜的名字还算拿得出手。李怀耳自幼喜欢武艺，市井巷弄从来不缺那些神神道道的江湖传闻，就像好事之徒给铁庐城里排出了十大高手，垫底的彭鹤都能单手举马丢掷数丈远，第六的军镇将领丁策更是可以一箭射透磨盘，对于这些，一直想着哪一天能名扬天下的李怀耳宁可信其有，哪怕每次街坊殴斗，次次给打得鼻青脸肿，也不损他的热衷江湖行。

这一次能跟着前头四人一起骑上马，缘于两天以前城内一桩被他无意间撞破的血腥秘事。半里路外坐马车的黄姓老头儿，据说是个当大官的，要去京城，不知为何给一伙佩刀持弩的黑衣人暗杀，老人跌跄躲入阴晦的窄巷小弄，跟李怀耳撞了个满怀，一场刀林箭雨，弓弩嗡嗡作响，钉入墙面，遭受无妄之灾的李怀耳也是热血方刚，主要是一时间没来得及害怕，拉着老人就抱头鼠窜，后来前头那四骑就横空出世，好一场狭路相逢，杀得天翻地覆，李怀耳亲眼见到那名耍棍棒的俊哥儿一棒子敲下去，差不多就能将一堵巷墙砸出一条长坑，也见到此时的眼前女子一剑游龙惊鸿，雪地照映，恰巧被李怀耳看到那张杀人时冷峻的绝美容颜，李怀耳当时就知道，只要能闯出名堂，那这辈子非她不娶了。

可李怀耳单纯，却也不傻，都说世上的高人观潮就能悟出剑法，可铁庐城外倒也有条江河，李怀耳一得闲就去江边撅屁股，瞪大眼睛猛看江水滔滔，无风无浪时看，暴雨洪水时也看，前几日大雪纷纷时也看了，可都没能看出个究竟。无意间听说世外高人都在山林隐居，就又把铁庐周边大山小岭来回走了几遭，除了拉屎撒尿，什么都没留下，也什么都没遇上。打遍附近几条街无敌手的豹爷据说是得了一本绝世秘籍里的两三页，就有了今日的一身高超武艺，可李怀耳虽然有个教书匠的大伯，性子却随他那个一辈子都跟庄稼地打交道的爹，天生就不喜欢读书，字没认识几个，知道就算自己拿到了一本武学秘籍，多半也看不懂。

李怀耳看了眼前边的男男女女，有些泄气。那位神仙姐姐说了，等将黄大人送到京城，就会给他一些盘缠返乡，到时候铁庐这边也不会再有人找他的麻烦，他可以继续安生过日子。

李怀耳当时嗫嗫嚅嚅，没有多嘴一句，心中所想，不敢与人言：我只想跟你一起闯荡江湖啊。

龙尾坡坡顶有一间客栈，不知为何一直没有名字，反正开了好些年头，生意不温不火，仅是维持生计，真正乐意一掷千金的文人雅士都不乐意去。

山顶大雪初霁，总算驱寒几分，五骑策马来到客栈附近，看到老爷子站在马车边上笑颜相迎，附近还停有两辆马车，似是同为羁旅之客。罩鹤氅的

富态中年人揉了揉貂帽，有些无奈，下马后快步前行，低声道："黄大人，咱们身上都带有干粮以供果腹，就不要停歇了吧？"

老爷子披了一件石青色绸缎面料的补服，放晴之后，在阳光下呈现出一种独有的红褐色光泽。老人毕竟是入品的官员，加之腹有诗书气自华，有几分能让市井百姓望而生畏的不怒自威。

鹤氅貂帽男子家世优渥，自然不是因为黄老爷子的从八品官员身份而亲身涉险，不惜跟广陵道西地沆瀣一气的抱团官员撕破脸皮，而在于黄老爷子身居要职，品秩不高，才入流而已，但话语之重，用上达天听形容也不为过。广陵道西部都敬服黄老爷子的为民请命，耿直谏言，此次赴京任职，跟北地硕儒朱桂佑一起"入台"，提举成为御史台监察御史，可黄大人去入京面圣，身上带着足以让广陵道西部数个庞大州郡几十顶官帽子去留的折子，这就给老爷子带来杀身之祸，若非大批有识之士有钱出钱有力出力，替老爷子挡下数拨不光彩的狠辣袭杀，别说巍巍太安城，老爷子都走不出广陵道半步。在他看来，老爷子两袖清风，风骨极高，可有些时候过于迂阔，行事刻板，无形中给暗中护驾的江湖侠士带来莫大危机，可他又不好直言告知，有些时候私下苦笑，也只能安慰自己若非老爷子如此性格，也当不上监察御史。

心怀愧疚的黄老爷子朝几位侠士抱拳谢过，一切尽在不言中。

包括李怀耳在内的几骑陆续下马，都毕恭毕敬抱拳还礼。在家族所在州郡素来以仗义疏财著称的宁宗，即鹤氅中年人退而求其次，轻声笑道："那咱们就跟黄大人一起吃过了午饭，然后加快赶路。广陵道边境上，会有一队人马接应，名震两淮的武林前辈梁老前辈亲自出山，到时候那帮铁庐宵小也就不敢如此猖獗了。"

少女皱了皱精巧鼻子，小声埋怨道："梁老爷子既然在江湖上德高望重，八十岁高龄，一杆六十斤梨花枪还耍得泼水不进，又有武林同道相助，怎的就不愿多走两三百里路？"

佩剑女子皱眉，轻轻喝道："椿芽，不得无礼！"

反倒是黄大人解了围，缓步走向客栈时，一脸和颜悦色笑着跟少女解释道："这些个成名已久的江湖世家门派，不说嫡亲和帮众，便是混口饭吃的家丁护院，也要个个记名在册，少不得跟官府打交道，很多事情都要仰人鼻息，像黄某人年幼时还是那种只求快意恩仇的江湖，一去不复还喽。"

对此最是感受深切的宁宗笑道："黄大人学富五车，在家便知天下事。"

清瘦老人摆了摆手，自嘲道："光是读万卷书不行，还要行万里路。书上道理是死的，做人是活的。我黄裳一日不读书便寝食难安，几十年下来，确也读书不少，也经常去走访乡野，可自知斤两，太认死理，不会活泛做人，尤其不知晓在官场上辗转腾挪。这次入京，是黄裳连累众位英雄好汉了。当然，还有巾帼不让须眉的周姑娘和胡姑娘。黄裳除了给人夺走的一楼藏书，已然是个身无分文的穷光蛋，这一路北去，想着以后哪天不为官了，就写一本侠客传，希冀着能报答一二。"

宁宗面露喜色，"这可是名垂青史的幸事。"

被称作"椿芽"的少女叽叽喳喳雀跃道："黄大人，千万别忘了我，我叫胡椿芽。"

黄大人笑着应诺。

颇有不食人间烟火之仙侠气的周姓女子跟提一条棍棒的俊雅公子，相视淡淡一笑。

没他半文钱事情的李怀耳跟随众人，低头跨过门槛，他一直把自己当作没用的拖油瓶，自卑而寡言。

客栈不大，每张桌面上油渍常年积淀，泛着腻味的油光，不是一块抹布就能擦拭干净的。江湖阅历丰富的宁宗环视一周，有些警惕不安。客栈内五张桌子，同一伙人寥寥五人，便占据了临窗两张，其中一名健壮青年身上更渗着股血腥气，这还不算什么，主桌上一名年轻人大概是年少白头的缘故，白衣白鞋白玉带，有一双不易见到的桃花眸子，宁宗一看就觉着棘手，这类人就算身手平平，可光看那架子，就是极为难缠的世家子弟。白头年轻人左首位置坐着一个黝黑少年，右首坐着一个举杯饮酒的男子，识人功夫不浅的宁宗更是当即头皮发麻。男子估摸着身高九尺，己方使棍棒的高手徐瞻已算身材雄伟，比之仍是略逊一筹，宁宗所在家族离一支广陵境内精锐行伍的军寨驻地不远，见过了实打实在战场上从死人堆里爬出来的杀伐气焰，很是熟悉。

要是这批人阻截黄大人赴京，宁宗估摸着就算自己这边几条命都交待在

这龙尾坡，十有八九都无济于事。

一桌是徐凤年、少年戊、袁左宗。

一桌是参加过神武城外一战的骑将卢崧和王麟。

青鸟受伤极重，不宜颠簸南下上阴学宫，跟随大队伍一同赶赴北凉，有褚禄山亲自开道，恩威并施打点关系，天大的难事，都可以迎刃而解。

徐凤年这一趟先去学宫接人，然后去青州秘密面见两拨人，接下来就可以回北凉。如何吸纳那人人上马可战下马可耕的十万流民，就是李义山故意留给他去解决的难题，做成了这个活眼，才能真正打开北凉新局面。之所以带上有儒将之风的卢崧和负伤的王麟，是在有意栽培他们成为嫡系心腹，以便顺利钉入北凉军之前，总归得有个循序渐进的相互熟识过程。两人麾下部卒死伤惨重，徐凤年总不能拍拍屁股就分道扬镳，把两位功臣晾在一边，徐凤年从不相信几句豪言壮语就可以让有才之人纳头便拜。

至于武力在离阳军中仅次于顾剑棠、陈芝豹之后的白熊袁左宗，是他自己要求同路南下。

除了宁宗不断的眼神窥探，以及少女胡椿芽使劲去看徐凤年外，在跟客栈伙计要了吃食后，其余黄老爷子和周姓女子以及徐瞻就都屏气凝神。

客栈最后两坛子窖藏酿酒都给徐凤年两桌要了去，好在宁宗深知贪杯误事，一开始就没想着温酒暖胃，不过赴京入台担任监察御史的黄裳生平所好，不过是读书喝酒吃蟹三事，每年可怜兮兮的俸禄也都用在了这三件事情上。此时早已过了吃蟹的应时光景，马车上虽说有书可读，可出行仓促，性命堪忧，几坛子桂子时节精心制成的醉蟹都没能顾上，黄裳此时闻到了酒香，就有些动容，只是常年修身养气，也没有如何说话。

徐凤年靠窗而坐，笑问道："老先生，我这边还有半坛子酒喝不掉，有些心疼银钱，要不便宜些卖给你们？"

黄裳心中一动，不过仍是笑着摇头。江湖险恶，比较官场风波诡谲，其实很多时候都一气相通，不过都是"人心鬼蜮"四字。

一颗懵懂芳心都牵系在翩翩公子哥徐瞻身上的胡椿芽，见到徐凤年之后，心思起伏不定，可说出来的话就尖刻了，"模样挺俊，就是白头，瞧着吓人。大晚上给我见着了，肯定以为见了鬼。"

若是寻常膏粱子弟携带仆役出行，主人如此受辱，少不了帮闲一跃成为帮凶，对口无遮拦的少女就是一顿教训，可让宁宗越发坐立难安的是不光正主一笑置之，两桌男子也都不甚在意，尤其是白头年轻人隔壁桌上两位，看待胡椿芽的眼神，竟有几分直白的佩服，好像小丫头说了这句重话，就是江湖上第一流的女侠了。

宁宗原本心底期望着两桌人勃然大怒，他好从中斡旋，只要能息事宁人，就说明不是冲着黄大人来的，别说面子上的赔笑赔罪，只求一份平安的宁宗就是阴沟里翻船，彻彻底底装一回孙子，也无所谓。

可事态发展好到出乎意料，那帮人没有任何要兴师问罪的迹象，兴许是当作胡椿芽的童言无忌了，白头公子哥也没有强卖那半坛子酒。黄裳潦草吃过了饭食，宁宗迅速付过银钱，一行人便离开了客栈，如浮萍水上逢，各自打了个旋儿，也就再无交集，这让上马起程的宁宗心中巨石落地，忍不住回望一眼客栈大门，依稀看到那名早生华发的俊逸公子哥给身边雄奇男子倒了一杯酒。

胡椿芽犹自愤懑，使劲一马鞭挥在马臀上。

子承父业拉出三百铁骑的王麟身负重伤，少了一条胳膊，可依旧乐天知足，相比南下之行事事谨小慎微的卢崧，在徐凤年面前也大大咧咧，欠缺尺寸感，等黄裳一伙离开客栈，就觍着脸端碗坐在少年戊身边，蹭酒来了。徐凤年才给袁左宗倒酒，顺手就给王麟倒满一碗。这小子嘴上说着谁都不当真的马屁言语，一脸嬉笑，没规矩地盘腿坐在长凳上，说道："那毒舌妮子肯定不知道自个儿在鬼门关逛荡了一圈哪。公子酒量好，肚量更大。"

徐凤年笑了笑，没有搭话这一茬，只是望向袁左宗，询问道："袁二哥，咱俩出去赏会儿山景？"

袁左宗点了点头，两人一起走出客栈。

客栈外头搭有一座简易茅棚，棚顶积雪沉重铺压，棚子有岌岌可危之感。徐凤年跺了跺脚，抖落雪泥，望向龙尾坡远方。再往南，便是旧南唐国境，大秦皇帝曾迁徙四十万流民戍守六岭，三面环山，北滨大江，地形自南向北徐徐向下倾斜，这颗偏挂一隅的大葫芦就成为易攻难守的四战之地。春秋硝烟四起，南唐大将军顾大祖提出守南唐万万不能坐守一隅，敌来之路多达十四处，四面拮据，一味死守门户酒江和国都庐州两险，必有一懈，提出

守南唐，务必要战于南唐境外。可惜不为南唐君主采纳，空有精兵三十万困守酒江、庐州两地，被围之后，不战而降，哪怕其间顾大祖亲率南唐水师在波涛湖上，佯装撤退驰援酒江，诱敌深入，几乎全歼了离阳临时拼凑而成的十万水师，棋盘上一地得失，一样无关大局。南唐覆灭，陆战水战皆是战绩卓著的顾大祖也不知所终。世人都说顾大祖生不逢时，唯独生错在南唐，要是身为离阳子民，功勋建树，今日未必不能跟徐骁、顾剑棠一争高下。

徐凤年晃了晃头，轻声道："韩生宣在神武城守株待兔，是存必死之心的。做宦官做到了貂寺，当上了司礼监掌印，毕竟还是宦官，又无子嗣，他选了皇子赵楷作为效忠对象，我一直想不明白。投靠当时声势正隆的大皇子赵武，哪怕是太子赵篆，其实都是稳赚不赔的，因为两位皇子同父同母，肥水不流外人田，任何一个当上储君，韩貂寺都不至于如此冒险。我曾经让寅携带春秋一次往返，恳请隋姓吃剑老祖宗在剑上留下一缕剑意，老前辈何时借剑去东海武帝城，也算有个模糊的把握，我要是不好好演一出苦肉戏，王麟、卢崧的八百骑哪怕归降北凉，心里肯定照样不服气，关键是韩貂寺也会心生戒备。说到底，人猫自恃指玄杀天象，还是太大意了。东海一剑去，可不是天象那么简单。不过现在回想起来，还是有些后怕。"

袁左宗笑问道："姓隋的剑仙？"

徐凤年笑道："我也是才知道。李淳罡曾经说过他当年从斩魔台下山，已然跌境厉害，这位真人不露相的老前辈前去比剑，不愿占半分便宜，李老头儿境界虽降，可两袖青蛇威力还在巅峰，隋姓老祖宗的问剑，一直只问对手最强手，故而互换一臂，算是没有分出胜负。当今天下，恐怕除了北莽军神拓跋菩萨，也就这位老祖宗可以跟王仙芝酣畅淋漓打上一架。只是不知为何，武帝城那边一直没有消息传出，以隋姓老祖宗的行事，向来不屑做雷声大雨点小的勾当，雷声小雨点大才对。"

说到这里，徐凤年不知为何想起北莽敦煌城外邓太阿与那位白衣魔头的倾城比剑，后者风格如同隋姓老人，甚至更甚，她分明不用剑，却问剑邓太阿，足见其自负。黄河龙壁外，她当真死在了汹涌河漕之中？

袁左宗感慨道："屈指算来，殿下第二次游历，就惹来了吴家剑冢的剑冠剑侍、天下第十一王明寅，后来独身深入北莽腹地，更是先杀魔头谢灵，再战拓跋春隼，继而连提兵山第五貉的头颅都带回。这次又宰了韩貂寺，一直都没闲着。离阳藩王子孙，不论嫡庶，恐怕得有数百人，就没一个像殿下这么劳心劳力的。”

寒风拂面，夹杂有山野特有的草根气，沁人心脾。徐凤年微笑道："大概是多大的瓜田招来多大的偷瓜贼。瘌汉子丑婆姨，才子佳人，都是门当户对。有这些在两个江湖上赫赫有名的对手死敌，我该感到荣幸。袁二哥，这些年你一直深藏不露，陈芝豹都入圣了，你要是不弄个天象境说不过去啊。"

袁左宗哈哈笑道："袁某单打独斗，远远比不上方寸天雷的顾剑棠和梅子酒的陈芝豹，不过长于陷阵厮杀，不知何时能跟殿下一起沙场并肩驰骋？"

徐凤年双手插袖叹息道："在北莽听一个北凉老卒说他这些年经常铁马冰河入梦来。"

袁左宗望向远方，轻声道："我不看好西楚复国。"

徐凤年点头道："就像徐骁当年不反，看似寒了许多将士的心，可他那是明知不可为而不为。好不容易眼望天下得天平，当什么皇帝？用他的话讲，就是当上皇帝，老子还能三宫六院嫔妃三千？还是能一顿饭多吃几碗肉？打天下靠人强马壮刀快，治天下却要不计其数的门阀士子，群策群力，聚沙成塔。既然民心根本不在徐骁这边，他做个划江而治的短命皇帝，我注定活不到今天。"

袁左宗由衷笑道："义父从不耍小聪明，是大智慧。"

徐凤年转头说道："凤年以前纨绔无良，让袁二哥看笑话了。"

袁左宗没有跟这位世子殿下对视，眺望白茫茫山景，"袁左宗愚忠，不输韩生宣。"

龙尾坡山势转为向下，马车内，老爷子摇头笑道："委实是黄裳以小人之心度君子之腹了，可惜了那半坛子酒啊。"

除了即将赴任要职的黄裳，车厢内还坐着李怀耳，老人知道这孩子的糟糕马术，就干脆让他弃马乘车。当夜城内一场巷战，为少年所救，黄裳嘴上不曾赘言，心中实在是念情得重，只不过黄裳自己尚且朝不保夕，也不好承诺什么，只想着让少年李怀耳远离是非，若是能够在京城站稳脚跟，少年若

是心中那个江湖梦不死，不妨再拉下一张老脸给他求来一本武学秘籍，他年悄悄转赠李怀耳。

少年此时战战兢兢，他哪里跟当官的面对面独处相坐过，往年在铁庐城中游手好闲，见着披甲的巡城士卒都退避三舍，对他们可以披甲胄、持铁矛，那都是满心艳羡得紧。看出少年的局促不安，朝野上下清望出众的老爷子会心一笑，主动寻找话题，跟少年询问了一些鸡毛蒜皮的琐碎事，正当黄裳问及李怀耳大伯一年私塾教书可挣钱几许时，蓦然密林深处一根羽箭破空而来，一心一意驾马的老仆头颅被一箭贯穿，向后寂然倒去，尸体扯动车帘，身手利落的李怀耳当下就拉着老爷子趴下。

当宁宗看到不远处一只信鸽掠空，猛然间快马疾驰。这次护驾黄大人赶赴太安城，惹上的不光是广陵道西部那几十个一根线上蚂蚱的文官老爷，还有十数位武官将领，其中一员在春秋中全身而退的骁将更非杂号将军可以媲美，手握精兵两千，光是骑兵就接近四百，如果不是此人官场口碑极差，为人跋扈，跟毗邻州郡的其他实权将军历来多有磕碰，这次风波，乐见其成的沿途几位将军都各自放出话来，大队人马胆敢堂而皇之穿越辖境，一定要让他吃不了兜着走。可宁宗仍是把情况预料到最糟糕的境地，除了早早在马车三壁添有拼接而成的厚实檀木，以防箭矢破壁偷袭外，还让两名轻功不俗的江湖好汉担当起斥候的职责，跟他们五骑一前一后首尾呼应。

密集攒射之下，大多数箭矢都钻过了外车壁，最终为昂贵紫檀硬木阻滞，但有几根仍是倔强地露出箭尖，足见这批刺客的膂力之大。两拨箭雨都没能建功，瞬息过后，仅有一箭破空。

砰一声巨响！

不光是穿透双层车壁，还炸出一个橘子大小的窟窿。

是那铁庐军镇中第一神箭手丁策无疑！

这根羽箭钉入了后壁紫檀木中，尾端犹自颤颤巍巍，就这般示威地悬在李怀耳脑袋之上。

少年心如死灰。

那匹年迈军马虽说脚力孱弱，可也有好处，就算没了马夫驾驭，短时间马蹄慌乱之后，很快就主动停下，并没有撒开马蹄四处逃窜，否则山路狭窄，右边一丈临崖，很容易乱中生祸。

宁宗心知临时担当斥候的江湖侠客已经遭遇不测，来到马车附近，不奢望一气呵成冲出箭雨，当机立断，让徐瞻和周姑娘尽量抵挡接下来的泼水箭雨，他和武力平平的胡椿芽去挽扶一老一少上马反身。

黄裳和李怀耳分别与宁宗和胡椿芽共乘一骑，少女已经面无人色，顾不得男女授受不亲，策马狂奔，让那个一直看不顺眼的邋遢货低头弯腰，一起向龙尾坡山顶客栈疾驰。

丁策一箭朝黄裳后心口射去，被徐瞻一棒挑斜落空，可一箭去势雷霆万钧，让徐瞻几乎就握不住那根缠丝棍棒。丁策第二次双箭齐发，一箭继续针对老人黄裳，一箭则追杀少年，这一手连珠箭极为出彩。

山路中间有女子身形如一只墨黑燕子，飘落马背，倒退而行，一剑劈断一根箭矢，可手掌瞬间被划出一道深阔血槽。她借着反弹之力，飘回马背上，单脚蜻蜓点水，继而扑向与少年后背近在咫尺的第二箭。眼看救之不及，只得丢剑而出，砸中箭矢尾羽，将其逼迫偏离目标。可不等身形曼妙如飞仙的女子喘气，远处丁策再次挽弓激射，眨眼间就刺向女子眉心，她若是侧身躲避，这一箭肯定要射死少年少女所骑乘的那匹枣红骏马。女子一咬牙，低头却伸出一双五指如青葱的纤手，死死攥紧箭矢。五指连心，一阵刺骨剧痛传来，不肯撒手的女子更是被这一箭带离得向后滑行数丈，始终保持后仰之势的她几乎已经感受到马尾翻摇着击打脸颊，双脚深陷泥地，用以卸去箭矢力道。当她终于能够将那根沾血的羽箭丢去，摇晃身体差一点就要坠地，撞入马蹄下。

一个鹞子翻身，女子飘向枣红马马背站定，看到徐瞻的骏马已经被射死，只能徒步，且战且退，好在徐瞻棍术跟内力相得益彰，即便是无奈后撤，也不见太多的颓势，行走之快，几乎媲美奔马。

宁宗心中哀叹，这次迫不得已的后撤，有祸水东引的嫌疑，真是对不住先前客栈那帮来路不明的陌路食客了，只求那些人别被牵连太过。

路在茅棚和客栈之间，徐凤年刚好和袁左宗走向客栈，宁宗一骑就这么狂奔撞来，后者大惊失色，嚷道："让开！"

徐凤年给眯着眼杀机四起的袁左宗使了个息事宁人的眼神，两人几乎同时往茅棚方向一退，短短两步，步伐轻灵飘逸，也就躲过了宁宗那一骑。

随后胡椿芽一骑也恰好擦肩而过。

少年戊早就听到马蹄踩踏，大踏步出门凑热闹，这小子可没有什么好脾气，见到这等惊扰公子的可恶场景，咧嘴阴阴一笑，弓身狂奔，钻入马匹腹部，猛然站起，扛着整匹骏马就继续向前奔走，竟是刹那之间就超过了宁宗那一骑。

健壮少年仍是嘴上大笑道："这马也跑得忒慢，小爷送你们一程！"

龙尾坡上有少年扛马而驰。

门口卢崧笑而不语，王麟坐在门槛上翻白眼。

站在马背上的黑衣劲装女子犹豫了一下，飘落在地，接应稍稍落在后头的徐瞻。后者原本已经跃过客栈茅棚一线，见她停步，也停下阻截板上钉钉是铁庐军旅健卒的刺客。

三十余骑气势汹汹尾随而至，清一色棉布裹足的雪白战马，士卒披有旧南唐风靡一时的白纸甲，跟大雪融为一体。

为首一骑魁梧男子手提一张巨弓。

兴许是军令在身，在杀死黄裳之前不想节外生枝，浪费时间，这名将领一骑冲来，只是对站在茅棚前的碍眼白头年轻人冷冷瞥了一下，就转向那名数次坏他好事的该死女子。

袁左宗笑问道："怎么说？"

徐凤年摇头道："能不掺和就不掺和。"

神箭手丁策不愿分心，只想拿黄裳的脑袋去领取保证可以官升一级的大军功，他手下一些手痒痒的跋扈部卒可不介意热热手，几乎同时，左右两拨箭矢就射向徐凤年、袁左宗及卢崧、王麟。

卢崧摇了摇头，一手拨掉箭矢。

王麟吃饱了撑着没事干，单手握住箭矢，故意喊了一声，向后倒去。

卢崧眼神有些怜悯，望向这批出手狠辣的军卒。

都快过年了，也不知道让阎王爷舒舒服服偷个闲，一个个非要急着投胎。

铁庐锐士动辄羽箭杀人，只是不等徐凤年和袁左宗有所动作，就有一道魁梧身形大踏步赶至，背对两人，一手抓住一根箭矢，对那帮策马而过的披甲士卒怒目相向，吼道："洒家淮南段淳安在此，贼子安敢伤人？！"

丁策勒马停下，拨转马头，神情阴鸷。对于江湖上的绿林好汉，这名军职在身的神箭手一直视如草芥猪狗，原本麾下箭手几枚箭矢，不过是告诫闲杂人等老老实实袖手旁观，能躲掉也算本事，他们铁庐军也懒得刨根问底，躲不掉就只能怨命不好，天大地大非要出现在龙尾坡上。可这个姓段的淮南莽夫，就坏规矩了，竟敢主动启衅铁庐城！丁策耳力敏锐，已经听到另一支骑队冲上龙尾坡，阻截退路，黄裳等人注定是被一锅烩的下场。他就乐得抽空先跟这批人玩一玩，当下一手提弓，一手从鲸皮箭囊拈出一根特制雕翎箭，居高临下，冷笑道："哪只眼睛见到我们伤人了，分明是你们干扰铁庐剿匪军务，若非士族，按律轻则发配千里，重则就地当斩。"

身高八尺的汉子涨红了脸，愤懑至极道："你这厮睁眼说瞎话，端的可恨！洒家今天便是……"

不等汉子说完豪言壮语，不愿听他聒噪的丁策就直直一箭射来。出身淮南的江湖好汉本想空手夺箭，可心中迅速掂量一番，一箭破空，声势堪称迅雷不及掩耳，不敢撄其锋芒，狼狈躲过，心有余悸。不等他平稳心绪，披有旧南唐国库中遗留下来一件上品纸甲的丁策就抖搂了一手连珠箭，双箭齐发，却是一前一后，轨迹看似摇摇坠坠，如同灵性活物，刁钻至极。

在两淮武林薄有名声的汉子心中叫苦，正当他打算不要脸皮弯腰使出驴打滚，只觉得眼前一花，直腰定睛一看，白面男子不知何时走出一步，也不知使了如何玄妙手法，地上便多了四截断箭；雄伟男子一踩脚，四截箭应声跳起。

丁策脸色剧变，拈出四根雕翎箭，一拨射出，可四截断箭仍是把先前四名跋扈挽弓的骑卒给刺出一个透心凉，甲破人亡心碎烂，沉声坠马。

龙尾坡坡顶落针可闻。

丁策脸色阴沉，一个字一个字从牙缝中蹦出，"擅杀甲士，株连九族！"

徐凤年双手插袖，笑眯眯道："在下京城人氏，姓徐名奇，兵部双卢侍郎，卢白颉卢升象，都曾打过交道。是不是株连九族，你一个杂号将领说了不算，我得问他们兵部有没有这份军律。"

丁策皱紧眉头，脸色阴晴不定，当下念头急转——京城徐家？太安城鱼龙混杂百万人，姓徐的家族门户，那可茫茫多了去，有资格入殿朝会的不说几十家，一双手肯定数不过来，万一真跟两位权势正值炙热的侍郎大人有交

情，哪怕是淡薄的点头之交，也不是他一个杂流校尉可以轻易撼动。京官在京城不管如何低眉顺眼小心做人，到了外地，一直自恃高人一等，广陵道上军镇如林，割据雄立，不是没有人敢不买面子，可惜他丁策不算其中一个。

一听是来自京城的官宦子弟，段淳安原本感激这一行人解围救命的念头，立马就淡了几分，那份结交之心更是烟消云散。他本是两淮武林执牛耳者梁老爷子的不记名弟子，这次暗中护卫黄大人北上，不到万不得已不得露面。梁老爷子的良苦用心，混江湖饭的，都心知肚明。春秋世族豪阀已毁，一座武林更是支离破碎，最有资格称得上地头蛇的，就是那些执掌军镇大权的大佬，惹上官府还好，惹上动不动就喜欢拿剿匪说事的军镇，那就真是裤裆里给塞进一泡黄泥，不是屎胜似屎，甩都甩不掉。此时形势是徐凤年、袁左宗两人，加上段淳安站在茅棚前，丁策和将近三十骑人马拉伸，如一条白蛇横在龙尾坡坡顶路中，客栈门口卢崧、王麟袖手旁观看好戏，丁策身后女子和徐瞻忧心忡忡，不知如何收场，只想着拖延时间。

逃命两骑竟是给驱逐回来，才死战一场的女子回头望去，心中哀叹。龙尾坡有一支规模更大的骑队蜿蜒而上，不下四十骑，之后更有步卒健步如飞，火速登山，气焰凌厉。扛马而奔的少年戊放下了那匹枣红马，马背上胡椿芽和李怀耳这对苦命鸳鸯，已经吓得魂飞魄散，少年双手抱住女子纤细腰肢，搁在往常，少女早就拳打脚踢过去，此时也忘了教训这个小色坯。前有狼后有虎，难道今天真要死在这里？胡椿芽双手捧面，泫然欲泣，她还不曾大红头巾嫁为人妇，还不曾神仙眷侣闯荡江湖，如何能甘心。

徐凤年转头遥望跟宁宗共乘一骑的年迈言官，朗声笑问道："黄大人，卢侍郎让我在此接应，咱们饮过几杯酒，再去京城？卢侍郎已经摆好酒桌，为大人接风洗尘。"

丁策心神一震，如果年轻公子哥嘴中此"卢"是棠溪剑仙卢白颉，还有斡旋余地，可若是广陵道第一名将卢升象真的掺和其中，别说他无名小卒丁策，就是那个志在必得的正号将军亲自出手，也得惹上一身腥臊。春秋声望仅次于徐骁、顾剑棠这几位天大人物的卢升象虽然离开了广陵王赵毅，荣升兵部侍郎，可嫡系心腹犹然遍布广陵，随便拎出一员，那都是打个喷嚏就能让州郡震三震的悍勇角色。丁策如同热锅上的蚂蚁，再无法胸有成竹。

黄裳平淡笑道："跟卢侍郎有过数面之缘，都是以文会友，此次劳累侍郎大人亲自布置，入京之后，黄某定要先行自罚三杯。"

丁策半信半疑。黄裳官阶不高，可交游甚广，虽然台面上没有传出他跟大将军卢升象有过香火情，可官场上狡兔尚有三窟，难保一只老狐狸没有埋下几手明修栈道暗度陈仓的伏笔。这次各道清流言官鱼贯入台，都说是皇帝陛下要开始钳制张首辅一手遮天的相权，着手扶持晋兰亭这类庙堂当红新贵，控扼言路，以便造就新兵圣陈芝豹联手兵部双卢对抗老尚书顾剑棠以御史台敲打张巨鹿的政局新气象，卢升象和言官之一的黄裳无疑都是重要棋子，落子可震朝野，那同出广陵的卢、黄暗中眉来眼去，倒也不算突兀。丁策生性疑神疑鬼，给自称京城世家子的白头公子哥这一记无理手祸害得越来越胆战心惊，聪明人自被聪明误，一时间进退失据。撕破脸皮硬杀一通，成不成都两说，就怕万一惹恼了卢升象这尊远在太安城一样能让广陵道鸡飞狗跳的大菩萨，丁策几条命都不够赔罪。可就此无功而返，少不得以后被穿小鞋，如果不小心中了空城计，就更是难以收拾残局，只要黄裳入京，广陵道西部诸州肯定要脱几层皮，掉下好些颗戴官帽子的脑袋。

徐凤年笑了笑，没有火上浇油，而是主动给了丁策一个台阶下，"你们慢慢商量，我与黄大人先去客栈坐下喝酒，你们商量好了，是礼送出境，那徐奇记下这份情，青山绿水后会有期。不肯放人，就划下道来，先撂下几十具尸体，捅到京城兵部，然后各自比拼身后靠山的官帽子大小。不过我想，广陵道上除了藩王赵毅，也没能比卢侍郎更大的官了。"

听闻"赵毅"二字，丁策眼皮子一颤，此子竟敢直呼藩王名讳，当真是太安城里那几个眼高于顶的公子哥？这帮依仗父辈恩荫的兔崽子可是公认的只认君王不认藩王的浑人！

黄裳在如履薄冰的宁宗护送下，走入客栈。徐凤年留下少年戊和卢崧，带着袁左宗和王麟跨过门槛，跟黄大人同坐一桌，落座后，开门见山道："在下徐奇不假，可跟卢升象卢侍郎没什么交情，也就是在太安城远远见上一眼，满口胡诌，要是吓不住那帮挡道豺狼，少不得还要一番恶战。先前老爷子走得急，没能喝上一口酒，桌上还余下小半坛子，这会儿解解馋？"

黄裳为官行事古板近迂腐，可也曾写出过不少意气风发的佳诗雄文，为人其实并不一味苛刻不近人情，此时身陷死境，反而豪气横生，主动拎过酒坛，晃了晃，闭眼一闻，睁眼后洒然笑道："憋得慌了，喝过了酒，过足了

酒瘾，再死也不迟，到了黄泉路上还能咂巴咂巴酒香余味。"

一起进屋的宁宗、段淳安几人闻言都是面有戚色，黄大人如此清官能吏，落得如此下场，是个良心没被狗吃掉的汉子都要感到心酸。豺狼盈道，善人寸步难行哪。黄老爷子一手卷起补服袖口，一手倒酒几碗，除了眼前胆大包天的白头徐公子，一路相随的宁宗和仗义出手的段淳安都没有忘记。抬头眼见那名断箭杀人的伟岸男子没有坐下，仅是站在徐公子身后，老爷子笑道："这位英雄好汉不来一碗？"

袁左宗笑着轻轻摇头。

才脱离险境的胡椿芽小声嘀咕道："黄大人，小心这些人跟官府是一路货色，狼狈为奸给咱们使了一出苦肉计。酒里要是有蒙汗药……"

宁宗猛然缩手，没有急于端碗饮酒。

段淳安原本已经大大咧咧端碗到嘴边，这会儿喝也不是，放下也不是，只好假装凑近鼻子闻酒香，有些滑稽可笑。

徐凤年面容恬淡，修长手指摩挲碗沿，依旧没有动怒。

黄裳爽朗大笑，"黄某年轻时候曾经跟人学过相术，看相望气，还算略懂皮毛，徐公子是多福多缘之人，北人南相，本身就是富贵不缺，加之惜福惜缘，更是殊为不易。"

徐凤年举起酒碗，跟性情豁达的老爷子一碰而饮。

徐瞻和周姓女子始终守在客栈门口，小心翼翼提防着铁庐甲士暴起行凶，她先前没有多看气度翩翩的白头公子哥，仅是好奇他如何生了一双好看的丹凤眸子，此时见他跟黄大人磊磊落落对坐对饮，才多瞧了几眼。卢嵩傲然站立客栈门口，双手环胸，闭目养神。先前让所有外人大吃一惊的壮硕少年一屁股搁在门槛上，百无聊赖，只恨那帮不长眼的甲士畏畏缩缩，不能让他杀个尽兴。神武城外，他那一手连珠箭，未建寸功，本就憋屈难受，龙尾坡上那狗屁将军的连珠箭，在他看来实在是小娘子绣花鞋，扭扭捏捏，让他瞧不上眼。

半坛子酒不够分，徐凤年对在挂帘边上蹲着的客栈老板笑问道："掌柜的，可有地道好酒，别藏着掖着了，少不了你酒钱。"

五大三粗的汉子摊上这等市井百姓畏之如虎的泼天祸事，一脸不情不愿起身，察言观色伺候人多了，习惯性弯着腰，喏喏嚅嚅。徐凤年笑着打趣道："事已至此，多一坛酒也多不了一分祸，还不如先把银子拿到手焐热再说。"

胡椿芽瞥了眼这个客栈掌柜，亏得这家伙满脸横肉，相貌骇人，却胆小如鼠，活该他在这种小地方勉强挣温饱。徐凤年探袖摸出一锭分量不轻的银子，轻轻抛去，掌柜匆忙跟跄接住，拿袖子擦了擦，背过身去使劲咬了一口，确认真金白银无误，这才嘀嘀咕咕反身去拿酒。胡椿芽最见不得男子小气和邋遢，一阵白眼。倒是李怀耳一路上所见不是杀人如麻的军士，就是黄裳这般大官和徐瞻这些武艺超群的江湖侠士，都让少年可望而不可即，终于逮着一个习气相近的家伙，悄悄浮起一脸会心笑容，又给胡椿芽瞅见，记起方才被这惫懒穷货揩油，一脚就狠狠踢过去，少年倒抽一口凉气，蹲在地上抱住小腿，也不敢声张喊冤。

少女眼角余光始终盯住那来路不明的白头公子，觉得这家伙就是城隍娘娘害喜，没安好心，怀的是鬼胎！

段淳安起身离桌从掌柜手里接过一坛子酒，撕去泥封，是江南常见的小曲米酒，香味爽净，入口绵软，不易上头，主动给在座众人倒酒。黄裳还有心思自嘲，"等死的滋味不好受，不过要死不死，还能喝上几碗酒，关键还不用自己惦念酒钱，当得人生一大幸事。"

王麟没敢跟徐凤年坐在同一张桌子上，只是闻着酒香就犯浑，厚颜无耻讨要了一碗，去隔壁桌上慢饮。

徐凤年喝了一口，高高举起酒碗，皱眉喊道："掌柜的！"

蹲在挂帘下的汉子站起身，一脸忐忑，梗脖子强自硬气道："这位客官，咱可没有往酒里掺水，不退银子！"

徐凤年一脸郑重其事说道："这酒不对。"

黄裳一头雾水，宁宗、段淳安两位老江湖以为酒里下了毒，当即翻脸，准备动手。

稍远的徐瞻也握紧棍棒。

不承想徐凤年嬉笑道："从酒里喝出了杀气，银子给少了。"

在龙尾坡当了很多年掌柜的结实汉子满脸茫然。

徐凤年又丢过去一锭银子，"徐骁说过南唐有个领兵的家伙，浑身是胆，双眼无珠。该赏！"

除了心中了然的袁左宗，所有人都面面相觑，如坠云山雾海。

黄裳最先回过神，却没有任何异样情绪流露，低头酌酒一口，自顾自啧啧叹道："确是酒水有杀气，毕竟那可是整座波阳湖的十数万水军亡魂，都掉在这碗里头了。"

徐凤年和黄裳一起打哑谜，除了岁数不算小的宁宗依稀抓住些蛛丝马迹，大多数都觉得这两人觉着仅仅喝酒太过无趣，就学那文人骚客故弄玄虚。尤其是落在段淳安这等粗人耳中，只觉得浑身不自在，权且当作耳边风，低头喝闷酒，多喝一口是赚一口。门外铁庐精锐骑卒就接近八十，更别提还有大批步卒，好一个瓮中捉鳖。段淳安想到这里，对那个将自己一伙人引入客栈的公子哥就又有一些怨言，觉着这般提心吊胆，还不如当时一鼓作气杀将出去，也好坐以待毙。

得手两锭银子的粗犷汉子面无表情，好似全然听不懂言外之意，眼神呆滞。那白头小子犹然不肯消停，一边饮酒一边笑言："招降东越水师大都督顾准字之后，离阳水师如虎添翼，势如破竹，十数万大军杀到波阳湖，光是停在湖口之外的大型战舰乘龙、扶蟹就有六十余艘。临危受命的波阳湖守将佯装斩杀立誓死战不退的同僚杜建康，接管杜部水师，强令撤出湖口和莲花洲两座要隘，离阳水师误以为波阳湖水师决心突围而逃，各部争抢军功，笨重难浮的扶蟹、乘龙停在外江，只让轻捷灵活的舢板战船悉数驶入内湖。殊不知波阳湖守将让死而复生的杜建康杀了一个回马枪，此人更是亲率三千亲卫死士，将湖口狭窄水卡堵住，使得离阳水师拦腰斩断，首尾无法呼应，再让两个儿子冲入扶蟹、乘龙之中，小舟装满油坛，放火烧船，与巨舰同归于尽，终于一锤定音，将原本势不可挡的离阳水师全部截杀在波阳湖上。那一场传言南唐举国可见的大火，烧了三天三夜，此人儿子死绝不说，连两个出身江湖世家的儿媳妇都戎装上阵，一起殉情波阳湖，可谓一人白发送满门黑发人。家族香火断绝，是谓大不孝。此战功成，波阳湖水师登岸，此人怀必死之志驰援京师途中，却不知南唐君主早已对离阳招降赏赐南国公动心，怒斥此人大不忠，派遣密使赐下两壶毒酒。波阳湖水师不战而降，八旬老将杜建康赐死后被割头颅，装入匣中，南唐国主身披麻衣开城门，捧匣请罪，跪迎帝王师。那一日南唐国灭。"

黄裳火上浇油，接口说道："事后南唐这个亡国昏君，跟春秋其余几国的难兄难弟一起赶赴太安城，离阳先帝笑言十数万水师战死，才拿来杜建康一人抵命，仍是欠朕一颗头颅。当日被封南国公，当日死于南国公府邸，沦为笑谈。宋家老夫子编撰春秋国史，关于南国公是赠予恶谥还是美谥，跟老首辅起了争执，最终折中，仅是赐下一个不恶不美的平谥。南唐洪姓，当年的国姓，如今人人皆以姓洪为耻。"

客栈掌柜的那张横肉脸庞抽搐了几下，欲言又止，继而伸手抹了一把脸皮，笑了笑，眼神不再浑浊不堪，轻轻走向酒桌，轻声笑问道："几位客官，打赏乡野村夫一碗酒喝？"

徐凤年摊手道："坐。"

掌柜的搓了搓手坐下后，望向徐凤年，"公子是离阳赵勾里掌权的大人物？那可真是年轻有为，一般人可进不去这地方。"

徐凤年摇头笑道："跟赵勾勉强算是斗过，也跟北莽朱魍打过交道，都是沾手就要脱层皮的难缠货色，能不碰就不碰。你放心，我这趟出门游历，只是偶然经过龙尾坡，起先只是好奇怎么有人会在这种荒郊野岭弄一家客栈，若是求财，那眼光也太差了，说是求个安稳，那还差不多。黄大人说他会些相术，我其实也略懂一二，掌柜的分明甲子高龄，可面相还是太嫩了，恰巧府上有人精于面皮织造，初见面时就有些纳闷。说实话，养护一张面皮，跟养玉背道而驰，养玉越养越圆润如意，可一张千金难买的生根面皮，也不好戴上二十年。但对此我也只当作是家家有本难念的经，相逢是缘，喝过酒也就罢了，可当我走出客栈去了茅棚赏景，视野所及，猜测天气晴明时，可见南唐波阳湖。而掌柜的言语词汇，先前搭讪，虽然刻意遮掩，已经跟本地口音无异，可有几个字眼，咬得有些根深蒂固，分明是南唐旧音。你说巧不巧，我就是个附庸风雅的纨绔子弟，好的不学，坏的都会，又恰好对南唐音律曲调有些了解，就越发好奇了。"

掌柜老汉瞥了一眼懵懵懂懂的段淳安，继而爽朗大笑，"公子学而有术，见识驳杂，真是让我这种半截身子在黄泥里的老头子，不服老都不行。后生可畏啊。"

始终关注掌柜神情的黄裳见到他那一瞥，心中悚然，赶忙亡羊补牢，对宁宗和段淳安温声说道："宁兄弟，你带段大侠去门口看一看外头动静。"

一身冷汗的宁宗如蒙大赦，起身拉住段淳安胳膊就使劲往门口拖拽。

老掌柜身上再无半点市侩气，淡笑道："问个惹人厌的问题，公子对老朽好奇，老朽亦是好奇公子方才所说，对离阳赵勾、北莽朱魍都熟识。寻常世家子弟，可没这份待遇。"

即将入台成为京官的黄裳冷不丁插话说道："黄某人今日只占便宜喝酒，他日也只说喝酒事。若是两位信得过，我继续坐着蹭酒喝，若是信不过……"

不等黄老爷子说完，徐凤年笑着提起酒坛子，给黄裳还有半碗酒的酒碗倒满。都是聪明人，一切尽在不言中。

掌柜的眼神柔和几分，咕咚咕咚使劲喝了一口酒，然后抬头望向一直不动声色的袁左宗，直截了当说道："袁白熊，妃子坟一场死战，老朽神往已久。"

袁左宗眯起眸子微笑道："比起波阳湖一战，差了十万八千里。"

黄裳先是惊愕难言，蓦地了然于心，面露苦笑，最后洒然，低头呢喃道："就说天底下没有白占便宜的好事，不过这酒喝得辣口，却暖心，今日这一坐，此生倒也无大憾喽。"

掌柜死死盯住徐凤年，语不惊人死不休，"听闻北凉世子三次游历，离阳北莽都走了个遍，总不至于是吃饱了撑的？这位徐公子，能否为老朽解惑一二？"

徐凤年不再喝酒，双手插袖，"一开始是逃难，后来那一趟是想走走看看，走一走老爹当年走过的路，看一看他打下来的大好江山，至于为何去北莽，真要说起来，桌上这小半坛子剩酒可不太够。"

掌柜的摇头道："真没有酒了。"

座位临窗，他揉了揉脸，望向窗外，轻声笑道："望南唐巨湖，下九层高楼，通八方气，撑半壁天，好山好水都从眼底逢迎。乡音不改，乡音不改。当风清云阔，上几坛劣酒，论两朝事，纵横青史。大嚼大啖浇尽胸中块垒，岂不快哉？岂不快哉！"

徐凤年轻声道："是非功过有青史，善恶斤两问阎王。"

本该老老实实噤声的黄裳听闻此言，痛饮一碗酒，抬袖抹了抹嘴角，感慨道："历朝历代青史所写，不过是帝王心中所想，成王骂败寇，五字而已。"

老掌柜反复呢喃"败寇"二字，竟是老泪纵横，猛然抬头，酒水泪水一碗饮尽，"顾大祖满门尽死无妨，到底还犹有南唐遗老说上几句好话，可我南唐先帝，背负骂名，死得冤啊。自古而下五千年，有几个坐拥江山的皇帝，宁肯愧对先祖，不愧百姓一人？！世人都说杜建康喝下毒酒之前，曾跳脚痛骂先帝昏聩，放屁！说他杜建康临死之前要自剜双目丢入波阳湖，好睁眼去看先帝如何凄凉下场，放屁！世人都说顾大祖领兵战于南唐国境之外，足可保下南唐国祚绵延二十年，放屁！好一个善恶斥两问阎王，好一个成王骂败寇！顾大祖二十年苟延残喘，也就今天听了两句人话！"

徐凤年起身平静道："北凉徐凤年，见过顾将军。徐骁曾说顾大祖浑身是胆，南顾远胜北顾，是庙堂之上的李淳罡。师父李义山亦是对顾将军的《灰烬集》推崇备至，堪称当代兵书第一，高过古人。"

老掌柜的摇头不语。

黄裳放下酒碗，轻轻问道："京城有人言，要让北莽不得一蹄入中原，当真？"

徐凤年正要说话，身后袁左宗冷笑道："黄大人可知北凉老卒六百声恭送？"

黄裳笑道："听说一二，以前不信。"

徐凤年转头说道："袁二哥，给你半碗酒时间。"

袁左宗笑着离去，往客栈门外走去，留下一句："足够了。"

黄裳神情微变，轻轻叹息。隐姓埋名当掌柜的顾大祖揉了揉鬓角，眼中有些会心笑意。

徐凤年接下来说的一句话，真是巨石投湖，"北凉步军还欠缺一个副统领，顾将军收了两锭银子，总得给我一份交代。至于黄大人，也别去京城送死了，北凉道的文官座位，随你挑。去不去由不得黄大人，徐凤年铁了心要先兵后礼，就是敲晕了，绑也绑去。反正铁庐军士因你死得干干净净，黄大人就算跳进波阳湖一百次也洗不清，还不如跟我去北凉。"

顾大祖哈哈笑道："手段爽利，不愧是徐骁的儿子，对胃口。事先说好，一分银钱一分货，什么副统领，步军大统领还差不多，让那蹲茅坑不拉屎的燕文鸾给老子打杂。"

黄裳无奈道："那恳请世子殿下先将我敲晕了。"

徐凤年双手插袖，笑得像只狐狸。

第五章 逐鹿山拦途邀客，刘松涛横空出世

徐凤年坐着喝酒，顾大祖一碗酒下肚，喝出了兴致，抬头看山，满眼大雪消融之后的青绿，朗声道：「天不管地不管，酒管。」

黄裳一口饮尽，抹嘴后也是笑道：「兴也罢亡也罢，喝罢。」

龙尾坡上一把大火，把简陋客栈和甲士尸体都烧得一干二净。徐凤年蹲在一旁懒洋洋摊手取暖，看着满地烟灰，让他不由得记起顾大祖的兵书《灰烬集》。洋洋洒洒十六卷，详细论述了古今将略、疆域形势、舆地要津、水战江防等诸多要素，并且首先提出方舆是经国用兵之本，对天下各地进行精辟概述——襄樊是天下之脊，北凉是狮子搏兔的雄地，其实都出自一部《灰烬集》。其次，形势与朝政相互辅佐，缺一不可，尤其注重山脉砂矿探究，不可谓不包罗万象。李义山眼界何等之高，对《灰烬集》尚是由衷叹服，赞其为后世兵家新开一方洞天福地。可惜南唐倾覆，十六卷手札半数收缴国库，大多被藏书成癖的顾剑棠以各种形式收入私囊，其余八卷散失民间，北凉仅得三卷。徐凤年少年时经常被李义山罚抄杂书，三卷《灰烬集》无疑让他吃尽苦头，世事无常，那会儿哪里想到今天能跟兵书撰写之人同桌饮酒，并且即将同归北凉？再早一些相逢，指不定师父就多一个酒友了。

胡椿芽直愣愣盯着这个吊儿郎当的家伙，使唤扈从杀得龙尾坡血流成河不说，竟然还有心思慢悠悠烤火发呆，还不赶紧麻溜儿撒腿跑路？她对这个一身白的家伙，那可是指甲盖那么大的好感都欠奉，死里逃生后，根本没有想到要感激涕零，更不会报恩什么，就是觉得他不顺眼，要是能在他雪白身上踩上几脚，印上几下鞋底板的灰黑泥印才好。不过胡椿芽下意识瞥了眼不远处身高九尺的男子，正是此人走出客栈，几口酒的工夫，外头就彻底清净了，拖死狗一般将那个铁庐城的神箭手将军尸身，丢进熊熊大火的客栈，看得她躲在茅棚那边差点呕出苦水。至于不谙世事的少年李怀耳，从头到尾都在瞪圆眼珠子，傻乎乎看人收尸，坚信是这帮精锐甲士遭了天谴，打死不信是为人所杀。

茅棚没有烧掉，顾大祖和黄裳两个老人站在棚内，一起远望南方，各有唏嘘。

人以群分，宁宗、徐瞻和周姓女子自然而然聚在一起。女子趁着大火，去捡回了佩剑。她双手血肉模糊，好在不曾伤筋动骨，抹了独家秘制金疮药，裹以洁净丝布，也就不再上心。不论独行还是结伴，行走江湖，金银细软都是必需，而盛放药膏的精巧瓶罐更是不可或缺。周姓女子年纪不大，却已是老江湖，万事靠己，接近三品实力，对于一名谈不上半点家传师传的女子，称得上是一桩奇迹。

胡椿芽说话从来都是横冲直撞，这次也不例外，没心没肺问了个让宁宗眼皮子直颤的问题："这家伙会不会杀我们灭口？"

周姓女子掌心搭在剑柄上，默不作声。佩剑对剑士而言，既是情人美眷，情之所钟心生爱怜，有些时候又是严苛前辈，望剑如望人，让人时刻记起李淳罡也曾握剑木马牛，邓太阿也拧转桃枝如握剑，吴家九剑更是握剑，直至战死北莽荒原上。江湖上多有刀客转为练剑，少有剑士转提其他兵器，年幼练剑到年老，从一而终，哪怕一辈子练不出个成就也不中途弃剑，更是不知凡几。

徐瞻素来不苟言笑，不同于姓名生僻的周亲涊那般无亲无故，虽说家道中落，可瘦死的骆驼比马大，家底仍是不薄，其父徐大丘所著《观技经》，堪称棍法集大成者，提及两淮徐家，便是草菅人命的草寇湖匪，也得竖起大拇指，只因为相传徐大丘年轻时候游历江湖，有幸偶遇枪仙王绣，当时正值声名鼎盛的大宗师见徐大丘根骨不俗，传授了一段口诀秘术，这在两淮武林人士眼中，那无异于跟货真价实的陆地神仙攀上交情，只是福祸相依，王绣为陈芝豹斩杀之后，常年借势枪仙的徐家基业开始江河日下，不复当年景象，徐大丘郁郁而终，徐瞻见惯人情冷暖，性情就越发生冷。他对那名高深莫测的公子哥，比起胡椿芽出自本能的纯粹厌恶，多了几分隐蔽的嫉妒和敬畏，可又不想被周亲涊察觉，憋得慌。

周亲涊平淡道："只听说黄大人暂且不去京城，要转道去一趟上阴学宫访友，我信不过这批人，一同随行，宁伯伯和徐公子作何打算？"

宁宗摇了摇头，实在是不敢打肿脸充胖子，铁庐甲士死了一百多号，他的全身家当都在那边，走得了和尚走不了庙，得赶紧回去补救。既然黄大人暂时确保安然无恙，宁宗也没侠义心肠到不顾家族存亡的境界。宁宗也没遮掩，直白说道："亲涊，出了这档子大事，我是肯定去不了上阴学宫。"

徐瞻沉声道："宁世伯请放心，我会跟亲涊一起尽力护下黄大人的周全。"

宁宗松了口气，拍了拍徐瞻的肩头。

胡椿芽雀跃道："周姐姐，徐公子，那你们可以去我家做客。"

宁宗笑了笑。这趟之所以带上这丫头，一方面是她执意要入伙，另一方面宁宗心中也有计较。胡椿芽是采石山山主的独生女，采石山在两淮地域威望超然，是酒江一带首屈一指的宗门帮派，采石山赵洪丹使得一手醉剑，对人技击切磋，喜好提酒豪饮，越是醺醉，剑法越是羚羊挂角，罕逢敌手，实打实的三品实力，那也相当于江湖上的六部侍郎之一了。这还不止，胡椿芽不随赵洪丹姓赵，是因为采石山真正当家的，是赵洪丹的媳妇胡景霞，那可是一头出了名的母老虎。胡椿芽的外公是一位退隐江湖的南唐遗老，春秋战事中曾统率过数千猛士，性格暴戾，杀人如麻，赵洪丹算是入赘了采石山胡家。

草草葬了侍奉黄裳多年的老仆，宁宗在龙尾坡底跟众人抱拳辞行，一骑径直南下，段淳安则一骑匆忙北上报信。先前袁左宗故意留下了几匹战马没有一并送去阎王殿，此时都派上用场。徐瞻、周亲浒、胡椿芽三骑，徐凤年、顾大祖、袁左宗三骑，随驾两车。黄裳和少年李怀耳同乘一车，卢崧担当这辆车的马夫，死士戊驾驶另外一辆。王麟不愿在车厢里，就坐在少年身后碎碎念，说那周姓女子臀如满月眉梢上挑，不但好生养，而且内媚，拐进家门以后一定能生一大窝带把的娃，闺房情趣极佳。少年戊从神武城外起，就一直跟王麟拌嘴，这会儿说起女子身段，破天荒站在同一阵营。孩子便是如此，在这种话题上最是不肯示弱，生怕被当作没尝过荤的雏鸟。

才出龙尾坡，尚未折入驿道，就有一伙人拦下去路，二十骑左右，扎堆以后气势甚是凌人。这截道二十骑穿着衣饰可谓五花八门，有大冬天仅穿五彩薄衫的妖娆女子，怀中依偎着俊俏玲珑的稚嫩少年；有干脆上半身袒胸露乳，腰间以一尾活蛇做裤腰带的粗野汉子；有锦衣华服的老者打着瞌睡，头颅点点如小鸡啄米；有持折扇披狐裘的俊美公子；有身高一丈手捧一颗铜球的铁塔巨汉；还有那蹦蹦跳跳的侏儒，站在一匹与身形不符的高头大马上，大袍子几乎曳地……光怪陆离，让人直以为坠入酆都鬼城。胡椿芽瞧得神情呆滞，这会儿真是一语中的，白天见鬼了。

徐瞻和周亲浒视线交会，都从对方眼中看出一抹惊骇。二十骑虽说都是剪径拦路，可各自位置都泾渭分明。两人都认识靠后一骑，一颗点有结疤的光头如僧侣，却披了件既不像龙虎山也不似武当的罕见道袍，肩头站了一只羽毛绚烂的鹦鹉，此人堪称两淮江湖上的头号心腹大患，随意杀人只凭喜好，梁老爷子都在他手上吃过大亏，采石山当初恼火山中女子为其凌辱致死，不惜倾巢出动，调动了一百轻骑家丁，在赵洪丹和几位江湖大侠合力出

手的情况下，都没能围剿成功。

但这般令人倍感棘手的魔头，都只在二十骑中靠后而停，江湖上处处论资排辈，身怀几分实力便坐第几把交椅，实力不济，就得老老实实在一边凉快去。

二十骑为首一人，独独跟身后拉开一段距离，是个貌不惊人的结实汉子，不论相貌还是装饰，都显得不起眼。他身后五彩薄衫春光乍泄的妖艳女子嘴上啧啧，故作惊奇道："龙尾坡上鬼哭狼嚎，奈何桥上又多递出一百多碗孟婆汤，这位公子端的好手腕，比起咱们魔教也是丝毫不差。"

徐凤年皱了皱眉头，魔教？甲子之前，大真人齐玄帧在斩魔台上以一己之力荡平六尊魔教天魔，惊天动地。如日中天的魔教从此一蹶不振，如同过街老鼠，只敢鬼祟行事。怎么今天凑出这么一大堆徒子徒孙来了？该不会是招徕自己入魔教？

难不成听说齐玄帧转世的洪洗象自行兵解，这些家伙就真以为道高一尺魔高一丈，是时候东山再起了？

徐凤年轻轻一夹马腹，马蹄轻快，笑问道："怎的，想让我当你们魔教的教主？好眼光！"

听闻徐凤年口出狂言，女子像头深山古寺里走出的狐妖，纤手推开怀中俊俏如女子的惨绿少年，捧着心口，佯装幽怨，媚眼如丝道："奴家倒是不介意公子去当教主，可奴家人微言轻，说话作不得数呀。"

徐凤年马术精湛，即便双手插袖不挥鞭，战马也心有灵犀一般停下，一脸讥讽笑问道："你们魔教制霸江湖百年，不过给齐玄帧一人折损得元气大伤，这几十年如同丧家之犬，听说二流门派都敢骑在你们头上拉屎撒尿，我当这个名不副实的教主，有什么好处？总不会是掏银子管你们的衣食住行？瞧瞧，你这位婶婶衣裳都买不起厚实的，还有那位捧铜球的贫苦汉子，上半身都空落落的，再有后边那个肩上停鹦鹉的，我瞅瞅，品种不行啊，才是几百两银子一只的报春，换成我，不是百金难买的禧妃，哪里有脸皮行走江湖？"

胡椿芽白了他一眼，愤愤道："这家伙真是不知死活。丧门星！若不是他，咱们也不会碰上这群大魔头。"

被称呼婶婶的狐媚妇人嫣然一笑，娇滴滴言语道："婶婶穷酸得穿不起

106

暖和衣衫，不是还有公子你嘛，回头咱俩找张鸳鸯锦被盖上，坦诚相见，依偎取暖。"

满脸涨红的胡椿芽使劲呸了一声，不知羞的骚娘们儿。妇人怀中的俊美少年似乎打翻醋坛子，只是不等他出声，就给体态丰腴的妇人悄悄伸手，指甲嵌入他脸颊，吃疼得厉害，顿时噤若寒蝉。妇人面朝徐凤年秋波流转，满脸春色，一转视线就迅速翻脸，阴冷瞥了眼少女胡椿芽，杀机重重。她作势抬袖挽起鬓角一缕青丝，胡椿芽眼前出现一只翩翩起舞的漂亮彩蝶，少女心怀惊喜，没有深思，就想拈指去抓住这只讨喜的玩物，却被身边周亲浒迅猛抽出青虹剑，一剑将彩蝶劈成两半，只是那只本该死亡的彩蝶，非但没有飘零落地，反而一死二生，变作两只摇翅彩蝶，扑向少女。胡椿芽这才知晓轻重利害，匆忙勒马后撤。周亲浒神情凝重，变斩为拍，剑身与彩蝶撞击，竟然发出两声砰然闷响，彩蝶亦是没有死绝，弹出数丈以外，悠悠反身。妇人笑得前俯后仰，胸口摇晃汹涌，越发像一只修炼成精的狐狸精，笑着提醒道："这位使剑的黄花闺女，寻常利剑就算削铁如泥，也杀不得奴家精心饲养的憨笑蝶，不是道门符剑，就别浪费气力了。好好的姑娘家，练什么剑，不知道世间男子腰间都挂剑吗？那一柄剑，才是真正的好剑。唉，可惜你没尝过滋味，不知道厉害，尝过几回以后，定要欲仙欲死，婉转求饶，心愿认输。"

妇人转头望向徐凤年，问道："公子，你说是不是？"

为首骑士平淡道："够了。"

玩蝶的妇人立即识趣闭嘴。魔教一行人中最没有高手气度的骑士望向徐凤年，"在下陆灵龟，在世人所谓的魔教里担当右护法，这趟是奉教主命迎接公子入教。"

徐凤年笑道："逐鹿山群龙无首六十几年，怎么有新主子了？逐鹿山形同庙堂，设置两王四公侯，群雄割据，这六位素来自诩外化天魔，你们护法不过是给他们端茶送水的狗腿子，看来逐鹿山的诚意不太够啊。"

魔教护法陆灵龟没有动怒，平静道："只要公子进山，不出意外可以直接封侯，只要日后为逐鹿山立下大功，封王指日可待。"

似乎陆灵龟身后二十余骑都是第一次听说此事，再看徐凤年，眼神中就多了几分由衷的艳羡和敬畏，连那个打盹的锦衣老头都骤然睁眼。当年魔教

最为鼎盛时，传言浩浩荡荡三万人，英才辈出，高手如云，隐然可以跟一座小国正面抗衡，甲子前的江湖，就是正道人士跟逐鹿山拼死相斗的血泪史，几乎历史上十之七八的武林盟主，都相继死在了魔教手上，死一个推选一个，前仆后继，以至于后来这个香饽饽的座位，成了所有江湖人士都心知肚明的鸡肋。

如果说曹长卿的醉酒呼喝脱靴，李淳罡的一声剑来，邓太阿的骑驴看江山，王仙芝的天下第二，这些风流人物的存在，给后辈们的感觉是江湖如此多娇，每每记起，都是心神摇曳，那么跟逐鹿山牵扯上的大小魔头，随便抓出几个，好像都是劣迹斑斑，不是拿人心肝下酒，就是采阴补阳，要不就是弹指间灭人满门，尤其是历任逐鹿山的一教之主，以及六位天魔，似乎称雄武林问鼎江湖还不够，还要逐鹿江山才过瘾。中原失鹿，天下英豪共逐之，这便是逐鹿山的寓意所在。徐骁当年亲率铁骑马踏江湖，原本最后矛头所指，正是云遮雾绕不知所终的逐鹿山，因为那里传闻数百年积攒，金银不可计数，富可敌国，可惜北凉铁骑止步于龙虎山。

徐凤年一时间走神，陆灵龟也不急于催促。只是陆灵龟按捺性子没有动静，身后那名被徐凤年言语调侃的铜球莽夫，就没这份闲情逸致在大冬天里等着挨冻了，一掌高过头顶，托起数百斤重的硕大铜球，怒喝一声，砸向那个笑脸尤其可憎的小白脸。铜球如同山岳压顶，袁左宗一骑突出，不知何时右手多了一杆铁矛，左手一挥，轻而易举拍飞铜球，一人一骑一矛疾驰而去，气势如虹。陆灵龟原本心中有些恼火，对于袁左宗能够一掌挥去沉重铜球，不以为意，只是当此人一矛在手，直冲而来，陆灵龟就开始脸色凝重。嬉耍彩蝶的妇人第一个侧马躲避，摆明了不凑热闹，陆灵龟有心试探白头年轻人的真实底蕴，稍加犹豫，也勒马侧开，后边几骑也依样画葫芦，于是仅剩下袁左宗跟没了铜球的莽汉狭路相逢。

莽汉嗤笑一声给自己壮胆，双臂肌肉鼓胀如虬龙盘曲，正要玩一手徒手夺矛，杀一杀对方的锐气，下一刻，他便身体悬空。

一矛穿透汉子的健壮身体，不仅如此，巨大的冲击力还将其撞离马背，斜斜挑在空中，矛尖回抽，体魄强健的莽汉就坠地断气。

袁左宗提矛在魔头环绕的包围圈中拨转马头，优哉游哉旋转一周，竟然没有一人胆敢挑衅出手。

胡椿芽张大嘴巴，一脸惊骇。

这就完事了？

不应该是这帮恐怖魔头撵打着那白头小子满地打滚才对吗？

徐瞻眼神异样。江湖古语有云三分棍法七分枪，棍棒与枪矛两者同气相连，只不过一般来说，枪扎一条线，圈点伸缩妙不可言，棍打一大片，劈捣如意似滂沱大雨。徐瞻浸淫棍术多年，父辈更是此间成名大家，对于袁左宗那轻描淡写的一矛，外行看来就是快了一些，并无异常，可徐瞻知道这一矛的意义，已是父亲徐大丘《观技经》中出神入化的巅峰境界。练武之人在登堂入室之前，总被那些武学秘籍上密密麻麻的烦琐招式给弄晕头，可一旦跨过门槛捅破窗纸之后，总是越来越简单明了，哪有多少字诀去死记硬背，更不会有什么几十上百手的花架子套路让你连环使出。高手迎敌，往往就是这般生死立判，活者声名簿上添冤魂，死者就乖乖投胎去。

陆灵龟对死掉的汉子无动于衷，淡然称赞道："不愧是号称春秋马上战力第一的袁白熊袁大将军。"

袁左宗拖矛慢马撤退，风采无双。

看得胡椿芽这个钻牛角尖的姑娘都有些目光恍惚，真是怎一个潇洒了得啊。她继而死心眼地腹诽，真是可惜至极，如此英武的英雄好汉，竟是给那种只知道逞口舌之快的家伙当奴仆。

徐凤年笑道："幸好武当王小屏没在这里，否则你们一个都走不掉。"

说话时，二十骑身后出现一名背负崭新桃木剑的中年道人。

神武城一役后，神龙见首不见尾的武当剑痴，这一次摆出了黄雀在后的阵仗。

徐凤年很无赖地笑道："我就说我是乌鸦嘴，果然次次灵验。"

道高一尺魔高一丈，可今天偏偏是道高你三百丈。

先有袁左宗掠阵，后有王小屏压阵，逐鹿山这伙人都是修炼成精的货色，大多数都没了争强斗胜的心思。美妇人见机不妙，果断收回了那对彩蝶，双蝶在她面前缠绕飞旋，复归于一，缩回袖中。世间公认武当神荼剑和顾剑棠的南华刀并列为天下符器第一，顾剑棠身在庙堂中枢，对江湖来说只是一尊遥不可及的塑像，王小屏则不同，尤其是妇人这类钻研旁门左道的魔头，简直就是命中克星，在王小屏面前玩巫蛊邪术，等于嫌命太长。王小屏

的符剑，堪称一剑破万法。只是包括陆灵龟在内几位在逐鹿山也算排得上号的魔道巨擘，哪怕见到武当剑痴亲临，也没有颜色尽失，陆灵龟更是沉静如面瘫，轻声道："逐鹿山此次在龙尾坡下静候公子大驾，只为恭迎公子入山封侯，并无启衅的念头，之所以多凑了些人数，也是担心公子嫌弃逐鹿山诚意不够……"

不善言辞的陆灵龟正在小心字斟句酌，就给不长记性的胡椿芽一阵清脆笑声打断，不过这一次周亲浒诸人也没有过多责怪小姑娘，委实是眼前一幕太过出人意料，陆灵龟身后将近二十骑也都各有反应，窃窃私语。徐凤年哭笑不得，背负桃木剑的武当道士来也匆匆去也匆匆，一下子就把所有人晾在一边，大概是不喜徐凤年的狐假虎威。双手插袖的徐凤年随意抬起袖口，抹了抹脸颊，这个粗俗动作，惹来妇人一阵娇躯摇曳，她怀中那位容颜柔媚的俊美少年更是恨极了占尽风光的徐凤年。

徐凤年今天心情奇佳，也不介意这些魔教中人拦路扫兴，说道："逐鹿山要是真有诚意，就让你们教主亲自来见我，否则免谈。入山封侯？亏你们拿得出手！"

那些原本先入为主的魔头，坐一山观天地习惯了，此时也想起眼前年轻公子哥，总有一天会世袭罔替北凉王。离阳藩王，权势煊赫谁能胜过北凉王？逐鹿山这趟的确是小家子气了。陆灵龟还真是脾气好到没边的泥菩萨，对此也没有异议，只是嘴角浮现一抹古怪笑意，"陆某在山中有幸见过教主一眼，教主曾说跟公子你还有些渊源，既然如此，陆某也不敢擅自行事，这就回山面见教主，将公子的要求转告。"

徐凤年笑问道："听你的口气，你们教主很有来头？"

陆灵龟平静道："陆某不敢妄言一二，不过可以告诉公子一个事实。教主从入山到登顶，半日工夫，就将原先两王四公侯给屠戮殆尽，此时逐鹿山已经招徕一品高手四人入山，指玄金刚各半，除了陆某来迎接公子，还有两拨人同时在迎人入山。教主更是亲自去找西楚曹长卿，要这位儒圣担任逐鹿山的大客卿。"

徐凤年就跟听天书一样目瞪口呆，调侃道："那你们的教主怎么不干脆让王仙芝做副教主，然后把邓太阿也选为客卿，接下来就可以一口吞掉吴家剑冢，然后称霸武林，那才叫威风八面。"

陆灵龟一板一眼说道："陆某会将公子的建言转述教主。"

徐凤年学某个小姑娘呵呵一笑，算是下了逐客令。

陆灵龟还算手段利落，也不再废话，拨转马头，带人离去。穿着清凉的美妇人不忘回眸一笑。

徐凤年在原地发呆，对于逐鹿山这帮实力不容小觑的魔头倒是不太上心，只是对那个如烟云中蛟龙露出一鳞半爪的教主，有些忌讳，别看徐凤年方才半点不信陆灵龟的言辞，可丝毫没有掉以轻心。

逐鹿山屹立江湖八百年不倒，甲子之前那场劫难，在魔教历史上也非最为惨烈。一百年前，几乎历任剑仙，除去前后五百年第一人的吕祖，无一例外，都曾御剑去逐鹿，大杀一通。各个王朝，立国者大多雄才伟略，继承者也多半不输太多，可之后就江河日下，偶有一位中兴之主力挽狂澜，也不过是延长国祚。但是逐鹿山的教主，到上一任刘松涛为止，总计九人，俱是只差王仙芝一线的江湖霸主。教主座位，宁肯空悬几十年，也绝对不会让庸碌之辈坐上去，只要谁成为教主，不管在逐鹿山以外是如何籍籍无名，必定都是不世出的大风流人物。像那刘松涛，走火入魔后，出逐鹿山，杀人过万，以至于江湖和朝堂都是坐立不安，纷纷死命拦截，可仍是全无裨益。春秋九国，光是皇帝就给刘松涛杀掉两个，一个在龙椅上给刘松涛分尸，一个在龙床上莫名其妙丢了脑袋。中原大地上的公卿将相被屠戮者更是不计其数，传言最终是龙虎山那一任天师赵姑苏亲赴龙池，折损气运紫金莲六朵，借天人之力烙下九字谶语，万里之外用浩浩荡荡九重天雷钉杀刘松涛。与刘松涛同一辈的惊才绝艳之人，不论剑仙还是三教中人，无一例外，都不曾证道长生，约莫是天意震怒其袖手旁观，天门紧闭二十年。

徐凤年自嘲一笑，早个几年，最喜欢听刘松涛这样的人这样的故事，可真当自己在泥泞里来回滚上几趟，也就不羡慕了。成天飞来飞去的，几百刀下去都砍不死的，算哪门子的江湖人，都是神仙人。徐凤年轻轻撇了撇头，晃去紊乱思绪，不去想什么逐鹿山什么教主，一手抽出袖口，做了个前行的手势。

狮子大开口要了一个北凉步军统领的顾大祖轻轻跟上，两人并肩，不再暮气沉沉的老人轻声笑道："殿下，先前厚脸皮跟你要了个烫手的官职，切莫当真，如今北凉铁骑缺什么，要什么，顾大祖也知道些，就不给

你添麻烦了。"

徐凤年也没有打肿脸充胖子，点头道："先前让怀化大将军钟洪武解甲归田，我的手脚并不光彩。马上再去动燕文鸾，就算是徐骁亲自出手，也不容易，何况还是我。不过顾将军请放心，说好了的步军副统领，肯定就是你的。"

顾大祖笑问道："我顾大祖在水战方面还有些名气，当这个步军副统领，殿下就不怕给战功卓著的燕文鸾排挤得灰头土脸？连累你这个举荐人也跟着丢人现眼？"

徐凤年摇头道："表面看上去天时地利人和都在燕文鸾那边，可我当年初次游历江湖，看见某个客栈墙壁上有句话说得好：站得高不能坐得太久，莫仗一时得意遮住后来人。燕文鸾培植嫡系二十年，导致一潭死水，此人看着如日中天，在北凉步军中一言九鼎，其实也不是真的铁桶一座。官场上，地头蛇有地头蛇的优势，过江龙也有过江龙的优势，再说了，如果燕文鸾吃相太难看，真要跌份儿跟我这种纨绔子弟怄气到底，我就借驴下坡，让他陪钟洪武一起含饴弄孙去。"

顾大祖回首瞥了一眼黄裳所乘坐的马车，感慨道："如果黄裳是愚忠酸儒，就不会去北凉了。"

徐凤年笑了笑："北凉将军后人，即是所谓的将种子孙，除了些二三流家族，少有让宗族子弟去边境上戎马生涯，骑军统领钟洪武就没有让钟澄心从军，一来是不愿断了香火，二来是眼神毒辣，认准了武人治凉二十年，积弊深重，到头来肯定还要换成熟谙治政的文官接手。可这些年朝廷小锄头挥得起劲，挖起墙脚来不遗余力，以前是严杰溪成为皇亲国戚，接下来又是晋兰亭得势，又有大儒姚白峰入京为官，都是千金买骨的大手笔，致使北地本就不多的士子蜂拥入京。其实对我而言，即将赴京入台的黄裳有多少斤两的真才实学无所谓，关键是他这个清流言官肯去北凉为官，就足够。朝廷恶心北凉整整二十年了，以后也该风水轮流转。"

顾大祖闻言豪迈大笑，十分酣畅。心底一些敲定的试探举措，也都在这一刻烟消云散。白头小子年纪轻轻，已是这般大气，他一个老头子何须小心眼行事？

兴许是否极泰来，在龙尾坡甲士截杀和坡下魔教拦路之后，一行人走得异常平静，稳稳当当临近了采石山。进山之前路边有座酒摊子，卖酒的老伯见着了胡椿芽，就跟见到亲生闺女一般，死活不要酒钱，拿出好酒招呼着马队众人，胡椿芽也没拿捏架子，亲自倒酒给黄大人、徐瞻、周亲浒几人，至于徐凤年这帮让她又惊又惧的角色，自行忽略不计。徐凤年一直对这个刁蛮女子没有好感，此时心想确实是不管如何惹人生厌的女子，到底还有几分心柔的时候，胡椿芽兴许一辈子都不会知道她最讨喜的时候，不是她浓妆艳抹红妆嫁人时，不是她意气风发走江湖，可能就是这种无关痛痒的一颦一笑。

徐凤年坐着喝酒，顾大祖一碗酒下肚，喝出了兴致，抬头看山，满眼大雪消融之后的青绿，朗声道："天不管地不管，酒管。"

黄裳一口饮尽，抹嘴后也是笑道："兴也罢亡也罢，喝罢。"

徐凤年没有凑热闹，只是笑着跟袁左宗碰碗慢饮一口。

采石山情理之中远离城镇闹市，入山道路四十里，皆是狭窄难行，否则早就给官府打压得抬不起头，不过之后二十里，给人豁然开朗的感觉，大幅青石板铺路，可供三辆马车并驾齐驱，可见采石山的财力之巨。

道路在青山绿水之间环绕。

胡椿芽跟山上一名地位颇高的中年汉子在前头低声言谈，她时不时转头朝徐凤年指指点点，汉子面容深沉，眼神凶悍，显然对这个不速之客没什么好观感。徐瞻、周亲浒两人自然不希望惹是生非，可在采石山，胡椿芽便是那当之无愧的金枝玉叶，徐瞻可以提醒几句，可他不愿说，周亲浒想说，却知道不好开口，一时间道路上的气氛就有些诡异了。随着迎接胡椿芽的人马越来越壮大，几十骑疾驰而至，气势半点不输龙尾坡上的军伍健卒，一声声"大小姐"此起彼伏，更是让胡椿芽得意扬扬，神态自矜。

尤其是当一名神态清逸的青衫剑客孤骑下山，出现在视野后，更是让胡椿芽眼眶湿润，好似受到天大委屈。气韵不俗的剑客应了那句"男人四十一枝花"的说法，越老越吃香，腰间挎了一柄古意森森的长剑，两缕剑穗摇摇坠坠，除了剑，还有一枚醒目的酒壶。青衫男子在马上弯腰，眼神爱怜，摸了摸女儿的脑袋，然后对众人抱拳作揖致礼，徐瞻、周亲浒这两个后辈也都赶忙恭敬还礼。采石山财大气粗，人多势众，他们这般单枪匹马逛荡江湖，万万招惹不起，出门在外靠朋友，尤其是无名小卒行走江湖，跟希冀一鸣惊人的年轻士子闯荡文坛是一个道理，都讲究一个众人拾柴火焰高，能够结下

一桩善缘才是幸事。名声靠自己拼，更靠前辈们捧，老江湖都懂。

入赘采石山的赵洪丹知道自己女儿的习性，对于一些泼脏水的言语，貌似全然不信，反而对"徐奇"格外看重，上山时主动勒马缓行，温声说道："椿芽不懂事，她这趟出行，多亏徐公子照应着。这次造访采石山，有招待不周之处，还望徐公子一定要直言不讳。既然相逢，那都是自家兄弟了，就把采石山当成家。"

徐凤年笑道："徐奇对采石山闻名已久，赵大侠的九十六手醉剑一鼓作气冲斗牛，更是江湖尽知。这次叨扰，徐奇在入山之前实在是有些忐忑，跟赵大侠见过以后，才算安下心来。"

赵洪丹洒然大笑，嘴上重复了几遍"谬赞"。

山上向阳面有连绵成片的幽静独院小楼，青竹丛生，风景雅致，以供采石山来访贵客居住。小楼用小水竹搭建，冬暖夏凉，楼内器件也多以竹子编制而成，竹笛竹箫竹床竹桌，一些竹根雕更是出自大家之手，古色古香。赵洪丹亲自事无巨细安顿好一行人，这才拉上女儿胡椿芽一起上山去见采石山真正的主人。

徐凤年出楼后沿着石板小径走入竹林，小径两旁扎有木栅栏，沿路修竹上挂有一盏盏大红灯笼，想必天色昏黄以后，灯光绵延两线，也是罕见的美景。徐凤年走着走着就来到一座古寺之前，泉水叮咚，古寺为采石山胡家供养，想必不会对山外香客开放，悬匾额写有"霞光禅祠"，大门一副对联也极为有趣，"若不回头，谁替你救苦救难；如能转念，何须我大慈大悲？"

回头。

徐凤年微微一笑，就有些想要转身离去回到住处的念头。朱袍阴物出现在他身边，经过这段时日的休养生息，它的两张脸孔已经恢复大半光彩，只是六臂变五臂，看上去越发古怪诡谲。徐凤年既然不想上前入寺，又不想就此匆忙反身，就走向寺外小溪畔，蹲在一块大石头上，听着溪水潺潺入耳，一人一阴物心境安详，浑然忘我。阴物低下头去，瞧见他靴子沾了一些泥土，伸出手指轻轻剥去，徐凤年笑道："别拾掇了，回去还得脏的。"

可阴物还是孜孜不倦做着这件无声无息的琐碎小事。

两人身后传来一阵稚童的刺耳尖叫声。

"鬼啊，鬼啊！"

一群衣衫锦绣的孩子手臂上挎着竹篮，提有挖冬笋的小锄子，在竹林里各有收获，此时猛然看到一个竟能将面孔扭到背后的红衣女子，当然当成了隐藏在竹林里的野鬼。

"别怕，这里就是禅寺，咱们一起砸死那只鬼！"

"对，爹说邪不胜正，鬼最怕寺观诵经和读书声了，一边砸它一边背《千字文》。"

一个年岁稍大的男孩出声，狠狠丢出手上的锄头，其他孩子也都附和照办。采石山的孩子很早就可以辅以药物锻炼体魄，气力之大，远非平常孩子可比，七八柄锄头一下子就朝溪边丢来。几个哭泣的女孩也都纷纷壮起胆，她们的膂力相对孱弱，锄头丢掷不到溪畔，嘴上开始背诵几乎所有私塾都会让入学孩子去死记硬背的《千字文》。丢完了锄头，都没能砸中，男孩都开始弯腰拾起更为轻巧的石子，可惜不知为何，不论锄头还是石子，都给篡改了既定轨迹，失去准头，落在白头鬼和红衣鬼这一双鬼怪的四周。孩子们没了初时的胆怯，愈战愈勇，便是胆子最小的几个童子丫头，也开始笑着将丢掷石头当成一桩乐事，丢光了附近石子，就换成竹篮中的冬笋。

徐凤年的手臂一直被它死死攥住，他才没有转头。

"走，喊爹娘来打鬼。"一个男孩发号施令。

一个小女孩嫌弃地瞥了眼朱袍阴物，一脸唾弃道："丑八怪！果然是鬼！"

这一句丑八怪。

也许胜过了神武城外的韩貂寺所有凌厉手段。

徐凤年正要说话，转头看到它除了一臂握紧自己手臂，其余四臂捧住了欢喜悲悯两张脸庞，手指如钩，渗出血丝，几乎是想要撕下脸皮。

他轻轻抬手，一点一点拉下它的手指，望向溪水，绕过它的肩头，让它的脑袋枕在自己肩头。

它的眼眶在流血。

四行血泪，模糊了两张脸颊。

徐凤年呢喃道："徐婴，你怎么可以如此好看，以至于我在神武城外，在借出春秋剑之前那一刻就想啊，跟你死在一起也不错。"

它的欢喜相在哭，悲悯相在笑。

日薄西山。

烂陀山山巅有一座画地为牢将近四十年的土坯子，出现一丝松动，刹那间金光熠熠，如同泥菩萨开裂，现出一尊璀璨的不败金身。山巅除了这座土墩，还有一位盘膝坐地身披破败袈裟的年迈和尚，垂垂老矣，雪白双眉垂膝还不止，在泥地上打了个转，风吹日晒，使得皮肤黝黑褶皱，如同一方枯涸的田地，衬得两缕白眉越发苍白。当他看到土坯松动，泥屑落地，分明是几乎细微不可察，可在这尊密宗法王耳中，却好似那惊雷响在耳畔，两根长眉纷乱飘拂，身形越发不动如山。作为烂陀山上号称一生不曾说过一字妄语的正嫡大僧，身、口、意三无失，他与另外一名高僧已经在此轮流静候二十余年。白眉老僧站起身，低眉顺眼，只见碎屑不断跌落，遍体金光四射，真人露相。烂陀山这一刻，蓦然诵经琅琅，山势在颂唱声中更显巍峨，宝相庄严。面向东方的老僧回首望西，夕阳西下，不知是不是错觉，随着那座土墩如同一头酣睡狮子，终于不再打盹，睁眼之后，抖去尘埃，开始要气吞山河，余晖骤亮，比较那如日中天的光辉，绚烂程度，竟是不差丝毫。

大日如来。

年迈法王缓缓转头，视线中出现一个好似阴冥转头回到阳世的老僧，比起一百岁有余的白眉老僧更为老朽昏聩，他干枯消瘦，恐怕体重连九十斤都不到，如此体魄，真可谓弱不禁风。烂陀山虽说不尚武，可历代高僧，像那位仅算是他后辈的六珠上师，境界修为亦是不弱。菩萨低眉慈悲，同时也能怒目降伏龙象。而白眉高僧视野之中的老僧，无声无息无生气，死寂异常。密宗宣扬即身证佛，东土中原一直视为邪僻，归根结底还是儒道两教心怀芥蒂，如今离阳王朝和北莽几乎同时灭佛，实则灭的是禅宗，可白眉老僧却要去洞察这场佛法浩劫之后的大势，他自身做不到，只能够寄希望于眼前这尊发下宏愿要即身证佛还要众生成佛的无垢净狮子。

枯朽老僧终于开口，声音未出，先是一口浊气如灰烟缓缓吐出，"己身心垢恰似琉璃瓶，可以一锤敲破。可众生百万琉璃瓶，大锤在东方。"

白眉老僧动容，双手合十，佛唱一声：

"自西向东而往，我不入地狱谁入地狱。"

比烂陀山上百岁法王还要年迈的枯槁老僧说完这句话后，伸出一手，抚在自己头顶，如同一锤砸在自身，锤散金光，山巅遍放光明。

白眉高僧面露悲戚。

一锤敲烂琉璃心垢瓶，本该即身证佛，成就无上法身佛，可高僧却知道，眼前僧人根本不是如此。西山之上一轮光辉反常明亮的骄阳，像是失去支撑，在僧人自行灌顶之后，迅速昏暗，敛去余晖，急急坠山。

站立时两根白眉及膝的僧人再抬头望去，已不见一悟四十年的老僧踪影。两禅寺曾有顿悟一说，这一顿，可是有些久了。耳中仅是满山诵经声，老僧轻轻叹息一声。

铁门关外一位老僧掠过荒漠掠过戈壁，一次停脚，是手指做刀，剜下手臂肉，喂养山壁缝隙之间的幼鹰；一次是在沙漠中蹲坐，看那虫豸游走。当原本身容垂垂将死的老僧来到夔门关外，好似年轻了十几岁。他在雄关之外站定，怔怔出神，眼神昏昏，只看那入关或是出塞羁旅之人的来去匆忙，一看就是几天几夜，当关塞甲士准备前去盘问几句，老僧已经不知所终。

西蜀北境多险山深涧，蜀道难于上青天，一位僧衣老者身形如鸿鹄，来去如御风，见高山越山巅，遇大河踩江面，一身枯木肌肤已经开始焕发光彩，如同冬木逢初春，可眼神越发浑浑噩噩，袈裟飘荡。下一步落脚处随心所欲。偶遇纤夫在浅滩之上拉船，僧人出现在船尾，踩在冰冻刺骨的河水中，听着蜀地汉子的号子，缓推大船二十里，然后一闪而逝。在深山老林中一掠几十丈，砰一声，老僧猛然停足，双手捧住一只被他撞杀的冬鸟，手心之上血肉模糊，老僧眼神迷茫，先是恍然醒悟，无声悲恸，继而又陷入迷茫，双目无神。这一站就是足足半旬，其间有大雨滂沱压顶，有雪上加霜侵透身骨，直到一日清晨，旭日东升，才蓦然回首再往东行。这一路走过黄沙千里，路过金城汤池、千寻之沟和羊肠小径后，终于踏足中原。又在小镇肩之墙下躲雨，观撑伞行人步履，在高不过膝的溪畔看人捣衣，在月明星稀之下听更夫敲更，在名城古都遇见路边冻死骨。

这一日，已是年衰仅如花甲之年的老僧在一处荒郊野岭一座孤茔小冢边，看到字迹斑驳的墓碑上一字。不知为何，行万里路看万人，已是忘去自己是谁，所去又是何方，所见又是何人，偏偏在此时只记住了一个字——刘。

懵懵懂懂的老僧继续东行，某天来到一座青山，风撼松林，声如波涛。心神所至，飘上一棵古松，远望东方，听闻松涛阵阵，足足一旬之后，才沙

哑开口："松涛。"

一个死死记住的"刘"字。加上此刻松涛如鼓。

老僧已经不老，貌似中年。四十不惑，对这位东行万里忘却前尘往事的烂陀山僧人来说，这一刻确实称得上是不惑了，面露笑意，"刘松涛。"

江湖上很快知晓西域来了个年纪轻轻的疯和尚，一路东游，口中似唱非唱，似诵非诵，所过之处，忽而见人不合心思便杀，忽而面授机宜宣传佛法。

在一望无垠的平原之上，如同及冠岁数的年轻僧人高声颂唱，御风而行，仍是那一首开始在中原大地上流传开来的《无用歌》。

"天地无用，不入我眼。日月无用，不能同在。昆仑无用，不来就我。恻隐无用，道貌岸然。清净无用，两袖空空。大江无用，东去不返。风雪无用，不能饱暖。青草无用，一岁一枯。参禅无用，成什么佛……"

大摇大摆前行的年轻僧人突然停下脚步，举目眺望，像是在看数百里之外的风光。

他捧腹大笑，哈哈一串大笑声，顿时响彻天地间。

疯和尚蓦然眼神一凛，并未收敛笑意，身上破败不堪的袈裟开始飘摇飞舞，身形所过之地，不见足迹，撕出一条沟壑。年轻僧人疾奔六百里，面壁破壁，入林折木，逢山跃山。

最终跟六百里外一位同是狂奔而至的白衣僧人轰然撞在一起。

方圆三里地面，瞬间凹陷出一个巨大圆坑。

一撞之后，年轻僧人竟是略作停顿偏移，继续前奔，一如江水滔滔向东流，嘴上仍是大笑，"帝王无用，无非百年。阎王无用，羡我逍遥。神仙无用，凡人都笑……日出东方，日落西方。我在何方，我去何方……"

天下何人能挡下这个年轻疯和尚的去路？

邓太阿已是出海访仙，曹长卿一心复国，难道是那武帝城之中的王仙芝？

世人不知疯和尚和王仙芝之间有一山。

逐鹿山主峰，白玉台阶三千级。

一位新近入主逐鹿山的白衣魔头君临天下。

一赤一青两尾灵气大鱼，似鲤非鲤，似蛟非蛟，鱼须极为修长，双鱼浮空如游水，在白衣身畔玄妙游弋。

白衣身边除去两尾奇物，靠近台阶还有一站一坐两名年龄悬殊的男子。年轻者不到而立之年，身材矮小，面目呆滞，坐在台阶上托着腮帮眺望山景。年长者约莫四十岁出头，背负一条长条布囊，裹藏有一根断矛。

中年男子轻声问道："教主，让邓茂去拦一拦那西域僧人？"

竟是北莽言语。

白衣人平淡反问道："你拦得住拓跋菩萨？"

自称邓茂的男子自嘲一笑，摇了摇头。教主的意思很简单，拦得住拓跋菩萨，才有本事去拦下那个灰衣和尚，毕竟此人连白衣僧人李当心都没能成功拦住。

矮小男子开口道："就算他是当年逃过一劫的刘松涛，巅峰时也未必打得过如今的王仙芝和拓跋菩萨。"

白衣人冷笑道："等你先打赢了天下第九的邓茂，再来说这个话。"

邓茂轻声笑道："迟早的事。北莽以后也就靠洪敬岩和这小子来撑脸面了。"

白衣人没有反驳，缓缓走下台阶。

匍匐在台阶之上的近千位大小魔头尽低头。

白衣人面无表情看向西面。

李当心不愿纠缠不休，那就由我洛阳来跟你刘松涛打上一场！

稚子胡言乱语，何况还是说那禅祠外出现精怪的荒诞论调，自然惹不起波澜，采石山这边起先没有如何理睬，只是喜欢热闹的胡椿芽跟孩子们一起来到溪边，当她看到那家伙半生不熟的背影，不知为何有股说不清道不明的感触。胡椿芽犹豫了一下，走过去站在溪边，瞥了一眼一身雪白的男子。原本依照她的性子，在外头吃瘪，回到了家里，总要找回场子才能舒服，可当下愣是说不出刺人的言语。正当孩子们一头雾水的时候，禅祠里走出一名衣裳华美的腴态妇人，如同一朵腴艳牡丹，比起青葱年岁的胡椿芽，坯子轮廓相似，只是要多出几分岁月沉淀下来的成熟风情。妇人见到女儿身影，愣了一下，流露笑意，姗姗而行。等她临近，身材修长的白头男子已经站起转身。妇人大吃一惊，本以为是上了岁数的采石山客人，不承想竟是个如此俊雅风流的年轻公子，尤其是那一双丹凤眼眸。妇人心中赞叹一声，此物最是

能勾留女人心哪。她稳了稳心神，正要无伤大雅调笑女儿几句，那年轻人已经自报家门，待人接物滴水不漏，言谈清爽。妇人自恃眼光不差，心想若是能让这个年轻人入赘采石山，也算不亏待了椿芽。一番攀谈，妇人都是丈母娘看女婿的眼神，让胡椿芽臊得不行，好说歹说才拉着娘亲往山上走去，偏偏妇人还一步三回头与那俊逸公子搭讪，要他明儿得空就去山上赏景，那个年轻人都应承下来，等到娘儿俩几乎要消失在视野，这才下山去住处，恰好妇人转头对视一眼，他笑着挥了挥手。

一直在禅祠内吃斋念佛的妇人转头后，笑意敛去几分，小声询问道："椿芽，这个徐奇是什么来头？"

胡椿芽就絮絮叨叨把龙尾坡上下两场风波都说了一通，妇人苦笑一声，笑话自己竟然还有要他入赘的念头，感叹道："那可就不是一般的将种子弟喽，采石山庙太小，留不下的。"

胡椿芽愤懑道："留他做什么，要不是看在周姐姐的脸面上，我才不让上山蹭吃蹭喝。"

妇人伸出手指在女儿额头点了一点，打趣道："知女莫若母，在娘亲面前还装什么母老虎。别看你现在这么疯玩，娘亲却知道你以后嫁了人，定是那贤妻良母，会一心相夫教子。"

胡椿芽挽着娘亲的手臂，撒娇嬉笑，好奇问道："娘怎么知道那家伙是将种子孙？"

妇人便是远近闻名的采石山悍妇胡景霞，轻声道破天机："这个年轻人身上有股子跟你外公一般的气势，非得是血水尸骨里滚过的人物才能如此，官府衙内们就算同样脸上跟你客气，志骄意满在骨子里，可也万万不是这个味儿。再者你又说这男子在龙尾坡上说杀就杀光了一百多号铁庐甲士，要知道离阳庙堂，文臣武将，向来是井水不犯河水，家中没有军伍出身的大佬坐镇，万万不敢如此胆大包天，否则任你是六部尚书的嫡子嫡孙，也不会如此跋扈行事。你又说此人的扈从，坐在马上轻轻一矛就捅死了那尊魔教魔头，分明是一位战场陷阵的万人敌。椿芽，咱们采石山不能掉以轻心，这就跟娘一起去你外公那边细说一遍。"

胡椿芽赌气道："我不去！"

胡景霞嫣然一笑，只是牵住女儿的冰凉小手，往山上缓缓走去。

情不知所起，一往而深。可惜大多由深转浅，相忘于江湖。

徐凤年回到幽静竹楼，发现顾大祖和黄裳两人似乎等候许久，致歉两句，就跟竹楼丫鬟要了一壶酒，加上袁左宗四人一同围炉而坐。炉子四脚驻地，中间搁了一个大腹铁盆，盆内盛放木炭，夹以木炭燃烧过后的灰烬。蹲在炉边的丫鬟握有一根铁钳，在一边轻巧拨弄翻转盆中木炭，让炭火不至于太过旺盛烫人，也不至于熄灭，她蹲在那儿，火光映照着一张俏脸微红。徐凤年知晓了处置这种陌生火炉的法子，就笑着从丫鬟手中接过铁钳，让她先去休息，等丫鬟走出屋子，他笑道："要是有地瓜，或是南边的粽子，烤上一烤就香了，烤成金黄色，那才叫一个美味。第一次出门游历，比较落魄，可也不全是饿极了才觉着好吃，是真好吃。"

顾大祖点了点头，敷衍附和之后，沉声说道："先前跟殿下谈论，殿下确是对《灰烬集》烂熟于心，并非临时抱佛脚想着跟我这个老家伙套近乎。既然我顾大祖想去北凉贫寒之地施展手脚，那有些话就不藏着掖着。正如《灰烬集》开篇所述，天下险关雄镇，归根结底，不在地利之险，而在得其人而守之。北凉贫寒，这个贫不光在银钱与地理之上，更在人之一字上。北凉王治军，顾大祖佩服得很，可这些年朝廷处处刁难北凉，使得北凉一直形成不了有气象的士子集团，原本好不容易有个姚家，姚白峰就给朝廷弄去京城，算是填了宋家倒塌之后留下的窟窿，好似那一个乡野婆娘常年跟城里阔绰爷们儿眉来眼去，终于嫁入高门做了小妾。加上春秋乱战一直被天下士子视为大不义，北凉王被当成了折断读书人脊梁的罪魁祸首，更不会有豪阀世族前去投靠你们徐家，生怕在青史上留下污名，愧对先祖。北凉这亩田地的青黄不接，已经是燃眉之急。李义山是当世大才，同样难就难在无米下锅。如今陈芝豹出北凉，使得大批将领赴蜀，隐然要自立门户，就等他获封蜀王，掣肘北凉，更是让北凉成了一座四面漏风的飘摇屋子，这时候就需要大量新鲜人物去缝补围墙窗纸。北凉的院门外墙还好，有北凉王麾下三十万铁骑，一时半会儿不论是离阳朝廷，还是虎狼北莽，都不敢轻易挑衅。可让屋子暖和的窗纸，终归得靠文臣能吏去搭手。武人骑得烈马提得铁矛，可要他们去做绣花针的活计，不合时宜！"

徐凤年平静道："青党执牛耳的陆家，离阳八位上柱国之一的陆费墀，算是货真价实的两朝权臣，在兵户吏三部都曾待过，致仕之前连首辅张巨鹿

也要对其执弟子礼，这位老柱国有意让陆家一名女子嫁入北凉。这趟返回北凉，去上阴学宫是私事，去青州拜见陆费墀，才是正事，我试图说服老人举族北迁。"

徐凤年伸手拨动炭火，笑道："以前开不了这个口，一来是联姻之事尚未板上钉钉，就怕北凉这边到头来是自作多情，我丢脸没事，徐骁可丢不起这个脸。再则火候不到，当时青州在朝廷以抱团著称的青党，还没有像今天这样树倒猢狲散。如今在张巨鹿一手操控之下，青党分崩离析，青党其余两家各自攀附张党顾党，想必陆家也是时候为自己谋求退路了。毕竟陆家当年最为势大，将其余两个豪阀挤压得抬不起头，彻底分家之后秋后算账，是怎么都算不过其余两家的。因为这会儿陆家可就是寡妇睡觉了。"

一直没有插话的黄裳纳闷问道："寡妇睡觉？此话怎讲？"

顾大祖大大咧咧笑道："上边没人！"

堂堂正正做人、规规矩矩行事的黄裳悄悄龇牙，赶忙低头喝酒。

徐凤年笑道："势力盘曲的陆家全族入北凉，是一剂猛药，而单枪匹马的黄大人孤身赴北凉，是一帖温药，对北凉来说缺一不可。除此之外，北凉也愿意大庇天下寒士俱欢颜。很快全天下就会知道陈亮锡和刘文豹。"

黄裳咀嚼片刻，轻声道："寒士，好一个大庇天下寒士俱欢颜。"

顾大祖言语向来直白，"读书人读的是圣贤书，可少有一门心思去当圣贤人，实则还都是在求名求利。那些久居高位的世家士族可以不在乎北凉，可没有根基的寒士不同，虽说朝廷这边在张巨鹿组阁执政后，不遗余力吸纳寒士，可谁也不是傻子，这么多年，也就那一小撮人出人头地，更多读书人就算考取了功名，一样给世家子弟打压得灰飞烟灭。如果北凉的悬赏确实拿得出手，少不了郁郁不得志的士子如鲫过江入北凉，说不定许多在北莽的春秋遗民都有可能南下。"

顾大祖喃喃自语："京畿之地自古是四战之地，西蜀最易生长割据势力，出了一个韩家满门忠烈的蓟州则可制天下之命，东南诸地，地非偏兵非弱，是那进取不足，才导致自保不足，顾大祖敢断言当世前后千年，都会是坐北吞南的格局形势。北凉地域狭长，看似夹缝求生，未必不是一种不幸中的万幸，北凉养兵，比起南疆养兵，不可同日而语。说实话，我顾大祖就是只知带兵的莽夫，不去北凉能去哪儿？难道离阳能给我一支十数万的精兵，还不得天天担心我顾大祖会不会造反？嘿，我真就想造反！好好跟顾剑棠打上一场！顾剑棠灭南唐，好大的本事！"

不说南唐遗民顾大祖言语中的反讽意味，光是"造反"二字，黄裳就听得一头冷汗。

北顾顾剑棠，南顾顾大祖。

李义山曾经在听潮阁内评点江山，南唐覆灭，非顾之罪。

黄裳瞥了一眼徐凤年，年轻人神情平淡，对于顾大祖的大不敬谋逆言辞，似乎无动于衷。

一行人走入竹楼，赵洪丹、胡景霞夫妇都在其中，为首的老人身材魁梧，老当益壮，毫无暮气。一物降一物，胡椿芽在谁面前都天不怕地不怕，在这个外公跟前却是异常温顺乖巧。老人姓胡名恭烈，南唐遗民，曾是南唐边境重镇上的一员骁将，南唐灭国之后，仍是在采石山拉起一支骑军，似乎一日不听那战鼓擂马蹄如雷就睡不安稳。胡恭烈是出了名的暴躁性子，此时进入竹楼，更是龙骧虎步，屋内顾大祖所坐位置背对大门，胡恭烈正要开口，看到顾大祖背影，愣在当场，赵洪丹这些年虽说名义上是采石山的主人，可始终有种寄人篱下的积郁，从未见到老丈人这般忐忑情形，一时间有些摸不着头脑。

顾大祖转过身，没有说话。

胡恭烈摆了摆手，对女儿女婿下令道："你们都出去。"

屋内就只剩下他一人站着。

在采石山一言九鼎的胡恭烈没有坐下，而是猛然跪下，双拳撑地，沉声道："南唐滑台守将胡恭烈参见顾大将军！"

顾大祖神情淡然，不看那跪在地上的胡恭烈，自嘲笑道："如何认得我是顾大祖？"

胡恭烈默然无声。

顾大祖喟叹道："起来吧。当年你胡恭烈随先帝一起出城，跪得还少吗？南唐就这么跪没了。"

胡恭烈泣不成声，额头贴地。

顾大祖平淡道："当时很多人跪出了个高官厚禄，你胡恭烈最不济也对得起自己的良心。好了，起来说话。"

胡恭烈站起身后，转头抹了抹脸庞，一开口便是让黄裳头疼的言语，"大将军，听说西楚要复国，是不是咱们南唐也要揭竿而起？大将军你放一百个心，采石山上哪个姓胡的小兔崽子敢皱一下眉头，怕被砍脑袋，胡恭烈第一个把他脑袋拧下来！"

胡恭烈也算是历经沉浮的老家伙，哪怕刀斧加身也未必如何惊惧，可当他知道围炉而坐的其余三人的身份后，一样瞠目结舌。言官黄裳还好，一个春秋白熊袁左宗就足以让胡恭烈大吃一惊，何况还要加上一个世袭罔替傍身的北凉世子。跟随顾大祖去了另外一栋竹楼密谈，得知顾大祖即将赶赴北凉之后，毫不犹豫就开口要举家迁徙，用他的话说就是在采石山也是苟延残喘，指不定哪天就要被离阳朝廷砍头祭旗，还不如去北凉给胡家子孙挣得一个博取军功的机会。顾大祖既没有异议也没有给承诺，只是离别前拍了拍胡恭烈的肩膀。

徐凤年不清楚两名南唐遗老的叙旧内容，只是把黄裳送回竹楼后，收到一只青隼捎带来的密信，密信上简明扼要阐述了两桩事。一件是一些类似王麟扎根离阳的隐蔽家族，都开始拔地而起，向北凉靠拢。另一件就有些莫名其妙，说烂陀山走出一个亦佛亦魔的疯和尚，出山以后便返老还童，连李当心都不曾拦下，让世子殿下小心北行，最好不要撞上。

徐凤年写好顾大祖和黄裳之事，放飞青隼，跟一直没有离去的袁左宗坐在火炉前，将字迹独具一格的密信丢入炭火之上，一缕青烟袅袅，徐凤年弯腰捡起火钳，在火炭上稍微扑了些轻灰，轻声道："江湖上也不太平，烂陀山大概是不服气两禅寺出了个拎起黄河的白衣僧人，一个出山时还是活了两三甲子的腐朽老人，从西域来到中原后，就成了个年轻人，一路上一通滥杀，远远称不上金刚怒目的降妖除魔，不知道他到底想做什么。当时在北凉初遇烂陀山的龙守僧人，只说是身具六相的女法王要跟我双修，我就屁颠屁颠跑回阁翻阅秘录，除了知道她是个四十来岁的老女人，大失所望，还顺便知道了烂陀山在那个六珠菩萨之前，还有三位辈分更高的僧人，其中一位画地为牢将近四十年，比起吴家剑冢的枯剑还来得惊世骇俗。我当时还没练刀，不懂仙人的逍遥，就好奇不吃不喝怎么活下来，这会儿想来真是自己坐井观天了。我估计这和尚多半是已经走火入魔，可话又说回来，孤身一人就把整个江湖杀得半透，能有这般气概的，我想也就只有百年前的魔教教主刘松涛。一代江湖自有一代风流子，刘松涛那一代也不是没有同在一个江湖的剑仙和三教圣人，既是交相辉映，也是相互掣肘。再说了，一直公认武道之上有天道，既然历经千辛万苦站在了武道巅峰，更多是羊皮裘老头和邓太阿这样继往开来的正道人物，哪怕被赞誉为可与吕祖酣畅一战的王仙芝，也不算邪道中人，刘松涛和疯和尚胆敢冒天下之大不韪，半点不怕被天谴，真是少之又少。可惜骑牛的不在，否则哪里轮得到这和尚发疯，早给开窍后的武当师叔祖一剑送去西天了。"

袁左宗双手伸向火炉，感受着冬日暖意，微笑道："如果这个和尚真能跟刘松涛站在一线，就算是替天行道的齐玄帧，一剑估计也不行。"

徐凤年哈哈笑道："天底下两个说法最大，一个是皇帝君王的奉天承运，一个是三教中陆地神仙的替天行道。反正我都不沾边，也就只能看看热闹。对了，袁二哥，知道这个刘松涛到底是怎么回事吗？逐鹿山虽说被江湖硬生生套上一个魔教的名头，可在我看来其实除了行踪诡谲做事果决之外，比起所谓正道人士的伪君子，可要好上很多，而且历任教主都以逐鹿天下为己任，不是什么只知道杀人的大魔头，这个刘松涛在江湖上的传闻事迹也寥寥无几。"

袁左宗眯起眼，冰冷道："年轻时候听一位世外高人说起过，刘松涛曾经数次行走江湖，交恶无数。在离天人只差一纸之隔时，这位魔教教主在逐鹿山闭关，一名相貌平平的女子不知为何便被说成是他的女人，流落江湖，下场惨烈，让人悚然，总之不光是正道江湖人士，就是很多帝王卿相也分了一杯羹。女子最后被吊死在众目睽睽之下，死前仍是赤身裸体。刘松涛不知为何知晓此事，强行破关而出，为女子背棺回逐鹿。这之后，便是一场谁都无法挽救的浩劫了，当时陆地神仙纷纷避其锋芒，也非全都示弱于确实无敌于天下的刘松涛，更多是不愿出手。我们后人回头再看，可见那场阴谋的幕后指使者，手笔之大，心机之重，仅是逊色于黄三甲颠覆春秋。"

徐凤年脸色阴沉，咬牙不语。

袁左宗弯腰从火炉中拈起一块火烫木炭，轻轻碾碎，淡然道："跟我提及此事的隐士，说刘松涛死前曾笑言：料此生不得长生，为甚急急忙忙做几般恶事；想前世俱已定，何不干干净净做一个好人。虽然我猜多半是后人托词，不过听着真不是个滋味，本来这种话，都该是圣贤流传千古的警世言

语，却假借一个杀人如麻的魔头说出口，活该那一辈江湖上的陆地神仙都不得证道。我袁左宗若跟刘松涛同处一世，少不得替他多杀几个。"

徐凤年冷笑道："难怪师父曾说阴间阎王笑话阳间人人不像人。"

袁左宗倒了一杯酒，仰头一饮而尽，这个在北凉清心寡欲甚至还要胜过小人屠陈芝豹的盖世武将，望着指尖空荡荡的酒杯，自言自语道："义父能够走到今天，对谁都问心无愧的。袁左宗不过一介武夫，修身齐家治国平天下，都不去想，这些年也在北凉境内见到许多肮脏的人和事，也是袖手旁观，只想着义父走后，能有一个人站出来，只要站在凉莽边境上，就能让北莽百万铁骑不敢南下一步。"

徐凤年摇了摇头，"我恐怕做不到。"

袁左宗笑了，"此生不负北凉刀，就足够。"

徐凤年突然说道："不知怎么回事，从北莽回来以后，我经常做同样一个梦，站在一个高处，看到百万披甲死人朝我拥来，身后亦是有百万阴冥雄兵。身边竖有一杆大旗，写的不是徐字，而是秦。"

袁左宗无奈道："战阵厮杀还成，让我解梦就算了。"

徐凤年也懒得庸人自扰，笑道："袁二哥，咱们聊一聊北凉军以后的整肃步骤？"

袁左宗爽朗笑道："那可得多要几壶酒。"

逐鹿山上，天下新武评排在第九的断矛邓茂站在山巅，崖边罡风凛冽，使劲拍打在这名男子脸颊上。他身边坐着一个貌不惊人的矮小男子，后者一直是这种脾性，能坐着绝不站着，作为北莽两大皇姓之一的年轻贵胄，年纪轻轻就跟那个同是皇亲国戚的胖女子一起跻身一品高手之列，一起成为北莽皇室继慕容宝鼎之后的绝顶武夫。邓茂之所以跟随那个女魔头一起来到离阳中原，是因为输给了她，世间第九败给接连跟邓太阿和拓跋菩萨都打过一架的天下第四，也不奇怪。不过他要是邓茂，肯定不会认赌服输，之所以厚着脸皮来南边，是听说有个比他还小的年轻人去了趟他们北莽，连第五貉都给宰了，他觉得怎么都该在离阳杀个指玄境高手才解气，那个比他胖，更该死的是比他要高出两个脑袋的臃肿娘们儿，总嘲笑他只有窝里横的本事，就想着怎么要在这边闯出名堂，回去以后才能让那婆娘乖乖认输。

矮小青年双手抱胸，一本正经问道："邓茂，你说洛阳拦得住那疯和尚吗？"

邓茂长呼出一口气，"五五之间吧。"

年轻人瞥了眼邓茂，"烂陀山的六珠上师也不过是不算圆满的大金刚境，距离真正金刚不坏的李当心还差得远，怎的这个和尚就如此厉害了？洛阳在极北冰原之上，差点就坏了拓跋菩萨酝酿了二十年的好事，显然比起敦煌城跟邓太阿一战，洛阳的实力又上了一个台阶，像她这样的，别说登上一个台阶，就是一个抬脚的趋势都难如登天。既然都这么个境界了，怎么胜负还只是五五之间？"

邓茂笑道："若是拦下，魔教教主就一战天下知。拦不下，咱们离开离阳之前就可以等着王仙芝出城。"

年轻人叹气道："那还是拦下好些。"

两人知道北莽魔道第一人洛阳成了魔教第十任教主，却不知道洛阳所要拦截之人，是那曾经的第九任教主。

这一战的壮阔，未必就输给王仙芝与李淳罡决战在东海之上。

第六章　逐鹿山九十相争，上阴宫凤年揽士

徐凤年正想着怎么跑路，洛阳已经开口笑道：『黄河一剑，小女子铭记在心。』

徐凤年听到『小女子』三字，立马毛骨悚然。

浑浑噩噩的年轻疯和尚除了知道自己姓甚名谁，还知道自己是真的疯了。他杀人之时并无悔意，只觉得这些人该死便是，再去细想因果，就头疼欲裂，疼得几乎要在地上打滚。自知疯疯癫癫，让他一路走得哭哭笑笑，情不自禁。每走过一地见过一人，便迅速忘却一地一人，次次想要停步回头，可总是做不到，好似那本该西游却东行，佛国在西，却偏偏背其道而行之，最终愈行愈远。仅剩一丝清明，只想知道自己到底在西方放下了什么，去东方又要拿起什么，一首《无用歌》从开始的四字，演变成了洋洋洒洒一百多字，没有去死记硬背，却总能脱口而出。

疯和尚可能已经忘记，但中原江湖已经是风声鹤唳，除了举世闻名的白衣僧人率先试图阻拦这个年轻僧人的脚步，随后还有吴家剑冢当代剑冠吴六鼎仗剑拦路，被疯和尚一撞便撞溃散了剑势，之后前奔脚步之快，快过了吴家驭剑。再之后，龙虎山年轻一辈最为惊才绝艳的小天师赵凝神也出手，一僧一道面对面相迎，但是没有相撞，僧人埋头前奔，这位传闻是天师府初代天师转世的赵姓道人便同步后退，坚持八十里之后，赵凝神便侧身让开，任由疯和尚继续大笑前行，而赵凝神则迅速盘膝坐地，七窍流血，服下一颗龙虎秘传金丹才勉强止住伤势。

整个江湖都忌惮此僧的气势如虹。

在一条大江畔，疯和尚停下身形，跟当初感知白衣僧人李当心在前路如出一辙，咧嘴一笑，然后蹲下，掬起一捧水，低头凝视手心浑水，如同寻常人物捧住滚烫沸水，匆忙洒落在地上，站起身茫然四顾。

那一刻，年轻僧人泪流满面，扪心自问："我在这里，你在哪儿？"

这条南北向的大江名青渡江，江水喧腾，江面阔达二十丈，相传道教上古仙人曾在此乘一叶青苇载人渡江。年轻疯和尚的直线东行，让江湖人士摸准了大致路径，早早就有一堆看客在此等候，原本零散而站，后来不由自主就汇聚在一起，委实是忌惮那僧人的势如破竹，生怕给无辜撞杀，觉得一伙人扎堆，活命的机会要大一些，就算真倒霉到踩在了那条直线上，也是大家一起死，黄泉路上好做伴。于是五六十人抱团聚集，鱼龙混杂，有成名已久的江湖豪客，有藏头缩尾的绿林好汉，有才入江湖的无名小卒，有中人之姿便已让人很是垂涎的年轻女侠，几对宿怨仇敌，这会儿也顾不得拔刀相向，可都暗中提防，几位吃香的女侠，要么是笑脸凑到声名鼎盛的豪侠那边献

媚，要么是冷着脸被多位江湖儿郎殷勤搭讪，在当下这个拎砖头打过巷战就敢自称武林中人的江湖，万里黄河与泥沙俱下，总不能奢望谁都是李淳罡、邓太阿那般潇洒不羁的大才。前些年就有一位口碑不俗的年轻俊彦，扬言要仿照古人做出近似一苇渡江的壮举，还真给他做成了，当时赢得无数喝彩，可怜没几天就给江湖同行揭穿，说之所以能踩水飘过江，是前一夜在江面几尺之下悬了一条铁链，只得灰溜溜退隐江湖，这家伙别说临近二品的轻功修为，三品都欠奉。而江湖的精彩就在这里，你永远猜想不到某位货真价实的天才会做出何等壮举，也永远料不准下一个可以佐酒下菜的大笑话是何等滑稽。

已经闯下滔天凶名的年轻僧人一个骤然停顿，就让那些以为这个无用和尚会径直过江的看客心头一颤，只怕他会像个行人，见着一个碍眼蚁穴，就要伸出一脚踹死它们那一窝蝼蚁。不过接下来一幕让众人如释重负之外，更有莫大的意外惊喜。

只见僧人面对的青渡江对岸来了一袭陌生白衣，视线模糊，雌雄莫辨，只见一脚跨江，恰好年轻僧人捧水自照后也回过神，脚尖一点，掠向江面。两人一触即散，一直所向披靡的疯和尚竟然被白衣人一脚斜斜踏在光头之上。白衣人飘回东岸，每一次踏足泥地都是一声闷响，疯和尚也跌荡回西岸，身形既像醉汉踉跄，又像戏子抖水袖。

一踏之威，汹涌江水顿时一滞，等到两人落定，才恢复奔势。

袈裟破败的年轻僧人毫不犹豫展开第二次渡江，白衣人不约而同跨江拦截，这一次后者一脚狠狠踩在僧人胸口。

两人身下整条大江便是一晃。

在所有人眼中，好不容易认清面容的白衣人那叫一个英武俊逸，自然是那不出世的仙人，别看瞧着年轻，肯定活了百年岁月，无用和尚则是当之无愧披袈裟的魔头巨擘，今日注定是要魔高一尺道高一丈了。这一次各自在正邪顶点的双方后撤落脚点，几乎与先前一模一样，远观旁人根本难以察觉其中差池。白衣天人面无表情，根本不管什么事不过三的训语，那个曾经在烂陀山大日如来的僧人亦是大袖招摇，掠向大江之上，这一次脚踩一双破烂草鞋的年轻僧人一掌推出，按在白衣人鞋底，这一次针锋相对，两人身后都出现肉眼可见的一层层气云涟漪。僧人身形坠落，草鞋在江面上倒滑十丈，直直飘回岸上；白衣人倒退速度稍缓，只是僧人站在了临水岸边，白衣人的落足点就要超出前两次。此消彼长的情形，让看客忍不住一阵揪心，难道是道高一尺魔高一丈才对？

僧人低头看了眼随手编织的草鞋，让人匪夷所思地开始发呆。高手生死之争，往往就在毫厘，这个疯疯癫癫成天吟唱《无用歌》的家伙是不是急着投胎去了？还是说根本没有将那位白衣天人当作死敌？果真如他所唱，天地都不入他眼？好在白衣人没有让看客失望，三次后退，没有半点疲态，这一次不再一步跨江，而是跃到了江心，脚尖一拨，挑出一道水桶粗细的水柱，水剑凌厉前刺，人随剑后，破草鞋破袈裟的无名僧人轻轻抬头，抬起一臂，大袖遮手，所掩覆一手结密印，那道水剑凶猛撞击在僧人一丈之外，便像是以卵击石，轰然碎烂，绽放出漫天水花。白衣人竟是知难不退，更是以降魔印去破僧人袖覆手印。双印僵持不下，白衣人抬脚就是一记鞭腿，僧人洒然一笑，任由其一腿扫中自己脖子，身形在空中颠转，落地时已是趺跌坐，手指弯曲结环如萤，妙不可言。白衣人似乎动了真火，第一次生冷出声，一掌拍向僧人那颗光头，"五字摄大轨！"

僧人再次硬抗一掌，趺跌依旧，身形旋转，旋入江面坐定，江水滚滚南下，我自浮水岿然不动。白衣人退回年轻僧人坐地处往东一丈，右手往上一提，江水被硬生生拔出一柄水剑，曾经在敦煌城跟邓太阿以剑对剑的她朝那尊人间不动明王当头劈下。水剑折断，不知是那烂陀山圣僧还是那魔教刘松涛的疯和尚半身陷入水中，换作面南而卧，右手支颐，越发安详如意。他得了大自在，可青渡江的江面已是炸溅起水珠万千。兴许是嫌那帮隔岸观火还要一惊一乍的看客太过聒噪，在北莽一路杀到北莽女帝和拓跋菩萨跟前的洛阳随手一挥，泼雨如泼箭，五六十人不出意外就都要无一例外暴毙当场。

一名身穿武当道袍的年轻道人长途奔走，总算堪堪赶上这场杀机重重的泼雨，站在看客与泼水之间，双手画圆，将所有水珠都凝聚在双手之间的大圆之中，变成一个几乎等人高的水球，然后推入滚滚流逝的江水中。

洛阳皱了皱眉头。

那年轻道人却没有跟这位白衣人言语，而是对那个趁空缓缓起身的疯和尚说道："清风有用，为我翻书。昆仑有用，我去就山。青草有用，我知荣枯。参禅有用，但求心安。大江有用，一瓢解渴。日月有用，照我本心。我

在此地，我去去处……"

　　看似胡言乱语，这武当道人终归是对疯和尚的《无用歌》给出了自己的见解。不承想那僧人站起身后，眼神不再浑浊，清澈如泉，双手负于身后，一坐一站之间，容貌已是眨眼便有十数年变化，年轻僧人变成了中年僧人，先前的懵懂迷茫，一扫而空，取而代之的是一种睥睨天下的雄浑气韵，这一刻的刘松涛才是巅峰时的魔教第九任教主。他站在江面之上，瞥了一眼年轻道士，转而正视白衣洛阳，轻笑道："当下的江湖，真是让人大开眼界。记得当时在天下剑林一枝独秀的剑仙魏曹，不知死活御剑逐鹿山，刺了我腹部一剑，我就还了他一剑，刺入他嘴中，挂尸山顶。这样牵连出来的仇家，实在是太多了，可当我最后一次行走江湖，很少碰上勉强称得上势均力敌的对手，那样的江湖，死气沉沉，现在不一样了。"

　　洛阳只是报以一声冷笑。

　　刘松涛低头看了眼袈裟，陷入沉思。

　　刘松涛复又摇了摇头，抬头笑道："想不通也无妨，既然真真切切记起了是谁，总不能白来一遭。我也不管你是谁，你既然要拦我，我又不知道何时会失去清醒，要不然咱们打个赌，赌我能否前去东方三百里。你输了，我刚好去逐鹿山；我输了，你就是刘松涛之后的魔教教主。"

　　洛阳平静说道："你要是藏藏掖掖，别说三百里，三十里你都走不出去。"

　　她身后远处浮现一尾赤色大鱼，鲤身龙须。

　　刘松涛哈哈大笑，抬手一招，从一名看客腰间借来一柄剑，横剑在胸，屈指一弹，声响不在身前，而是从九霄传下，"世人只知刘松涛是滥杀无辜的魔头，向来喜好徒手杀人，只有一人知晓有剑和没剑的刘松涛，有天壤之别。说来好笑，那一代江湖，连同魏曹在内，好歹出了五位陆地神仙，我出关之后，竟是无一人值得刘松涛出剑。"

　　刘松涛望向三百里外逐鹿山，眼神温柔沉醉。

　　"你说要亲眼见一见剑仙的风采，我来了。那一次是晚了六天，这一次是可能晚了整整百年。"

　　青渡江上偶有一尾硕大锦鲤跃出水面，又坠回江中。五六十位劫后余生的江湖人士，哪怕见到白衣人和灰衣僧远去，长时间都没有出声，唯恐飞来横祸，直到那名年轻道士转身打了个稽首，众人这才慌乱纷纷恭敬还礼，当听到道人自称武当李玉斧，一行人更是如雷贯耳——继王重楼和洪洗象之后的武当新任掌教。王重楼是公认的大器晚成，在天道修行上渐入佳境，直至修成大黄庭。至于仙人洪洗象，骑鹤下江南，剑去龙虎山，长驱直出太安城，俱是神仙也羡的玄乎事迹。而李玉斧作为武当山历史上最为年轻的一任掌教，天晓得日后成就会不会像天门那么高？李玉斧相貌清雅，根器奇高，待人接物，却是平易近人，与龙虎山道士眼高于顶的做派南辕北辙。正在跟人说话间，李玉斧面露喜庆，致歉一声，转身对一位不知何时落足青渡江畔的中年道人打招呼道："小王师叔怎么来了？"

剑痴王小屏望向东方，神情凝重说道："这疯和尚的杀气太重，很像宋师兄说过的魔教刘松涛，我就想来确认一下。如果真是此人，王仙芝不愿出城，邓太阿已是出海访仙，曹长卿忙于西楚复国，顾剑棠、陈芝豹等人身为庙堂忠臣，也都不会出手，李当心出手一次，多半不会再拦，前方两百六十里便是上阴学宫，我不得不来。"

李玉斧愧疚道："是玉斧不自量力，让小王师叔担心了。"

在山上也是拒人千里的王小屏破天荒笑了笑，沿着江畔缓缓行走，对身边这位年轻掌教语重心长说道："无妨，这才是武当山的担当。小师弟当年说过寻常武夫修行，力求孑然一身，但是我辈道门中人修道就如挑担登山，小师弟这才能一肩挑武当一肩挑天道。掌教你根骨不俗，跟小师弟相近，性子更是与他天然相亲，只是也需多多思量此话真意。如今武当山香火鼎盛，直追数百年前的景象，掌教你不能只抬头看天上人，毕竟小师弟那般修为确是高深莫测，可修为如何而来，更是重要。"

李玉斧温声道："小王师叔的话记下了。"

江上清风阵阵，古朴道袍扶摇，衬托得负剑王小屏更似剑道仙人。剑痴停下脚步，满脸笑意感慨道："要是小师弟听我唠叨，肯定要好好溜须拍马几句，才好有脸皮去我紫竹林偷挖冬笋，要不就是砍竹做鱼竿。掌教，你还得多学学你小师叔的惫懒无赖。虽然武当山重担压肩，但是不违本心即可，如何自己舒心如何来。我们这些当师叔师伯的，大本事没有，心有余而力不足，也就只能让小师弟跟你多担待，其实嘴上不说，这么多年来心里一直都过意不去。"

李玉斧脸色微变。道教修行本就追求一叶落知天下秋，一芽发而知天地春。王小屏开门见山道："可虽然力不足，却也应当一分气力担起一分担子，这也是顺其自然。那白衣人若是拦不下疯和尚，十有八九就会跟那个撞上，我既然答应小师弟，也当去拦一拦。我一生痴剑，可从未一次觉得出剑，有过酣畅淋漓的意境。上次在神武城外递出三剑，明悟甚多，之前旁观徐凤年在湖底养意，更是他山之石可以攻玉。这个疯和尚，可为我砥砺剑道，若是技不如人，身死剑折，掌教你无须惦念，王小屏算是死得其所。"

李玉斧颤声道："小王师叔能否容玉斧算上一卦？"

王小屏哈哈大笑，一掠而去，"今日解签，王小屏九死一生。"

李玉斧颓然坐在江岸。

李玉斧即便可以淡看自己生死，也做不到淡看他人生死，这才是大牢笼。烂陀山画地为牢与吴家剑冢枯剑有异曲同工之妙，无非都是"自得"二字，可武当山从来不是如此。佛门大锤破执着，可执着于破执着，本就着相，堕入下乘。道人修道求道问道，李玉斧以前经常问自己证长生过天门，过了天门之后又是如何？都说人世多苦，仙人长乐。李玉斧面容凄清，望向水色泛黄的滔滔江面。青史数风流人物，有仙有佛有圣贤。大丈夫立锥之地，可家可国可天下。江风大起，江水拍岸，轻轻浸透这位武当青年掌教的道袍鞋履。

远处那一堆江湖看客，其中被疯和尚刘松涛借取佩剑的剑士，久久没有回神，蓦地喜极而泣，大声嘶吼，恨不得天下人都知晓那位古怪僧魔跟他借了一剑。刘松涛毫无征兆的一次借剑，此人的江湖地位骤然水涨船高，几位江湖前辈大佬都主动向他靠拢，说些客套寒暄的炙热言语。

李玉斧置若罔闻，一条艳红江鲤不知怎的跃出江水，扑入年轻道人怀中，果真应了武当山上一座小道观的对联：鱼怀天机参活泼，人无俗虑悟清凉。李玉斧捧住这尾鲤鱼，低头望向怀中活蹦乱跳的锦鲤，怔怔出神，突然笑了，"贫道李玉斧，你我有大缘，望你莫要贪嘴上钩，成为那食客盘中餐。若是万物当真皆可修行，你我共勉，同修大道。"

李玉斧双手捧住鲤鱼，轻轻抛入江中，"希望数百年后有机会再相见。"

青渡江边微机玄乎，一人一鲤立下数百年之约，三十里外一场碰撞，则只是血腥味十足。

祭出了一尾从大秦帝陵中带出的灵物的洛阳在这三十里路途中，没有一次阻拦，而是直接飘落青渡江三十里外，完全是想要一击功成，足见其身为北莽第一魔头的自负。疯和尚摇摇晃晃，一路狂奔，偶然有寥寥行人听闻那首初听倍感荒腔走板的《无用歌》，抬头再看，早已是人去几里路外。洛阳傲然而立，那头长须鱼龙在她身边优哉游哉环绕。当年龙壁翻转，她被那个自以为得逞的王八蛋一剑刺心，落入河槽，殊不知洛阳反身便回到已是八百年不见天日的陵墓。之前徐凤年仅是看到一层帝陵风貌，就已是觉得壮阔宏伟，哪里知道洛阳娴熟地打开机关，往下而行，别有洞天：地面上篆刻有无数道符箓，出自上古方士耗费心血的上乘手笔，当世练气士宗师见之也要叹服其契合天道；更有两尾鱼龙围绕一棺近千年。洛阳离开这座黄河之下的大秦帝陵后，秘密奔赴极北冰原，恰好赶上了北冥大鱼由鲲化鹏的时机，拓跋菩萨辛苦等了几十年，仍是被她硬生生坏了好事大半。

拓跋菩萨曾与女帝密语，当他拿下那件兵器，便是拓跋数十万亲军铁蹄南下之日。如此一来，拓跋菩萨震怒不说，连原本对洛阳青眼相加的女帝都天子一怒。李密弼手中那张"蛛网"，出动了一百捉蜓郎和三十扑蝶娘不说，除了一截柳之外的全部六提竿和双茧，更是倾巢出动，由李密弼亲自部署一切捕杀细节，斩杀洛阳，志在必得。可惜洛阳当年一路杀到北莽都城，那一次更是一路杀到边境，甚至中途绕了一个圈子，特意去与重重铁骑铁甲护驾的李密弼遥遥见上了一面。洛阳所作所为，比起刘松涛百年前的行走江湖，堪称有过之而无不及。只是这桩秘史，远在离阳的江湖没机会听说而已。

刘松涛并没有提剑，那柄材质普通的长剑悬空，与他并肩而行。

有朝一日跻身陆地剑仙，号称天下无一物不可做剑，可真正一剑在手，不论竹剑木剑铁剑，都是截然不同的气势。尤其是同等境界之争，手中有剑无剑更是不可同日而语。剑是灵物，否则吴家养剑的精髓便不会是那一枚如意剑胎。高明铸剑师铸剑，剑坯都只是第一层，剑胎才是至关重要的关键所在。不知哪一位前辈笑言高手过招，就像两位身着绸缎锦衣的泼妇斗殴，都想着撕碎对方衣裳，可丝绸衣裳都缜密结实，由千丝万缕织造而成，剑士之所以能够成为江湖千年不衰的光鲜行当，就等于泼妇手中提了一把剪子，撕

起衣服来可以事半功倍，若是徒手，就得一拳拳先把那紧密缎子给打散了，把丝丝缕缕给弄松了。上代四大宗师之一的符将红甲不在三教之中，却身负大金刚境界体魄和天象境感悟，又身披符甲，无异于穿上天地之间最为厚实的一件衣服；人猫韩貂寺的生猛，就在于他的抽丝剥茧，不仅在于可以手撕一副金刚体魄，还可以断去天象境高手与天地之间的共鸣。一品四境，对三教之外的武夫来说是毋庸置疑的依次攀升，指玄低于天象，差距之大，远甚于金刚指玄两境，后者两境中人互杀，不乏案例，韩貂寺能够以指玄杀天象，才让他媲美邓太阿的指玄，只可惜随着人猫死在神武城外，他的修行法门并未有人继承衣钵，成为一桩绝唱，不论人猫品行如何，都被当成了世间指玄大缺憾。

顶尖高手，尤其是一品高手过招，往往透着股惜命的意味，切磋远远多过拼命搏杀。

白衣洛阳显然是个好像从不珍惜境界来之不易的例外，北莽女帝眼皮子底下战拓跋菩萨，敦煌城外战邓太阿，棋剑乐府战原先的天下第四洪敬岩，极北冰原北冥巨鱼背上再战拓跋菩萨，无一例外都是连累对手都不得不去搏命的手法。

这一次也不例外。

两两一撞。

洛阳任由刘松涛一剑穿过手心，一掌拍在他额头上。

两人各自后撤数丈。

洛阳那条挡剑的胳膊下垂，滴血不止。

刘松涛七窍流血，也不好受。

长剑碎裂，洛阳身旁一尾鱼龙也是灵气溃散。

洛阳瞥了一眼不再疯癫的中年僧人，倒退而掠，平淡道："一百里外再接你一剑。"

刘松涛笑着倒吸一口气，血迹倒流入窍，如剑归鞘。

他大踏步前行，散乱满地的碎剑凝聚成一柄完剑，这一次他握剑在手。

一百里外有一座城，白衣洛阳站在西面城墙之下。

人来剑来。

一道剑气粗壮如山峰。

等洛阳站定，已是在东墙之外。

这座城池被剑气和洛阳硬生生撕裂成两半，城墙割裂，这条东西一线之上，尘埃四起。一名贩卖胭脂水粉的掌柜瞪大眼睛，痴呆呆看着被劈成两半的凌乱铺子。一位正跟好友在私宅后院附庸风雅围炉煮酒赏湖景的士子，只见得湖水翻摇，院墙破裂，亭榭后知后觉地轰然倒塌，众人貂帽都给劲风吹落在地，不由面面相觑。一个携带奴仆正在街上鲜衣怒马逛荡的公子哥，连人带马坠入那条横空出世的沟壑，人马哀嚎，仆役们都以为白日见鬼，畏畏缩缩，不敢去沟壑救人。

西墙之外的刘松涛放声大笑，沿着裂墙缝隙前奔，"一剑摧城哪里够，再来一剑摧国吧！"

洛阳抚摸了一下凭空多出的一尾鱼龙身躯，微微一笑。

复又入城。

"滚！"

她一脚将一同入城的刘松涛踏回西墙外。

洛阳在城镇中心站定，白衣飘飘。

刘松涛在西墙之外身形弯曲如弓，直起腰杆缓缓站定，眼神又有些浑浊，如一坛子窖藏多年的白酒，给人使劲一摇，坛底渣滓又浮。

刘松涛晃了晃脑袋，再次火速入城，来到城中一条被东西拦腰斩断的南北向街道。深不见底的沟壑附近有一名面容平平的女子坐在路旁，心有余悸，环视一周，寻见了从发鬓间松开落地的小钗，正要弯腰去捡起——她是小户人家，钗子是她积攒好几月碎银才买来的心爱物件，要是丢了少不得心疼多时——突然看到一只手帮她拾起了小钗，抬头一看，是位面容温醇的僧衣男子，袈裟破败，贫苦到穿不起鞋子。她性情怯弱含羞，一时间涨红了脸，手足无措。面貌清逸的僧人一笑，递还给她钗子，呢喃一声，"当年她将她的钗子别在我发髻之间，取笑我小钗承鬓好娇娆。"

在女子眼中古里古怪的僧人站起身，茫然道："可惜你不是她，我也不是我了。"

眼神恍惚的刘松涛长呼出一口气，低头手中已无剑。

那一年见她见晚了，将她无衣尸体放入怀中，他曾脱衣为她裹上，然后背她回逐鹿。

刘松涛伸手撕下一只袖子，手腕一抖，一柄衣剑在手。

他对那女子笑道："替她看一看这一剑如何。"

从未经历过如此惊心动魄场景的女子被吓得不轻，痴痴点头，泫然欲泣。

刘松涛泪流满面，沙哑哭笑道："当年三人一起逍遥江湖，赵黄巢负你不负江山，你负刘松涛。刘松涛有负逐鹿山，只不负你。"

刘松涛抬臂提剑，另一手双指从衣剑轻轻抹过，眼神决然。

城中洛阳从一尾鱼龙身上折下一根龙须，手指轻旋，龙须绕臂，显然连她也没有太大信心徒手挡下那一剑。就在此时，一人悍然搅局，出现在刘松涛所站街面尽头。他飞奔入城，见到灰衣僧人后缓下身形，慢慢前行，相距十丈外停步，讥笑道："真是魔教教主刘松涛？怎么越活越回去了，跟一个娘们儿较劲算什么英雄好汉？"

原本不想理睬不速之客的刘松涛转过头。年轻公子哥自有一股说不清道不明的风流韵味，双手插袖，不减玉树临风，身后更远处有一名雄伟男子护驾随行。刘松涛笑了一笑，当今江湖是怎的一回事，怎么江湖大材如同雨后春笋，这般满大街不值钱了？这名白头年轻人虽说假借阴物跨过天象门槛，称不得货真价实，可若是自身底子不行，一方小塘岂能容下一江洪水？白头公子身后的男子，更是不容小觑，加上之前江畔出声的武当道人，刘松涛忍不住感慨唏嘘，如果百年前后的江湖各取十人对决死战，胜负未必悬殊，可若撷取五十人，自己当年所处的那个江湖，恐怕没有半点胜算。刘松涛一剑在手，蓄势待发，剑意滔滔，身形四周气海翻涌，仍是被他强行压抑，对那年轻人笑道："年纪轻轻，有这身本事殊为不易，刘某今日不与你一般见识。观棋不语真君子，你要观战无妨，若是插手，休怪刘某剑尖指你一指。年轻人，劝你一句，藏在暗处的阴物本身修为便已经摇摇欲坠，别意气用事，此时雪上加霜，恐怕它这辈子都回不到天象……"

不等把话说完，刘松涛磅礴剑意瞬间烟消云散，不见刘松涛任何动静，只是手中衣剑已如大江东去，地动城摇久久不停，让城中百姓误以为地底蛰龙作祟，引发了剧烈地震，各自从房屋中逃到平坦处。

二十丈外洛阳被一剑穿心。

刘松涛递出一剑而已，却眨眼间衰老十岁。

刘松涛在百年之前不曾出手一剑，兴许是江湖上最寂寞的老剑仙，百年后这晚来一剑，势可摧山。刘松涛不悲不喜，只是望向那位百年后立于江湖鳌头的白衣女子，然后讶异咦了一声，"难道你是心左之人。"

洛阳从废墟上站起，冷笑道："该我了。"

刘松涛瞥了眼白头年轻人，转而望向两次震动北莽朝野的女魔头，摇头叹息道："同病相怜。一个不得不靠旁门左道窃取修为，一个拿外物元气给自己续命，都是篡改气数的无奈行径。你的阳寿本就不多，跟我一战再战，就算你拦得住我刘松涛三百里，结果到头来跟一个活了两个多甲子的老头子晚死不多久，何苦来哉？"

来者自然是庸人自扰的徐凤年，他跃上城头后便止步远眺旁观，起先万万没有要横插一脚的意图，甚至都顾不上先去上阴学宫，接到青隼传来的密信，直接就绕路前来，生怕错过了这场大战。不说百年一遇，毕竟有羊皮裘老头和王仙芝东海一战珠玉在前，两任魔教教主内斗，怎么也算得上是几十年难遇的旷世大战，只是信上所谓的逐鹿山白衣男子，他哪里料到会是北莽死在龙壁河槽中的洛阳娘们儿！当他临近城墙，心意相通的阴物就让徐凤年知晓已经给洛阳察觉。伸头一刀缩头也是一刀，徐凤年干脆就不跑路了。鬼使神差，当他看到刘松涛一剑起手，就有些怕。一边火急火燎跃下城头，一边给自己壮胆，反正有半吊子天象境傍身，凑个热闹，跟老教主说句良心话总不至于就给当场宰了吧？你一个刘松涛堂堂上任魔教教主，忙着跟全天下较劲，何必跟咱们这种不混江湖的过不去，是不是这个理？再说了，老子在北莽过惯了过街老鼠的苦日子，一旦风紧扯呼，咱跑起路来也不慢嘛。

一直前行的洛阳正眼看都不看一下徐凤年，让他的媚眼白白抛给瞎子。洛阳若是那个可以用常理揣度的女子，也就不会是洛阳了。饶是饱经风雨的刘松涛，也觉得有些费解，这女子分明无须玉石俱焚，是懒得分出胜负高低，那就直接分出死活？刘松涛仰头放声大笑，竟然有一种百年之后终于得遇知己一人的痛快感觉。他撕下仅剩的袖管，第二把衣剑在手。不知是否是剑仙魔头阴物同时存在的缘故，天人感应，引来异象，天空似乎稀稀疏疏飘下了些许雪花。徐凤年抬头看去，是一个晚来天欲雪的惨淡黄昏啊。

能饮一剑无？

刘松涛像是十年性命换一剑。

只是比起第一剑，这一次就连徐凤年都察觉到有一鼓作气再而衰的嫌疑，下一刻徐凤年都来不及破口大骂，难怪刘松涛这一剑有所松懈，剑尖初时所指是洛阳，才离手数丈便掉转剑尖，朝自己急掠而刺。袁左宗比起剑尖最终所指的徐凤年还要更早动身，随手从街边抓取了一根木棍做枪矛，大踏步前奔。只是飞剑之快迅于惊雷，徐凤年十二柄赠剑被韩貂寺毁去数柄，不过打造一座剑阵雷池不在话下，身前三丈之内剑气森严，在袁左宗赶到之前，刘松涛那柄快至无形的衣剑已是破去寓意不可逾越的雷池，飞剑一时间叮叮咚咚胡乱飞窜。徐凤年心如止水，抬手撼昆仑，这摧山一剑，让守势近乎圆满的徐凤年不断滑步后退，凌乱剑气如同无数根冰锥子，狠狠砸在脸面上。飞剑不断撞击那柄始终不见真身的衣剑，徐凤年仍是一退再退，那位剑仙以十年寿命换来的一剑，可谓是让徐凤年吃足了苦头。

好在袁左宗双手持棒，一棒简简单单挥下。

袁左宗眼前地面炸出一个大坑，有木屑，有衣屑。

衣剑被毁，徐凤年站定后伸出手指，擦去一抹被狠辣剑气擦出的血迹。

临时起意换人去杀的刘松涛也不好受，跟洛阳互换一脚，洛阳身形不曾后撤，刘松涛已经跌落十余丈外，重重落地，几个翻滚才一掌拍在地上，摇摇晃晃飘拂起身。洛阳如同附骨之疽，刘松涛才稳住，就给她一臂横扫，身体离地数尺，不等他横向飞出，洛阳对着他腹部又一脚踩踏，直接断线风筝又是七八丈外。这一次刘松涛没有跌落，脚尖悬空几下蜻蜓点水，在那条沟壑边缘轻轻落足。一步错步步错，大有一着不慎满盘皆输的趋势。洛阳在长掠中一掌推出，刘松涛神情一凝，往后一仰，躲过洛阳那柄不知何时落在手心的飞剑之钉杀。洛阳换掌变肘，往下一敲，将刘松涛砸向地面，复又一脚踹出，将刘松涛直接撞到远处一面墙壁上。当他从尘埃中站起，便见嘴角渗出触目惊心的黑色瘀血。刘松涛洒然一笑，两根手指把自己腹部划破，拈住剑尖，提出一柄从背后插入他身躯的阴险飞剑。刘松涛望向那个心机深沉的白头年轻人，啧啧道："好手段，当得'灵犀'二字，生死存亡之际还不忘借剑一次，停剑一次，俱是妙至巅峰。果然没有白费刘某对你的那一剑。"

刘松涛脸上非但没有半点怒气，反而有些欣喜，轻轻将透体飞剑抛还给徐凤年，"养出剑胎大不易。魏曹当不得'剑仙'二字，当时还跟你一般年轻的隋斜谷倒是不俗气，可惜刘某也不知道姓隋的是死是活，否则你可以跟他学剑。一般武林中人，信奉武无第二，生怕被人踩在头上，晚节不保。可剑道大家，必不惧后辈赶超，唯独怕那剑道传承一辈不如一辈。小子，你叫什么名字？"

徐凤年小心翼翼反问道："隋斜谷，是不是喜欢吃剑？"

刘松涛笑着点头，"这小子当年便扬言要问尽天下最强手，吃尽天下最好剑。我闭关转去练剑时，正是这个愈挫愈勇的手下败将替我守关。"

徐凤年深呼吸一口，"隋老头跟我有大仇，但恩怨得分明，对我也有一剑之恩。"

刘松涛摆摆手，"那是你俩的事，跟我没关系。"

洛阳瞥了眼徐凤年，后者立即噤声。

洛阳轻轻弹指，一物掠向刘松涛，后者接过物件，神情复杂，轻声问道："是你？怎么可能？"

洛阳面无表情。

本来已经打算誓死一战的刘松涛哀叹一声，弹回物件，眼神古怪，"就算见到了又如何，都不会是那个人了。"

洛阳神情冷漠依旧，"没别的事情，你就赶紧滚。"

刘松涛捧腹大笑，然后一闪而逝。出城东行时，这位百年前掀起一场腥风血雨的魔头自言自语道："原来还有比我更痴之人。"

洛阳皮笑肉不笑，死死盯住徐凤年，"娘们儿？"

真是记仇啊，怎么不说老子为了你平白无故摊上了刘松涛一剑？

徐凤年正想着怎么跑路，洛阳已经开口笑道："黄河一剑，小女子铭记在心。"

徐凤年听到"小女子"三字，立马毛骨悚然。

不料北莽女魔头低头一看，伸手捂住心口，自嘲道："哪来的心？"

可能是临近上阴学宫的缘故，城中茶楼酒肆取名都颇为风雅，据说任意一家年老客栈的墙壁上，都能留下各朝各代文豪儒士所写的断篇诗句。

尖雪酒楼在城中地处僻静，下雪时分，少有人出门遭罪，加上城中那场不知是天灾还是人祸的变故，生意也就自然惨淡。掌柜的正郁郁寡欢，惦念着何时才能攒足银钱去买下那栋早就相中的小宅。这个年月岁岁太平，没了

春秋时的兵荒马乱，多买些房宅总是不差。家里婆娘总埋怨给闺女准备的嫁妆肯定少了，撑不起脸面，比起邻里宋家差得太大。掌柜的作为一家之主，虽说一年到头做牛做马艰辛营生，可到底还是不好多说什么，倒是每天辛苦劳作，回家能喝上一杯闺女亲手煮的茶，也就没了怨气，犹豫着是不是把珍藏多年的一幅字画干脆卖了。当初从一个流落他乡的南唐遗民手中重金购得，如今确是能卖出个高价，可拗不过打心眼里喜欢。掌柜的叹息一声，人到中年万事休哪。他抬头看了一眼楼外暮色中飞雪的小街，搂了搂袖口，看到两人走入茶楼，赶忙迎客，生怕错过了这单无中生有的生意，也顾不得名声，热络笑道："咱这楼里除了上等雨前好茶，好酒也不缺，两位客官要喝什么？"

等到掌柜的认清了两人容貌，就有些愕然。那位俊逸的年轻公子哥还好，笑脸温煦，大冬天瞧着很暖心，一看就是朱门高墙里走出的温良世家子，可那个面带寒霜的女子就吓人了。掌柜的下意识缩了缩脖子，好在不知为何白头的公子哥十分善解人意，拍去肩头雪花后柔声笑道："劳烦掌柜的去温一坛子酒，怎么浓烈怎么来，要是有火炉就端个过来，放在桌下，咱们可以加些银钱。"

掌柜的赶紧搓手笑道："不要钱不要钱，应当的。"

徐凤年和洛阳坐在临窗的位置。先前刘松涛莫名其妙就离城，看架势洛阳马上就要腾出手收拾自己，可当他和袁左宗都准备拼死一战，她又说喝酒去。徐凤年没有让袁左宗跟上，她说喝酒，那就大大方方喝酒，舍命陪君子多半真是要没命，可跟洛阳喝酒多半可以活得好好的。酒上桌，火炉也架起，两人对饮，徐凤年举杯喝了一小口，吱溜一声，懒洋洋靠在椅背上，轻声问道："拓跋菩萨等了二十年的好事，被你搅黄了？到底怎么一回事？"

洛阳没有举杯饮酒，默然无语。

徐凤年又问道："你去逐鹿山当了教主？是你派遣陆灵龟那伙人让我入山封侯？曹长卿愿意给你们魔教当客卿，逐鹿山愿意为西楚复国出力？不过说实话，我对西楚复国一点都不看好，当初徐骁灭掉西楚，之所以没有去南北划江而治，也是看出了大势所趋，没有称帝不过是让人心灰意冷，可一旦自立为帝，更会让那帮百战老卒为了他屁股下那把龙椅死得一干二净。徐骁的小算盘向来打得噼里啪啦，不做亏本买卖。如今离阳王朝的赵家天子也

142

不是什么昏君，勤政自律到了令人发指的地步，就算曹长卿入圣，也无关大局。说不定离阳恨不得西楚大张旗鼓复国，一把大火烧掉一座粮仓，比起烧死散乱不堪的一丛丛杂草，可要省心省力太多了。如果我没有猜错，西楚复国，初期一定会万事如意，到头来难逃被朝廷起网捞鱼一锅端。这种缺德事情，元本溪谋划得出来，赵家天子也点得下头，党争都已经无敌手的张巨鹿更是可以运筹帷幄得尽善尽美。"

洛阳仍是闭目养神，伸出一指轻敲桌面，轻微的叩指声响，听不出什么韵律。

片刻之后，徐凤年骤然感到一股窒息，喉咙涌出一股鲜血，赶紧断开跟朱袍阴物的神意牵连，这才逐渐恢复清明，不由苦笑道："很像是人猫韩生宣的指玄。你真是什么都拿手啊。"

洛阳伸出手指在盛酒的茶杯中蘸了蘸，用小篆在桌面上写下"洛阳"两字。

徐凤年笑道："我知道，大秦王朝一统天下后国都改名洛阳。"

洛阳嘴角翘起，一脸不加掩饰的讥讽，开口问道："你真的知道？"

徐凤年被这个白痴问题给问得无言以对，可眼前这个女魔头跟新武评天下第二的拓跋菩萨斗过，跟第三的新剑神邓太阿斗过，把原先的第四洪敬岩硬生生拖拽下去，今天又跟刘松涛硬碰硬斗过，以后估计少不了还要跟武帝城那只老王八也斗上一斗，当今武评上的十人，难不成都要被她揍一遍才罢休？这得是多霸气的疯子？徐凤年心中哀叹一声，怎么偏偏在北莽就遇上了她，想当年城头上那个纯真的黄宝妆到哪儿去了？

徐凤年说出了最近猜想最多的一个疑惑，"逐鹿山出现在秦末，古语秦失其鹿，天下共逐之。难道这个后世演化成魔教的逐鹿山，跟北莽公主坟一样都是大秦的余孽？"

洛阳放肆大笑，"余孽，这个点评真是一针见血！"

徐凤年很没有诚意地赔着笑出声，洛阳懒得理睬，一语道破天机，"刘松涛当初并没有被龙虎山借用数代祖师爷之天力谶语钉杀于龙池，而是去了烂陀山削发为僧，一躲就是将近百年，当年惨事都该放下才对。照理说早已可以放下屠刀即身证佛，去西天佛国占据一席之地，不知为何会走火入魔，这一路东行，半佛半魔，完全是脱缰野马，不合情理。以戒律严苛著称于世

的烂陀山放之任之，中原佛头李当心也没有全力阻拦，更是有悖常理。不是僧人的刘松涛所求，或者说烂陀山所谋，可能会殊途同归。"

徐凤年试探性问道："你跟我说这个，是还想着拉我去逐鹿山？"

洛阳不置可否，打哑谜。

徐凤年坦诚相对，"只要你不急着杀我就行。"

洛阳端起酒杯抿了一口，眼神玩味道："你连春秋三大魔头之一的韩貂寺都能杀，会缺我这么一个？有一就有二，以你的凉薄性情，既然在黄河上结仇，不杀了我，接下来多半睡不好觉。"

徐凤年一边倒酒一边笑道："杀人猫那是侥幸，没有吃剑老祖宗隋斜谷的借剑，就是我反过来被韩貂寺宰掉。杀你这种全天下坐四望三的神仙，我吃饱了撑的啊！只要你别跟我算旧账。说实话，我就算去逐鹿山当个挂名的王侯也无所谓，但是事先说好，我绝不会掺和西楚复国之事。我对曹长卿是真心佩服，可一事归一事，我在北凉一亩三分地上都没拿捏妥当，没那野心和本事去逐鹿天下……"

洛阳露出不耐烦的表情，双指旋转瓷杯，冷笑道："刘松涛有句话说得对。"

酒尚温热，气氛则已是冷得不能再冷。

徐凤年见她不愿多说，悄悄喝过了几杯酒后，跟掌柜的付过银钱就离开尖雪茶楼。

洛阳没有阻拦，又伸手蘸了蘸酒水，在桌面上写下两个字。

秦。

徐。

洛阳平静说道："原来都是'三人禾'啊。他什么都不知道，她什么都知道，本来不是这样的。"

这个魔头做出了一个谁都猜想不到的动作：将下巴搁在桌面上，闭上眼睛，仿佛一个疲倦至极的寻常女子，久久没能等到心仪之人归乡。

风雪夜归人。

徐凤年站在门口，铺满青石板的小街上不见行人，捧手呵了一口气，都是酒气。看到徐凤年安然无恙从尖雪茶楼走出，已是北凉骑军统领的袁左宗如释重负，两人相视一笑。少年戊驾车驶来，徐凤年跟袁左宗坐入马车，还得赶在夜禁闭门之前出城。

这次匆匆忙忙赶来观战，没有后顾之忧，顾大祖、黄裳等人已经在褚禄山安排下秘密赶赴北凉，据说那座采石山几乎拔地而起，只留下一些关系不深的清客散人，这帮人算是有幸鸠占鹊巢，至于徐瞻、周亲浒等人的去留，徐凤年没有上心，倒是那个少年李怀耳，听说执意要跟黄裳一起北奔，要去北凉瞧一瞧边塞风光，家有双亲才不远游，既然双亲已是不在人世，这个少年就是一人吃饱全家不愁了，徐凤年也不拦着。

马车中，袁左宗欲言又止，徐凤年如今不跟袁二哥见外，竹筒倒豆子，将大致状况说了一遍，袁左宗听完以后啧啧称奇，没想到刘松涛的身份如此惊世骇俗，不光是魔教上任教主，还是烂陀山上本该成就佛陀境界的高僧，魔佛一念生灭之间，在刘松涛身上得到淋漓尽致的佐证。不过更让袁左宗诧异的还是白衣洛阳，北莽第一的大魔头，跑来离阳江湖当了逐鹿山第十任教主，结果闹出一场九、十之争，真是世事难料。徐凤年掀起帘子，远远望了一眼风雪中的茶楼，苦笑道："你怎么天天被人一剑穿心。换了别人，哪能坐下来与人喝酒，早就痛不欲生地躲起来疗伤了。也就是你，无愧'洛阳'二字。"

徐凤年重复了"洛阳"二字，呢喃道："大秦王朝在鼎盛时，那位被誉为千古一帝的男人不顾非议，硬是将国都改名洛阳，后世都说有违天理，此举埋下了大秦三世而亡的伏笔。此后更是为了一个名字没有载入史册的狐媚女子，点燃了一千八百座烽燧狼烟，更是被视为昏聩至极，真不知道怎样倾国倾城的女子，才能让大秦皇帝如此行事。一个女子陪着他打下天下，另一个女子葬送了天下，如果我生在八百年前，真想当面问一问那个秦帝，新欢旧爱，到底更钟情哪个一些。"

袁左宗一笑置之，没有搭腔。与卢升象这类春秋名将并肩齐名的袁白熊，此生不曾传出有任何一个被他思慕的女子，似乎从未为情所困。窗外有隼扑帘，徐凤年笑着掀起帘子，从隼爪上解下细狭竹节，让这头凉隼展翅离去，看完密信，忧心忡忡皱眉道："王小屏不知怎么回事，跟刘松涛对上了，互换了一剑，这位道门符剑第一人好像受伤不轻，不过还好在刘松涛没有下死手，反而掳走王小屏一起东行。我不觉得这是惺惺相惜，就算暂时是如

此，刘松涛疯疯癫癫，武当山好不容易在骑牛的之后出了个王小屏，说不定就断在刘松涛手上。可我怎么拦？"

袁左宗摇头道："拦不住，也不用拦。剑痴王小屏是生是死，自有天数。一个疯一个痴，说不定就是一场命里有时终须有的际遇。李淳罡老前辈有邓太阿接过剑，百年前便悄然跻身陆地剑仙的刘松涛，说不定也想有一位江湖新人接过他的剑。说实话，袁某人当年也就是因为军阵厮杀适宜用刀不宜用剑，否则说不定如今也会是一名三脚猫功夫的剑客了。剑道之所以能屹立江湖千年而不倒，独树一帜，可以自立门户去跟三教圣人争高低，确实有它自身的独到魅力。殿下，你不练剑，可惜了。"

徐凤年自嘲道："练剑最是不能分心，我是根本不敢练啊，万一半途而废，还不得被人骂死和笑死。"

袁左宗不再言语，这类涉及情感的私事，他不愿掺和。北凉英才武将层出不穷，恐怕就数他袁白熊最为不懂结党营私，这一点别说钟洪武、燕文鸾两位多年培植嫡系的功勋老将，就算是北凉四牙都不敢跟袁左宗比拼谁更孑然一身。但越是如此，袁左宗当初只身一人去接手钟洪武的骑军，竟然没有一人胆敢造次生乱，徐北枳和陈亮锡两人给钟洪武设的套，无形中就落了空，解甲归田的钟洪武出乎寻常的安分守己，这让徐凤年哭笑不得，只能暗叹一句袁二哥实在太过阳谋霸气。而褚禄山担任整个北凉道仅在节度使和经略使之下的北凉都护，大权在握，据说私底下不少人开始蠢蠢欲动，这大概能算是无心插柳柳成荫了。清凉山隐约成为李义山之后首席幕僚的陈亮锡，最近跟褚禄山就有几场不深不浅的应酬，而豪阀出身落魄异乡的徐北枳则截然相反，跟许多寒士交好。一尾家鲤，一尾野鲤，暗中较劲谁更率先跳过龙门吗？

徐凤年摸了摸额头，清官难断家务事，头疼。抬手时，袁左宗瞥见几缕红绳如鲜活赤蛇萦绕殿下手臂，缓缓游移，袁左宗会心一笑。

落雪乱如絮，帘子外头少年戊在哼唱那首早已传遍大江南北的《无用歌》，就是跑调得厉害。

上阴学宫蔚然深秀，但是许多人可能都不知道绵延千年的学宫竟然始终是私学。历代掌控上阴学宫辖境的君王，不论雄才大略的明主还是不思进取的昏君，都不曾试图插手上阴学宫，也许有过一些小动作，到底都没有成功。上阴学宫一直游离庙堂之外，被誉为学宫只要尚存一楼一书一人，便是中原文脉不断。哪怕大秦之后唯一统一中原的离阳王朝，对于上阴学宫一样以礼相待，虽说都是虚礼，不耽误背后扶植国子监和姚家家学与上阴学宫抗衡，希冀打造出三足鼎立的士林格局，但明面上，还是给了上阴学宫许多特赐恩典。像那位不幸暴毙的皇子赵楷就曾在学宫内拜师求学，当世学宫大祭酒也贵为半个帝师，如今哪怕朝廷开科举取士，国子监分流去不少读书种子，上阴学宫仍然是当之无愧的文坛执牛耳者。

这两年学宫新来了个女祭酒，讲学音律，学子们都喜欢尊称她为鱼先生，为其趋之若鹜。学宫祭酒多达数百人，但一半都在闭门造车钻研家学私学，只有大约一百六十位稷上先生配得上"先生"一词，开坛讲学，术业有专攻，这期间又有许多先生授课门可罗雀，被众多稷下学子偷偷取笑不过猫狗两三只，只是对牛弹琴的勾当。鱼先生却不一样，精于音律，传道授业深入浅出，并非那沽名钓誉的两脚书柜。相传她爹便是上阴学宫出身的栋梁之材，娘亲更是西楚先帝推崇备至的女子剑侍，西楚覆灭，身世凄凉的女子托庇于学宫，情理之中，加上她又是这般清水芙蓉的才貌俱佳，自然而然让人敬佩其学识，爱慕其姿容，怜悯其家世，这两年不知多少学子为她朝思暮想，如痴如醉。

一场婉婉约约的新雪不约而至，雪花不大，怯怯柔柔，比起初冬那场气势磅礴的鹅毛大雪，就显得可人许多。今天鱼先生说是要赏雪，停课一天，这让慕名而往的学子们大失所望。学宫依山而建，有三座湖，各自独立，不曾相通。大先生徐渭熊那栋小楼毗邻的莲湖向来如同禁地，人去楼空之后，更是无人问津。仗胆湖湖畔系满小舟，密密麻麻，以供士子学生乘舟泛湖，在小舟上架炉煮酒赏雪，自是一桩不亦快哉的乐事，只是小舟一多，如同棋盘下至收官，棋子繁多星罗密布，美事就没预想中那般妙不可言了。另外一座小巧玲珑的佛掌湖，冷清寥寥，缘于此湖为私人拥有，就算钱囊鼓胀的世家学子，也是有银子买猪头没本事进庙烧香，只能遥遥望湖兴叹。佛掌湖离岸百丈内，闲杂人等都不可擅入，这会儿湖边凉亭内坐着个捧白猫的腴艳女子，姿容生得狐媚妖娆，气质却是冷漠疏离，越发让人心生征服的念头。女子裹了一件价值千金的白狐裘，略显臃肿的白猫懒洋洋窝在她胸前狐裘内，

打了个哈欠，惹人喜爱。

亭子内外有七八个稚子孩童在嬉戏打闹，都是在学宫定居授业多年的稷上先生们的孩子，佛掌湖的主人对于这些天真烂漫的孩子网开一面，从不拒绝他们临湖玩乐。对于这个被设为私人禁地的佛掌湖，世人有过诸多揣测，有说是被南唐皇室遗老重金购置，有说是西楚老太师孙希济的祖业，更有说是大秦后人的私产，众说纷纭，至于为何取名古怪的佛掌湖，也有许多让人津津有味的考据，五花八门，几乎自成一学。抱猫的白狐裘女子眉目冷淡，蓦然嫣然一笑，她看到一个扎羊角丫儿的小女孩，似乎打雪仗时给一个手劲大的男孩打中了脸，一怒之下，就冲上前去，对着那个原本得意大笑的同龄人就是一腿扫去，青梅竹马长大的男孩给直接掀翻在地上，羊角丫儿女孩犹不解气，见他挣扎着起身，一巴掌又给打翻在地，男孩儿一愣之后，坐在地上号啕大哭，女孩叉腰而立，气势汹汹环顾四周，大有本女侠天下无敌好寂寞的气概。

亭中女子眼神迷离，轻声笑道："真是寂寞啊。"

凉亭外响起一个天生能给女子温暖感觉的舒服嗓音，"鱼先生也会寂寞？"

女子揉着白猫脑袋，皱了皱眉头，转头时已经敛去笑意，看到一张并不陌生的俊雅脸庞。齐神策，是一个父辈给名字取得极大的年轻男子，旧西楚人氏，爷爷齐渡海是西楚国师孙希济的得意门生。齐神策的父亲在妃子坟一战中，几乎让袁左宗全军覆没，可惜那一战有胜之不武的嫌疑，在整个棋局全盘上仍是拖累了西楚大势，之后在西垒壁一战，这名武将陷阵战死，马死下马战，身受十数北凉刀，算是将功补过，虽死犹荣。在上阴学宫，西楚遗孤本就高人一等，齐神策如此显赫又悲壮的家世，本身又不负家学，年少时便被孙希济亲口称赞为神童，上阴学宫都知道他对同出西楚的鱼大家是志在必得，大多也都乐见其成。

狐裘女子礼节性一笑，便不作声。齐神策笑着走入凉亭，没有擅自坐下，斜靠亭柱，嘴角噙笑，非礼勿视，视线没有停留在女子身上，而是举目望湖，落在寻常大家闺秀眼中，十成十的风流不羁。

佛掌湖边上竖有一块古碑，是那大秦小篆，一名悄悄进入上阴学宫的白头年轻人就蹲在碑前，伸手擦去积雪，露出岁月斑驳的十个字：如来佛手掌，五指是五岳。

孩子们大多性子活泼跳脱，手脚和眼光都闲不住，一下子就发现这个陌生人，那个拳打脚踢了男童的女侠羊角丫儿一马当先就跑过去，身后跟着几个玩伴给她摇旗呐喊，白头白衣的年轻人恰好站起身伸懒腰，两两对视，大眼瞪小眼，小丫头片子眼神警惕，恶狠狠问道："你是谁，凭什么来佛掌湖？！"

凉亭这边，也看到那幅场景，齐神策无奈摇头，觉得那个身材修长的陌生男子实在是无赖了，不知说了什么，竟然让身前小女孩气恼得拳打脚踢，而那人便弯腰伸出一手抵住羊角丫儿的脑袋。

这般孩子气的年轻人，就算白了头，能成什么大事？

结果那王八蛋的大声喊话让温文尔雅的齐神策几乎气得七窍生烟。

"鱼幼薇，咱们孩子怎么一眨眼就这么大了？这孩子问我是谁，我说是她爹，她就打我。你怎么教的孩子！"

齐神策若是那种一气之下自毁斯文的人物，也就没办法在上阴学宫享誉盛名了。齐家子弟在西楚做武将，冲锋陷阵悍不畏死，为文臣，运转如意，摇身一变，就成了唾面自干的好好先生，这恐怕也是齐家当年能在西楚皇朝长盛不衰的秘诀。齐神策面如冠玉，腰间悬一柄长剑。书生挎剑是学宫常态，更有甚者，还有分明手无缚鸡之力还要背一柄大斧的滑稽学子，上阴学宫对此素来宽松，只要别拎兵器伤人，哪怕一口气携带十八般兵器也不阻拦，但大体而言，稷下学士仍是以佩剑居多。

齐神策眼见那名男子缓缓走来，一路上羊角丫儿小姑娘怀恨在心，不停捏雪球砸在他身上，这家伙也不恼火，任由一颗颗结实雪球在身上碎开，临近凉亭，伸手拍去满身积雪碎屑，晃了晃脑袋，靴子在台阶棱角上刮了刮，好似生怕别人不知道他是个不学无术的无赖货色。羊角丫儿犹自碎碎念，亭外积雪渐厚，被她卖力滚出一个得双手捧住的硕大雪球，想要给这个可恶的浪荡子致命一击，可跑得太急，雪球太沉，台阶积雪滑脚，一个趔趄就要摔在台阶上，背对小姑娘的白头年轻人向后轻巧伸出一脚，垫在她额头，止住她的前扑势头。小姑娘自觉在玩伴眼前失了脸面，捧住这家伙的腿就狠狠一口咬下去，他跳着转身，弯腰拧住她的耳朵，一大一小僵持不下，比拼耐力，两人用眼神讨价还价是他先松手还是她先松嘴，羊角丫儿毕竟是个吃不

住生疼的小姑娘，眼泪汪汪，先投降，仍是给那光长岁数不长品德的无赖在红扑扑的脸蛋上拧了一把，小丫头伤心欲绝，哭得好似给采花贼污了清白，给天然媚意的狐裘女子放下白猫，站起身搂在怀中才好受几分。

齐神策心中哀叹，自己跟这类乡野村夫般的货色争风吃醋，也太可笑了。只是心中还是有些气愤此人的言语无礼，齐神策平静问道："满口胡诌污人名节，大丈夫所为？"

不料那混账笑眯眯开口就伤人，"我一只手就能打你这种文雅君子五百个，你说我是不是大丈夫？"

鱼幼薇怀中羊角丫儿虽然把这家伙当作今天的生死大敌，可有仇报仇，她对齐神策这个长得人模狗样的家伙也没好印象，家里双双是稷上先生的爹娘就时常私下腹诽，看不惯他一味崇古故作清高的做派，耳濡目染之下，小姑娘就把齐神策划入娘娘腔一列，听到那个陌生人让齐神策吃瘪，立即就捧场地嘿嘿笑出声，偷偷竖起大拇指，不言而喻，咱们仇家归仇家，可你如果真敢动手教训姓齐的，本女侠肯定帮你拍手叫好。

齐神策洒然一笑，"匹夫一怒，也无非是敌我一方血溅当场，这种快意恩仇，对国事天下事皆是于事无补。"

那人仍是泼皮无赖的粗俗言语，"亭中就咱们两个爷们儿，老子一巴掌拍断你三条腿，还谈什么运筹帷幄千里之外。"

羊角丫儿抬起头轻声问道："鱼姐姐，三条腿蛤蟆我倒是听说过，怎么还有三条腿的男人？"

鱼幼薇揉了揉她的小脑袋，摇头不语。

齐神策一根手指悄悄抹过剑柄，温颜笑道："这位公子果真能一只手打我五百个齐神策？"

那人面露凝重，沉声问道："你就是齐神策？"

不与鱼幼薇对视的齐神策嘴角翘起，终于展露出豪阀王孙那股子与生俱来的倨傲。在外人面前要保持圣人教诲的君子风度，在眼前这个草包面前要是只有温良恭俭让，说不定还要被继续挑衅下去。齐神策一向擅长对症下药，知道这种根基飘摇的半桶水子弟，有些小钱小权就目中无人，只知道欺软怕硬，不吃过疼就不长记性。齐神策能够在上阴学宫如鱼得水，跟许多稷上先生都成为忘年交，除了他自身才学深厚之外，齐家在西楚大厦倾覆后仍然"野草"丛生茂盛如故，更是关键所在。世族之根本，在于迎风不倒，任你王朝兴亡荣衰，我自做我自家学问，皇帝君王们还得每每礼贤下士。春秋十大豪阀大半凋零，在于太过树大招风，在于徐骁那个瘸子人屠太过狠辣，齐家这类离顶尖豪阀恰巧还差一两线的华腴世族，就要得天独厚许多，既当不成出林鸟，也不会被新王朝忽视小觑。齐神策有自知之明，你们心底可以不当我一回事，嫉妒一句我齐神策装腔作势，可万万不敢不把我背后的齐家当一根葱。

不承想那家伙才一本正经说话，就立即破功，"叫齐神策啊？第一次听说。名字挺好，人不行。"

羊角丫儿原本以为又是一个趋炎附势的，正大失所望呢，听到这话，忍不住捧腹大笑，唯恐天下不乱，娇小身躯在鱼幼薇怀里欢快打滚。

泥菩萨还有三分火气，齐神策在心仪女子眼皮子底下三番五次被羞辱，书生下厨斯文扫地，当下手指弹剑，冷笑道："有没有听说过齐神策不重要，腰间佩剑名玲珑，出自东越剑池，薄有名声，不知这位公子有没有听说？"

那人破天荒敛去玩世不恭的神态，轻声笑道："李淳罡的木马牛，黄阵图的黄庐，吴家剑冢的素王，卢白颉的霸秀，都听说过。玲珑？身段玲珑的女子，见过很多，摸过不少。"

齐神策气极反笑，不再做口舌之争，打算直接玲珑出鞘拾掇拾掇这个不知天高地厚的家伙。就在此时，被稷下学士尊称鱼先生的狐裘女子叹气道："别玩了。"

齐神策一头雾水之时，始终对他不冷不热的鱼幼薇轻声说道："齐公子，劝你别出剑，省得自取其辱。"

这回轮到居高临下的齐神策如临大敌。家世熏陶，察言观色只是入门功夫，早就修炼得比一身不俗剑术还来得炉火纯青，身后鱼先生明明知道他齐神策的剑法，在上阴学宫年轻一辈中无疑是佼佼者，仍是用了自取其辱四字，犹如大槌撞钟，让齐神策晕晕乎乎，争强斗胜之心散去大半，当务之急是找个台阶离开凉亭，人情世故里的台阶，可比脚边不远处实打实的凉亭台阶难找百倍。好在那白头年轻人微笑道："人和剑都不咋的，但眼光不错，不过奉劝一句，以后离鱼幼薇远点，我就不跟齐家计较了。"

说完这句话，这人就擦肩而过，两根手指拎起那只在上阴学宫比玲珑剑还来得出名的武媚娘，恶作剧地丢出凉亭；白猫滚白雪，这一幕看得人目瞪口呆，偏偏对心爱白猫极为宠溺的鱼幼薇只是幽怨一瞪眼，没有出声斥责。齐神策不得不自己给自己找了台阶，撂下一句不咸不淡的话，"公子既然连齐家都不放在眼里，那我拭目以待。"

羊角丫儿愣愣看向这个无法无天的登徒子，径直坐在了鱼姐姐身边，朝自己笑道："这位拳法凌厉腿法无双的女侠，恳请让我跟你姐姐说几句话，行不行？"

小姑娘歪着脑袋想了想，离开鱼幼薇温暖怀抱，小手使劲一挥，如同将军挥斥方遒，蹦蹦跳跳离开凉亭，"准了。"

离了亭子，一堆小脑袋凑在一起窃窃私语，便是那个被小女侠一腿扫地的孩童，也不记仇，屁颠屁颠跑来蹲在一起，看到她生气，装傻呵呵一笑，羊角丫儿一脸凶相冷哼一声撇过头，嘴角翘起微微笑。

一个把齐神策视作长大后非他不嫁的小女孩怯生生打抱不平："那个家伙是谁呀，怎么那般无礼，齐公子肯定是不愿跟他一般见识，否则以齐公子的剑术，一剑就将他挑落到佛掌湖啦。"

羊角丫儿白眼教训道："没听鱼姐姐说齐神策出剑是自取其辱吗？你这个小花痴，早跟你说齐神策是绣花枕头，你喜欢他作甚？他那些诗词也就是狐朋狗友鼓吹出来的玩意儿，当初莲湖边上的徐大家都评点过一文不值了。"

小女孩气鼓鼓，却也不敢反驳。

似乎早早老于世故的羊角丫儿啧啧道："虽说那个白头跟我结下大仇，迟早有一天要被我一顿痛打，可我这会儿还是很服气的，他可是放话说不跟齐家计较，而不是跟齐神策不计较，你们听听，多爷们儿！"

一个憨憨的小胖墩儿纳闷道："不都一样吗？"

"你爹学问忒大，怎生了你这么个一天到晚就知道贪嘴偷食的呆头鹅？"老气横秋的羊角丫儿一拳砸过去，小胖墩一屁股坐在雪地里，眼眶湿润，想哭又不敢哭。

闷了半天，小胖墩哭腔道："我今年也作过诗了！"

在古风古意的上阴学宫，这些个大儒文豪的孩子，要是十岁之前都没能作诗几首，那可是要被笑话的。

羊角丫儿撇嘴道："狗屁不通，那也叫诗？"

小胖墩擦着眼泪小跑回家，去跟爹娘哭诉。

羊角丫儿讥笑道："看吧看吧，跟那个齐神策是一路货色，斗嘴不过，也打不过，就喜欢找长辈搬救兵。"

其余孩子都面面相觑，无话可说。

亭中。

鱼幼薇看着他，不说话。

春神湖离别后相逢，徐凤年从袖中掏出一张纸，递给在上阴学宫为人师的鱼大家，正儿八经开口第一句话就极其大煞风景，"上阴学宫有个叫刘文豹的老儒生，给了我一些名字，你看有没有熟识的，我不是很信得过刘文豹的点评，如果有，你给说说看，如果跟刘文豹说得八九不离十，那这些人我都要按图索骥地来一次先礼后兵，甭管是千里马还是百里驴十里犬，先弄去北凉再说。不过既然刘文豹点了他们将，估计都是有些墨水学识的郁郁不得志之辈，也乐得去北凉捞个官当当。大祭酒那边，你去说一声，要是拉不下脸面，也没关系，我稍后自己找上门去。"

鱼幼薇平淡问道："说完了？"

徐凤年点了点头。

她转过头，冷冷清清说道："那世子殿下可以走了。"

徐凤年沉默了一炷香工夫，说了一个"好"字，轻轻起身走出凉亭。

飞雪压肩，白不过白头。

上阴学宫有座记载先贤功德的碑林，非礼勿视非礼勿往，唯有稷上先生可以进入，徐凤年钻研过学宫的地理舆图，驾轻就熟，本以为一路上会受到阻拦，少不得一番波折，可当他进入碑林，天地孤寂只剩飞雪，他的足迹在雪地上留下一串小坑，随即被连绵雪花覆盖。之前他去了趟二姐求学居住的莲湖小楼，小坐片刻，亦没有人出面指手画脚。

徐凤年走入记载先人圣贤功德的碑林，石碑大小不一，碑上铭文多为墓志铭，只是坟却往往不在碑后，碑林就像一部另类的青史，一座座安静竖

立在上阴学宫后山。徐凤年在一座格外纤小的石碑前面蹲下，拿袖子擦去积雪，碑上墓志铭字迹有大秦之前玉箸体的丰韵。徐凤年抬头看了眼簌簌而落的雪絮，挑了身边一座相对雄伟的石碑背靠而坐，不知过了多久，睁眼望去，一个披蓑衣的娇小身影蹒跚而来，手臂挽了一只覆有棉布的竹篮，走得艰辛吃力，途经徐凤年身边，才要蹲下，好似瞧见一双黑眼珠子悬在空中，吓得一屁股坐在地上。徐凤年站起身抖去满身积雪，一脸歉意，伸手去把不打不相识的羊角丫儿拉起身，他本以为小姑娘会这么径直走过去，不承想她恰巧就在这座石碑前停下。让她受了一场虚惊，羊角丫儿拍了拍胸脯，瞪了一眼神出鬼没的白头仇家。徐凤年一经询问，才知道无巧不成书，小姑娘姓欧阳，祖籍泷冈，身后碑铭是她爹所作的一篇祭文，徐渭熊每每读之都为之泪下，徐凤年本以为是文辞如何超然脱俗，读后才知道有如一封家书，有如家长里短的唠叨琐碎，初时并无感触，只觉得质朴平白，读过一遍便抛之脑后。如今及冠之后，遭逢变故，这会儿帮小姑娘擦去雪屑，回头再读祭文，竟是抿起嘴角，不敢让那个小姑娘看到脸庞。她还是天真烂漫的岁月，祖辈逝世，她还未出生，自然没有太多切身感受的痛感，在学宫长大，又是无忧无虑。她放下篮子后，就自顾自碎碎念，徐凤年才知道今天是她爷爷的忌日，此地确是一座坟墓，只是爹娘远行，就叮嘱交代了她今日来上坟，不料一场不期而至的降雪，让小姑娘吃了大苦头，这一路上骂了老天爷无数遍。小姑娘好不容易逮住一个能说话的家伙，对着墓碑轻声道："我最佩服的徐先生曾说过我爹的祭文通篇出自肺腑，没有一个字刻意谀墓，是顶好的祭文，我也不太懂这些，只觉得爹写得简致恬淡，就跟他教书授业一般，总是说不出大道理，这么多年在学宫里也没教出几个拿得出手的得意门生，要不是徐大家替他说了句好话，前些年家里都要揭不开锅啦。我娘装嫁妆的那个盒子，也越来越空，我小时候还能趁爹娘不在，偷偷在头上别满簪子玉钗，这会儿不行啦。"

徐凤年柔声笑道："你这会儿也还是小时候。"

姓欧阳的羊角丫儿白了他一眼，"你这人有些时候嘴毒，跟吃了青蛇蜈蚣蝎子似的，能把咱们学宫的齐大公子都气得七窍生烟，但也嘴笨，哪能这么跟女子说话，我看呀，你肯定在鱼姐姐那边没讨到好，是不是？"

蹲着的徐凤年双手插袖横在胸口，微笑道："我吃了青蛇蜈蚣，你吃了乌鸦？"

小姑娘聪慧，扬起拳头，故作凶神恶煞模样，"你才乌鸦嘴！"

徐凤年笑眯起眼，这一瞬，便显得眼眸狭长而灵性，整张俊美脸庞都洋溢着暖意，很难想象这就是当年那个阴柔戾气十足的北凉头号纨绔。公门修行最是能够历练一个人的眼力道行，当别人削尖脑袋想要跳进官场染缸，徐凤年早已在缸子里看遍了光怪陆离的好戏。身旁羊角丫儿虽然行事如同女侠，像个孩子王，可衣衫单薄，此时身上所披过于宽松的裘衣更是破败，家境显然比不得佛掌湖边上的同龄人，再过个五六年，孩子们知晓了世上那些软刀子的厉害，恐怕就要反过来被当初两小无猜的玩伴所欺负。上阴学宫虽自古便是做学问的圣地，可既然百家争鸣，必有纷争，例如春秋大乱时兵家尤为鼎盛，哪怕是滥竽充数之辈，都能纷纷被春秋诸国当成可以挽狂澜于既倒的雄才抢走，不过当时这拨盲目哄抢，倒也还真被几国给捡漏几次。如今天下大定，书生救国的场景，早已不复当年盛况，稷上先生和稷下学子大多蛰伏，难免纠缠于柴米油盐和蝇营狗苟，刘文豹举荐十数人，势单力薄，大多如此，抑郁不得志，蹉跎复蹉跎而已。

羊角丫儿提起篮子问道："你跟不跟我走？"

徐凤年摇了摇头，"就要离开学宫了。"

她皱了皱已经有一对柳叶雏形的精致眉头，低头看了眼竹篮。穷孩子早当家，篮子里的祭祖食物不能浪费了，可她胃口小，虽说冬天不易坏，毕竟餐餐温热，也就坏了味道，当然主要是她觉得一个人反身走这一两里路，委实无趣，归程有个说话的伴儿，总好过一个人凄凄凉凉的。徐凤年笑了笑，"你要是不介意我蹭顿白食，我就跟你走。"

羊角丫儿大将风度地打了个响指，还是那句俏皮口头禅："准了。"

风雪归路，羊角丫儿脚上踩了一双质地织工俱是不错的蛮锦靴子，只是多年不换，缎面绸子就磨损得经不起风雨，从家中走到这座道德林，已是几乎浸透，小姑娘正懊恼方才下厨匆忙，出门时忘了换鞋，既心疼又自责，不过想到即将过年，娘亲允诺正月里会给她买一双新鞋子，就有些期待。

徐凤年接过了竹篮子，让她走在自己身后，在碑林冷不丁捡到一个大活人，小姑娘兴致颇高，也没有交浅言深的忌讳，自报家门之余，都说了些陈芝麻烂谷子的旧事，说她爷爷是两袖清风的旧北汉大文豪，做得一手锦绣文

章，只是在国灭前夕，在庙堂上给一个姓徐的大将军说了几句公道话，就被罢官，还差点砍了头，到了学宫，讲授王霸义利，也被排挤，她爹接过家学衣钵，亦是家徒四壁。小姑娘不怕自揭其短，徐凤年跟她到了与几位稷上先生共居的两进小院，其余几位学宫祭酒大多窗纸也透着股喜庆，唯独她家门前只搭了一架葡萄，入冬之后不见绿意，只留藤枝，更显惨淡。小姑娘倒是安贫乐道，估计是随了爹娘的性子，走过葡萄架时抬头笑道："你来得不是时候，夏天才好，摘下两三串，去佛掌湖里搁上一个时辰，好吃得天上仙桃也比不了。就是晚上招蚊子，一家人乘凉的时候，我爹总让我给他摇扇子赶蚊子，我不大乐意的。"

里屋两间，外头狭廊辟出一座小灶房，羊角丫儿换了双靴子，架起火炉，把湿透的靴子放在火炉边上，然后就去揭篮子里的温热食物，让徐凤年自便。他拎了条小板凳坐在门口，眼角余光可以看到小姑娘的"闺房"一角，小桌小柜，简陋洁净。

天渐暮色，只是雪地映照，比往常要明亮几分，院子里其余几家都房门紧闭遮挡风雪。徐凤年正在打量时，吱呀一声，对门打开，跑出那个先前在湖边被羊角丫儿撂翻在地的稚童，唇红齿白，长大以后多半会是个风骨清雅的俊俏书生。小男孩儿不记仇，本来想着吃了饭，就跑去对门找青梅竹马的女孩，哪怕不说话，甚至要冒着被她揍的风险，只要看几眼也好。可当孩子看到那个在亭子里惹恼了齐公子的陌生人，就有些怯意，站在门口，进退失据。一位手捧古卷轻声默念的中年男子不知怎么来到门口，顺着儿子的视线看见了坐在小板凳上的徐凤年，略作思量，握书一手负后，潇洒跨过门槛，临近欧阳家的房门，笑道："小木鱼，家里来客人了？"

文雅男子客气说话间，跟徐凤年笑着点了点头，徐凤年也站起身，不失礼节称呼道："见过稷上先生。"

这个说法中规中矩，好处在于怎么都不会出差错，朝野上下都笑言学宫里扫地打杂的，到了外边，都能被尊称为先生。绰号"小木鱼"的羊角丫儿从灶房探出小脑袋，笑呵呵道："秦叔叔好。"

客套寒暄几句，姓秦的先生就转身离去，关门时声响略大了一些。羊角丫儿这才哼哼道："这家伙几乎算是齐神策的御用帮闲，隔三岔五就互赠诗词，学识是有几分，风骨是没有半点的。这些年挣到不少润笔，三天两头跑我家来说要搬走了，嘴上说是远亲不如近邻，如何如何不舍得，可每次说来说去，都会说到住的私宅跟王大祭酒离得不远，嘿，是跟我爹娘炫耀他的家底厚实哩。"

徐凤年拿过饭碗，细嚼慢咽，抬头跟站着吃饭的小闺女笑道："要见得别人好。"

小姑娘白眼道："就你大道理多。"

徐凤年一个蓦然转折，坏笑说道："不过诗词相和一事，如今除了离别赠友，作得最多的也就是文人骚客跟青楼名妓了，也不知道你这个秦叔叔跟齐大公子是谁嫖谁。"

羊角丫儿听得小脸蛋一红，不过眼眸子泛着由衷欢喜，笑道："你真损。"

吃过了饭食，小姑娘很不淑女地拍拍圆滚肚子打了个饱嗝，徐凤年接过碗筷就要去灶房，羊角丫儿一脸看神仙鬼怪的震惊表情，双手端碗拿筷的徐凤年笑道："君子才远庖厨，你觉得我像吗？"

小丫头一脸沉痛道："鱼姐姐遇见你，真是遇人不淑。"

徐凤年笑道："是啊。"

慢悠悠洗过了碗筷，徐凤年拿袖子当抹布擦干手，小姑娘坐在火炉边上托着腮帮发呆，徐凤年还是坐在那条小板凳上，小姑娘瞥了眼门外的飞雪绵密，无奈叹气道："要是没下雪，晚上就能数星星了。我能数到一千多，厉害不厉害？"

徐凤年笑着点头道："厉害。"

羊角丫儿撇嘴道："没诚意。"

徐凤年跟着她一起望向门外，一起沉默不语，许久后轻声道："小时候听大人说，晚上的星空，就是一只停满萤火虫的大灯笼。"

小姑娘嘿嘿笑道："我夏天见着萤火虫都是见一只扑杀一只的。"

徐凤年瞥了一眼坏笑的羊角丫儿，"以后谁娶你谁倒霉。"

小姑娘托着腮帮，伤春悲秋道："谁说不是呢。"

黄昏中，一位清癯老者缓缓步入院中，青衫麻鞋，腰间悬了一枚羊脂玉佩。学宫数千人，羊角丫儿自认过目不忘，但还是不认得这个老爷爷。徐凤年倒是认识，一只自以为顶尖国手的大臭棋篓子，当年在清凉山顶跟徐骁厮

杀得旗鼓相当，擅长悔棋，徐凤年观战得头大如斗。不过这位老人，却是二姐的师父，天下精于王霸之争的当之无愧第一人。

在羊角丫儿的侧目中，老人大大咧咧坐下，厚颜无耻问道："小丫头，还有吃食否？"

小姑娘虽然泼辣，家教其实极好极严，起身笑道："老先生，我家有的。"

徐凤年伸手一探，将这位曾经差点成为上阴学宫大祭酒的老人腰间玉佩悄悄夺在手中，递给小姑娘，"不值钱的白玉边角料，就当我跟老先生的饭钱了。"

老人脸色如常，笑着点头，不给小姑娘拒绝的机会，"不收下，我可就不吃了。"

小姑娘使劲摇头，一本正经说道："咱们都别这么俗气行不行？"

徐凤年和王祭酒相视一笑。

徐凤年没有把玉佩还给祭酒，后者等小姑娘去灶房捣鼓饭食，平静问道："我有六百人，北凉敢吃？"

徐凤年想了想，"只有饿死的，没听过有撑死的。"

老先生摇头沉声道："未必啊。"

徐凤年笑道："这些人最后能到北凉的，有没有一半都两说，撑不死北凉。"

老先生嗯了一声，点头道："那倒也是。"

羊角丫儿善解人意，也不在乎两个客人喧宾夺主，见他们摆出一副挑灯夜谈的架势，就在厅堂里点燃两根半截粗壮红烛，自己去闺房翻书，房门半掩，透出一丝缝隙，她舍不得点灯，就偷偷蹲在门口，借着那点儿微光昏晕吃力读书。

上阴学宫的祭酒和先生多如牛毛，真正当得"大家"二字评语的寥寥无几，王祭酒当年赢了名实之辩输了天人之争，败给当今学宫大祭酒，论分量，在学宫里仍是稳居前三，若说纵横机辩之才，更是无人能出其右。此时王祭酒弯腰伸手，在火炉上烤火，映照得他那张沧桑脸庞熠熠生辉，偶尔从碗碟里拈一颗花生丢入嘴中。

徐凤年坐在小板凳上，拎着小姑娘那双最心爱的蛮锦靴，掌握火候，离了炉中烧炭有一些高度，慢慢烘烤。如此一来，两个人不管身份如何煊赫，都有了一股子活生生的乡土气，不像是高高在上被人供奉的泥塑菩萨。

两人都没有急于开口，哪怕当下局势已经迫在眉睫，称得上是燃眉之急，可毕竟世事不如手谈，悔棋不得。王老祭酒这一次郑重其事，心情并不轻松。书生纸上谈兵，经常眼高手低，王祭酒终其一生钻研纵横捭阖术，可再好的谋划，也得靠人去做，棋盘上落子生根，不能再变，可大活人哪里如此简单，有谁真心愿意当个牵线傀儡或是过河卒子，这也是王祭酒对对弈一事从来凑合马虎的根源所在，棋盘棋子都是死物，否则拣选治国良才，随便从棋待诏拎出几个久负盛名的大国手不就行了？

　　躲在门后借光读书的小姑娘翻页时，瞥了眼门外的白头男子，对他讨厌肯定是讨厌不起来的，可要说是情窦初开的喜欢，也不会，一来她还小，二来男女之事，不是另外一人如何之好，就一定会喜欢，情不知所起，情不知所终，缘分谁能说得清。羊角丫儿被自家的书香门第耳濡目染，觉得自己以后还是会找一个像她爹的读书人，屋外大堂里温暖俊哥儿，好是好，可惜不是她的菜呀。小姑娘本就没有偷听的意图，收回浅薄如笺的思绪，下意识伸指蘸了蘸口水，轻轻翻书，含在嘴里，然后咂巴咂巴，满嘴墨香，又自顾自嘿嘿一笑。爹娘总说她这个习惯不好，藏书不易，毁书可憎，可小丫头片子哪里管得着这些，屡教不改，久而久之，她爹也就故作眼不见心不烦。

　　厅堂中，王祭酒终于缓缓开口，"不虑胜先虑败，咱们先往坏了说。六百人，先生学士大概是二八分，其中稷下学士这两年有小半被我用各种借口丢到了旧蜀、蓟州和襄樊等地游学讲学，稷上先生有一半都在北凉八百里以内开设私学书院，或是依附当地权贵。这些人进入北凉，相对轻松，可也不排除朝廷暗中盯梢的可能，一有风吹草动就痛下杀手斩草除根。这些人尚且如此，更别谈还逗留学宫的，都是刀俎下的鱼肉。徐赵两家情分用尽，如此大规模的迁徙，不说沿途道州府县的刁难，恐怕连赵勾都要出动，这帮比起娇弱女子好不到哪里去的先生士子，可经不起铁蹄几下踩踏，说难听一点，稍微精锐的离阳甲士一矛戳来，都能挑出一串糖葫芦。殿下说不足半数到达北凉，并非危言耸听。"

　　徐凤年笑道："兵来将挡水来土掩，离阳铁骑和精于暗杀的赵勾是吃惯了荤的，可咱们北凉的密探谍子就是吃素的了？咱们当年大碗吃肉的时候，他们还不得眼巴巴在旁边等着喝汤？我师父曾经针对此事，专门留下一个锦囊，如今已经开始展开对策。地利在离阳那边，但天时人和两事，不说尽在

北凉，但比起前些年那般捉襟见肘的窘况，还是要好上一些。先是当初北凉出动袭掠北莽边境数镇，二姐更是带兵一路杀到了南朝都城，让北莽疲于应付；再有魔头洛阳在去年用了一年时间悍然南下，诱杀了无数铁骑精兵。北凉豢养了大批江湖鹰犬，以前都用作提防针对北莽江湖势力南下渗透，生怕这群亡命之徒不去杀戒备森严的权臣功勋，专门拣选仅在流品门槛徘徊的软柿子下黑刀子，这会儿就可以抽调到离阳境内。北莽那边要是敢趁火打劫，试图跟赵家形成默契，那就让徐骁再打一次，恰好新任北凉都护的褚禄山和骑军统领袁左宗，都正愁着新官上任三把火如何个烧法，要是烧到北莽身上，就算钟洪武、燕文鸾都要乐见其成。再者离阳的赵勾，当初曹长卿迎接公主，也狠狠杀了一通赵勾内的顶尖谍子，如今还没有恢复元气。北凉的鹰犬死士，战阵厮杀不行，但这种少则一伍多则一标的隐蔽行动，还是擅长的，跟赵勾对上，勉强可以不落下风。还有一点，以前花费了太多精力气力保护我这个无良纨绔的那拨精锐死士，也大可以派遣去策应北凉早就成制的军旅谍子。别忘了，北凉铁骑甲天下，很大原因是甲在斥候，万一赵家朝廷撕破脸皮，不惜动用千人以上的甲士健卒，那也别怪他们到时候踢上铁板。"

老先生感慨道："到时候这张棋盘上，可就是犬牙交错的场景了。"

老先生缩回被炉火烫热的双手，揉了揉消瘦脸颊，"说不定届时处处是血啊。"

徐凤年平淡道："你总不能既要马拉车，却不给马吃草。天底下没这样的好事。我徐家不谋逆，不篡位称帝，给你们赵家镇守西北门户，寻常老百姓家里养了条看家护院的狗，还知道给些饭食。赵家倒好，成天想着这条唯一缺点就是不会摇尾乞怜的狗赶紧饿得皮包骨头，然后找个好时候炖一锅狗肉吃个痛快。狗急了还知道跳墙，何况是血水里滚出来的北凉铁骑。"

徐凤年突然笑了笑，放下小姑娘那双已经被他烤好的老旧靴子，拿铁钳拨了拨炭火，"不过换成我是赵家天子或是太子，也会对徐家提心吊胆，卧榻之侧岂容他人鼾睡嘛，只是理解归理解，要我接受是万万不能的。"

老先生会心一笑，不再称呼徐凤年为殿下，亲昵几分，"你这小子，讲话挺有道理，做事就歪理了。"

徐凤年苦笑道："当家不易啊。会嚷嚷的孩子有糖吃，你不撒泼打滚几回，别人哪里会把你当回事。"

王祭酒哈哈一笑，"那再往好了说去？"

徐凤年跟着一起眉目疏朗几分，开怀笑道："说起这个就舒心。"

不料老先生摇头道："还得先给你泼泼冷水，咱们姑且计算六百人中能有大半活着到了北凉，你有没有想过到时庙小菩萨大，僧多粥少该如何？全天下读书人都在盯着北凉如何安置这些人。北凉地狭民贫，官帽子虽说不少，可终归不是可以随便送人的，送多了，官帽子不值钱，安逸之后，也没谁乐意继续给你效命卖力。何况北凉本土地头蛇盘根交错，又大都是从春秋战事里冒尖的将种家族，到时候起了纷争，你帮谁？一味偏袒谁，注定里外不是人，被偏袒的胃口越来越大，被冷落的心怀嫉恨。此事最难在于，不光是一些动辄染血的军务大事烦人，更多是鸡毛蒜皮的家务事来恶心人。我知晓你如今挤掉陈芝豹后，在北凉开始刻意扭转纨绔印象，尤其是那批百战老卒对你改观不少，殊为不易，你就不怕这次自成一脉的学宫进入北凉朋党而据，让你功亏一篑？骂你是个大手大脚败家的绣花枕头？"

徐凤年微笑道："嫁为人妇，最幸福的事情除了跟丈夫对眼，还有两点极为重要：公公一心公道，婆婆一片婆心。北凉求贤若渴，可千里马常有，伯乐不常有，没有上阴学宫这几百人，徐家不一样在北凉站稳脚跟了，不一样说打北莽就打得北莽抬不起头了？至于北凉地头蛇，徐骁很多事情不好做，我倒是一点不介意当恶人。你们跟徐骁有交情，仗着这份香火情在北凉鱼肉百姓刮地三尺，可跟我徐凤年还没到那个情分上，徐凤年这些年走到今天，本来就没靠他们。我谁都不偏袒，就跟地头蛇和过江龙两边都客客气气讲道理，在北凉以外，可能我的道理讲不通，但是在北凉，你敢不跟我讲理，我还真就能让你吃不了兜着走。是地头蛇，那你们凭恃军功当富甲一方的田舍翁，或是把持各个州郡军务，没关系，这些都是你们应得的，可吃相太差，坏了徐家墙根，这里一锄头那里一锤子挖狗洞，让好好一个结实门墙八面漏风，就别怪我拿你们的尸体去填洞。如果是一条过江龙，只要别假清高，踏踏实实做事，官帽子有，黄金白银有，女人更不缺。北凉地狭也有地狭的好处，那就是哪儿都在徐家的眼皮子底下，做了什么都瞧得见。徐家所做之事，无非是'公道'二字。至于苦口婆心，恐怕还得劳累老先生你了，我想先生一样少不得被人背后骂娘。"

王祭酒点头道："有公道有婆心双管齐下，这帮没了娘家的可怜新嫁小

媳妇，只要勤俭持家，就不怕没有出头之日，磕磕碰碰肯定会有，但起码不至于惨到要上吊投井去，这就够了。本就不是什么娇气的大家闺秀，只要有个将心比心的好婆家，那就吃得住苦。"

徐凤年笑着打趣道："第一次在清凉山顶见到老先生跟徐骁对局，言谈文雅，大概是跟我这么个大俗人相处，说话也俗气了。"

老先生摇头自嘲道："这叫看人下碟，对症下药。跟北凉王这么个离阳头一号莽夫相处，若是故意跟他大大咧咧套近乎，少不得故意勾肩搭背大碗喝酒大块吃肉，那还不得为难死我这个老头子。再说了，纵横术之所以又被称作长短术，无外乎以己之长对敌之短。说到这里，我倒要斗胆考校考校世子殿下，北凉和离阳各自长短在哪里？"

徐凤年一脸无奈道："这个老先生得问徐北枳或者陈亮锡去，我可不乐意自揭其短。这算不算抓到了长短术的皮毛？"

王祭酒轻轻嗯了一声。

徐凤年小声问道："这家小姑娘姓欧阳，她爷爷姓欧阳，泷冈人士，老先生可有听说？"

王祭酒平淡道："小姑娘的爹是我的半个学生，他对北凉并不看好，不会跟去北凉。"

徐凤年点了点头。也好，上阴学宫遭此跌宕变故，学宫和朝廷为了安稳人心，以羊角丫儿她爹的学识，以后日子最不济肯定会宽裕许多。

徐凤年站起身，"那就动身？"

王祭酒站起身，笑道："不道一声别？"

徐凤年微笑道："那丫头讨厌俗气。"

两人轻轻走出屋子，徐凤年关上房门后，将那枚顺手牵羊来的玉佩挂在葡萄架上。

第二日，风雪停歇，上阴学宫佛掌湖边上矗立起一个数人高的巨大雪人。

羊角丫儿一路跑到鱼幼薇院中，尖叫雀跃道："鱼姐姐，湖边有个大雪人，可像你啦！"

第七章

快雪山群雄盛集，武林会凤年逞凶

徐凤年轻声道：「春帖草堂、东越剑池、蓟州雁堡，可都是守不住寡的俏寡妇，上边偷偷有人了。」

驿路上出现一支古怪旅人，八人抬着一张似床非床似榻非榻的坐具，类似旧南唐皇室宗亲青眼相加的八杠舆，上头加了一个宽敞的纱罩帐子，依稀可见平肩高的舆上纱帐内有女子身形曼妙，是位仅凭身材便极其勾人的婀娜尤物。前有一名身着青绿衣裳手捧象牙白笏的秀美礼官，腰系一袋确是南唐旧制的黄金帛鱼，看似姗姗而行，却是滑步而行，颇为迅捷。八名挑舆奴仆异常魁梧，健步如飞，大冬天也是袒胸露背，与那年轻娇柔的青绿礼官对比，更是引人注目。八杠舆旁一名中年刀客头顶黑纱翘脚幞头，虬髯之茂几乎可挂角弓。在官家驿道之上，敢如此招摇，多半是达官显贵，若是武林中人，那可就了不得。如今江湖所谓的群雄割据，比起春秋之中武夫恃力乱禁，动辄匹夫一怒敢叫权贵血溅三尺，不可同日而语，哪怕与天子同姓的江湖第一等宗门龙虎山，羽衣卿相在野，青词宰相在朝，南北交相呼应，亦是不敢如何恃宠而骄。

这一行人如此特立独行，驿路上多有侧目，其中就有一对新近相识结伴而行的年轻游侠，各自骑马而行，年纪稍长者胯下一匹劣马，勒马在路边避让，一脸艳羡地对身边同伴低声说道："瞧瞧，肯定是跟咱们一样，去快雪山庄参加武林大会的豪客，若是没有猜错，应该就是旧南唐时首屈一指的龙宫，也就他们出行时敢摆出这般僭越违礼的阵仗，没办法，龙宫的宫主是燕刺王年幼庶子的乳母，有这等在王朝内数一数二的权势藩王撑腰，别说州郡长官，便是南唐道上执掌虎符的节度使大人，见到了也不会多说什么。听说龙宫这一辈出了个天资卓绝的奇女子，嘿，要是不小心瞧上我，我黄筌这辈子也就值了。不说是她，换成任何一位龙宫里的仙子都成啊。"

黄筌的同伴是个年轻却白头的无名小卒，黄筌穷也不大方，今年没混到什么挣钱营生，日子过得格外穷酸落魄，先前在一座小镇上遇到这位独自饮酒的年轻人，厚颜蹭了顿酒后，聊得还算投机，自称徐奇的男子兴许是个初出茅庐的雏儿，听说快雪山庄要举办武林大会，就恳请前辈黄筌捎上他一起，这一路上黄筌吃喝不愁，还有幸住上几次豪奢客栈的头等甲字房，不由对徐奇另眼相看，确切说来是对徐奇的腰包刮目相看，心底更多还是把这个出手阔绰的哥们儿当作冤大头，黄筌也乐得以老江湖自居，给他抖搂显摆一些道听途说来的江湖传闻事迹。此时见徐奇听到龙宫和燕刺王两个说法后一脸不知所谓，更证实了心中这小子初生牛犊的看法，他从腰间摘下酒水都是

164

用徐奇银钱购得的酒囊，仰头豪饮一口，袖子一抹，笑道："龙宫都没听说，那老哥儿可就得好好给你说道说道了。咱们离阳武林，不说龙虎山、吴家剑冢、两禅寺这几家出世入世随心所欲的豪宗高门，离江湖太远，真正称得上是武林大峰的一流门派，还得是东越剑池、轩辕家的牯牛大岗、蓟州边境上的雁堡、西蜀的春帖草堂，接下来便是包括龙宫在内的八九个门派，快雪山庄也足以位列其中，至于三流宗门帮派，大多能一州之内都是一言九鼎的角色，说是三流，不怎么好听，可不能小觑，一般都会有一两位小宗师做定海神针。四流和末流，就不用多说了，老兄我当初被郡内名列前茅的澄心楼一位大人物器重，见我根骨不俗，原本有望成为嫡传弟子，可惜给一名吃饱了撑的要习武的衙内抢去，那兔崽子哪里是真心练武，就是个蹲茅坑不拉屎的货色，除了祸害了几个师姐师妹，一年到头都不去帮派里露面几次，委实可恨。"

身边才入江湖不知险恶的雏儿果然一脸愤懑，好似要给黄笙打抱不平，这让脸色沉重的黄笙一阵暗笑。事是真事，澄心楼自然也是江湖上小有名气的宗派，可那个人就不是黄笙了，只是他听城里人茶余饭后闲聊听说，那名被调包的年轻俊彦下场凄凉，仅是说了几句气头上的言语，当天就被衙内指使一帮凼从打断了手脚，也是这般严冬时日，给丢在了路旁，像条死狗。徐奇，或说是徐凤年举目望去，那架八杠舆如同飞鸿踏雪而去。

徐凤年离开上阴学官后，没有跟王祭酒随行，不过明处有袁左宗，暗处有褚禄山，应该出不了纰漏，如果不出意外，这恐怕是自己最后一次有闲情逸致逛荡江湖了。徐凤年想一个人反身回北凉，就连死士戊都没有捎上，离别时让这少年很是惆怅。

按照黄笙的说法，当下江湖总算被惹恼了，不再死气沉沉，缘于一流门派里以地位超然的东越剑池牵头，西蜀春帖草堂附和，让快雪山庄做东，打算选出一位服众的人物，坐上那个空悬几十年的武林盟主宝座。魔教重出江湖，徒子徒孙们纷纷浮出水面，以及疯和尚一路东行，已经开始让整个江湖渐有波澜壮阔的迹象。

徐凤年不看这些水面上的涟漪，心中想着是不是东越剑池和春帖草堂得到朝廷授意，想要模仿北莽开始整顿江湖势力？东越剑池这些年一直是朝廷的打狗棍，谁不服气就敲谁，春帖草堂在陈芝豹入蜀之后，眉来眼去得并不

隐蔽，如今陈芝豹贵为兵部尚书，两年后封王指日可待，蠢蠢欲动也在情理之中。

在徐凤年神游万里时，那名执笏的龙宫礼官竟是反身迎面行来，脚步轻灵，踩地无痕，落在寻常江湖人士眼中那就要忌惮畏惧了。行走江湖，老僧老道老尼姑，向来是能不招惹就不招惹，再就是眼前青绿女子这般姿容出挑的，既然敢入江湖，尤其是那些个单枪匹马的女侠，肯定就会有稀奇古怪的武艺傍身。婉约动人的女子双手捧素白象笏，弯腰朝徐凤年行了一礼，并不像士族寒门女子施了个万福，果真符合她的礼官装束，形同朝臣互见，抬头时嘴角微翘，秋波流溢望向骑在马上的徐凤年，嗓音悦耳："我家小姐请公子去舆上一叙。"

黄筌惊讶张嘴，心生嫉妒，顿时心情就有些阴沉。没有家世背景的江湖儿郎入赘豪宗大派，抱得美人归，更有不计其数的秘籍在手，大多不以为耻，而是视为一桩天大美事。醉剑赵洪丹入赘采石山，好似一株无根浮萍植入肥沃园地，剑道修行一日千里，便是极佳例子。徐凤年没有犹豫，翻身下马，牵马而行。黄筌本想像往常蹭酒一般蹭出一个鸡犬升天，不料那清丽礼官横行一步，摇了摇头，这让才堪堪下马的黄筌恨不得挖个地洞钻下去，好在那踩到狗屎的徐奇没有转头，青绿可人的佳人也没有嘲讽意思，仅是转身领路。

八杠舆安静停在路旁，青绿礼官蹲在舆前，伸出一手，抬头眼神示意徐凤年脚踏素手之上，她自会托掌帮他入帐乘舆。徐凤年笑着摇头，只是将马匹缰绳递交给她，问道："鞋底板有些脏，污了你家小姐的舆帐，不打紧？"

一手牵马一手执笏的貌美礼官温婉一笑，"无妨，公子入帐以后，奴婢再帮你脱靴。"

那名虬髯客皱了皱眉头，手握横刀，对徐凤年虎视眈眈。

徐凤年面朝纱帐抱拳道："徐奇叨扰仙子了。"

然后脚尖一点，钻入纱帐。

女子仅是中人之姿，三十来岁，面容端庄，不过哪怕双膝跪地而坐，也能依稀瞧出她双腿修长，跪姿挤压而出的滚圆臀瓣侧面，更是诱人，上了岁数的花丛行家老手，才会知道女子身材的独到妙处。见到徐凤年入帐，女子礼节性地淡雅一笑，安安静静往身边一座釉色肥厚如脂似玉的豆青釉瓷炉里添了一块香料。徐凤年没有劳驾那名礼官脱靴，自己就动手脱掉靴子，礼官已经收起白笏，将徐凤年的坐骑交给虬髯客，双手接过陌生男子的靴子，不见她俏脸上有丝毫异样。香炉微熏，本就是熏衣避秽的用场。徐凤年摘下挂钩，纱帐垂落，跟这位龙宫仙子盘膝对坐，她没有开口。徐凤年眼角余光瞥见香炉古意盎然，但稀奇的地方不在于此，香炉瓷面上绘有一幅幅仗剑图，香雾弥漫之下，瓷面如湖水流动，如同一幅栩栩如生的剑侠行剑图，这座香炉隐约就是一部上乘剑谱。徐凤年会心一笑，江湖上都说龙宫占尽物华天宝，富可敌国，曾经是旧南唐的一大蛀虫，还真没有冤枉人。

不知是否已为人妇的女子笑问道："公子也练剑？"

徐凤年点头道："算是练过。不知仙子为何让徐某乘舆？"

女子凝视徐凤年，平淡道："公子可知龙宫初代祖师曾经留下一句谶语？"

徐凤年笑道："徐某见识浅陋，不知。"

女子也不介意，说道："画皮难画骨，知面不知心。本宗龙宫素来以画虎画龙著称于世，再以擅长观人根骨为本。"

徐凤年满口胡诌道："小时候算命先生说我以后不是当大侠就是给大侠砍死，估摸着根骨是不错的，仙子那么远都能瞧出来？那龙宫仙子你确是有仙家本事了！"

那女子显然是不食人间烟火，不适应这般粗鄙言语，不知如何应对，一时间除去香雾袅袅，落针可闻。

徐凤年也没打算装聋作哑一路到快雪山庄为止，笑道："没听说过龙宫祖师爷的醒世明言，倒是听说龙宫有一样重器，叫作黑花云龙纹香炉，寓意南唐江山永固，外壁黑紫小斑凝聚，一旦投入香饼燃起，雾霭升腾，就浮现出九龙出海的画面。"

那女子闻言一笑，生得不惹眼的中人之姿，反倒是衬托出她的古典气质越发出彩，只听她柔声道："徐公子果然是官家子弟，寻常士族可不知晓这只南唐重器。"

徐凤年一笑置之，问道："龙宫这趟是要争一争武林盟主？"

女子反问道："公子以为龙宫可有资格问鼎江湖？"

徐凤年摆手自嘲道："哪里敢指手画脚。"

女子原本弯腰用铜制香箸去夹取香饼，闻言略作停顿，瞥了一眼徐凤年，放入炉中后，似乎牛头不对马嘴，再次无话可谈。当徐凤年摇摇晃晃，瘫软在地上，一直悄然屏气凝神的她这才挥手微微扑淡些许香味，变跪姿为蹲姿，两根手指停在徐凤年鼻尖，自言自语道："连黑花炉从南唐皇宫秘密流入龙宫都晓得，怎会不清楚本宗擅长将根骨适宜的男子制成人皮傀儡？要知道当初四大宗师之一的符将红甲出身龙宫啊。"

女子凝视徐凤年的脸庞，冷笑道："真沉得住气。"

说话间，双指如剑锋，指尖如剑尖，狠狠戳向徐凤年一目，指尖离他眼皮不过分毫，不承想这名男子仍是纹丝不动，女子咦了一声，"真晕了？"

没有缩回手指的女子眼中闪过一抹狠戾，就在杀机流泻时，徐凤年依旧躺着，可是一只手却蓦地握住女子双指，另外一只手掐住了她的脖子。女子一脸错愕，先前两次试探虚虚假假，不过铺垫而已，第三次才是真正起了杀心。对龙宫而言，一具上佳皮囊千金难买，不管地上男子真晕假晕，都不耽搁她痛下杀手，只是这场猫抓老鼠的嬉戏，猫鼠互换得太突兀了。

徐凤年睁开眼睛，盯着这位仙子面皮蛇蝎心肠的龙宫女子，轻声笑道："还真杀我啊，我可是给过你一次做慈悲观音的机会了，萍水相逢，相亲相爱多好。"

女子说不出话来，目露惊骇，满头白霜的男子手臂有几尾小巧赤蛇缓缓游走，然后猛然扎入她手臂，如同老饕大快朵颐，而原本如同沾满江南水汽的温润女子迅速枯涸。徐凤年松开她时，她已经无声无息彻底断气。徐凤年一手扶住前倾身躯，一手伸指在她双鬓附近轻敲，缓慢撕下一张精巧面皮，覆面之下，竟是行走在八杠舆前青绿礼官的容貌。久病成医，北莽之行用多了跟巫蛊沾边的面皮，对于易容术也不算是门外汉。徐凤年丢掉那张等同于舒羞生根水准的面皮，将尸体平放后，越俎代庖地拾起香铲，颇为娴熟地刨去一些香灰，若论附庸风雅，他这个北凉世子什么不精通？徐凤年转过头，目光闲淡瞥了眼腰悬南唐样式帛鱼的"礼官"，后者对那具尸体无动于衷，笑容不减，眼神玩味。徐凤年问道："她是谁，你又是谁？"

青绿女子伸出一根手指抚摸鬓角，眯眼柔声道："她啊，就是现在的我呗。我的真容，长得比你揭下的面皮还寒碜，不敢见人。"

徐凤年放回香铲，神神秘秘的女子开门见山说道："本来无非是觉着这趟去快雪山庄，路途无趣，想顺便做个崭新傀儡解解闷，现在觉得那也太暴殄天物了，要不你来龙宫当只鼎炉？江湖上不知多少男子梦寐以求，虽说用不了三五年就会阳元干涸被丢弃，可比起被制成人皮傀儡终归还是要福气太多。龙宫女子大多如花似玉，夜夜笙歌，享福数年，哪怕你是银样镴枪头，也能跟二三十位仙子鱼水相欢，强过对着一两个黄脸婆无聊一生。"

徐凤年无奈道："我说这位姑娘，你哪来的信心？"

不知真实面容如何的女子歪了歪脑袋，问道："你是咱们离阳天子人家？"

徐凤年摇头。

女子又问："你跻身一品金刚境界了，还是一步登天领悟指玄之玄了？"

徐凤年还是摇头。

女子追问道："那你是首辅张巨鹿还是顾剑棠的女婿？"

徐凤年被逗乐，笑道："问完了？"

八杠舆瞬间下沉数尺高度，八名孔武有力的魁梧壮士从几乎同时屈膝跪地。徐凤年左手五指如钩，抓握住青绿女子的整张脸，女子脸庞渗出血丝，右手慢悠悠旋转，数柄飞剑钉入她几大致命窍穴，只要她敢运气抵抗，就得被钉杀当场。徐凤年五指微微加重力道，兴许在龙宫内高高在上的女子满脸鲜血流淌，大口喘气，不用看都知道她此时一定眼神怨毒至极。

徐凤年微笑道："仗着龙宫蛇缠龟的伪金刚秘术，就真当自己是佛陀金刚不坏啦？龙宫之所以能屹立不倒，除了脱胎于符将红甲的蛇缠龟，不过就是几手走捷径的指玄手法，到头来还不是非驴非马，贻笑大方，有几个货真价实的一品高手会把你们这帮娘们儿放在眼中？想做王仙芝那种集大成者，哪里是你们龙宫这种旁门左道的路数能做成的。当年你们宫主试图献身王仙芝，采阳补阴，结果还没脱光衣服，就被王老怪一掌拍成烂泥。要我说啊，女子长得太丑，就不要混江湖了嘛。"

女子咬牙切齿道："你到底是谁？！为何知道如此之多的龙宫隐私！"

徐凤年松开五指，笑而不语。确有几分杀伐果决的女子朝纱帐外厉声道："继续前行！"

正想伺机赏赐给白头年轻人一记指玄秘术的女子，毫无征兆地喷出一口鲜血，原来是被一柄飞剑透体而出，碧绿飞剑邀功一般回旋至主人指间，徐

凤年讥讽道："还不死心？"

女子伸出舌头舔去血迹，和口水一起强行咽下，眼神冰冷，声调妩媚道："好一手吴家剑冢驭剑术。"

徐凤年指了指自己的白头，笑道："凭借这个，以及太安城那场动荡，你其实已经猜出我身份了，就是不敢说出口？怕我杀人灭口？"

女子默不作声。

徐凤年直截了当问道："龙宫这次去快雪山庄凑热闹，燕刺王赵炳和纳兰右慈有没有要你们做什么？"

女子面无表情，貌似认命了，束手待毙。

两人相距不过数尺，徐凤年翻脸比翻书快多了，一掌就拍在她额头上。女子身躯诡异静止，仅是一颗脑袋晃荡了许久，七窍流血，好不容易才聚拢起来的隐蔽气机顿时如洪水决堤，她捂住嘴，猩红鲜血从指缝中渗出，滴落在毯子上。

徐凤年复又右手一掌扇在女子脸颊上。她的脑袋往左晃去，她竭力右移，因为清晰感知到右耳附近悬停了一柄不掩饰森寒剑气的飞剑，她可不想莫名其妙就被一剑穿透头颅。可徐凤年偏偏落井下石，一巴掌后，就贴住她的红肿脸颊，往飞剑剑尖上推去，这让心性坚韧的女子也在那一瞬心如死灰，命悬一线，咫尺阴阳，这种滋味可不好受。女子闭上眼睛，那男子的手心温暖，耳畔的飞剑却阴寒刺骨，剑尖恰好抵住她的太阳穴，一滴血珠缓缓流过那张俏丽脸颊。她睁眼之后，冷笑道："怎么，担心龙宫压箱底的秘术，我一旦碾碎骊珠，会跟我同归于尽？"

徐凤年在她脸颊上屈指一弹，飞剑灵犀归袖，漫不经心道："龙宫女子以身作蚌，修为有高低，养出的珠子也大小不一，小则小如米粒，跟随气机流淌游弋不定，大则几近岭南龙眼，化为道门罡气，盘踞丹田。"

女子吐出一口瘀血，徐凤年伸出手掌轻松遮挡，瞥见手心一摊黑紫渗入肌肤，转瞬即逝，皱了皱眉头。

女子疯癫大笑。

徐凤年跟着笑起来，"有些绝技太过出名也不好，犹如出自顶尖国手的围棋定式，初次现世大多石破天惊，久而久之，也会有破解之法。南唐以南，天气郁蒸，阳多宣泄，草木水泉，皆蕴恶气。而人身之气，通于天地，自然多发瘴气。龙宫久在南疆扎根，就以毒攻毒，采撷三月青草瘴、五月黄梅瘴、九月桂花瘴，非烟非雾，融入血脉，一口吐出，是谓龙涎，尤其以精血最毒，任你是顶尖高手，只要没有金刚境体魄，沾染一滴，都要炷香之后全身腐烂。”

女子收敛笑意，抬袖掩面，擦拭嘴角血迹，竟还有几分欲语还娇羞的媚意，凝视这个对龙宫诸多秘密烂熟于心的勋贵王孙，“你要执意杀我，那就是玉石俱焚，如果好好谈，说不定还能皆大欢喜。”

徐凤年竖起手掌，龙涎蛊血悉数被逼出手心。女子没有慌乱，陷入沉思。徐凤年坐在香炉附近，叹气道：“真是有一副玲珑心窍，我如果是一般人，就算压抑住排在南疆蛊术前五的龙涎，可配合香炉里那几块需要药引的香饼，恐怕我跟你讨价还价的时候，就要死得不能再死。而且八杠舆外边的虬髯客不过是障眼法，怎么都没到一品境界，撑死了仅是二品小宗师里的老手，先前八名扛舆仆役压膝跪地，其中有一人分明可以不跪，可仍是稍加犹豫就掩饰过去。跟你们打交道，真累。”

处处设下陷阱，处处被压制，被黄雀在后，女子不管何等坚毅的心境，也终于有一丝崩溃迹象。

她只听到那个心思难测的年轻魔头清淡说了一句言语，让人摸不着头脑，“你想不想尝一尝当年符将红甲被人猫剥皮的滋味？我手法稚嫩，还在摸门路，要不你将就一下？”

徐凤年伸手拂过纱帐，抽出几根浮游萦绕指间的红丝。

她颤声道：“我认输！”

徐凤年笑了笑，眼神阴毒得让她觉得自己都是大慈大悲的观世音了。

然后她一张脸皮被红丝生生撕下。

她低头捧住血肉模糊的脸庞，沙哑哽咽道：“杨茂亮、赵维萍，都退下。”

行走江湖，既然有福缘，就会有孽缘。可能会无缘无故就得到一本秘籍，可能被世外高人收为高徒。也可能没做什么恶事，就给脾气古怪的隐士高手玩个半残，或者阴沟里翻船，一世英名毁于一旦。这就是江湖的诱人之处，你永远不知道明天会遇到何种变故机缘。一般而言，境界越高，变数越小，可只要遇上，越是不易化解。不说大海捞针的一品高手，就是分摊到各个州郡就要屈指可数的二品小宗师，原本也是极少陌路相逢，井水不犯河

水。可一旦结下死仇，一方下场往往凄惨无比。

徐凤年双手拉伸一根红丝，低头凝视，不去看那个毫无气焰的女子，平静说道："希望你能知无不言言无不尽。"

临近快雪山庄，八杠舆由官道折入山庄私人铺就的路途，反而越发宽敞，积雪也都清扫得七七八八，可见一路绵延，将近百个眉清目秀的童子童女手持丝绸裹柄的扫帚，更有山庄大小管事在路口恭迎大驾，每逢江湖上有头有脸的人物递出帖子，山庄这边必有洪亮吆喝捧场。八杠舆跟一辆牛车同时折入，驾车童子神情倨傲，分明是个才入学识字光景的稚童，却背了一柄剑气森森的长剑，身后坐着一位衣着朴素的老儒生，仙风道骨，手挽一柄名士清谈必执的风流雅物，凡夫俗子望而生敬，当真是一手麈尾两肩清风的出尘气度，牛蹄阵阵，一路上许多拥入山庄私家路径的江湖人士，多数赶紧避让，对于一些壮胆凑近打招呼的成名豪客，乘坐牛车的老儒生始终闭目养神，一律不加理睬，热脸贴冷屁股的江湖豪侠对此没有半点不满，只觉得天经地义。

快雪山庄这次主动揽过重任，耗费财力筹办这档子江湖盛事，说到底还得看其余两家的脸色，一家是曾经强势到能跟吴家剑冢争夺天下剑林魁首的东越剑池，另外一家便是偏居一隅的西蜀春帖草堂。前者派出了有望成为剑池下一代宗主的李懿白，还有一十八位剑仆。后者来的人不多，寥寥两人，只是分量无疑更重，手捧麈尾的老儒生便是春帖草堂的当代家主谢灵箴，修为高深莫测，一生不曾与人为敌过招，但是相传可跟西蜀剑皇切磋剑道的儒士，当真只会对人口诛笔伐？

道路上一阵哗然，龙宫八杠舆与草堂牛车才进入众人视野，又有一队扎眼人马闯入眼帘，十八名披同一样式狐裘的女剑客，同骑白马，裘下白袖如雪，飘忽如仙，便是剑鞘也是那雪白颜色，让人大开眼界。东越剑池历代都会拣选富有灵气剑胎的幼女，精心栽培为剑奴，这些女子终身必须保持处子之身，为剑，亦是为剑池守贞。只是快雪山庄翘首以盼，都没能看到那东越剑池自诩不世出的剑道天才李懿白。

有三骑并肩潇洒而至，居中一名年轻男子丰神玉朗，顾盼生姿。左首一骑黑衣劲装，腰佩一柄横刀，神情冷漠，高大健壮，头发微卷，气概豪迈。

右边一骑相比两名同伴，就要逊色太多，挎了一把短剑，其貌不扬，肌肤黝黑，五短身材。居中男子出现在快雪山庄私道之上，守株待兔已久的一大拨女子顿时尖叫起来，高呼"青白"二字，眼神痴迷，状若疯癫。黑衣年轻骑士低声笑道："钱兄，还是这么紧俏啊，我瞅瞅，呦，还真有几名美人儿，要不你转赠兄弟几个？"

英俊公子羞赧腼腆，黑衣剑客哈哈大笑，探臂伸手在他脸上揉了揉，"钱兄啊钱兄，脸皮比女子还薄。"

女子们见到这个场景，更是走火入魔。

被呼作青白的钱姓公子硬着头皮，故意视而不见，跟路边倾慕于他的女子们擦身而过。他姓钱名来福，钱姓是大姓，来福二字更是远远称不上阳春白雪，这么一个翩翩佳公子，被爹娘取了这么个俗气名字，实在是有趣。其实钱来福出身两淮世族大家，往上推个两百年，那可是连皇帝女儿都恨嫁不得的大族，如今也算家门兴盛的豪族，尤其是钱来福，擅制青白学士笺，仿蜀中琅琊堂，青出于蓝而胜于蓝，远胜京城如意馆工师手笔，便是苏吴织造局，也难以媲美。起先为皇宫大内殿堂中书写宜春帖子诗词，填补墙壁廊柱空白，被誉为铺殿花，后来演变成以至于凡朝廷将相告身，都用此笺。更写得一手婉约词，极尽情思缠绵。士林之中，将他与如今已经落魄的宋家雏凤、春神湖上写出《头场雪》的王初冬，以及北凉徐渭熊，并称"文坛四小家"，各有擅长，又以徐渭熊夺魁。不说离阳王朝众多的大家闺秀对美誉"青白"的钱来福仰慕得一塌糊涂，便是江湖上的女侠也不乏扬言非他不嫁的。

八杠舆上，徐凤年在整理头绪。身边女子林红猿竟是龙宫的下任宫主，她承认这次到快雪山庄确实有燕剌王授意，主要是帮东越剑池李懿白鼓吹造势，坐上武林盟主的交椅，为此东越剑池秘密赠予龙宫古珍名剑六柄，事成之后，还有一笔丰盛报酬。徐凤年没有全盘相信，林红猿的言辞差不多是九真一假，也足够了。这次争夺武林盟主这个注定会有朝廷做后台的香饽饽，春帖草堂谢灵箴呼声最高，一流门派里，快雪山庄便倾向于这座世代交好的西蜀草堂，离阳西南一带的帮派宗门，也乐意抱团锦上添花。不过似乎蓟州雁堡的少堡主也掺和了进来，这名年轻校尉有着谁都不敢小觑的官家身份，又有小道消息说雁堡少堡主在京城很是吃香，跟上任兵部尚书顾剑棠的两位公子都称兄道弟，甚至和大皇子赵武都一起多次游猎边境。除此之外，还有

一些散兵游勇，只是比起这三方，都不值一提，但如今的武林盟主不像以往跟朝廷可以老死不相往来，只要当上了，几乎就等于跟朝廷牵上线，一跃进入了天子视线，招安之后，替皇帝治理江湖，这不是一张天大的保命符是什么？

中原文脉尚能藕断丝连，可惜江湖武胆已破。

徐凤年轻声道："春帖草堂、东越剑池、蓟州雁堡，可都是守不住寡的俏寡妇，上边偷偷有人了。"

快雪山庄位于八百里春神湖南畔，临湖北望，江面辽阔，气势雄伟，大雪过后，江天暮雪的奇景更是瑰丽无双。庄子建造得独具匠心，有大半挑出湖去，龙宫在江湖上与快雪山庄齐名，住处偏北，便于欣赏湖景，那栋幽静院落更是典雅素净得让人心动，粉墙青瓦，还请画工在房宅内外墙壁上作写意壁画，穿廊过栋时，林红猿还瞧见院廊顶部有幅小巧谐趣的蝶恋花，让她有几分意外惊喜，主楼厅堂地面铺以剔透琉璃，依稀可见湖鱼或形单影只或成群结队摇尾游弋，饶是徐凤年见多识广，也佩服快雪山庄一掷千金得物有所值，许多春秋以后崛起兴盛的士族，金银不缺，可万万没有这份底蕴，许多建筑拼接，驴唇不对马嘴，行家一眼就可以看穿士族与世族之差。.

被撕去脸皮的林红猿去做了一番梳理，换上一身洁净衣裳，姗姗而来，蹲在琉璃地板上无聊数鱼的徐凤年抬头一看，愣了一愣，竟是个浓眉大眼的年轻女子，长得不惊艳，可由于眉眼珍稀，不容易让人忘记。徐凤年对龙宫没有什么好感，"江左第一"纳兰右慈豢养的一房丫鬟而已，这也是两个娘们儿在八杠舆上敢搏命的根源，"误杀"了北凉世子，回去以后还不得好好跟那位主子撒娇邀功。离阳藩王中，燕剌王赵炳是唯一人了徐骁法眼的赵室宗亲，不论骑军还是步军，战力都最为接近北凉。自古蛮夷之地的南疆，当下书院数目竟是王朝第一，赵炳口碑比广陵王赵毅要好出太多，哪怕天高皇帝远，也没有传出什么僭越举止。朝廷采纳荀平遗策，对削藩不遗余力，但是对燕剌王拘束极少，朝廷上包括张、顾在内几大党派对南疆政务不约而同持赞赏态度，这恐怕都要归功于纳兰右慈的八面玲珑。黄三甲曾经评点天下谋士，说江左纳兰治小国深谙烹小鲜之旨趣，这个说法毁誉参半，言下之意是纳兰右慈不足以担当大任，但除了黄龙士这种家伙敢调侃这位江左第一人，没谁敢心怀轻视。

林红猿看着那个瞥了眼自己后就又低头去伸指轻敲琉璃的白头男子，要是可以，她绝不会有丝毫犹豫，一定会将他砍去四肢剜去眼珠熏聋双耳，再灌下哑药，做成人彘摆在大缸中，让他生不如死好几十年，可问题在于林红猿根本没有半分胜算，她师承于娘亲，自幼便工于心计，心思阴毒，但有一点却是从她那个窝囊老爹身上传下——愿赌服输。

徐凤年突然说道："等你回到龙宫，要么是纳兰右慈旁敲侧击，要么是燕刺王亲自询问你我朝夕相处的点点滴滴，你要是想以后日子过得滋润一些，现在就多长个心。"

林红猿搬了张椅子坐在琉璃地板边缘，抬起手臂，并拢双指，慢慢在眉头上抹过，笑道："徐公子真是以德报怨的大好人。"

徐凤年平淡道："草堂的谢灵箧我还知道一些情况，东越剑池的李懿白，以及蓟州雁堡的李火黎，这两个年轻俊彦，我听说得不多，你给说说。"

林红猿脱去靴子，盘膝坐在椅子上，双手大大咧咧揉捏脚底板，思量了片刻，字斟句酌道："李懿白我比较清楚。当初他佩剑游荡了万里路，就到过龙宫，我还曾陪他去了一趟南疆，几乎到达南海。剑法超群，对于剑道领悟，因为出身剑林圣地，眼光自然也就高屋建瓴，一次次砥砺剑术，也都直指要害，提纲挈领，渐渐有一股子上古剑仙地地道道的隐逸气。若非他相貌实在平平，我说不定就要喜欢上他了。不过李懿白有个弱点，修的是出世剑道，练的却是入世剑法，因为东越剑池连同东越皇室一同依附朝廷，急需有人站出来为剑池和离阳稳固联姻，这让李懿白心结难解。当年从岭南深山返回，李懿白偶得一部大秦剑谱，这些年也不知练得如何。徐公子应该也心知肚明，江湖武夫除了怕三教中人独占天时，经常厮杀得憋屈，还怕新人剑客踩在剑道前辈肩上，百尺竿头更进一步，创出不拘一格的'新剑'，一旦撞上，指不定就要吃亏。徐公子，就算你身具大神通，几个林红猿都不是你对手，那也是林红猿恰巧被一物降一物。李懿白则不同，可别不小心就成了他一鸣惊人的试剑石。"

说到这里，林红猿故意停顿了一下，本以为那家伙会倨傲怠慢，不承想还真点了点头，朝自己嘴角一勾，约莫是说他心领神会了。林红猿压下心头阴郁，继续说道："至于李火黎，蓟州雁堡跟龙宫历来没有任何渊源，我只知道当年蓟州韩家满门忠烈被朝廷卸磨杀驴，雁堡作为蓟州边关重镇之一，

曾是韩家的心腹嫡系，堡主李瑾缠有反水嫌疑，故而雁堡的名声在江湖上一直不算好。这个在边境上捞取不少军功的李火黎，倒是没有任何劣迹传到武林中，不过十四五入伍，去年才及冠就能当上统领六千人的实权校尉，十个杂号将军都望尘莫及，想必李火黎自有过人之处，不是一个雁堡少堡主就能解释一切的。"

林红猿好似被自己逗乐，笑眯眯道："在徐公子面前称赞李火黎城府深沉，年少成名，林红猿真是觉得自己好笑。"

徐凤年摇头道："想要在边境上功成名就，就算是恩荫庇护的将种子孙，一样来之不易，相对孤芳自赏的李懿白，我更在意李火黎一些。"

林红猿心中叹息，她反感甚至说是憎恶这样的对手，徐凤年越是跟朝野上下风传的纨绔子弟背道而驰，她就越心惊胆战。林红猿的玄妙秘术层出不穷，本身就精于阴谋，就算对手是个一品金刚境界高手，她也敢捉对厮杀。一品四境，门槛个个高如龙门，渐次登高，抛开三教中人不说，金刚境界已算极致，指玄大多可望而不可即，武夫如果一步一个脚印跻身天象，那可是面对三教圣人都敢叫板，通俗一点说，就是舍得一身剐敢将皇帝拉下马。

徐凤年站起身，问道："快雪山庄定在大后天推选武林盟主，按照你的估计，会有多少人来凑热闹？"

林红猿不假思索脱口而出："少说也有四五千人，不过庄子本身只能容纳两百多人，好在春神湖南畔原本就有众多连绵成片的私人庄子和客栈酒肆，大概可以消化掉一千多人，其余武林中人这两天就得住在五十里外的大小城镇。鱼龙混杂，真正说得上话的其实也就住进快雪山庄的那两三百位客人。想必山庄也是既痛快又痛苦。痛快的是快雪山庄从未如此被世人瞩目，广迎八方来客，对庄子拔高在江湖上的地位有莫大好处。痛苦则在于这两三百个三教九流的高手，都不易伺候，万一出了差池，恐怕就得红事变白事。谁住的院子好了谁住的差了，谁家院子里的丫鬟更水灵一些，谁被庄主亲自出府接待了，这些人肚子里都有小算盘在算账。像龙宫这样的还好说，怎么重视怎么来，一些不上不下的帮派大佬，大本事没有，小讲究小算计可谓无穷无尽，就十分考究快雪山庄待人接物的能耐了。"

徐凤年瞥了眼信手拈来的林红猿，无形中将她跟那个徽山紫衣做了对比，真是天壤之别，温颜笑道："看不出，你还懂些人情世故，难道这些年龙宫都是你在打点事务？"

林红猿自嘲道："若非如此耽搁，天天给人赔笑，我早就是实打实的一品高手了。"

厅门敞开，虬髯客赵维萍站在门口仍是象征性敲了敲门，林红猿淡然道："说。"

这名替龙宫卖命多年的刀客沉声道："外头都说龙虎山来了位小天师，就是先前拦阻过西域疯和尚的赵凝神。青城王独子吴士帧也跟裘棉联袂造访快雪山庄。"

徐凤年对曾经挡下邓太阿上山一剑的赵凝神不陌生，吴士帧更不用多说，当年马踏青羊宫，跟这对父子打过交道，吴士帧被拾掇得毫无脾气，吴灵素名义上同为离阳异姓王，只会用些偏门房中术取媚帝王公卿的青城王，比起徐骁这位藩王实在是不值一提，再者覆甲姑姑和青城山里的数千甲士，本就是师父李义山的一手锦囊暗棋。反倒是那个裘棉，徐凤年没有听说过。林红猿挥手示意赵维萍退下，纤手在脚底板白袜抹过，主动说道："裘棉可是最近几年在江湖上鼎鼎有名的女侠，在她裙下称臣者不计其数，生得沉鱼落雁，她穿戴过的衣物首饰，在大江南北都会迅速风靡一时，裘棉的名声，可想而知。只是这位仙子的剑术造诣嘛，给徐公子提鞋都不配。"

徐凤年笑道："剑术配不配给我提鞋两说，说不定我肯拜倒在她石榴裙下，跟那些江湖俊彦一起排队俯首称臣，裘仙子都不乐意正眼瞧一眼啊。"

林红猿掩嘴娇笑。

徐凤年取笑道："才捏过脚底板，你也不嫌脏？"

林红猿笑起来后，眼眸弯成一双月牙儿，伸出一手，"你闻闻？"

见徐凤年不解风情，她将手指伸入嘴中舔了舔，眼神挑衅，仍是无动于衷的徐凤年笑道："你和一个经常与满是石灰头颅说话的人比恶心？也太自取其辱了。"

林红猿突然眼眸一亮，伸直了那纤细到一手可握的腰肢，双手撑在腿上，好奇问道："听说你跟武当掌教洪洗象熟识多年，还跟一杆梅子酒天下无敌的兵圣打过架？给说道说道，只要你肯，我什么都答应你，以身相许就算了，估计还觉得你是亏了的那个。我这辈子就只仰慕这两个奇男子。要是同时跟他们其中一人相濡以沫，另一人携游江湖，啧啧，就算给我林红猿当

神仙也不乐意。"

徐凤年一笑置之，没有搭腔。只是离开厅堂来到临水外廊，湖上雾气弥漫，越发浓郁，天地间白茫茫，徐凤年趴在栏杆上，林红猿匆忙穿上鞋子，跟在他身后，犹然不肯死心。外人瞧见这一幕，多半误以为他们是如何温情温馨的一对江湖儿女。

徐凤年轻声道："你说要是一口气杀了谢灵箴、李懿白、李火黎，会不会很有趣？"

林红猿神情复杂，低声问道："杀得掉？"

徐凤年笑道："试一试才知道。"

湖面雾霭蒸浮，恍惚犹如仙境，此时雾中传来一阵悠扬清越的涤荡之音，林红猿竖起耳朵静听笛声，消散了徐凤年惊人言语带来的血腥气。林红猿陶醉其中，干脆闭起眼睛，貌似也是个吹笛名家，呢喃道："徽山牯牛大岗下的鹿腰岭，为多数紫竹围困之下，不知为何独出青竹，竹脚有青苔攀附，笋极苦不能食用，又名苦竹，却最宜做笛。这支小谣曲儿，倒是从未听说过，听着满耳朵都是苦涩味道，也不知道吹笛人心思该有多苦。青苦青苦，说的就是这人这笛了。"

徐凤年没有林红猿那么多感触，大煞风景道："照你这么吹捧，如果吹笛人长得玉树临风，试想他一脸苦相临江横吹，那就很能勾搭路过的女侠了，估计都忍不住想要搂在怀里好好怜爱。"

果然被徐凤年这么一番牛嚼牡丹地注解，林红猿背靠栏杆，抚摸了一下额头，有些无奈。徐凤年手指缠绕一缕鬓角垂发，问道："你说天底下有几个人可以一口气杀光快雪山庄所有来客？"

林红猿眉头一颤，认真思量后说道："王仙芝、拓跋菩萨和邓太阿，不可能再多了。纳兰先生都说五百年来，除了王仙芝可以跟吕祖一较高下，再没有其他人可以做到这个壮举。北莽军神在武评上紧随其后，却是要超出之后八人一大截，当然，准确说来是桃花剑神之后七人。其他人就算三教成圣，像大官子曹长卿、白衣僧人李当心，也做不到。因为有违本心，他们的入圣，天象意味太重，一旦有悖天理，就要狠狠跌境。像李当心截断黄河，挂了数百丈河水在道德宗头顶，就万万不会砸在无辜人身上，挟泰山以超北海，不愿也不能。尤其是佛道中的隐世高人，从没听说过谁出现在战阵上。

龙虎山的道士，就只会领敕去开坛设醮，建吉祥道场，积攒阴德阴功，哪里敢滥杀无辜。到了邓太阿这种逍遥天地的地仙境界，多半也不会跟凡夫俗子一般见识，就像一个壮汉看到路旁小鸡啄米，不会找棍子敲死那小鸡，如果真有，那也只能说明这家伙脑子有病，吟唱《无用歌》的疯和尚就在此列，迟早要遭天谴。"

徐凤年低声唏嘘道："剑是好剑，人非良人。"

林红猿生了一副玲珑心肝，一下子咀嚼出味道，小心翼翼问道："那僧人莫非剃度前是极高明的剑客？"

徐凤年手肘抵在栏杆上，另外一手轻轻拍栏，笑道："送你一句话，不收银子。机关算尽太聪明，反误了卿卿性命。"

林红猿笑道："受教了。不过公子你这是慷他人之慨，要知道我也买过《头场雪》。真说起来，说这句话的才女好像家住春神湖上，要是我有幸没死在你手上，肯定要去一睹芳容，好好问她一些百思不得其解的问题。到时候出现在她面前，我肯定要装得贤良淑德一些，免得惊吓到小女子倾慕已久的文坛大家。"

林红猿言语活泼，像是一位相熟可亲的邻家姑娘，不料徐凤年徐徐轻拍栏杆后猛然一记沉重拍栏，林红猿一个踉跄，颓然滑落在地，双手捂住心口，面无血色，眼神阴鸷望向这个前一刻还言笑晏晏的男子，既委屈又愤怒。徐凤年依旧托腮，俯视这个看似遭受无妄之灾的龙宫贵人，说道："吹笛人是赵凝神，笛声通透，外行听着也就是悦耳好听而已，可你我皆知许多听者无意，吹者有心，是在凭借笛音触及各地气机涟漪后用来判别湖上众人的境界高低。你故作一番吹捧，无非是想让我放开气机去凝听笛声，即便身份暂时不会露馅，也会让龙虎山那个年轻道士惦念上。我好心赠你一句不要自作聪明的处事箴言，你嘴上说受教，可好像没有真正受教啊。"

体内气机紊乱如沸水的林红猿忍住刺骨疼痛，苦涩问道："你这是什么古怪手法？竟能靠着简单的拍子就鸠占鹊巢，牵引我的气机？"

徐凤年笑道："告诉你也无妨，偷师于北莽一位目盲女琴师的胡笳十八拍，本来不得其法，徒有形似，后来一场死战，算是登高望远，恰好你不识趣，就拿你要耍了。"

林红猿癫狂厉声道："徐凤年，你到底跟那人猫韩貂寺有何瓜葛？！先

前那撕我脸皮抽丝剥茧的指玄手法，是韩貂寺的独门绝学，如今这夺人心律的伎俩，分明跟韩貂寺剐人剥魄也有几分相似！"

徐凤年没有理睬愤怒至极的女子，转头望向满湖白雾，自言自语道："那颗猫头真是好东西啊，比第五貉的脑袋要强太多了。"

一抹朱红在水雾中跃起落下，无声无息，欢快肆意。

始终托着腮帮的徐凤年眼神温暖，林红猿此时抬头望去，恰好盯住他的那双丹凤眸子，怔怔出神。

骏马秋风塞北，杏花烟雨江南，怎能兼得？

这个让她忌惮的魔头也会有如此温情一面？林红猿不知他看到了什么，还是想到什么，那一刻，只是觉得此生如果能够将他做成人彘的话，一定要留下他的眼眸。

徐凤年站起身，慵懒闲逸地扭了扭脖子，弯下腰，跟林红猿对视，"龙宫有数种伪指玄手法，我教了你一手，你得还我一手。"

林红猿倍感气急凄苦，心想那你倒是站着不动让我折腾得气海沸腾啊，让我打得你半死不活啊！她只能紧抿起嘴。徐凤年指尖触碰林红猿的眉心，完全都没有讨价还价的架势，微笑道："我见识过不少指玄秘技，可这玩意儿多多益善。你林红猿将来是要做龙宫主人的女子，大好的锦绣前程，平白无故死在快雪山庄，除了供人茶余饭后当秘闻笑谈，还能做什么？我胃口不大，又不是让你都说出来，只要一种，咱俩就扯平，如何？接下来你完成纳兰先生交付你的任务，我杀我的人。"

林红猿冷笑道："你不杀我，就是想要这个？"

徐凤年可没工夫跟她怜香惜玉，手指轻轻一点，眉心被重重撞击的林红猿就撞破栏杆，坠入湖中，然后似乎被水鬼一脚踹回外廊，成了一只大冬天里的落汤鸡。

徐凤年蹲在她身边，双手环胸。林红猿呕出一口鲜血，显然再没有先前的精气神，颓然道："你若是反悔，知道了你想要知道的东西，到头来还是杀我，又如何？"

徐凤年眼神清澈，摇头道："这个你大可放心，我还有一句话让你捎给你们的恩主纳兰先生。赵维萍也好，那个鬼鬼祟祟的杨茂亮也罢，都没这个资格。"

林红猿平稳下呼吸，扯了扯嘴角讥笑道："要悟得指玄之妙，轻松得像是背几句诗词？徐公子，难不成你是王仙芝那般五百年罕见的天纵之才？"

徐凤年捧腹大笑。

林红猿一头雾水。

徐凤年伸出手指点了点林红猿，厚颜无耻道："我以为自己已经很乌鸦嘴，没想到你比我还厉害。被你说中了！"

林红猿满腹哀叹，真想一拳头砸断这个王八蛋三条腿啊。

徐凤年收敛笑意说道："说正经的。你先说一说龙宫所藏指玄秘术的意旨，要是光说不练用处不大，我不介意给你当练功桩。你刚好可以正大光明地伺机报复。"

林红猿犹豫了一下，显然是在天人交战。徐凤年嘲笑道："林红猿，你知不知道正因为你机关术数懂得太多，反而很容易被自己一叶障目？女人没有魄力，只会耍小聪明，可成不了大事。慧极必伤，此慧是小慧，不是慧根之慧。真正的聪明人，都装得糊涂，乐意吃亏。这会儿要是换成徽山那个娘们儿，早就凭借直觉二话不说跟我做起买卖，她那才是身具慧根。你这种，太小家子气。我一直认为女人的直觉，很接近指玄根底所在的未卜先知。"

林红猿没有让徐凤年失望，直奔主题，淡然问道："你可曾亲手拓碑？"

徐凤年摇了摇头。

林红猿皱了皱眉头，眉头舒展之后才说道："龙宫在三百年前曾经救下一名道门大真人，传给那一代祖师一种独到指玄，近似摹刻。"

徐凤年原本聚精会神，突然笑了笑，说道："你先换身衣裳。"

玲珑体态毕露的林红猿没有拒绝，站起身就去换干爽衣服。女子爱美之心，与武力高下向来无关。龙宫敛财无数，如果想要珠光宝气，林红猿可以穿戴得让人只见珠宝不见人，便是南唐皇后当年来不及从织造局取走的凤冠霞帔，龙宫也一样藏有几套。林红猿才换好一身相对素雅的服饰，虬髯刀客赵维萍就在门口毕恭毕敬禀告："尉迟庄主来了。"

林红猿没有马上出门，而是去跟徐凤年知会一声，他让林红猿先忙她的正事，自己就趴在内厅不可见到的外廊栏杆边上。

快雪山庄庄主尉迟良辅忙碌得像一根竹蜻蜓，一刻不得闲。龙虎山天师府赵凝神的突兀到来让山庄大为蓬荜生辉，以至于青羊宫吴士帧和蝴蝶剑

裘棉都成了锦上添花，倒不是说在离阳朝野上下都声名鹊起的赵凝神就已经比春帖草堂谢灵箴等人更重要，只不过后者已在意料之中，也就显得不如前者那么让人惊喜。尉迟良辅这两天亲自接见了三十几位武林巨擘，大多都到了耳顺之年，古稀老人也不在少数。年轻一辈中，看来看去，东越剑池李懿白像一柄还不曾开锋的钝剑，极好相处。雁堡李火黎眼高于顶，连他这个庄主都不放在眼里。唯有小天师赵凝神，身着龙虎山道袍，脚踏麻鞋，腰系一支青苦竹笛，与人说话时总是始终盯住对方的眼睛，异常专注，给旁人的感觉，就像是在跟他聊天，一点都不像无聊的寒暄客套，更像久别重逢，这个眼神蕴含温暖诚意的年轻道人，反而让人望而生敬。尉迟良辅先前才被李火黎那年轻人给伤到几分自尊，恰好在赵凝神这边补偿回来，货比货人比人，正值壮年的庄主心底对赵凝神的好感又增添几分。亲自带赵凝神去了住处以后，相谈甚欢，差点不舍得出屋，若非大管事不停在一旁使眼色，提醒他还有龙宫那尊大菩萨在湖边小院杵着，尉迟良辅还真希望跟赵凝神促膝长谈到天昏地暗。论起修道，赵凝神字字珠玑，毫不藏私，使得尉迟良辅打定主意非要借此机会跟龙虎山交好，庄内藏有几本让他开卷有益的珍贵孤本道经，不妨忍痛割爱。

　　由于龙宫来访快雪山庄的人物只是一名御楫官，在等级森严的龙宫里并不算拔尖角色，尉迟良辅当时不乐意也不适宜开仪门迎接，只是他可以刻意怠慢御楫官，却不好真的就把龙宫晾在一边不闻不问。面子一事，是相互给的，御楫官没提出开仪门的过分要求，那是给他快雪山庄颜面，那么尉迟良辅此时急匆匆亲自登门，就是还给龙宫一个不小的面子。

　　尉迟良辅在院中稍等片刻，就看到一名姿色平平的年轻女子跨过门槛，朝他笑颜招呼道："龙宫林红猿见过尉迟庄主。"

　　只听说御楫官莅临山庄的尉迟良辅愣了一下，迅速回神，快步上前，笑意更浓，抱拳道："不承想是林小宫主亲临，快雪山庄有失远迎的大罪可是板上钉钉喽。"

　　林红猿走下台阶，跟尉迟良辅一起踩上台阶，柔声道："侄女知晓尉迟叔叔今天肯定要忙得焦头烂额，就自作主张没有说实话，省得尉迟叔叔为了侄女多此一举。"

　　侄女叔叔一说，让尉迟良辅心里熨帖得很哪，更别提两人跨过门槛时，那林小宫主有意无意落后半步，主客分明，衣着朴素的尉迟良辅爽朗笑道：

"要是所有人都跟侄女你这般，叔叔可就轻松了，哪像现在这般恨不得掰成两半用。就说那个自称南疆第一大宗的雀墩山，来了个姓岳的年轻人，叔叔听都没听过，不光要庄子给他开仪门，还得把庄子里春神楼腾出来给他们，真是不知所谓！让这么个无知小儿替宗门参加这等百年一遇的盛事，雀墩山实在是所托非人啊！"

林红猿笑而不语。雀墩山在岭南的确是当之无愧的大宗大派，而且跟龙宫已经明争暗斗了整整两百年。雀墩山占据一座南唐临海边境上的古老神庙，当初南唐皇帝即位祈雨止疫乃至于求嗣等重大国事，都要派遣重臣或是当地要员去祭祀庙中供奉的海神，每次都会立碑纪事，迄今为止已有唐碑二十九块。离阳统一春秋后，因为北凉雄踞西北门户，贬谪仕宦就只有两个选择，使得流寓官员要么去两辽要么去岭南，又以后者居多，朝廷对燕刺王赵炳显然要比胶东王赵睢更加信赖，这些谪宦大多落籍当地。雀墩山文气颇重，两者经常诗词唱和，为雀墩山增辉许多。如果说龙宫是纳兰右慈的偏房丫鬟，那雀墩山就是纳兰右慈的捕鱼翁，两者这些年不过是在争风吃醋。

尉迟良辅这般姿态，不过是并不稀奇的一抑一扬手法，不过娴熟的人情世故，归根结底还是需要让人知道，不要过于直白就行，否则一味含蓄得云遮雾绕，别人都不知道你到底是说好说坏，那算怎么回事。林红猿也没有附和，故意朝雀墩山踩上几脚，这只会让尉迟良辅这只老狐狸看低了她身后的龙宫。两人落座在黄梨木太师椅上，尉迟良辅双手搭在圆滑扶手上，林红猿则正襟危坐，后背丝毫不贴椅背，做足了晚辈礼仪。落在尉迟良辅眼中，这位在快雪山庄坐第一把太师椅的中年男子双手不动声色地从扶手上缩回，温声问道："侄女可住得习惯？春神湖这边不比龙宫，冬天总是阴冷到骨子里，这会儿又是大雪才歇，庄子里还有个铺设地龙的雅静院子，算是我闺女的闺房，侄女要是不嫌弃，就搬去那儿休息。叔叔家这个丫头对龙宫也神往已久，总跟我埋怨投错了胎，去做龙宫里的仙子就好了。"

林红猿笑道："要是尉迟姐姐去了龙宫，侄女一定让贤。"

尉迟良辅大笑着摆手道："她那半吊子剑术，井底之蛙而已，我就眼巴巴希冀着她能赶紧找个好人家嫁了。"

林红猿眼眸眯眯成月牙，"尉迟姐姐还会愁嫁？要我看啊，以后肯定给叔

叔拎回家一个一品境界的女婿。"

尉迟良辅乐呵呵道:"借侄女吉言啊。"

随即快雪山庄的庄主浮现一脸惆怅,"一说起来这死丫头,叔叔就头大,也不知道她从哪里道听途说了一些荒诞不经的传闻,就对那个素未谋面的北凉世子死心塌地,说他才是世间最有英雄气概的男人,说起那位世子殿下的事情,如数家珍,魔怔了一般。叔叔这白头发,有一半都是给她祸害的。侄女啊,在叔叔看来,你读泉姐姐虽然年长你几岁,可比你差了十万八千里,叔叔还是想你搬去那边,替叔叔好好劝劝她,我跟她讲道理她左耳进右耳出,不管用,你跟她说,她肯定乐意听。要是她真能从牛角尖里钻出来,叔叔到时候亲自带她去龙宫拜访一趟,一定要当面拜谢!"

林红猿眼眸闪过一抹不易察觉的古怪,很快就滴水不漏说道:"那我一个人去尉迟姐姐那边住下,只要尉迟姐姐不赶人,我一定死皮赖脸不走。叔叔就随便给这些下人安排个偏僻院子,能住人就行,叔叔可别跟侄女客气了。"

尉迟良辅笑声愉悦,大声道:"别人不好说,万万没有让侄女委屈的道理,这栋院子只管放心继续住着,快雪山庄虽说比不得龙宫金玉满堂,却也没有寒酸到一栋院子都拿不出手。叔叔今天就把话撂在这里,以后这栋院子都留给侄女了,任何时候来玩都行,不住时除了让丫鬟们勤快清扫,不准外人入院。走走走,叔叔这就带你去你尉迟姐姐那边。"

林红猿站起身摇头道:"叔叔你先忙,我还有些零散物件要收拾,我自个儿问路去叨扰尉迟姐姐,顺便慢悠悠沿路赏景。"

尉迟良辅起身后略加思索,点头道:"这样也行,我先让人去跟那闺女说一声,叔叔肯定你俩能一见如故。"

林红猿玩笑道:"叔叔赶紧忙你的,侄女这边还得发愁怎么送尉迟姐姐一份不掉价的见面礼呢。"

尉迟良辅客气几句,一脸不加掩饰的舒畅神情,跟一直沉默寡言的大管事快步走出院子。

走出去十几丈,尉迟良辅回望院落一眼,感慨道:"读泉要是有林红猿一半的城府,我这个当爹的就省心了。"

年近古稀的老迈管事轻声安慰道:"庄主,大小姐的赤子之心才可贵啊。古话说惜福之人福自来。"

尉迟良辅笑骂道："什么古话，十有八九又是你杜撰的，读泉那丫头说得对，就该给你出版一部醒世警言，一定不比《头场雪》差太多。"

老管事如同喝了一壶醇酒，拈须微笑道："举念要明白不自欺。庄主，我这半桶水，就不要丢人现眼了。"

尉迟良辅伸出手指点了点老管事，"你啊你啊。"

两人赶赴下一座院子，那里住着一个用毒在江湖上前三的门派，属于做不做朋友无所谓却万万不能做仇敌的货色，尉迟良辅必须打起精神应对，听说性情古怪的老头儿喜好男色，为此快雪山庄特地从襄樊城一家大青楼重金聘请了两名俊美小相公住入院中，不露痕迹地夹杂在丫鬟之间，就是以备不时之需。尉迟良辅行走时感慨万分，庄子这次为了争取武林盟主从这里推举而出，不光是在春帖草堂和东越剑池两边付出了不小代价，仅是不起眼的食材一项，每日就要耗费足足三千多两白银，更别提从青楼租赁身价不菲的小相公这类狗屁倒灶的额外开销。

院内，林红猿走到外廊，看到徐凤年就坐靠门外墙壁上，正低头捣鼓什么，她笑道："听说了？那位尉迟小姐对公子你可是死心眼得很。"

徐凤年抬起头后，露出一张陌生的脸庞，戴了一张自北莽反身后就没怎么派上用场的生根面皮，笑眯眯道："这位尉迟姑娘的眼光硬是要得啊，堪称举世无双。"

林红猿嘴角悄悄抽搐了一下。

徐凤年起身笑道："你去帮我弄来一顶普通的貂帽。咱们再打一个赌。"

林红猿问道："赌什么？"

徐凤年十指交叉，伸向头顶，懒洋洋晃了晃脑袋，"赌我今晚杀不杀得掉谢灵箴，要是杀掉，你在拓碑之外，再多说一种指玄。要是杀人不成反被杀，你就更没有损失。"

林红猿冷笑道："无利不起早，你杀不杀谢灵箴跟我有什么关系。"

徐凤年笑望向林红猿。

后者嘻嘻一笑，"要是你接连杀掉谢灵箴、李火黎和李懿白三人，我就跟你赌。"

徐凤年啧啧道："终于学聪明了。不过事先说好，李懿白我不杀，你有

没有仇家，替换一个。"

林红猿毫不犹豫道："没问题，换作杀雀墩山岳溪蛮。貂帽和他们在快雪山庄所住院落，天黑之前我就能一起给你。"

徐凤年瞥了眼言语干净利落的林红猿，啧啧称奇道："深藏不露啊。早就对那个姓岳的图谋不轨了吧？这次不光是你这个小宫主藏头露尾，还带来了不惜混入扛舆队伍的杨茂亮，就是为了针对雀墩山？借我的刀杀人，手上根本不沾血，到时候有尉迟读泉给你做证，龙宫就撇得一清二白。"

林红猿憨憨傻笑不说话。

徐凤年看向春神湖远方雾霭，林红猿目力不俗，顺着视线望去，却不见一物。片刻之后，传来一阵女子嗓音的喂喂喂，未见其面便闻其语，"是南疆龙宫住在这里吗？应一声，如果不是，我就不登岸了。"

林红猿来到栏杆附近，见到一位容颜仅算秀美身段则尤为妖娆的年轻女子独自撑舟而来，她身上的裘子是上等狐裘，就是年月久了，难免有些灰暗老旧。这么一个女子以这种新鲜方式出现，林红猿吃惊不小，嘴上平静反问道："你是尉迟读泉？"

那女子点了点头，"那你是？"

林红猿察觉徐凤年早已不知所终，对他的认知便更深一层，面对快雪山庄的大小姐尉迟读泉，笑道："我是龙宫林红猿，见过尉迟姐姐。"

尉迟读泉放下竹竿，快速跃上外廊，雀跃道："你是小宫主林仙子？"

若是平时，林红猿多半不以为意，只是听说过了那年轻魔头对江湖上女侠的刻薄挖苦，就略微有些不自在。

尉迟读泉根本不在乎什么初次见面，热络拉住林红猿的双手，满脸惊喜问道："林仙子，你们龙宫是不是真如传言所说建在海底？"

林红猿心想那厮被这么一个傻姑娘倾慕，似乎也不是一件太值得骄傲的事情啊。

不承想横生枝节，尉迟读泉蓦然脸色一冷，狠声道："躲什么，一个大老爷们儿，出来！喂喂，屋里那位，说你呢，刚才还在外廊的，如今离我不过三丈，别以为隔着一堵墙就不知道你在那儿。"

林红猿震惊得无以复加，难道这姑娘跟姓徐的是一路狠辣货色，都喜装傻扮痴？

屋内徐凤年也是吃惊不小，犹豫了一下，还是坦然走到屋外，跟尉迟读泉并肩而立的林红猿悄然抬手，做了一个横刀一抹的凌厉手势，无声询问徐凤年是不是宰了这个隐患。徐凤年视而不见，正在打腹稿酝酿措辞，不承想那姑娘死死盯住徐凤年的白头，然后一个蹦跳，冲到徐凤年跟前，几乎鼻尖对鼻尖，语不惊人死不休："哈哈，我就知道是你，徐凤年，北凉……"

徐凤年不等她说出"世子殿下"四字，直截了当一记手刀就砍晕了这个口无遮拦的姑娘。

本以为还会有波折，不承想这记试探意味多过杀机的手刀十分顺利，她毫无反抗地一翻白眼，当下就娇躯瘫软扑在他怀中。

这就完事了？

林红猿真是受不了这种无趣的转折，本想这个尉迟姐姐能跟姓徐的来一场鹬蚌相争的好戏，斗上几百回合斗出个天昏地暗，从外廊厮杀到湖面上才好。

林红猿被徐凤年一瞥，有些心虚，小声问道："那我还去不去尉迟读泉的小楼？要是快雪山庄这边找不到她的人，似乎不好收尾。"

徐凤年不假思索道："喝酒。去找一壶，先把自己喝得满口酒气，假装醺醉，再往她嘴里灌几大口。路上有人问起，就说相见恨晚，你搀扶她回小楼。貂帽和三人住处两事，照办不误。一个晚上，足够了。"

林红猿默不作声。

还抱着尉迟读泉的徐凤年皱眉道："聋了？"

林红猿叹气一声，"难怪纳兰先生私下对你赞赏有加。"

徐凤年把尉迟读泉扛在肩上，反身走回屋内，讥笑道："你以为那是夸我？还没有过招之前，真正的聪明人，是不会被对手重视的。"

林红猿跟在他身后，自顾自笑了笑，要是还有机会做成人彘，就不给他灌哑药了，毕竟听他说话，不管有没有道理，都挺有意思，可以解乏。

徐凤年随手将晕厥过去的尉迟读泉丢在太师椅上，开始闭目凝神。不到半个时辰，黄昏将至，赵维萍就走入屋内递给林红猿一顶貂帽和一份手卷，林红猿摊开仔细浏览后，藏入袖中，走到大厅角落从花瓶抽出一枝需要每日一换的蜡梅，蜡黄花色，折枝插瓶不久，仍是娇艳欲滴，沾着几分水汽。林红猿拎着蜡梅花枝蹲在徐凤年脚下，一边讲述快雪山庄地形，一边在地上纵

横划分。春帖草堂谢灵箴和雁堡李火黎的小院因为身份差得不算太远，关键是背后靠山在一个水准上，故而相距较近，只有岳溪蛮，直线上隔了小半里路，算上绕路，估计足有一里，别看半里之差，指不定就蕴藏巨大变数。指路期间林红猿也没有多嘴废话，知道这位魔头没蠢到去快雪山庄屋檐之上掠空夜行。

手指旋转貂帽的徐凤年闭上眼睛复记一遍，睁眼后点头说道："行了。"

林红猿怯怯问道："能跟我说说大致方案吗？"

徐凤年平淡道："怎么简单怎么来。"

说了也是白说，林红猿实在没有刨根问底的勇气。

尉迟读泉发出一阵细细碎碎的痛苦呻吟声，听在花丛老手耳中，说不定就是别有韵味了。徐凤年本想一指敲晕，让她一觉到天明，想了想，还是罢手，在她脸上轻轻一拍。

尉迟读泉好似费了九牛二虎之力才睁开眼皮子，一脸茫然失神。

徐凤年跟她一人一张太师椅相对而坐，平静说道："我问什么你就回答什么。"

她浑噩地点了点头。

徐凤年问道："你怎么知道我的存在？"

尉迟读泉终于稍稍回过神，仍是感到全身乏力，想要大声些跟他说话，却又心有余而力不足，皱了皱鼻子，眼神幽怨道："我闻到的啊，我打小就鼻子很灵，小时候我娘亲经常笑话我像小狗。你怎么见面就打人？就算你是徐……"

徐凤年神情冷漠地直接一指弹在她额头，疼得她浑身冒冷气，双手竭力环住肩头，泫然欲泣。徐凤年盯住她的秋水长眸，继续问道："你怎么一口咬定我就是徐凤年？"

她试图挤出一个笑脸，看他抬手就要收拾自己，赶紧慌乱说道："我第一次听说你，是前年去龙虎山烧香，有位常去山上的香客说起大雪坪上的借剑，还有你那句还个那个啥……"

林红猿知道尉迟读泉脸皮薄没好意思说出口"还个屁"三字。

眼角余光瞥见徐凤年面无表情，不敢跟他正视的尉迟读泉小心翼翼说道："我们快雪山庄在广陵江那边有些田产，别人都不信你跟广陵王撕破脸皮，我知道是真有其事，否则也打不起来。是一个管事在八月十八观潮亲眼相见，他跟我拍胸口说绝对没骗人。再后来，一些从北凉那边待过的说书人开始说你白马走北莽的故事，年初那会儿，我几乎每隔几天都要去听上一遍的，说你不仅宰了北院大王徐淮南，还一招就做掉了不可一世的提兵山山主，我那会儿才知道世上还有人姓第五，更有说书先生讲是你弹鞘出剑借给了桃花剑神邓太阿。而且你看邓剑神只是跟拓跋菩萨打平手后，就亲自上阵，与那个天下第二的拓跋菩萨一口气打了三天三夜，打得他不得不承诺此生不敢南下……"

林红猿强忍笑意。

徐凤年听着天花乱坠的胡说八道，脸皮厚到不去言语反驳，只是眯眼微笑，不停点头。

尉迟读泉越说越起劲，两眼放光，双手捧在胸口，痴痴望向这个心目中顶天立地的天字号英雄好汉，"后来又听说藩王入京，你在太安城一刀就掀翻了整条中轴御道，杀掉了好几百个挡在你路前的国子监学子！还有还有，观礼之日，要不是你一人独自拦下势如破竹的曹长卿，他就要把皇帝陛下跟文武百官都给杀了，什么顾大将军啊兵部侍郎卢升象啊都不顶用。"

便是徐凤年厚如城墙的脸皮也有点扛不住。林红猿已经转过头去，实在是不忍直视，假意摆弄那枝可怜的蜡梅。

徐凤年不得不打断这女子，好奇问道："你都相信了？"

尉迟读泉瞪大眼睛，反问道："难道不是？"

徐凤年一脸沉重，缓缓点头，很勉为其难承认了，"是真的。"

蹲在一旁的林红猿笑出声来，结果被徐凤年一脚踹在屁股上，摔了个狗吃屎。

徐凤年不理睬林红猿的怒目而视，对眼前这个多半是真傻的姑娘微笑道："我是徐凤年的事情，连你爹都不能告诉。"

尉迟读泉使劲点头道："知道的，你肯定是有大事要做，否则也不会戴上一张面皮。"

她突然沉默下来。

原来这姑娘也不是傻到无药可救，徐凤年笑着解释道："我跟你们快雪

山庄无冤无仇，不会对你爹做什么。"

好不容易灵光一现的尉迟读泉故态复萌，又开始犯傻，问道："当真？"

徐凤年点头道："当真。"

这傻娘们儿估计又相信了。

屋内就三个人，两个勾搭互利的外来男女老于世故，一个比一个老奸巨猾，唯独这个撑舟而来的她，好像怎么用心用力，都只会是被玩弄于股掌的下场。

但不知为何，自幼在染缸里摸爬滚打的林红猿望着这个一脸纯澈笑容的女子，有些羡慕。

徐凤年不说话，尉迟读泉尤为局促不安，手指狠狠拧着旧裘下一片袖口衣角，这让她有些后悔为何今天没有换上一件新裘。

徐凤年终于开口问道："你可知入夜后具体何时点燃灯笼？"

尉迟读泉神游万里，闻言后吓了一跳，赶紧坐直身体，咬着嘴唇说道："天晴时，大概是余晖散尽就挂起灯笼，雪天时分，以往也没在意，我说不准。"

徐凤年嗯了一声，笑道："你去院子找壶酒。"

她如释重负去找酒。

林红猿好像临时记起一事，亡羊补牢低声道："赵凝神后边进入快雪山庄，估计尉迟良辅都没有料到，安排的院落离得跟谢灵箴、李火黎等人都有些远。"

徐凤年玩味笑道："可算记起来了？还以为我出院之前你都会记不得。我回来之后，龙宫没有什么小宫主来快雪山庄，也没有什么林红猿离开快雪山庄。"

林红猿如遭雷击，脸色惨白。

尉迟读泉在自家当然熟门熟路，很快捧来了一坛酒。徐凤年没有陪着饮酒，拎了一张黄梨木椅出屋，坐在外廊独自欣赏湖景，直至暮色降临。屋内不知林红猿说了什么，尉迟读泉都没有壮胆凑到外廊。

徐凤年站起身，深呼吸一口，脚尖重重一点，栏杆外湖水剧烈一荡，徐徐归于平静。

暮色渐浓，山庄中错落有致的大红灯笼依次亮起，越发喜庆热闹。

一栋寂静别院中，灯火通明，大厅内红烛粗如婴儿手臂，只是空无一人。一名英气勃发的年轻人闲来无事，站在书房中，从戟囊中抽出一支短戟，握在手中轻轻旋转。他带着四骑精锐扈从从蓟州一路南下，遭遇两场大雪，第一场降雪时他们还在江北，鹅毛大雪，气势磅礴；第二场就到了江南，纤柔无力。这让自幼生活在险恶边关的他对江南印象更糟，沿途见识了不少文士的风雅行径，这些只懂咬文嚼字的蛀虫在他眼中，就跟当时那场雪一样孱弱，根本经不起他一支短戟的掷杀。他这次南下之行，自然有人会不断放出风声，使得他冷不丁由一个边镇校尉，有望成为风马牛不相及的武林盟主，他自己都觉得荒唐可笑，只是想起父亲的叮嘱，不得不按部就班行事。到了山庄以后，一拨接一拨的访客来趋炎附势，他勉强跟头三拨根本没听说过的江湖人士聊了下，实在不堪其扰，就干脆闭门谢客。他走到没有掩上的窗口。这座院子别看只有四名休憩的蓟州李家扈从，可暗中角落却聚集了不下十位赵勾。

他自嘲一笑，拿短戟敲了敲肩膀，"我李火黎这次算不算奉天承运？"

地面微颤。

李火黎没有深思，墙壁轰然裂开，等他提戟转身，一只手掌按住他额头，整个人瞬间双脚离地，被倒推向靠大厅一侧的墙壁，脑袋比后背更早撞在墙上。

一名赵勾率先破窗而入，目瞪口呆，雁堡少堡主李火黎瘫靠在墙根，死不瞑目，壁上留下一摊下滑的猩红血迹，李火黎尸体所面朝那一壁，有个大窟窿。

十几名赵勾聚集后，面面相觑。

隔了三栋院子之外，先前乘牛车而来的老儒士正挑灯翻书，猛然抬头，双手掐诀，摆放在隔壁书童桌上的一柄古剑，穿过墙壁飞到手上。

春帖草堂谢灵箴浸淫剑道大半生，不过极少用剑，此生试剑人寥寥无几，西蜀剑皇是其中之一。这柄剑是赠给小徒儿当初的拜师回礼，谢灵箴本来是打算快雪山庄事了，就跟闭关弟子借来一用，去跟东越剑池宗主决出胜负，也好让天下人知道春帖草堂不光做得武林盟主，他一人一柄剑就足以让

草堂跟剑冢剑池在江湖上并驾齐驱。

剑破壁而来，胆大包天的刺客也是随后破壁而至。

"任你是金刚境体魄又当如何？"

依然大大方方坐在椅上的谢灵箴冷哼一声，抖腕一剑，剑气如一幅泼墨山水，画尽大好河山。

那恶獠竟是硬抗剑气，无视剑尖指向心口，仍是一撞而来，谢灵箴震怒之下，剑尖剑气骤然激荡，气贯长虹。

不知何方神圣的杀手再度让草堂老人惊骇，心口抵住古剑剑尖，不但没有刺破肌肤通透心脏，反而将长剑压出一个如同鱼背的弧度。

姜是老的辣，谢灵箴一式崩剑，敛回剑势，连人带椅往墙面滑去，椅子撞得支离破碎，老人已经一手拍在墙上，一手持剑不退反进，扑向那个头戴貂帽容貌年轻的陌生男子。

那个不知为何要以命相搏的年轻杀手一手推出，谢灵箴心中冷笑，一剑穷尽毕生剑意，酣畅淋漓。

貂帽杀手任由一剑透掌，欺身而进，形成一个好似肩膀扛剑的古怪姿势，用头撞在谢灵箴的头上。

砰然一声。

谢灵箴脑袋敲在墙上。

但他同时一剑横扫，就要削去这年轻人的头颅。

剑锋离那人脖子还有一寸，凌厉剑气就已经先发而至，在他脖颈划出一条血槽。

一袭朱红袍子出现在两人身侧，四臂握住剑锋，不让谢灵箴古剑侧移丝毫。

貂帽杀手一掌向下斜切。

然后身形急速后撤，被刺出一个洞的手掌滑出长剑，杀手从墙壁大坑中后掠出去。

寒风猛蹿入屋，桌上那盏灯火飘摇不定。

灯灭。

只留下一具被拦腰斩断的尸体。

第八章

快雪庄真武临世，春神湖神人大战

面无表情的徐凤年缓缓开口言语，声势壮如洪钟大吕，『真武身前，何来天人？』

厅内光线辉煌，照耀得那块琉璃地板绚烂多彩，林红猿置身其中，仿佛道教典籍上记载的净琉璃世界，她想着是不是返回龙宫后也依样画葫芦。尉迟读泉喝酒喝得心不在焉，眼角一直瞥向外廊。天色昏暗，那边还没有挂起灯笼，她犹豫着是不是借口去见他一面，举起酒杯时，嗅了嗅，急忙转身望向外廊，就想要站起。林红猿轻轻扯住尉迟读泉的衣袖，后者满脸焦急，说是闻到了血腥味，林红猿闻言后心思急转，以那个年轻魔头深不见底的身手修为，快雪山庄就算卧虎藏龙，能让他受伤的高手也屈指可数，谢灵箴算一个，李懿白算半个，但外廊除了两次地板颤动，再无其他动静，难道是有人潜伏湖底，阴险偷袭了徐凤年，一击得手便后撤？否则总不可能是那家伙闲来无事，驾驭飞剑刺杀湖中游鱼带出的血腥气味。林红猿也被勾起了好奇心思，犹豫了一下，就对尉迟读泉使了个眼色，二人一同站起往外廊走去。夜色渐沉，如同天上仙人朝大地丢下一块黑布，好在厅堂外廊相通，烛光和琉光好似肥水外流，外廊景象随着湖面寒风扑来致使烛光飘摇而明晦交错，依稀可见徐凤年端坐在椅子上，轻轻扭动手腕。林红猿眼尖，瞅见他手上绑扎有一块棉布，尉迟读泉火急火燎问道："怎么受伤了？"

徐凤年轻描淡写道："地滑，不留神摔了一跤。"

尉迟读泉惊讶啊了一声，一脸愧疚。林红猿心中感慨这姐姐要是被丢到江湖上，还不得给那些披人皮的豺狼虎豹吃得骨头不剩。徐凤年站起身，笑道："我送一送你们，这会儿庄子什么人物都有，不放心两位姑娘。林仙子先前讲她们龙宫祖师爷有说过知人知面不知心的话，别看进入快雪山庄的大多都是正道人士，说不定就有伪君子，更别提那些亦正亦邪的江湖散人。咱们顺便逛一逛庄子，赏景送人两不误。对了，我得先易容，你们稍等片刻。"

林红猿心中冷笑，伪君子得过你？徐凤年转过身，将一张生根面皮覆面，转头后已经变成一个相貌清雅的读书人，尉迟读泉微微张大嘴巴。这时候屋内传来一阵匆忙脚步声，庄主尉迟良辅看到女儿安然无恙后，明显如释重负，只是眉宇间积郁深重，仍是假装漫不经心笑道："要是爹没猜错，是撑舟而来？读泉，哪有你这么见贵客的，也就是小林宫主见多识广，不跟你这个当姐姐的一般见识。"

尉迟读泉赧颜一笑，跑到尉迟良辅身边，亲昵地喊了一声爹。尉迟良辅低头瞪了她一眼，然后迅速抬起眼帘，笑望向年轻白头的书生，哪怕有一张热情笑脸，可眼神也跟看待女儿时有天壤之别。徐凤年双手插袖，低头弯腰恭敬行礼，"龙宫采骊官有幸拜见庄主。"

林红猿笑着解释道："左景算是纳兰先生的得意门生，南唐道以外兴许都不太熟悉左公子。当初进入龙宫，咱们的意思是随他挑选位置，左公子眼光奇特，偏偏挑了个还不如御椟官的采骊官，说是采撷骊珠的说法更讨喜，对他们这些志在科举夺魁的士子文人来说更喜气。我与尉迟姐姐喝酒约莫有一个时辰，左公子光顾着给咱们当门神了，还是尉迟姐姐的面子大。"

尉迟良辅眼神冰雪消融，顿时温热几分，委实是"纳兰先生"这四个字对离阳朝野来说都太过高不可攀，南唐道名副其实第一人，说是纳兰右慈而非燕刺王赵炳，都不为过，即便在南疆那边的赵炳眼皮子底下，纳兰先生堂而皇之的僭越之事何曾少了？否则藩王入京之时，也不会是纳兰右慈乘坐马车，而燕刺王担当起护驾骑士。如果说这个左景真是纳兰先生的高徒，那么尉迟良辅对他的重视甚至就得要超出林红猿这个位置尴尬的小林宫主。

尉迟良辅抱拳轻声道："庄子上出了些意外，不过既然有左公子在小女身边，良辅也就安枕无忧了。等处理完手头事务，良辅再来与左公子赔罪，好好痛饮一番。"

徐凤年点头道："不敢不从。"

尉迟良辅离开院子，对门口静候的老管事摇头说道："读泉没事。遇上个叫左景的年轻人，林红猿说是纳兰右慈的门生。不过龙宫这次就算有所动静，也只是针对雀墩山，况且龙宫也绝对没那份实力连杀李火黎和谢灵箴两人，这两位背后势力岂是偏居南疆一隅的龙宫可以撼动的？如果真是纳兰先生的惊天谋算，哪怕真是龙宫所为，也不是快雪山庄可以插手，咱们这些朝中无人依附的江湖人，动辄覆灭啊。"

老管事忧心忡忡，"实在想不出谁有这般手腕和胆魄。谢灵箴虽未在武评上露面，却也是一等一的顶尖高手，春帖草堂更是与新任兵部尚书牵线搭桥；李火黎估计身手平平，可既然有朝廷这张保命符，谁敢在太岁头上动土？庄子这次恐怕处理不当，难免要被各方势力迁怒，少不了一些趁机浑水摸鱼和落井下石，庄主得想好退路，靖安王一直有意让快雪山庄投靠王府，庄主是不是……"

尉迟良辅神情复杂，举棋不定。他停下脚步，望着挂在树枝上的一盏大红灯笼，全无喜气可言，重重吐出一口浊气，无奈道："如同做生意，本想借着这次推选武林盟主给庄子带来声势，到时候就可以自己寻找买家，价高者得。靖安王迫切想买，咱们不愁下家，大可以依着自己的脾性眼光不卖。如今要是落难，再转去看靖安王府的脸色，就怕快雪山庄得贱卖了啊。若是一买一卖皆大欢喜，也就罢了。我如今就怕就算卖给靖安王府，那位年轻藩王若是记得当初山庄的不识趣，给庄子穿小鞋，我可知道这位藩王有高人在幕后运筹帷幄，执政清明，有口皆碑，比起老藩王丝毫不差，可观其言行，心眼心胸似乎不大。人无远虑必有近忧，我这个当家做主的，就怕以后拜图祭祖的时候根本无颜面对列祖列宗啊。"

老管事轻声宽慰道："雁堡那边已经派人动身去靖安王府调兵遣将，希望能一锤定音。襄樊数千铁骑一来，只要杀手露出蛛丝马迹，插翅难逃。怕只怕十步杀一人千里不留行，此时已经逃之夭夭。"

一名庄上心腹管家匆匆捎来口信，"庄主，雁堡这边才出庄子不到十里路，就被靖安王麾下斥候截下，原来靖安王早已调用兵符让青州水师倾巢出动，战船在二十里外湖面上一字排开，只是湖上大雾，才没有被人察觉，更有四千余轻骑掐住各个路口，和数十支斥候分散各地，一有风吹草动，就可以收网！"

尉迟良辅惊喜之后，苦笑道："这位靖安王真是神机妙算啊！原来快雪山庄成了一座鱼塘，只等大鱼上钩，就会给拖到岸上。"

老管事感慨道："如此看来朝廷那边对这次选举武林盟主，并不是听之任之，可能我们都低估了朝廷要让李火黎成为江湖发号施令者的决心。谢灵箴和李懿白说不定都是陪太子读书的角色，掩人耳目而已，不过是让朝廷染指武林的吃相更好看一点。庄主，有一句话我还是得说，福祸相依，快雪山庄要想否极泰来，远水解不了近渴，只能赶紧选择靖安王府这座毗邻靠山了。毕竟这位春秋以后第一位世袭罔替的新藩王，在京城那边颇为得宠。"

尉迟良辅挥手让那名后至管家退下，犹豫不决道："我再想想。"

老管事焦急道："庄主，须知时不我待啊！"

尉迟良辅浮现怒容，口不择言道："难道真要让读泉给那个始终对母妃念念不忘的年轻藩王做妾？！这样靠卖女得来的荣华富贵，尉迟良辅做不出来！"

老管事噤若寒蝉，喟叹一声，"出此下策，虽说保全了山庄，确是苦了小姐。"

尉迟良辅拍了拍老人肩膀，歉意道："老刘，知道你对庄子忠心耿耿，可我就读泉这么一个闺女，她又是随她那早逝娘亲的执拗性子，我这当爹的，怎么都要让她幸福些，嫁个真心喜欢她的穷小子，也好过嫁入万事不由己的将相侯门。女子做浮萍，有几个能开开心心过日子的？"

老管事点点头。

尉迟良辅狠狠揉了揉脸颊，沉声道："再等等！"

外廊这边，相比尉迟良辅和老管事的深陷泥潭，明面上就要轻松许多。尉迟读泉毛遂自荐，说是撑舟就可以到达她的住处，可当她走近栏杆一敲，立马傻眼，当时兴匆匆登岸，忘了系上那条江南水乡的乌篷小舟，大概是湖风吹拂，这会儿哪里有小舟的踪迹。这让弄巧成拙的尉迟读泉俏脸涨红，不敢跟徐凤年、林红猿两人对视。就在此时，雾霭中一抹乌黑影迹缓缓穿过雾气，出现在众人视野，一名年轻俊逸的道人玉树临风站在船头，腰系一根精致竹笛，有几分缥缈出尘的仙人丰姿。天下道统以祖庭龙虎山为尊，天下道士自然以披紫戴黄的龙虎山天师为贵，眼前年轻道人虽未穿着象征天师府真人高贵身份的黄紫道袍，可那份气度，即便只着龙虎山寻常道人的洁净装束，也能让人一眼忘俗。

林红猿微微眯起眼，以便遮掩她的幸灾乐祸。

正主来了。

而且这位在朝廷上平步青云在江湖上名声大震的年轻道士，开口就没有让林红猿失望，相反，一语道破天机，"贫道龙虎山赵凝神见过林小宫主，见过尉迟小姐。还有这位公子，袖中左手被一剑穿掌，是否容贫道多此一举，厚颜赠送一瓶山上秘制金疮药？"

徐凤年没有任何动静，一直双手插袖站在栏杆旁边。

赵凝神温醇笑道："贫道除了还船给尉迟小姐，还有一份还礼，记得当初大雪坪上有人口出恶言，欠剑不还。"

徐凤年的答话简直是让尉迟读泉心神摇曳。

她当然不在乎什么龙虎山道士大雪坪欠剑，这傻姑娘的屁股是一直坚定

不移歪向身边那家伙的。

只听他出声问道："你找死？"

林红猿的眼力见儿不用多说，不管这娘们儿如何想要看一场大戏，仍是赶紧拉起尉迟读泉离开外廊，直奔后者闺楼。

湖上赵凝神，廊下徐凤年，默然相对而立，看似云淡风轻，却不知道两人恩怨从父辈就开始结下，徐骁马踏江湖末尾，差一点就按下龙虎头。徐凤年凝视眼前年轻道人，嘴角冷笑，双手在胸交错，十指爬满红绳。都说这位小天师曾拦下邓太阿登山一剑，起先还有人以为是龙虎山的自夸之词，后来赵凝神阻截西域疯和尚，并肩数十里路程才停脚，终于没人怀疑，甚至已经开始有人将其视为指玄高手。站在船头的赵凝神笑脸温煦，"小道算到了世子殿下今日会来快雪山庄赏雪，算到了要去春神湖见王东厢，再去见陆费墀，唯独没有算到殿下竟然会连杀雁堡李火黎和草堂谢灵箴，就不怕一旦泄露，尚未世袭封王，就已沦为江湖公敌吗？"

徐凤年走近两步，靠近栏杆，"李火黎有赵勾护驾，有朝廷撑腰，还有谢灵箴的春帖草堂替他造势，武林盟主的座椅非他莫属，还需要你们龙虎山锦上添花？记起来了，你们龙虎山也就只会做这些给帝王续命写青词的勾当，一脉相承。传闻你是龙虎山初代祖师爷转世，你可曾开窍？想必没有，否则龙池早就满池怒放气运莲了，以你们天师府的德行，恨不得把死人都挖出棺材知会他们一声这等好事。独乐乐，好事独占，众乐乐，却只是让人知晓了你们的喜事壮举，反正两不误。"

赵凝神摇头笑道："世子殿下对龙虎山成见太深。道不同不相为谋。"

徐凤年交缠十指才略微错开寸许，就听赵凝神说道："且慢。"

赵凝神笑道："小道这次造访快雪山庄，本就没有要掺和武林盟主一事，春帖草堂和雁堡的动荡，也不在小道眼中，更不在心上。此次仅是想见世子殿下一面，既然见过了，乘兴而来乘兴而归。大雪坪欠剑，龙虎山的还礼，便是无须北凉偿还。只希望北凉不与龙虎山为难，井水不犯河水。"

徐凤年笑道："怎么，你竟然算到了我在返回北凉之前，要杀光所有你们胆敢离开龙虎山一步的道士？算到了我要悬赏江湖杀天师府一人黄金百两秘籍一本，北凉承诺为其遮风挡雨，以此让你们往日不可一世的龙虎山道士人人自危？所以你就用快雪山庄血案一事要挟，大家各退一步，和和气气过大年？"

赵凝神眼神清澈，平静道："殿下愿为中原百姓镇守西北，小道亦是心诚敬佩，若小道是闲云野鹤，定当为之浮一大白。可惜在其位谋其事，小道既然生来姓赵，就不得不做些违背清净本心的事，还希望殿下体谅。杀敌一千自损八百，对龙虎山对北凉都无裨益。当初龙虎山不许大郡主登山烧香，是天师府的不是，故而洪掌教一剑摧败气运莲莲整整九朵，天师府始终不发一语。老祖宗赵宣素出关下山，东海武帝城外有意为难殿下，最终也是因果循环，身死道消，苦苦修道双杖朝，足足一百四十年，到头来仍是不得证长生，一报还一报，龙虎山更是无话可说。"

徐凤年朝双手十指赤色游蛇点了点下巴，"以你的见识，肯定瞧出门道了，是人猫韩貂寺遗落在神武城外的活器，本来斩落之后，人猫一死，也就迅速凋零，可韩生宣忘了我身边阴物的能耐，他那颗头颅，可是天底下罕见的好东西，教会了我不少玩意儿。韩生宣有一句话很有意思，人敬我一尺我定会敬人一丈，人欺我一时，我恨不得欺人生生世世。北凉跟龙虎山的恩怨，是怨徐骁还是怨老皇帝，你我心知肚明。龙虎山之后的羽衣卿相和青词宰相是怎么来的，还不是得知老王八赵黄巢不小心养出了恶龙，祸及地肺山，镇压不住，才临时改变主意，对你们这个还有些用处的龙虎山由弹压变成了安抚？赵黄巢神游万里去京城，跟那个都该喊他一声三爷爷的老皇帝要来了那份旨意，最后一路八百里加急，交到他手上，这才有了仙人手托圣旨入龙虎的传说。大雪坪借剑，飞剑镇龙虎，你们敢放个屁试试看？怎么，到了我这里，觉着不过是个沽名钓誉的藩王世子，就可以尽显高人风范地坐而论道，跟我好好论道论道了？"

赵凝神微笑道："以前听白莲先生说世子殿下擅长做买卖谈生意，今日一见，才知所言非虚。试问世子殿下，湖底始终游弋于三十丈外的阴物可曾蓄势妥当？难道真要以死相搏，世子殿下的命，似乎比起小道要值钱太多了。万一，小道是说万一玉石俱焚，这笔买卖，精于谋划的殿下说是美玉亏了，还是石子亏了？"

徐凤年脸色平常，答复道："倒也不一定要拼命，真想杀你也未必能杀得掉，毕竟先前谢灵箴的境界实在是空中楼阁。儒生纸上谈兵，也就只能嘴上切磋切磋，到底跟死人堆里站起来的武夫差了太多，空有境界修为，动起

手来就露馅了。再者谢灵箴一开始就误以为我仅是凭仗着金刚体魄就跟他胡搅蛮缠，死得憋屈。龙虎山对我早就提防，差不多算是洞若观火，估计得硬碰硬，好好领教一下道人一步入指玄。终归要打得你笑不出来为止，怎么都要你半死才行。"

赵凝神笑问道："世子殿下铁了心要与小道过不去？"

徐凤年一句话揭穿老底，冷笑道："难道等到让龙虎山毕其功于一役，助你开窍？"

赵凝神闭上眼睛凝神屏气，以便竭力隐藏眼中隐约浮现出的一丝怒气。

徐凤年嘲讽道："泥塑像都生出火气了？"

赵凝神睁开眼睛，不言语，只是向前摊出一手。

既然说我找死，那你便来杀。

这份底气，不是什么赵家老祖宗转世，而是这位经常走神迷路的年轻道士，初出茅庐便实实在在地挡下了邓太阿的剑，不久前更是挡过亦佛亦魔的刘松涛。

徐凤年一手撑在栏杆上，身形跃起，作势要一鼓作气扑杀这位承担龙虎山莫大期望的挂笛道人。

只是以徐凤年假借阴物修为的境界，本该一气呵成掠向赵凝神，可后者明显感知到徐凤年在手撑栏杆时，身形出现一瞬凝滞，这让暂时未曾尽得未卜先知意旨的赵凝神也跟随一顿，小舟原先需要后滑一丈，他才有完全的把握卸掉徐凤年一击之势，此时略显生硬地截断一半距离，在半丈外静止。徐凤年毫无征兆一静之后骤然一动，急掠向前，松开栏杆后，身后栏杆成片碎裂。赵凝神皱了皱眉头，身形纹丝不动，小舟无风后滑一丈半，在徐凤年探臂推来时，赵凝神一手负后，一手在胸前拂过。洪钟未尝有声，一扣才撞雷。看似轻轻一拂，竟是自有云雷绕膝生，紫气萦绕，衬托得赵凝神更像神仙中人。

徐凤年没有杀李火黎杀谢灵箴时那样凭恃假借外力铸造而出的金刚体魄，一味蛮横前冲，双手眼花缭乱地撕去赵凝神布局的紫气云雷。赵凝神轻轻抬脚，踢中徐凤年腹部，徐凤年也一掌按在赵凝神额头，几乎同时猛然发力，小舟如一根箭矢后撤入雾，徐凤年迅速飘回外廊，双脚屈膝踏在外壁上，再度奔雷前飞，墙壁被一踏倒塌。身处雾霭中的赵凝神摘下那根乌青竹笛，双指一旋，竹笛如同一根竹蜻蜓搅乱湖上大雾，一起泼水似的砸向徐凤年。

徐凤年五指成钩试图捏碎那根青苦竹笛，但仍是小觑了笛子蕴藏的磅礴气机，触碰之下就松手，身体被弹飞到侧面湖水上，双脚溅起水花无数，才在湖上落脚。赵凝神轻喝一声，"起！"小舟拔水而起数丈，堪堪躲过了一袭朱红大袍的水底偷袭，后者一闪而逝。徐凤年在乌篷小船下坠时，脚尖一点，一记手刀朝赵凝神当空劈下，身后刺来的苦竹青笛宛如一头困兽，被飞剑雷池剑阵针锋相对地绞杀，变成同是徒手而战的赵凝神一脚猛踩船头，身形千斤坠入湖水，整条船在水面上翻转，反过来砸向徐凤年。

徐凤年手刀转为仙人抚大顶，当场将小舟拍得稀巴烂，手心向下压顶趋势丝毫不减。半截身躯还在湖中的赵凝神竟然不躲不避，任由徐凤年一掌拍在头顶。

湖水剧烈晃荡，掀起巨浪，拍击外廊，不知有几千斤湖水涌入两人身后那座院落。

徐凤年缓缓飘落在一块小舟碎裂后的湖面木板上，那一掌其实根本没有碰到赵凝神头颅，这年轻道人气机鼎盛，出乎意料。

赵凝神浮出水面，终于见到徐凤年身后那头阴物的真面目，朱袍五臂，面容悲悯。

赵凝神沉声道："秽物自古出世即祸乱太平，小道容得殿下跋扈，却容不得阴物逞凶，小道今日就算拼却一身修为，也要替天行道！"

这一次轮到脸色阴鸷的徐凤年伸出一掌，眼中恨意滔天，示意赵凝神尽管放心替天行道。

好一个替天行道。

匡庐山巅，有天人出窍神游，有天王张须怒目，口吐紫气。

说的便是要替天行道。

赵凝神不敢分心深思，重重吐纳，由手心覆左手背，面朝东面道教祖庭龙虎山，"请！"

一字有三请。

请龙虎山恩准。

请天人下天庭。

请祖师爷降世。

天师府上一幅初代祖师爷画像跌落在地。

一道粗如廊柱的紫雷从云霄直直轰下。

眨眼过后，赵凝神面容模糊不清，浑身紫金。

　　龙虎山祭厅太师壁悬有历代祖师爷挂像，初代老祖宗的挂像无风而坠，一位原本有些瞌睡的守厅道童吓得面无人色，也不敢擅作主张去拾起那卷画轴，匆忙跟天师府禀告状况。总领天下道教事务的羽衣卿相赵丹霞快步而行，步入祭厅，惊喜交加，但心底仍有一抹忧虑，双膝跪地在太师壁下，小心翼翼捧起卷轴。天师府上的外姓人白煜缓缓跨过门槛，自比书蠹的白莲先生读书伤了眼睛，走路行事都慢人一拍，蹲在一身黄紫的赵丹霞身边，出神思考。离阳道首赵丹霞轻声问道："福祸相依是必然，不过在白莲先生看来，福祸各占几成？"

　　白煜摇头道："卦象乱如麻，不过凝神既然能请下龙虎山初代祖师爷，比起百年前请出三位近代祖师，以万里天雷钉杀魔教刘松涛，有过之而无不及。凝神的性子大可放心，既然是替天行道，多半是用大福气消弭祸事，白煜实在想不出世间还有谁能力压初代祖师爷一头，王仙芝寥寥数人可以一战，可在春神湖上，凝神应该必胜无疑。经此一役，对龙虎山而言是莫大好事。"

　　赵丹霞毕恭毕敬将祖师爷图像挂在太师壁正中间，挂好之后又跪地行叩拜礼，站起身后撤几步，望着这面挂满历朝历代仙人的太师壁，便是他这般修身养性的真人，也有些意气风发。这些大多得道飞升的祖师爷才是龙虎山最大的护身符，整整近千年屹立不倒，离阳王朝才两百年国祚而已。若非道教第一福地地肺山出了一条恶龙，与龙虎山有牵连，导致龙池气运莲受到影响，这里原本几乎自成一根可与天门齐平的气运柱，那就可保证下一个五百年滔天福泽。赵丹霞压下心头阵阵阴霾，想起天师府嫡系子孙赵凝神因为挡下邓太阿登山问礼一剑，从而一鸣惊人，心情无疑就要舒畅几分，捻须笑道："有凝神这根好苗子，如此之快便请下老祖宗，比我们预料要早了二三十年，就不用担心青黄不接，再有白莲先生倾心倾力辅佐，龙虎山无忧了。"

白煜突然使劲揉了揉眼睛，凝视太师壁上数十幅挂像，面露惊骇，白莲先生视线疲弱，心眼却灵透，模模糊糊察觉到异象横生。赵丹霞道行高深，只比白煜慢了一步就发现挂像异样，竟出现竖壁挂像以后从未遇到的气竭景象！几乎所有祖师爷挂像都出现气数溃散的迹象，仅仅是形似神似齐仙侠那一幅得以逃过一劫，其余无一幸免！白煜失神呢喃道："不可能，不可能的。"

这位羽衣卿相心神不定，扑通一声重重下跪，亦是右手手心覆盖左手手背，泣不成声，"不肖子孙赵丹霞跪请各位祖师爷开恩！"

夜幕中，龙虎山看似安详，实则暗流汹涌。而武当山在封山一年后，大多道观都重新迎纳八方香客，只是竖立有一尊真武大帝雕像的主观仍是闭门谢客。包括陈繇、宋知命在内几位辈分最高的年迈道士深居简出，仅是在这座主观内偶有进出，好在武当山习惯了这些慈祥老真人的神龙见首不见尾，不像其他道教名山洞天福地，略微有些辈分的道人都要忙于应酬达官显贵，哪里有一刻清闲光景去潜心修道。武当山在老掌教王重楼之后，连出了两位年轻的新掌教，只是武当山香火非但没有江河日下，反而越加鼎盛，这让山上道人道童都带了几分喜气。不过有前辈真人表率，也从没觉得香火一旺，就该对香客居高临下，便是武当历史上最年轻的掌教李玉斧，也是跟小师叔洪洗象一般，跟寻常道士一般无二，除了每日亲授课业，经常摆摊给寻常香客算卦解签，一些不识字的香客解签之余，还要请他代写家书，李玉斧也是来者不拒，楷书书就，一丝不苟，香客都说寄信以后，家门兴旺了几分，一开始有书香门第的香客劝解百姓，说如此叨扰掌教，会耽误了大真人的修道证长生，不过李玉斧亲口宽慰众人，说修道就是修个平常人，何时修出了平常心，修不成仙人亦无妨，吃也修道睡也修道读书修道写字也修道，大事小事皆修道，也就等于是时时刻刻修道了。江湖上都开始流传一句箴言："世人修道修长生，武当修道修平常。"

观内，掌管戒律的武当辈分第一人陈繇，在殿外门槛肃穆而立，望向殿内真武大帝塑像。身旁有一百四十多岁历经四位掌教的宋知命，还有当今武当掌教李玉斧的师父俞兴瑞。

三位真人神情都极其凝重，俞兴瑞是藏不住话的性子，轻声跟两位师兄

问道：“世子殿下第二次游历江湖返回北凉，就一直跟我们请教武当和龙虎山请神之法的不同，依照这座周天大醮的规模，想要请下哪位跟咱们武当大有渊源的神仙？原本小师弟若是愿意飞升，到时候请吕祖降世，倒是不算太难，起码比起证得长生的难如登天要略微轻松。可话说回来，即便不算难如登天，以世子殿下如今的修为，关键又从来不是修道，就算有武当以八十一峰做大醮，也未必能请下依照天理就不该沾染凡尘的证道仙人啊。陈师兄宋师兄，说实话，我一直不愿武当山掺和到俗世争鼎之中，有违吕祖遗训！”

宋知命微笑道：“龙虎山急眼喽，恨不得把整个龙池气运都转嫁到那位小天师身上，才好让他开窍，可修道如登山，就得脚踏实地拾级而上，哪有我不就山让山来就我的道理。龙虎山是出了不少赵姓神仙，可……”

不等老道士说完，陈繇猛然转身，天地间有一根紫雷砸下，陈繇皱眉道：“那位小天师确是不俗气，如此年轻就强行开窍了。若是能循序渐进，该有多好。世间多一位当之无愧的真人，就算压武当一头又何妨？”

三位武当老前辈此时都不知身后真武大帝雕像上“发配三千里”五字逐渐消散不见。

春神湖上，水师战船多如麻，靖安王赵珣亲临一艘黄龙楼舰，明黄蟒袍的藩王身边有一位女子面遮白纱，身段婀娜。那个在襄樊一直如影随形的幕后谋士今日没有跟随，缘于赵珣存了私心。老靖安王赵衡暴毙后，年轻藩王的心腹屈指可数，屈指可数中又只有一男一女两人为他信赖倚重，那个瞎子陆诩无须多说，新老两位藩王都以国士待之，赵珣也心知肚明，父王除了交给他一个摇摇欲坠的藩王头衔，最为珍稀可贵的还是那名韬略不凡的谋士，赵珣对陆诩是真心器重，甚至到了敬畏的地步，可正是如此，当陆诩有意无意表露出对身旁女子的疏淡冷落后，就让赵珣很为难，生怕陆诩不悦，更是贵为青州襄樊之主，始终都没有将那名女子带入靖安王府，而是在城内金屋藏娇，为了她连王妃一事都给数次推托，足见她在年轻藩王心中的地位。

赵珣悄悄伸手，想要牵住她的手，被她轻轻瞪眼，年轻藩王悻悻然抽回手，非但没有被她的不识趣而恼火，反而满心欣喜。

这样的她，才最像那个此生注定不可求的女子——名义上已经殉情的上任靖安王妃裴南苇。若是召之即来挥之即去，对自己百依百顺，就算身边女子面容酷似裴南苇，赵珣也不会恩宠绵绵，早就视同鸡肋。

赵珣环视一周，青州水师在他眼中气势雄壮，他也有信心将青州水师打造得比广陵水师还要威武无敌，此时心中雄心勃勃，伸出一只手，指向江面，颇有指点江山意味说道："南苇，父王当年根本掌控不住青州水师，更别提让青党俯首，可我做到了，只用了一年时间！"

女子柔声道："陆先生是张首辅孙太师都交口赞誉的栋梁之材，在襄樊本就委屈了，你万万不能因为陆先生对我不喜，就对陆先生有丝毫怨言。若是陆先生只以你的喜好而低眉附和，那才会让人小看了。"

赵珣闻声心中更喜，点头道："这个你放心，有我赵珣一日富贵，必不让陆先生一日贫寒。燕刺王赵炳能给纳兰右慈的，我给陆先生只会更多。"

女子冷清训斥道："说这些花言巧语有何意义？你明知陆先生岂会在意那些虚名虚利？你的性子，太浮了！"

赵珣哈哈大笑道："也对。是该静下心来。"

一阵沉默。

赵珣望向八百里春神湖，低声道："总有一日，我要将春神湖送你，赵珣立誓，此言非虚！"

女子嘴角一翘。

襄樊城外来了一队旅人两辆车，过城而不入，有富家翁，有雄奇男子，有一头臃肿肥猪，还有几名都是让人望而生畏的扈从。

临近芦苇荡岔口，两辆马车同时停下，老人走下马车，走路微瘸，双手叉腰，也难以掩饰驼背，自言自语道："就是在这里杀了天下第十一的王明寅？还一矛挑死了赵衡那老妇人的心腹骑将？"

肥猪屁颠屁颠凑近，笑道："义父，殿下杀人前说'抽刀'，杀人后说'归鞘'，加在一起也就四个字。宁峨眉和一百凤字营就是那时候彻底心服口服了。"

手上与脸上已有枯黄斑点的老人笑了笑，蹲下身，抓起一把泥土，握在手心，望向芦苇丛，怔怔出神。

老人呢喃道："黄阵图带着他回到北凉后，跟我说这孩子嘴上天天骂我，一肚子怨气，可总找借口去一些我当年打过仗的地方，走一走看一看。"

肥猪蹲下身，觉得憋得难受，干脆就一屁股坐在地上，笑道："义父，殿下刀子嘴豆腐心，就是嘴上死撑着，心底其实佩服义父得很。做儿子的，多半都是这样。"

老人一笑置之，倾斜手掌，看着泥土滑落，轻声道："这么一个有剑神有死士拼死护驾，还胆小到睡觉都不敢脱下软甲的孩子，怎么就自己去了北莽，怎么就敢跟第五貉拼命？去北莽前一夜，跟我喝酒，醉死过去前，哭着跟我说他做了个不是梦的梦：在匡庐山顶，有个叫赵黄巢的天人出窍，杀了他娘亲的魂魄。他说迟早有一天，要宰了那个家伙。这孩子一开始练刀，我其实不怎么看好，可我知道报仇一事，想报仇是理所应当，行不行是另外一回事，但想报仇了，去不去做，会不会吃苦了就放弃，又是一回事。论身份，离阳、北莽加起来，或者再往上推到春秋中原，比他好的，几双手也数不过来，不过能在他这个岁数，敢杀徐淮南杀第五貉，敢杀洛阳杀天人，一步一步坚持他想要做的事情，真的不算多。"

老人抓泥土那只手擦了擦袖子，这才从另一袖中摸出一只剩几缕残绿的翡翠镯子，掉绿掉得实在太厉害，何况种嫩，水头更差，值不了几个钱，老人笑道："我年轻的时候，看女人的眼光天下第一，挑选这些玩意儿可就一塌糊涂了，一门心思想要挣钱给还没过门的媳妇买样拿得出手的物件，可一直攒不下银子，就厚脸皮跟荀平借了五十两银子，结果就他娘的买了这么一只镯子，送出手没几天就开始掉绿，才知道给坑惨了，不过孩子他娘倒是不介意，一直戴着。"

老人把镯子贴在枯瘦脸颊上，沁凉沁凉，轻声道："那晚杨秃驴找我喝酒，她说出去多买些酒，顺手摘下镯子放在了房间，当时我没多想。"

老人沉默了片刻，放回镯子，缓缓站起身，平静道："谁敢阻拦士子北迁入北凉，杀。"

北凉虎兕出柙人不知！

快雪山庄春神湖南畔。

不知该说是天师府赵凝神还是龙虎山初代祖师爷的道人满身紫金，一张面容模糊不清，仙气磅礴。

匹夫一怒血溅三尺，天子一怒伏尸百万。

仙人一怒又当如何？

气势犹胜匡庐山乘龙赵黄巢一筹的道士喝声道："大胆凡子徐凤年，凭借阴物祸乱人间，殊不知天网恢恢疏而不漏！巍巍天道之下，还不束手就擒？！"

春神湖汹涌荡漾，湖水大浪拔高十数丈，几乎竟是要与山庄屋檐等高，道人升浮，而湖水竟是一滴都不曾涌入快雪山庄。

徐凤年猖狂大笑，笑声传遍山庄。

仙人勃然大怒，眼前这只作恶蝼蚁胆敢放肆至此！

徐凤年敛去笑意笑声，面目庄严，"你与那赵黄巢都睁开狗眼看一看，谁才是凡夫俗子！"

春神湖上，天地之间骤放光明如白昼。

只见徐凤年闭上眼睛，双手横放在腹前，犹如挂剑而立。

春神湖有魁鼋，鼋背有无字天碑。

大如小山的鼋背缓缓现世。

徐凤年独立鳌头。

身后一只仙人金足骤然脚踏龟背。

有一尾巨蟒翻滚出湖，缠绕大鼋。

金足之后，是依次浮现世间的辉煌金身。

身高百丈，俯瞰天下。

真武大帝，敕镇北方，统摄玄武之位。

梵音仙乐阵阵不绝于耳。

有天女当空散花，一闪而现，复又一闪而逝。

面无表情的徐凤年缓缓开口言语，声势壮如洪钟大吕，"真武身前，何来天人？"

先前还仙人威严胜过人间帝王的"赵凝神"的面容一下子模糊，一下子清晰，飘摇不定，满身紫金之气顿时就维持不住，显露一丝犹豫，百丈金身真武大帝抬手就是一柄并无实质形态的大剑当头劈下。

直接破了龙虎山初代祖师爷的所谓天人之身。

千里之外，天师府龙池沸腾，池中先前圆满绽放的气运莲一朵不剩，尽数枯萎凋零，只剩一朵小花苞无助飘零。

在龙虎山结庐而居的一位中年道人，气急败坏，身躯如同被无上天道禁

锢，双膝硬生生跪下，在地上压出两个坑，这还不止，头颅亦是被按下。

道人面朝真武，五体投地。

不修天道只修隐孤的道人艰难凄厉道："龙虎山误我赵家！"

被打回原形的赵凝神神情呆滞站在春神湖上，是真正的失魂落魄，一袭朱袍在他四周疯狂飞旋，好似老饕在下嘴一盘美食。

徐凤年没有理睬这个兴师动众请下初代天师的年轻道人，脚踩魁鼍，背负无字石碑的大鼍往春神湖水师划水而去，真武大帝的百丈金身随之转身，面朝青州水师，瞬间相距不过几里路，徐凤年抬起一脚，真武大帝如影随形，金足抬起，作势就要一脚踏下。水师战舰呈弧形裹住春神湖南畔，靖安王赵珣所在黄龙楼船首当其冲，就要被百丈金身一脚压顶，大难临头，大多水师都已是匍匐在地，束手待毙，贴身护驾的王府扈从则要果决许多，顾不得心中肝胆欲裂，纷纷跃起，试图替年轻藩王挡下这仙人一踏。一时间刀光剑影，二十余人各自亮出兵器直扑真武大帝，可是悉数被势如破竹的一踏之威碾压回船，赵珣脸色苍白，握住身边女子冰凉纤手，痴痴望向天空。就在赵珣自以为必死无疑之际，一袭素洁道袍横掠而来，蜻蜓点水，踩过一条条楼船战舰的旗帜，高高撞向真武大帝脚底，以肩扛山，硬是让那一踏出现一丝凝滞。徐凤年犹豫了一下，仍是缓缓踏下，真武大帝随之继续踩下。年轻道人肩头血肉模糊，咬牙道："殿下，万万不可依仗天势杀世人，天理昭昭，玄武法身即便为你驱使片刻，天庭与真身与你亦会……"

徐凤年面无表情，继续下踏，年轻道人已经被迫落足黄龙楼船，整条战舰都开始沉入湖水，只剩靖安王赵珣这一层尚在湖面之上。道士喘息过后，单膝跪地，死死扛住真武大帝金身金足，断断续续以密语艰辛告知徐凤年："有淮北游侠贺铸拼死按约送信物给殿下，不可耽搁，此时他已是策马赶至快雪山庄外，命悬一线，玉斧只知与一位贾姓姑娘有关……"

徐凤年皱了皱眉头，收回一脚，真武大帝终于维持不住百丈金身，缓缓消散，大鼍背上无字碑寸寸龟裂，徐凤年回望一眼，神情复杂。这趟比试，看似是赵凝神跟徐凤年这两位江湖年轻一辈的技击，一个请来在龙虎山开山立户的老祖宗，一个请下真武大帝的无上法身，龙虎山和武当山都可谓倾尽全山之力，孰高孰低，就算瞎子也知晓了。原本以赵凝神的道行和龙虎山的底蕴，初代祖师爷可以在人间"逍遥"三炷香光景，而徐凤年请来的真武大帝最长不过一炷香，关键是过了这村就没了这店。不过徐凤年也没如何后悔，当初记下碑上古篆，给师父李义山抄写了一份，后者趁着徐凤年去北莽，闭门潜心考究训诂整整一年，也才解出大半，一边着手在武当山八十一峰设立周天大醮，李义山留下锦囊之一，便是针对日后龙虎山的请神一事。徐凤年的初衷是有朝一日引诱天人赵黄巢到春神湖上一战，以此将天人天龙一并斩，赵凝神不过是误打误撞，让徐凤年不得已早早泄露了天机和压箱后手。不过徐凤年对此也谈不上有多遗憾，龙虎山和京城天子两个赵家，早已融为一体，气数共享，荣辱与共，这次就当打狗给主人看了。

徐凤年瞥了一眼跪地恭送真武大帝百丈金身消散离去的武当年轻掌教，他对这个年轻道士没有什么恶感，拦阻自己脚踏春神湖，长远来看，也是好意。深呼吸一口气，徐凤年一手捂住额头，剧痛过后，恍惚片刻，头脑中空白如纸，似乎忘记了什么极为重要的事情，可偏偏就是记不起来，不由摇了摇头。

李玉斧踉跄起身，嘴唇微动，传来密语："那贺铸为人重伤，体内剑气已是成荫，仅凭小道帮忙吊住一口气，命不久矣，殿下速速去庄外见上一面……"

徐凤年掠回山庄，站在院子屋顶俯瞰，见到有一骑趁着山庄动荡，快马加鞭，直闯大门，年轻游侠似乎在嘶声竭力说什么，只是此时快雪山庄都被来去匆匆的百丈金身给震慑得心神不定，无暇顾及这么一个行事无礼的无名小卒。纵马狂奔的游侠儿像一只无头苍蝇，胸前都是血迹，脸色惨白，摇摇欲坠，眼前一黑，就要跌落马背。视野模糊中，游侠只见一道身形从墙头掠至，将他从马背扶下，他贴着墙根席地而坐，鲜血不断从捂嘴手指中渗出，身前白头公子哥叩指轻敲几处窍穴，硬生生止住他体内肆意乱窜搅烂心肺的狠毒剑气，那公子哥沉声问道："我就是徐凤年，你有何物要交付于我？"

原本天生青面如鬼的丑陋游侠儿从怀中掏出一根钗子，颤颤巍巍递给徐凤年，沙哑道："在下贺铸，遇上一位年轻魔头当街胡乱杀人，身受重伤，被一位贾姑娘相救，她要我将这枚钗子送往北凉，说是跟徐公子两不相欠……"

由于死前的回光返照，恢复了几分神采的贺铸挤出一个难看至极的笑脸，缓缓说道："贺铸被人剑气所伤，一路赶往北凉，听说上阴学宫有士子赶赴北凉，就想去顺路同行，只怪自己本事不济，半途晕厥过去，所幸又为

武当掌教李真人救下，才知徐公子身在快雪山庄。若早前知道公子便是北凉世子殿下，贺铸当时也就不答应这事了，毕竟淮北贺家当年就是被徐大将军满门抄斩，可既然答应了贾姑娘，男儿一诺千金，不得不为……"

徐凤年紧紧握住那枚沾血的钗子，柔声问道："贾姑娘如何了？"

初看面目可憎的丑陋游侠儿忧心忡忡道："只知贾姑娘跟三名身手高深的魔头相互绞杀了好久，其中一人剑气惊人，沿路杀人如麻，自称一截柳，其余两人亦是北莽口音，武当李真人道破天机，多半皆是北莽那边的一品高手。贾姑娘交给我钗子时，距此两百余里的庆湖城，在城南一条叫梅子巷的巷弄，受伤颇重，希望徐公子赶紧前去救援……"

徐凤年点了点头，握住他的手，缓缓注入真气，为其续命，"知道了。"

贺铸摇头道："徐公子不用管我贺铸生死。"

李玉斧飘然而来，徐凤年站起身，朝贺铸深深作揖。

李玉斧轻声道："殿下放心北行便是，由玉斧在此送贺兄弟最后一程。"

徐凤年双手往下轻轻一压，地面一震，只见他身形拔地而起，如同一抹长虹贯空，径直跨过了快雪山庄。

李玉斧蹲在贺铸身前，双手握住青面再次转惨白的贺铸。那匹与主人多年相依为命的劣马轻踩马蹄，来到贺铸身边，低下头颅，碰了碰贺铸，然后屈膝跪地，依偎在墙脚根，为主人遮挡风寒。

贺铸笑问道："李真人，有酒喝吗？"

肩头血迹斑斑的李玉斧陷入两难境地，贺铸摇头豁然笑道："算了，身上也没酒钱了。都说穷得叮当响，可贺铸这会儿囊中都无半点叮当声响了。贺铸只做过不入流的小城酒税吏，不会察言观色，稀里糊涂混了几年，挣下银钱也就只够牵走这匹军营不要的劣马。本想在江湖上走一走看一看……要是可以用诗词买酒该多好……少年侠气，交结五都雄。肝胆洞，毛发耸。立谈中，死生同，一诺千金重，一诺千金重……"

年轻游侠呢喃声渐渐小去，李玉斧久久不愿松手。

不知过了多久，耳边只听劣马呜咽，李玉斧站起身，将贺铸背到马背之上，牵马缓缓走出快雪山庄。

第九章 徐凤年奔援呵呵，猫与鼠一路嬉逐

徐凤年望向远方，『最好是能活捉了那郡主和老头，那老子就赚大发了。回头咱俩坐地分赃，以咱们的交情，保证不坑你。』

田家庄大小村子星罗棋布，长短堰渠罗织，有一大片橘园植树六千余株，所产洞庭黄柑是皇宫乙等贡品，只是入冬以后，不见果实累累的盛景，不过橘园有每一棵橘树留一橘过冬的风俗，寓意年尾有余迎新年，庄子里嘴馋的顽劣儿童，胆子再大，也不敢去爬树偷采，每次在橘园附近嬉戏，也只敢眼馋远观。

此时橘园便是依稀点点挂艳红的景象，一名青衫儒生模样的年轻人闯入橘园，轻轻弹指，弹落有些饱经风霜的干瘪红橘，一股脑兜在怀里，也不剥皮，一口就是半个，大口咀嚼。俊雅儒生身边跟着个面目寻常的枯瘦老人，如同守园的橘农，不甚起眼。年轻人抓起一颗橘子朝老人咧嘴一笑，后者摇头，示意对橘子没有下嘴的兴趣。年轻人嚼着橘肉和橘皮，用北莽言语含混说道："离阳江南这边真是饿不死人的好地方。以后要是一路杀到了这边，我非要跟李密弼要到手一个良田万亩，当官就不用了。"

老人瞥了眼年轻人的后背，有三个好似结痂的窟窿，硬生生堵住了伤势，两剑一刀，都穿透了身躯，亏得还能活蹦乱跳。身负重伤的年轻人浑不在意，两口一颗橘子，很快就解决掉一整兜，伸手拍了拍衣衫尘土，不想牵动了伤口，顿时忍不住龇牙咧嘴，一根手指轻轻拂过胸前一处结痂伤口，身上其余两个剑坑倒还好说，此时手指下的刀口子就阴险了，是一记手刀造就，不比他拿手好戏的插柳成荫逊色几分。想到那个扛一根枯败向日葵的姑娘，年轻人头大如斗，早知道当初就继续跟黑衣少年缠斗出城，而不是跟剑气近互换对手。当时只以为不知名小姑娘再生猛，也厉害不过生而金刚的徐龙象，他在神武城内用巧劲一剑换徐龙象只有蛮力的两剑，也没觉得怎么吃亏，其实略有盈余，不过实在扛不住那少年面无表情拔出体内柳荫一剑的眼神，可惜了那柄常年随身的短剑，给少年愣是拧成了一块废铁。

儒生装束的一截柳转头幸灾乐祸笑道："老蛾，听说黄青跟那小子打得天昏地暗，光是剑就换了七八柄？"

称呼古怪的老人点了点头，看到一截柳身上结痂有渗血迹象，加快脚步，贴住他后背，有白絮丝丝缕缕透出指尖，在一截柳伤口缓缓织痂。老人眼角余光处，有一名高大魁梧的人物站在小土坡上，像是在登高远眺。一截柳弹下一颗橘子，落在手心，然后抛向那名比他足足高出一个脑袋的结伴人物。那人头也不回，接住橘子后，双手手心搓滚着橘子，怔怔出神。竟是一名女子，身形在肥壮之间，她身上那套衣服对七尺男儿来说都算太过宽松，在她身上仍是显得紧促拘束，头上沿袭北莽女子五兵佩，面部点搽额黄靥子，可惜相貌中下的缘故，非但增添不了几分姿色，反而有些不伦不类。她腰间系了一根玉带，悬挂小刀小囊小火石等诸多小巧实用物件，琳琅满目，瞧着倒挺像是个会过日子的女子。

一截柳瞥了她一眼，蹲在地上，狠狠揉了揉脸颊，重重叹气一声。自己再加上两个货真价实的一品高手，竟然还是被那小姑娘不停追杀，天理何在啊！要知道他跟老蛾不但是一品，还是朱魋里极为精通暗杀的拔尖人物，传出去别说他一截柳颜面尽失，朱魋的脸也一起给丢光了。论单打独斗硬碰硬，随便拎出一个对敌，那个不苟言笑的小姑娘胜算都不到四成，可那姑娘袭杀的手段层出不穷，让他们三人吃足了苦头，连朱魋两茧之一的老蛾都说这丫头天生就是吃这碗饭的。不过那丫头日子也惨淡，吃了老蛾一记茧缚和慕容娘们儿的一掌，更被他废去一条胳膊，差不多算是离死不远，可仍不愿罢休，一直纠缠到今日。一截柳心想下一次露面，也该是她彻底离开江湖的一天了。

老蛾环视四周，自言自语道："那少女擅长奇门遁甲，土遁水遁都是行家老手，上次咱们就在河边吃过亏。慕容郡主特地挑选了这座土地松软而且沟渠繁多的庄子，大概是想大大方方给她一次机会，来了结这趟长途奔袭，省得大伙儿都劳心。"

一截柳嗤笑道："那姑娘伶俐得很，不会上钩的。"

绰号老蛾的北莽朱魋元老摇头笑道："小姑娘手段巧妙，可惜体魄跟不上，接连负伤，撑不了多久的，郡主若是心狠一些，连眼下这个机会都不给，三人掎角相依，说不定那姑娘就要无声无息死在路途中了，委实可惜。郡主到底跟咱们这些刀口舔血的糙老爷们儿不同，心胸要更广一些。"

一截柳瞅了一眼身架子奇大的女子壮实背影，会心笑道："不光是心眼，胸脯什么的，都要略大一些。"

老蛾称不上什么官油子，不过还是没有附和搭腔下去，毕竟那年轻女子是为女帝器重青睐的同族后辈，北莽两大皇姓，既有慕容宝鼎这样成名已久的天纵雄才，年轻一辈中也有耶律东床和慕容龙水这样的武道新秀，这两位的修为境界还要在新入金刚境的拓跋春隼之上。慕容郡主虽说长得确实是出

格了点，可在北莽口碑不错，对离阳风土人情熟稔得像是中原士子，尤其难得的是她虽然身为天潢贵胄，又身负绝学，性情却也半点都不乖戾，换成其他皇室宗亲女子，亲耳听到一截柳如此非议，还不得恼羞成怒到当场翻脸。

与耶律东床齐名的女子掌心翻转橘子，不知为何想起一事：姑姑笑问她若是北莽吞并了离阳，难免沾染上中原风俗，北莽儿郎能够继续尚武多久？若是连一百年都撑不下，对北莽而言，铁蹄南下意义何在？当时在场的还有一位喜好貂覆额的郡主，她给出的答案是死上百万人，换来大秦之后的百年大一统，就算赚到了，更别提还能让姑姑的名字被后世牢记千年，再蹩脚的掌柜，再蹩脚的算计也都不亏。姑姑闻言龙颜大悦，慕容龙水清晰记得同为郡主的女子说出这话时，眼神凌厉，挑衅一般望向自己。慕容龙水心情阴郁了几分，这一路跟一截柳和朱魍前辈同行，被那个小姑娘纠缠不休，一截柳显然大为恼火，凶险厮杀中，光是无辜妇孺就杀了不下三十人，她对此就算心中不喜，可终究不能多说什么。北莽离阳如今表面上的相安无事，是拿数十万条甲士性命填出来的，离阳几次北征，阵亡将士来不及裹尸南下，就地挖坟掩埋，这些年不知被北莽人翻来覆去挖了多少遍。祸不及妻女，死者为大，冤家宜解不宜结等诸多放之四海而皆准的道理，在国仇家恨面前，往往不值一提，与人提起就只能是个笑话。慕容龙水数次独身游历北莽，见过许多北地稚童，分明祖祖辈辈远离战乱，可提起离阳，都咬牙切齿面目狰狞，没有半点天真无邪可言，其中一个部落重金购得一名掳掠到北莽的中原女子，已是怀胎数月，被剖腹而死，一群马术尚未娴熟的少年就恣意纵马踩踏尸身。

猛然回神的慕容龙水看到视野之中的景象，明显愣了一下。

一位身形消瘦的姑娘扛了柄枯败向日葵，轻轻走来。

差不多一旬光景的互杀，总计交手六次，有四次都是被对方设下圈套却无功而返，一击不中便各自撤退再寻机会，有两次却实打实耗上了，衔尾追杀了不下百里路程，一截柳挨了一记狠辣手刀就是其一，而小姑娘左手胳膊被植满柳荫剑气也是如此。慕容龙水离她最近一次是护送一截柳远遁，在一条小巷弄里被横挂在屋檐下隐蔽气机的小姑娘手刀斜斜削在脖颈，即便双手交错格挡，仍是整个人被打飞出去几丈远。不过那姑娘也不好受，被朱魍双茧之一的蛾茧趁机以茧丝束缚，慕容龙水也顾不得以多欺少，翻滚之后弹起，一掌结实打在那姑娘身上，年纪轻轻的杀手撞烂了巷壁后，一闪而逝。

慕容龙水对她并无太多恶感，只是这个小姑娘的搅局，延误了太多出自太平令之手的既定谋划，不得不死。

一截柳死死盯住那个少女杀手，纳闷道："就她目前的凄惨状况，袭杀还有丁点儿得手机会，这么光明正大走出来，当咱们被吓大的？"

老蛾犹豫了一下，"多半还有同归于尽的手段。"

一截柳摇头道："以她流露出来的紊乱气机，没这份能耐了。"

老蛾沉声道："记得主人有说过，气机之上有气数。"

一截柳立马嬉笑道："慕容郡主，这闺女已经是强弩之末，就交给你了。"

说是这么说，三名一品高手仍是开始迅速散开，走下山坡的慕容龙水居中，一截柳和老蛾一左一右，准备包围这个撞入必死之地的小姑娘。

扛了一柄枯枝的小姑娘嘴唇微动。

似乎在计算间距步数。

蓦地四人几乎同时抬头。

在小姑娘和三人之间，从天空中轰然砸下一名不速之客。

尘烟四起之中，白头年轻人双手插袖，背对杀手姑娘，面朝慕容龙水三人。

身材魁梧的慕容龙水目不转睛盯住这个横空出世的家伙。离阳这边朝廷钳制言论，只有一些小道消息侥幸成为漏网之鱼，故而对北凉世子的议论纷纷，大多流于表面，无非是说他在太安城那边如何跋扈，如何跟国子监太学生交恶。可北莽截然不同，正是因为这个家伙的北莽之行，搅动出了一个天翻地覆，慕容龙水跟姓耶律的宿敌都是因他而对离阳江湖产生兴趣，这才亲自南下走一遭。甭管此人用什么不光彩的歪门邪道杀掉第五貉，慕容龙水都心生佩服，设身处地，她自认单枪匹马对上有彩蟒、雷矛两尊大魔头护驾的拓跋春隼，也都是九死一生。慕容龙水犹豫了一下，凝望眼前这个疲于赶路而嘴唇干裂的同龄男子，一场注定你死我活的酣战之前，她笑着将手心那颗橘子抛出，心想若是这男子大大方方接下橘子，吃过以后再战，也是一桩活下之人将来可以佐酒痛饮的美事，自有一种生死置之度外的豪侠风度，不承想橘子才抛入空中，就炸裂开来，汁水溅了慕容龙水一身。慕容龙水皱了

皱粗厚眉头，这北凉世子也太小家子气了。

男子的江湖，大抵仅有黑白灰三色，女子身入江湖，心中所想却是大多旖旎多彩，慕容龙水也不能免俗。

一截柳看到慕容龙水吃瘪，心中一乐，满脑子都是一个俊哥儿被一位两百斤女壮士压在身下痛殴成猪头的滑稽场景。

老蛾没有一截柳这么多闲情逸致，步伐沉稳，不急不躁。眼下局势对三人而言无异于天赐良机，那世子被身负重伤的小姑娘拖累，甚至还不如以一敌三来得轻巧。

一截柳跃上身旁一株橘树枝头，举目远眺，确保视野之中没有大队骑卒参与围剿——在别人家地盘上撒欢，小心驶得万年船。

徐凤年落地以后，长呼吸一口气，便朝最近的慕容龙水奔杀而去，一路绕过几株寒冬萧索仅剩一点惨红的橘树。

慕容龙水身形看似臃肿不堪，好似换了性别的褚禄山，可当徐凤年展开冲杀时，亦是对撞而去。与徐凤年的绕行不同，身形矫健的她遇上橘树就直接撞断，两人瞬间就碰撞在一起。

徐凤年一手按下慕容龙水的凌厉膝撞，五指如钩，在她脸上一划。慕容龙水身体后仰，一脚踹出。浑身气机厚积薄发的徐凤年衣袖飘摇，对着慕容龙水的大腿就是一掌猛拍。她硬抗过这一掌，身躯竟是趁势旋转，一掌推在徐凤年胸口。

徐凤年被一掌推出，倒滑向一株橘树，在后背贴靠橘树一瞬间，鼓涨双袖顿时一凝滞，硬生生停下脚步，小腿一勾，斩断橘树，挑向空中，一手握住，对那个大踏步震地前奔的女子就是橘树做大剑，一剑当头劈下。

慕容龙水双手交错，护住脸颊。橘树寸寸碎裂，漫天残枝断叶。慕容龙水无视密密麻麻的刮骨疼痛，一冲而过，在他胸口砰然砸出两拳。不料徐凤年不躲不避，任由女子拳罡在胸前如同层层叠叠的惊涛拍岸，就在慕容龙水察觉不妙想要后撤时，发现双拳如陷泥泞，一丈之内飞剑如飞蝗，一股脑绞杀咬钩着慕容龙水的双拳。

她在眨眼间就做出等同于两败俱伤的决断，非但没有收回拳势，反而双脚生根，双膝没入泥地，双拳一气呵成在徐凤年身上重捶数十下。

就在飞剑悉数钉入慕容龙水身躯的前一刻，一直蹲在远方橘树上优哉游哉采集树枝的一截柳，终于悍然出手，朝酣战中的徐凤年和慕容龙水这对男女不断丢掷出枝丫，精准阻截一柄柄飞剑的攻势，无心插柳柳成荫。剑胎圆满与剑主神意相通的飞剑，乱中有序，竟是仍然没有一柄成功钉伤慕容龙水。

徐凤年额头向下一点，敲在纠缠不休的慕容龙水脑门上，后者堪称雄壮的罕见身躯向后一荡，可是双臂被徐凤年扯住，不给她乘机逃脱的机会。慕容龙水怒喝一声，手臂一抖，涟漪大震，抖落束缚，徐凤年十指在她手臂上划出十条深可见骨的猩红血槽。

她低下头去，粗如寻常女子大腿的双臂迅速环住徐凤年肩膀，外人瞧见，还误以为是情人温情依偎，很难分辨出其中的杀机四伏。

慕容龙水身躯向后倒去，将徐凤年的整个人都拔到空中，试图一记倒栽葱，把徐凤年的头颅送入泥地。徐凤年双手轻轻在湿漉漉的泥地上一拍，刹那好似雾气袅袅升腾。慕容龙水既想拉开距离又想让一截柳布下柳荫的企图落空，轰然躺在霜雪泥泞中的她松开双手，正想一个鲤鱼打挺起身，比那人更早占据主动。

原本脑袋朝下的徐凤年在一拍之后，身体瞬间颠倒恢复常态，双手按住慕容龙水的脸颊，两人眉目相对，又是脉脉温情假象下孕育血腥的一幕。先前慕容龙水接过一截柳抛来的橘子，在掌心翻滚，此时如出一辙，徐凤年像是要将她的头颅当作一颗橘子。

慕容龙水神情剧变，一时间拳打膝撞如暴雨如鼓点，出道以来便以擅长近身肉搏著称的北莽奇女子，此刻竟然只想着赶紧拉开距离，可不管她的攻势如何凶悍，徐凤年只是撑住她的脑袋，双手掌心一寸一寸缩短间隙，身形始终岿然不动，全盘接纳慕容龙水的惊雷攻击，衣袖以肉眼不可见的速度震荡颤动。

蹲在远处枝头的一截柳神情阴晴不定，手中还剩余一把橘枝，似乎在权衡利弊，没有第一时间帮那陷入险境的女子解围。

先前老蛾趁着间隙在橘林伸臂游走，也不知是鬼画符些什么，朱魍老人显然比隔岸观火的一截柳做人要讲究许多，一脚踢断一株橘枝，刺向徐凤年后背。不敢藏拙的慕容龙水倾尽全力一拳砸在此人心口上，恰好橘枝刺在后背心口，一拳一枝相互牵引，以常理揣度，任你是金刚体魄也要被砸烂心

脏，当场死绝。

老蛾在一脚踢出之后，便转头对一截柳怒目相视。后者翻了个白眼，掠向徐凤年和慕容龙水侧面。

可是徐凤年出乎意料地安然无恙，不过总算退让一步，愿意松开慕容龙水的那颗硕大好头颅，双手下滑，将她的脸颊往上一托，遍体气机翻江倒海的慕容龙水双脚离地，徐凤年"慢悠悠"走到她身侧，一腿横扫在北莽郡主的腹部，她的魁梧身躯在空中弯曲出一个畸形弧度，然后轰然射向赶来营救的一截柳那边。一截柳对千金之躯的郡主视而不见，身形急急下坠。与此同时，杀手老蛾双手皆是拇指食指并拢，在身前抹过一条莫名其妙的直线，不下百株橘树连根拔起，一起泼向形单影只的徐凤年，然后当空炸开。一截柳嘴角翘起，十指弹弦。

满陇皆剑气。

天地之间紊乱剑气流溢，如银河倒泻，构成一座无处可躲的牢笼。

徐凤年一脚踏出，双膝微曲压下，形同双肩扛鼎，双手虚空往上一提。

以他为圆心，数十丈地面全部掀起，一块上扬泥幕跟倾泻而下的磅礴剑气针锋相对。

如伞遮雨。

一截柳双手紧握一截树枝，恰巧在徐凤年头顶的雨伞空心处插下。

见缝插针，一树柳荫。

徐凤年仰起头，无动于衷，直直望向这个名动北莽的杀手。

一截柳蓦觉异样，攻势立即一顿，宁肯放弃千载难逢的大好时机也不愿以身涉险。

可就在一截柳收回剑势时，分明看到那厮嘴角浮起一抹阴谋得逞的笑意，瞬息万变，时不待人，一截柳凭借直觉再度刺下。

当手中树枝真真切切触及徐凤年眉心，一截柳心中大定。

树枝已然刺入此人眉心足足小半指甲深度，一截柳眼神阴鸷，心中狂喜。

两人相距不过几尺距离，可树枝骤然间不得推进丝毫，一截柳没有任何恍惚，就要撤枝退避。

可身后一袭朱袍在他后背狠狠一脚踩下。

徐凤年双手十指相对，刺入一截柳胸口，然后"轻轻"往外一撕。

就给一截柳在空中分了尸。

一大摊血水洒在徐凤年脸上。

徐凤年依旧还是面无表情不言不语，只是抖了抖手腕，无声无息抖落双手鲜血，望向橘园中剩余的两个北莽高手。

老蛾眼见一截柳被生撕，瞠目结舌。朱魍大当家李密弼亲自发话，让他们三人结伴行事，是有学问的。郡主慕容龙水身具金刚体魄，擅长近身肉搏，配合精通刺杀的一截柳，几近天衣无缝，再有两茧之一的老蛾从旁协助，经验老到，做些锦上添花或是查漏补缺的勾当，就算对上两名离阳指玄境高手也是大可一战。就算一截柳身中两剑一刀，战力折损严重，可老蛾怎么也不相信会在一炷香内就给破局。高手死斗，既斗力更斗智，老蛾其实也看出几分端倪，当时一截柳与自己搭档，造就漫天磅礴剑气骤雨般泼洒而下，徐凤年掀起地面做伞，故意露出空白伞柄处的致命破绽，一截柳起先也曾怀疑是个陷阱，中途也做出收手撤剑姿态，可不知如何一环扣一环，以擅长捕捉杀机名动北莽的一截柳又改变了主意，果断一剑刺眉心，事实上也差点就得手，一剑透颅，若是被一截柳功成身退，别说朱魍立下大功，就算想要让女帝赏赐几个公主郡主都不难，再者恐怕北莽、离阳、北凉的三足鼎立之势都要松动，那就真是无心插柳柳成荫了。可老蛾怎么想得到堂堂一个世袭罔替北凉王的年轻人，不惜置自己于死地，放任一截柳一剑刺入眉心，在阴阳一线之隔时痛下杀手？老蛾想不到还没事，被李密弼极其器重的一截柳就只能死在了异乡。老蛾不是没有蹚过束手束脚的泥塘困局，前些年还跟另外一茧围剿过一名不愿被北莽招安的指玄高手，那也是一场几乎换命的死斗。初生牛犊不怕虎，人到中年始惧死，何况是老蛾这种刀口舔血了大半辈子的花甲老人。此刻越发想念起北莽私宅小院里豢养的金丝雀儿了，能做他孙女的柔媚小娘，细皮嫩肉，老蛾总喜欢每次在她身上掐出一串串瘀青。早知会碰到凭借阴物跻身伪境天象的北凉世子，要是想有个万全之策，那就该拉上精通多种指玄秘术的蚕茧一起，要不就该将原名孙少朴的剑气近请来。

慕容龙水盘膝坐地，看不出伤势轻重，对徐凤年笑道："以前听说你在草原上遇到拓跋春隼，被他和雷矛端孛尔纥纥加上彩蟒锦袖郎围杀，那会儿你估计最多才入金刚没多久，竟然还被你宰掉一个。信倒是信，就是一直好

奇你怎么做成的。这会儿有些明白了，我这趟离阳之行没白来。"

徐凤年不急不缓走向老蛾，却跟慕容龙水搭腔："那次我被揍得像条狗，身上还给端孛尔纥纥的雷矛扎出一个窟窿来，惨是惨了点。不过说实话，在鸭头绿客栈杀掉魔头谢灵以后，对所谓的一品高手，也没太多忌惮，毕竟跟洛阳、第五貉都打过，所以这会儿别管我是不是狐假虎威的伪境。我不奢望一口气做掉你们，但要说谁付出的代价更大，拖久了，肯定是人生地不熟的你们。"

慕容龙水站起身，玩味道："关于修为反哺一事，好像有个井水不犯河水的说法。事关第五貉的身死，我有次曾询问过麒麟真人，国师说你体内井水干涸，一滴不剩，自然能容纳公主坟阴物的河水倒灌，换成别人恐怕就要经脉炸碎。不过不知是我眼拙误会了，还是世子殿下又开始算计我们，故意使了一个障眼法，似乎你的那口枯井已经不枯，再让朱袍阴物灌输修为，恐怕就要留下不可挽回的后遗症，一而再再而三兵行险着，总归有失兵法上奇正相合的正途，今天是一截柳马失前蹄，明天说不定就要轮到囊中有个大好北凉王头衔的世子殿下了。"

徐凤年停下脚步，笑道："这也能瞧得出来？"

慕容龙水微微愕然，似乎有些恼火，指了指徐凤年的头发，"殿下是不是太过明知故问了。霜发有了渐次转黑的迹象，冬枯入春容，不是瞎子都看得到。"

徐凤年点头又摇头，用娴熟的北莽腔调说道："你没猜错。我在失去大黄庭后，如今好不容易开始恢复生机，按常理来说，是不该在这种时候横生枝节，可你，慕容龙水，堂堂北莽郡主，持节令慕容宝鼎的宝贝闺女，都来离阳行刺，又有剑气近黄青、一截柳和眼前这位朱魍老前辈，我不知道你们为何在太安城和神武城两次都没有动手，不过多半不愿无功而返，十有八九要死皮赖脸继续跟我不对付，既然今天我好不容易占据上风，就算杀敌一千自损八百，那也有两百的赚头。我返回北凉以后，日后世袭罔替，到底是二品武夫还是一品境界，意义都不大了，何不干净利落一鼓作气解决掉你们？"

慕容龙水眼神真诚笑道："实话实说，这趟南下朱魍出动了两茧和数根提竿，初衷都是要刺杀殿下，只是在太安城被人阻挠，不敢轻举妄动。不过我一开始就没有打算掺和这潭浑水，我南下是想探寻魔头洛阳的行踪，以便确定断矛邓茂和耶律东床是否跟随洛阳一起叛出北莽。神武城外韩貂寺被殿下所杀，朱魃就彻底打消了煽风点火的念头，转为刺探咱们北莽心腹大患洛阳的布局。只是徐龙象和殿下身后的小姑娘从中作梗，我们也很焦头烂额，这两场架，让北莽确实哭笑不得。此刻洛阳应该已经察觉，朱魃如何收场，全身而退回到北莽，李爷爷少不得要发愁得捻断数根须。殿下只要乐意袖手旁观，坐山观虎斗，慕容龙水就当欠殿下一个人情，如何？"

徐凤年讶异道："耶律东床不是你们北莽的皇室宗亲吗？怎么跟洛阳搅和在一起了？断矛邓茂更是武评上排名还在人猫之前的高手，岂会给洛阳当马前卒？怎么就没有一点世间顶尖高手的傲气了？"

慕容龙水苦笑道："殿下询问的，正是我秘密渗入离阳想要知道的。"

徐凤年眯眼打趣道："慕容龙水，你我身份大致相当，差得不远，你看我去北莽都宰了两个高居魔道前十的魔头，还有一个提兵山山主，你就不眼馋？"

身材魁梧的慕容龙水嫣然笑道："你是男人，我是女子，有什么好争的，迟早有一天我就会嫁为人妇相夫教子，要争这口气，那也是耶律东床那只闷葫芦矮冬瓜的分内事。"

徐凤年笑道："直爽，我中意。那你走吧，别忘了，你欠我一个人情。"

慕容龙水笑问道："当真？"

徐凤年挥挥手。

被晾在一边许久的老蛾心中大石终于放下，他是真不愿跟一个不要命的伪天象魔头搏命厮杀，在北莽，可没有人会买北凉王徐骁什么面子，这白头年轻人能活着走一遭，还拎了两颗头颅回家，老蛾也有些不愿承认的佩服，也越发感叹江湖代有人才出，北莽就算有已然成就大势的洪敬岩，有愈挫愈勇逐渐厚积薄发的拓跋春隼，有慕容郡主和耶律小王爷，可真的到了离阳江湖亲耳闻亲眼见，才知道离阳江湖的底蕴之深厚。棋剑乐府剑气近本名孙少朴，太平令当年笑言北莽剑道如贫瘠田间的稻谷，青黄不接，孙少朴这才改名黄青，可到了离阳这边，剑道大才那就跟不值钱的野草一般，割了一茬又一茬，离阳自家人浑不在意，但是让邻居北莽胆战心惊得很。气数鼎盛，水土便好，水土好，便出人杰，这是历朝历代都遵循的常理。女帝陛下已经按

捺不住，不想再让离阳赵家慢慢坐大，好整以暇消化掉春秋八国的国力，可惜人算不如天算，军神拓跋菩萨在极北冰原被洛阳摆了一道，牵一发动全身，已为帝师的太平令也措手不及，女帝勃然大怒，可一年之内，数万精骑仍是被白衣洛阳牵着鼻子走，损失惨重，最后还被她流窜到了离阳，要是洛阳转为依附离阳赵家，这绝对可以让北莽被北凉铁骑突袭边关重镇的低落士气降入谷底。

慕容龙水大大咧咧转身离去，老蛾要谨慎许多，缓缓后退。

徐凤年盯住老蛾，轻声笑道："我说郡主可以走，可没说你可以走。上次北莽一大拨江湖出身的杀手想要渗透边关，入境刺杀北凉官员，如果没记错的话，就是你们李密弼谋划的局，朱魋六位大小提竿亲自牵的头，这笔账得算清楚。"

慕容龙水愤而转身，"殿下这么说就没意思了吧？"

徐凤年笑眯眯道："郡主有诚意，可那朱魋老头儿就不怎么地道了，袖出小蜂，估计是给朱魋发出了密信，明摆着贼心不死，要趁我落单的机会，去做成在太安城、神武城都没做成的大事。"

徐凤年一抹袖，八柄飞剑整齐悬浮身前——既然你袖飞小蜂传递消息，那就别怪我用最称手的剑家飞剑斩蝶杀蛛了。

慕容龙水和老蛾相视一眼，不约而同飞掠撤退，与此同时，徐凤年毫不犹豫地不依不饶跟上，死死咬住距离，不让两人脱身。

扛了柄枯败向日葵的小姑娘一言不发跟在徐凤年身后。

远处慕容龙水不易察觉地放慢脚步，悄悄查探气机，徐凤年骤然加速，双方间距瞬间由四十丈缩短到三十丈，本意是以此试探徐凤年是否色厉内荏的慕容龙水叹息一声，这才开始真正撤退。她并不相信徐凤年会为了一个嘴上的人情而放过自己，徐凤年在撕杀一截柳后没有立即乘胜追击，不外乎两种可能：一种是力有不逮，以一敌三属于竭力而为，他的境况其实并不好受，如果是这样，慕容龙水不介意以重伤换取徐凤年的殒命；还有一种情况则是这个熟谙死战的奸诈世子故技重演，再次故意示弱，以便更轻松击杀实力并不差的她和老蛾。老蛾可以牵扯朱魋隐蔽势力，徐凤年未必就不能搬救兵，到时候胜负照样还是五五之间。

徐凤年掠空追杀两人，被他绰号呵呵姑娘的少女杀手始终跟在他身后。

222

徐凤年拿手抹了一把脸，手心尽是鲜血，他犹豫了一下，开诚布公低声说道："那个郡主心眼很多，不得不打肿脸充胖子，要不是这个郡主杀我之心不死，我早拉上你跑路了。我在春神湖上跟赵凝神打了一架，已经不能继续毫无顾忌地让它灌输修为，这对我自己来说是好事，体内气机疯长，可对于当下局势没有裨益不说，只有拖累，一两天工夫我的内力就算再如何一日千里，也达不到一品境界。而且它在神武城跟人猫一战，受伤很重，这次杀一截柳，差不多就是虚张声势了，如果不是一截柳傻乎乎撞上来，多耗一段时间，我跟它就要露馅。不过你放心，他们想杀你，万万做不到，想杀我，我就算站着不逃让他们杀，也一样不容易。咱们大抵可以说是立于不败之地，这笔买卖，也就是赚多赚少的差别。"

少女呵了一声。

徐凤年望向远方，"最好是能活捉了那郡主和老头，那老子就赚大发了。回头咱俩坐地分赃，以咱们的交情，保证不坑你。"

少女一脚踹在徐凤年屁股上，身手矫捷的世子殿下在空中轻巧翻滚，继续安稳前掠，轻声笑道："朱魁就算暗处有救兵，也不敢肆无忌惮一股脑拥过来，再说了，我也不是没有后手，咱们就跟这两位北莽大人物猫抓老鼠慢慢玩，我也好趁机以战养战，恢复一下修为，把失而复得的境界给弄结实了。你擅长找准袭杀时机地点，我身边的徐婴精通捕捉气机，有的他们好受！"

整整一天猫鼠捕杀的凶险"嬉戏"，让慕容龙水和老蛾憋屈得不行：徐凤年始终跟他们保持在半里路之内，他们休憩，徐凤年就跟着慢悠悠停下，在一定距离外骚扰挑衅；他们前行，徐凤年就继续尾随，甚至有两次都主动展开截杀，一击不成就当机立断火速撤退。慕容龙水不是没有想过反过头去占据主动，可徐凤年完全不给她这个机会，追杀娴熟，逃路更是那叫一个脚底抹油，风紧扯呼起来比谁都没高手架子。若是有一截柳在场，参与这场双方都有一定胜算的捕杀，慕容龙水和老蛾还不至于如此被动，可世上没有那么多如果。夜幕中，慕容龙水在深山野林一条溪水边掬水洗脸，徐凤年在十几丈外的大石头上蹲着，还有闲情逸致跟这位北莽金枝玉叶套近乎，劝她别当什么郡主了，干脆在北凉找个书卷气的读书人嫁了，让她气得牙痒痒。老蛾当时想要绕道出手偷袭，就给一袭朱袍挡下。

三天后，双方一前一后进入一座城镇。慕容龙水还好，有金刚体魄支撑，气色尚佳，提心吊胆的老蛾就难免有些神情萎靡。

徐凤年在集市上顺手牵羊了两顶大小不一的貂帽，一顶自己戴上，一顶不由分说按在小姑娘的脑袋上。

毛茸茸的小貂帽子遮住她的眉额，如果抛开肩上那柄向日葵不谈，就有几分像是寻常人家的少女了。

慕容龙水已经三天两夜滴水未进，既然甩不掉身后那一对附骨之疽，干脆就在城中通衢闹市拣选了一家酒楼，从腰间小囊掏出一锭黄金抛给酒楼伙计，说不用找了，要了一桌子丰盛酒菜，在临窗位置落座，不论是阔绰败家的出手，还是她那小山墩般的稀罕身段，都很是惹眼。

慕容龙水没有在窗外瞧见那个王八蛋，也乐得眼不见心不烦，只管大块吃肉，反倒是老蛾细嚼慢咽，附近几桌食客都窃窃私语，对慕容龙水评头论足，嬉笑言语也谈不上有多客气含蓄。朱魍老蛾这三天积攒下不小的火气，就想不动声色地给这帮无礼之徒一点教训，慕容龙水轻轻摇头，喝了一大口不曾尝过的烧酒，含在嘴里，也不急着下咽，慢慢回味。眼角余光中，闹市川流不息，小门小户人家，也是绸纱绢缎，慕容龙水有些入神，离阳结束春秋动荡后，从西蜀、南唐、东越三地得到的锦缎彩帛就多达数百万匹，这些年离阳赵室对市井百姓的服饰定制也要比前朝各地宽松许多，慕容龙水咽下酒水，抿了抿嘴唇，轻轻呢喃一句："好一幅太平盛世画卷。"

不足五丈外的一堵青墙后，行人寥寥，头顶貂帽的徐凤年蹲在墙脚根下，一边嚼着一张葱饼，一边含混碎碎念，不耽误抬起袖口，好似一名小伍长故作沙场点兵的豪迈做派，对着悬浮眼前的几柄飞剑发号施令，手指一旋，其中三柄剑贴着墙面急急飞掠而去，拐弯出巷弄，一瞬间就透过酒楼窗户直刺慕容龙水。老蛾手指轻叩桌面，飞剑与郡主之间出现丝丝缕缕的白雾，三柄顽劣调皮的飞剑无法得逞，便原路折返。一拨才去，第二拨又来，这一次三剑角度刁钻，穿窗以后就迅速分散，老蛾顿时敲桌急骤。三剑来也匆匆去也匆匆，第三拨转瞬即至，乐此不疲，让一心隐蔽手段的老蛾越来越疲于应付。几个眼尖酒客都瞧见临窗那边白雾蒙蒙，依稀有亮光流萤。

慕容龙水重重放下酒碗，才劝过老蛾不要大张旗鼓，她自己就猛然起身，整个人直接撞烂窗栏，大步狂奔而去，看得酒楼众人目瞪口呆，敢情这

224

婆娘还是个深藏不露的江湖女侠？青色墙脚下的徐凤年赶忙把小半张葱饼叼在嘴上，撒开脚丫子溜之大吉。慕容龙水站在巷弄中，五指钩入墙面，捏碎手心砖石，脸色变得铁青。老蛾也是被徐凤年这种没有尽头的下作手腕折腾得不厌其烦，只是不知如何劝慰那位年轻郡主。之所以不追，委实是这小子驭剑的手法太高超，十丈以内飞剑悬停得恰到好处，安安静静在他们前头守株待兔，八柄飞剑，那就是八座陷阱起步。老蛾忍不住嘀咕道："真是追赶一条胡乱拉屎的狗，走哪儿都得担心鞋子沾上狗屎。你不追吧，他就在你屁股后头吠几声，真是难缠！"

慕容龙水被这个粗鄙比喻给逗笑，心头阴霾消散几分。小巷尽头，那家伙似乎察觉到两人没有穷追猛打的念头，又嬉皮笑脸现身，斜靠墙头，啃完了葱饼，油渍手指在貂帽上随意一擦，好心提醒道："你们这一双老少配的神仙侠侣还没下定决心啊？等到我喊来成千上万的北凉铁骑，一人一口唾沫都淹死你们了，小心变成一对亡命鸳鸯，在口水里游啊游，游啊游……"

慕容龙水死死盯着那个做出划水姿势的王八蛋，冷笑道："你也别瞎扯了，这会儿朱魍跟北凉谍子都成了赵勾的眼中钉，谁都不敢轻举妄动，你要是能从北凉调动一千铁骑到这里，我慕容龙水不光乖乖束手就擒，给你徐凤年当丫鬟都可以。"

徐凤年朗声笑道："这可是你说的啊，有本事你就等着。听潮阁有本道教典籍记载了撒豆成兵的通玄本事，敢不敢给我三天时间，等我修成了这门神通，到时候你给我当丫鬟。巧了，梧桐院还少个捧剑婢女，我瞅着你牛高马大的，虽然相貌不咋的，不过气势很足，咋样？"

慕容龙水咬牙切齿挤出一个笑脸道："好商量。别说捧剑，以后给你捧灵牌都行。"

徐凤年佯怒道："咒我啊？喂，那养蚕的老头，你也不管教管教你媳妇，你怎么当家的，那么大岁数都活到狗身上去了？你先前说我是狗拉屎，你跟郡主行那鱼水之欢的时候，狗舌头瞎舔，就是风花雪月了？听说你这老儿在朱魍里头风评极差，被你糟蹋虐杀的女子一双手都数不过来，这次跟正值妙龄的郡主一起逍遥江湖，可千万别起了歹心，好好过日子，比什么都强。"

还是黄花闺女的北莽郡主一笑置之，老蛾可就有些急眼了，虽然朱魍一

向只效忠于女帝陛下，准确来说是陛下身后的影子宰相李密弼，可慕容龙水身份尤为煊赫，主辱臣死，何况那世子殿下满嘴脏字的混账话，尽往他跟郡主身上一块儿泼脏水，万一郡主返回北莽后哪天惦念起这个，老蛾怎能不心惊肉跳？

徐凤年本来还想继续逗弄这只蛾茧，不过小姑娘的到来让他收敛许多。毛茸茸貂帽歪斜在脑袋上，她蹲在一旁慢悠悠啃咬一张夹有牛肉片的葱饼，显然比起徐凤年的葱饼要富贵气太多。几张葱饼钱都出自徐凤年在大街上顺来的钱囊。小姑娘嚼完葱饼，舔了舔手指，然后似乎觉着不习惯暖和的貂帽，扯了扯，不过是由东倒变成西歪罢了。

老蛾将这对临时搭档看在眼中，一点都没有感到滑稽可笑，只觉忌惮和棘手。这几天都只有徐凤年出手，老蛾相信等那小姑娘缓过神，伤势痊愈几分，下一记手刀吃不准就要落在他和郡主身上。

老蛾揉了揉酒糟鼻子，阴沉笑道："世子殿下，听说北凉王妃本是女子剑仙，因为怀上你，才有了京城白衣案，落下不治之症，早早离世。又听说你大姐徐脂虎远嫁江南，郁郁寡欢，二姐徐渭熊也好不到哪里去，差点死在陈芝豹手上。再过几年，新王换旧王，好不容易当上了藩王，小心到头来就只是孤家寡人一个，有福不能同享，还要一边担心北莽铁骑南下，一边防着离阳使绊子，换成我是你，早就疯了。随便掰手指头算一算，不说北莽在卧榻之侧厉兵秣马，还有记恨在心的赵家天子，有张巨鹿、顾剑棠一大帮骨鲠忠臣冷眼旁观，有几大藩王虎视眈眈，你说你活着不是遭罪吗？"

徐凤年依旧斜靠墙头，双手抱胸，重重叹息一声，"谁说不是呢。"

慕容龙水语不惊人死不休，神情平淡道："赵勾里有我们北莽安插多年的死士，位居高位。京城那边称得上一个屁响如雷的大人物，很多都清楚这次是你最后逗留江湖，神武城外一战未必就是你的江湖收官，你要是继续跟我们猫抓老鼠，小心得不偿失，被赵家天子反过来渔翁得利。到时候我肯定不介意跟赵勾联手，把你的尸体留在江湖上。总之现在你我都身陷赌局，去赌赵家天子和离阳重臣有没有这份魄力，我输了，不过是维持眼下的僵局，你输了，你们父子和北凉整整二十多年的隐忍不发，就竹篮打水一场空。之所以跟你打开天窗说亮话，是因为我始终没有把你当成不共戴天的死敌。相反，徐凤年，我对你有几分发自肺腑的钦佩，能让我慕容龙水心服口服的男子，北莽只有拓跋菩萨和董卓两人而已。"

徐凤年吊儿郎当说道："心服口服不算服，女子的身体服气了，才是真服气。"

慕容龙水忽略他的轻佻言辞，平静问道："你铁了心要跟我赌一把？"

徐凤年伸出一手，握了握，摇头笑道："谈不上赌不赌。就像北凉只相信铁骑和北凉刀，我也只相信自己挣到手的斤两。"

慕容龙水嘴角翘起，冷笑道："那就拭目以待。"

她转身离开巷弄，老蛾正要转身，徐凤年笑道："两百四十字，我都记下了。"

老蛾喉咙微动，憋出一口浓痰狠狠吐在地上，朝徐凤年讥讽一笑，扬长而去。

少女呵了一字。

徐凤年没有在意她的拆台，好奇问道："你那只大猫上哪儿了？"

呵呵姑娘蹲在地上，默不作声。

这几天她始终沉默寡言，不管徐凤年询问什么都不理不睬。

徐凤年蹲下去，帮她摆正貂帽。她瞪了一眼，又伸手歪斜回去。徐凤年白了一眼，站起身，两人继续尾随"如花似玉"和"丰神玉朗"，这是徐凤年前天给慕容龙水和老蚕茧取的绰号，用徐凤年的话说这叫以德报怨。

经过路边一座摊子，一名老儒生在那儿摆摊贩卖旧书，竖放了一幅字，书有"典故鱼"三字，被一方青绿蛤蟆铜镇纸压着。老儒生见到徐凤年和小姑娘经过，笑问道："这位公子，不挑挑书？要是买书钱不够，有老旧钗子也可当银钱用。"

徐凤年停下脚步，弯腰凝视那幅字，问道："老先生，这'典故鱼'可是獭祭鱼的意思？"

老儒生笑眯眯点头道："正解。公子确实博闻强识。"

徐凤年仍是低头，继续问道："贾家嘉，谐音都是甲，三个甲，三甲，黄三甲。"

老儒生啧啧道："公子可是说那黄龙士？这名字晦气，少说为妙。"

徐凤年看了眼面无表情的小姑娘，又瞄了眼装神弄鬼的老儒生，掏出一根钗子，轻轻放在镇纸旁边，"老先生，带她走吧。再晦气，也没在我身边

更晦气。"

老儒生伸手要去拿起钗子，被小姑娘拿向日葵拍在手背上，一脸悻悻然。

老人笑道："不是白白收你钗子的，有个叫柳蒿师的老不死出了京城，还捎上了东越剑池的狗腿子，不用半个时辰就可以入城。"

徐凤年点了点头，问道："隋斜谷怎么样了？"

老人竟是知无不言言无不尽，"还在等，两个岁数加在一起两百多岁的糟老头子，王八瞪绿豆，慢慢耗着。不过要我看啊，他那一剑，火候再足，也还是不行。你还有什么想问的，一起问了。缩头乌龟赵黄巢？走火入魔的刘松涛？还是倒骑毛驴看江山的邓太阿？要不就是替人寻鹿的洛阳？"

徐凤年犹豫了一下，笑道："算了。你们爷儿俩还是早点收摊子走人吧。"

老人笑意玩味道："你真不怕死？"

徐凤年无奈道："等你们一走，我也好赶紧跑路啊。"

老人哈哈大笑，"理是这个理。"

他站起身，收敛笑意，轻轻拿起镇纸夹在腋下，抖了抖那幅字，斜视徐凤年，"她替你接下龙虎山赵宣素的气运，解铃还须系铃人，你小子赶紧恢复大黄庭，要不然三年后……她要是死了，我就算破例违背本意，也要让你和北凉吃不了兜着走。你今天当然不能死，要死也只能是三年后，所以我给你喊了个帮手。"

小姑娘走得一点都不拖泥带水，头也不回。

并肩而行的老人叹气道："真狠心，就别要回钗子。"

小姑娘抽了抽鼻子。

老人突然笑道："貂帽不错，瞧着就喜庆。"

小姑娘拉下原本才遮住额头的毛茸茸貂帽，遮住了整张脸。

第十章

宋念卿问剑洛阳，小城镇风云惨淡

洛阳啧啧道：「想起来了，敦煌城外某人一剑守城门，挡下数百骑，然后大摇大摆入城，真是好大的威风！」

徐凤年厚颜无耻道：「好汉不提当年勇，说这个做什么。」

徐凤年站在原地安静目送两人远去，没过多久，转头望去，跟一老一小相反的大街尽头，白衣洛阳缓缓行来。

徐凤年神情古怪，洛阳的出现是意料之外，却在情理之中，偌大一个离阳朝野，除了她还有谁敢跟柳蒿师这只太安城看门犬较劲，就算有人敢，也没这份本事。

洛阳见到徐凤年后没有出声，径直挑了一家大酒楼走入二楼，点了一份不算时令菜肴的醉虾，加一坛枸杞地黄酒。酒楼豪奢，装虾的物件竟是琉璃盏，不算上乘质地，可也绝非寻常酒楼的手笔。洛阳掀开盏扣，醉虾犹自活蹦乱跳。徐凤年满肚子狐疑，也只能安静地看她慢慢吃虾下酒。没打算给徐凤年点菜的洛阳盖上盏扣，开门见山道："黄龙士前些时候去了趟逐鹿山，相谈甚欢，各取所需。朱魍这次几乎倾巢出动，除了想要你在太安城死在赵家天子眼皮子底下，也想趁着推举武林盟主一事，从中牟利，好将我困在逐鹿山。朱魍跟赵勾既有冲突，也有默契，考究双方火候拿捏，李密弱身在万里之外，显然不易掌握。离阳不希望逐鹿山搅和西楚复国一事，对逐鹿山十分戒备……"

徐凤年忍不住打断洛阳问道："黄三甲到底图什么？中原已经迎来大秦之后的八百年大一统，归功于他的三寸舌，他这时候勾搭逐鹿山，帮你们跟曹长卿那帮西楚遗老孤臣牵线搭桥，不是等于自毁功业？我师父曾经说过，黄三甲看似疯癫，实则当时谋士都不曾达到此人的格局。春秋乱战，纵横捭阖又波澜壮阔，得利者封侯拜相鱼贯入赵家，失利者国破家亡不计其数，唯独黄龙士超然世外。小谋谋一城，中谋谋一国，大谋谋天下，黄三甲已经把天下搅动得天翻地覆，好不容易按照他的意愿中原安定，难不成还觉得不过瘾，非要折腾出一个分久必合之后的合短便分？玩弄全天下人于股掌，这才能让他觉得没有遗憾？"

大概是不满徐凤年的插话，洛阳自顾自说道："齐玄帧之流的真人开窍，西域密宗的活佛转世，你知道根底在什么地方？"

徐凤年在这方面有着得天独厚的优势，略懂皮毛，说道："不曾飞升的道门真人投胎后开窍，积攒福德，也得看机缘，这才有根骨一说，也不是每次转世都可以开窍，具体缘由，我就不敢妄言了。至于西域密宗，倒是在听潮阁一本典籍上见到实实在在的文字记载，在佛法劫难时就有伏藏一说。伏藏分三种，书藏是开辟经阁挖掘洞窟以便藏匿经书，物藏是指佛门法器和高德大僧的遗物，但第三种最为妙不可言，取名识藏，许多活佛转世即便尚自年幼或者不识文字，在某个时刻也能出口诵经，跟道教真人突然开窍，我想是差不多的道理。"

洛阳点头道："无用和尚刘松涛离开西域，堕入疯魔，为何烂陀山没有一个和尚出面收拾烂摊子？为何两禅寺李当心仅是拦手一次就退让？"

徐凤年笑道："看来这位逐鹿山第九任教主在神识清明时，就已经料到自己会走火入魔，烂陀山自然也有这份认知。以前我觉得我不入地狱谁入地狱的说法，只是听着誓愿宏大，也没有深思，这会儿才知道这中间危机四伏，不是谁都做得到的。"

洛阳深深看了徐凤年一眼，没有作声。

徐凤年感到莫名其妙，也不好多问。这娘们儿的到来，让原本想要跑路的徐凤年彻底没了退路，反正柳蒿师跟东越剑池的宗主既然现世，就万万没有空手而归的可能，与其被他们撵着打，还不如主动拼命。徐凤年不理解洛阳所谓的黄三甲、逐鹿山各取所需是什么，但他跟这位魔教新教主各取所需是实打实的，他要反过来截杀号称待在天象境时间最久的柳蒿师，她则要铲除朱魈的眼线，跟北莽有一个清清爽爽的了断。

徐凤年懒洋洋靠在椅背上，竟然有些不合时宜的倦意和睡意。自打练刀以后，就少了以往冬眠不觉晓的惰性，记得赵希抟传授黄蛮儿功法，似乎有个不觅仙方觅睡方的说法，看来有机会一定要学一学。

洛阳掀开盏扣，醉虾都已彻底醉死，也就没有了下筷的念头。酒不醉人人自醉，官场和江湖就是天底下最大的两只酒缸，官员就是那弯腰的虾，江湖人也好不到哪里去，谁不是酩酊大醉，一死方休？洛阳双指拎盏扣，轻轻清脆敲击琉璃盏，破天荒主动问了个跟徐凤年切身相关的问题，"黄龙士对徐骁尚可，谈不上恩怨，可这些年以往谋划，对你可是没安什么好心，这次他找我帮你解围，你就不怕是挖坑让你跳？"

徐凤年笑道："我跟黄三甲不是一路人，师父还能猜到这老头几分用意，我不行，反正抱着怎么渡过眼前难关怎么来的宗旨。人无远虑必有近忧，反过来说，就是人有远虑更有近忧，我既然想不透黄三甲的伎俩，那就别庸人自扰。我只认一个理，就算你是黄三甲，敢算计到我头上，你在北凉

以外我不管，离阳朝廷和元本溪这些大人物都宰不掉你这只老狐狸，我当然也没这份本事，但是被我知道到了北凉境内，那我就算赤膊上阵，也得跟黄三甲计较计较。"

洛阳讥讽道："怎么不当面跟黄龙士发狠话？"

徐凤年嬉皮笑脸道："大话，说大话而已。哪里敢跟黄三甲当面说，这里又不是北凉。"

洛阳冷冷瞥了他一眼，"你忘了北莽黄河龙壁那一剑？"

徐凤年这才记起洛阳怎么武功盖世都还是女子，是女子就格外记仇，何况是一剑穿心的死仇，眼睛下意识就往洛阳心口那边偷瞄，然后一瞬间就连人带椅子一起倒撞向墙壁。酒楼伙计见状就要发火，徐凤年赶紧赔笑脸说我照价赔银子，一颗铜钱都不少酒楼，这才让养出店大欺客脾性的店伙计没有冒出脏话，嘀嘀咕咕也没好脸色就是了。徐凤年原本不至于毫无还手之力，只是对面坐着的是洛阳，又理亏在先，就顺水推舟一次假装丢人现眼。徐凤年皮糙肉厚，脸皮更是刀枪不入，完全不怕这种小打小闹，就怕哪一天她彻底起了杀心，到时候才棘手。上次"久别重逢"，在尖雪茶楼喝酒，大冬天的仍是汗流浃背，足见徐凤年对她的忌惮至深。

徐凤年犹豫了一下，重新挑了张椅子坐下，问道："慕容龙水说朱魍有死士在赵勾里头，地位还不低，因此这趟他们双方就算撞上了，也是同仇敌忾先想着解决掉我们。到时候那边拿得上台面的就有柳蒿师、东越剑池宋念卿，以及北莽郡主跟朱魍蛾虫，都是货真价实的一品境界。柳蒿师在天象境界趴窝趴了几十年，天晓得有没有走到陆地神仙的门槛。我看就算是爬，也快爬到了。"

洛阳平淡道："你最后压箱底的本事就是在春神湖请下真武法相，没有其他了？"

徐凤年一脸坦诚笑道："真没了。"

洛阳冷笑道："要死不死在这个时候恢复气机，既然明知如此，为何要主动招惹朱魍，真以为自己天下无敌了？那行啊，柳蒿师交给你，其余三人我来对付。"

徐凤年认真点头道："我就是这么想的。"

洛阳大笑道："就这么离开江湖，真能死而无憾？"

徐凤年只是静静望向窗外。

街上人头攒动，可在他眼中，只留一人。

青衫老者牵马而行，马背上挂满了长剑。不知其身份的路人，都以为是个卖剑的老头，猜测一柄剑也就只值个几两银子。

传闻天底下有个古怪剑客，每一柄剑只递出一招，一招过后，此生不再用此招，更不碰此剑。

徐凤年眼尖，数了数，马背上有十四柄剑。

那就是十四指玄剑了。

徐凤年指了指当街牵马前行的青衫剑客，笑道："没猜错的话，应该是东越剑池的宋念卿。"

洛阳平淡道："又如何？"

徐凤年生怕她不当回事，小觑了天下江湖好汉，捺着性子微笑解释道："这家伙可不是沽名钓誉的剑客，他在剑术上的指玄境界，比牛鼻子道士们的指玄要实在很多，是咱们离阳有数的剑道大宗师，而且宋念卿术道相和，精通三教义理，不是只懂蛮力的莽夫，打起来肯定难缠。不算偷偷摸摸的切磋，宋念卿年纪轻轻便成为剑池家主后，这大半甲子中已知的出手有十九次，每次都会换剑换招，其中一次就带了十二剑，还是去武帝城跟王仙芝比试，当然没赢，不过听说那场架打得声势浩大。当今江湖，武当王小屏、龙虎山齐仙侠和吴家剑冠吴六鼎，三人比之恐怕暂时都要略逊一筹，你别不当一回事。这次好歹老前辈一口气带了足足十四柄剑，一看就是要拼老命的样子。当初输给王仙芝后，他这些年闭关潜修，境界肯定提升不少，你上点心，别把人家当成什么阿猫阿狗。"

结果洛阳一句话就噎死了徐凤年，"比得上邓太阿？"

有心有灵犀的朱袍阴物在附近游弋，徐凤年耳目格外清明，不知为何，没有察觉到柳蒿师的存在。难不成这条赵家老狗觉得一个宋念卿就足以杀掉自己？

吴家剑冢和东越剑池一直不被视作武林势力，除了双方罕有人物来到江湖游历，再就是这两株剑林巨木实在太过高耸入云，任你是快雪山庄这般在州郡内首屈一指的帮派宗门，对上这两头庞然大物，也只有俯首称臣的份。吴家剑冢在九剑破万骑之后，从巅峰江河日下，东越剑池就一直想要压下被

誉为家学便是天下剑学的吴家一头，甚至不惜主动跟离阳朝廷眉来眼去，剑池年轻一辈翘楚李懿白携带十八剑婢出现在快雪山庄为雁堡鼓吹造势，就是一个明证。徐凤年对剑池的观感一直不佳，不过对李懿白还算不错，当年第一次闯荡江湖，曾亲眼远观一名敦厚男子行侠仗义，出手朴实毫不花哨，当时徐凤年也没觉得是何等高明剑术，只觉得这哥们儿身手不俗，架子也不大，事后才知道他竟然是有望坐上剑池头把交椅的剑道俊彦，故而这次在快雪山庄行凶，只是找了春帖草堂和雁堡的麻烦。李懿白的师父，即东越剑池的当代宗主宋念卿，近三十年首次离开剑池，就捎上了十四柄名剑，看来不带走徐凤年的脑袋是绝不会罢休了。

徐凤年轻声问道："要不你别忙着出手，我去试一试深浅？"

洛阳讥笑道："怕我轻轻松松杀了宋念卿打草惊蛇，柳蒿师做了缩头乌龟，坏了你黄雀在后的算计？我就奇怪了，以你目前的身手，对上柳蒿师就是以卵击石，怎么，到时候被人打得半死，希望我再帮你一把？事先说好，我就算帮，那也是等柳蒿师把你宰掉以后，帮你收尸。"

徐凤年咧了咧嘴，灿烂笑道："没这么多心思讲究，就是觉得既然要干架，我没理由躲在后面。"

洛阳啧啧道："想起来了，敦煌城外某人一剑守城门，挡下数百骑，然后大摇大摆入城，真是好大的威风！"

徐凤年厚颜无耻道："好汉不提当年勇，说这个做什么。"

窗外，街上出现一队队疾驰而过的披甲骑卒，不由分说驱散百姓，一股脑往城外赶，起先还有家境殷实的豪绅士子骂骂咧咧，结果就被骑将直接拿铁矛尾端砸趴下，然后拖死狗一般拖走。许多窝在家宅里的百姓也都难逃一劫，在天气酷寒的大冬天成群结队被驱逐向城门，一些街坊邻居的大族士族成员也没能侥幸逃过，合流之后，本想着合伙闹上一闹，当他们见到府衙县衙的老爷们都一样在逃难队伍里，也就没了触霉头的胆量。没多时，酒楼附近差不多就成了一座空城。酒楼食客早已奔跑出去，掌柜的也顾不得那帮无赖欠下的酒水钱，拖家带口匆忙离去。一些个青皮地痞想要浑水摸鱼，趁着人去城空去富裕人家顺手牵羊一些古董玩物金银细软，结果被从外地抽调入城的巡城骑卒撞见后当场格杀，有几个腿脚伶俐的痞子见机不妙，试图翻墙逃窜，直接就被箭矢射成刺猬。一时间更是人心惶惶，不知晓发生了什么祸事，一个个心想难不成又要打仗了？那些个经历过春秋战事的老人，风声鹤唳，更是怆然泪下，跟祖辈同行的妇孺也是哭泣不止。

街上行人鸟兽散，身边马背上扛一大堆剑的青衫老人就越发惹眼，当徐凤年站起身望向街道，老人也抬头望来，对视之后，宋念卿做事也爽利，二话不说，松开马缰，从马背拎出一柄长剑，朝酒楼二楼方向轻轻划出一道半弧。

徐凤年在宋念卿递出第一剑时就高高跃起，单手握住房梁，坐在椅子上的洛阳就要比他高手风度超出几条大街，纹丝不动，那道半弧形剑罡划过酒楼外壁如同切割豆腐，直扑洛阳。

洛阳一根手指轻轻推移那只琉璃盏，在桌面上向前滑出短短一寸距离。

一人一桌一椅如同一尾鱼划破了涟漪，逼迫凌厉剑罡向两边侧滑出去。

这一抹剑气割裂酒楼后边墙壁后仍是直刺云霄十余丈，才慢慢消散。

半栋酒楼斜斜滑坠，一些瓦片碎木都在洛阳身外数丈弹开。徐凤年当然不会跟随坍塌酒楼一起下坠，松开横梁落在洛阳身边，瞥了眼这个让人无言以对的娘们儿，实在不知道该说什么。徐凤年硬扛也扛得下宋念卿这试探一剑，当然绝对没有洛阳这般轻而易举。再者宋念卿第一剑，问礼意味多过厮杀，颇有剑池迎客向来先礼后兵的味道，跻身指玄之后，对气机的掌控比起金刚境要高出一大截，春神湖边赵凝神临湖吹笛，凭借笛声在各处强弱不一的激荡程度，就可以感知到众人境界高低，便是这个窍门，宋念卿这一剑，也就洛阳胆敢正大光明去接下。宋念卿一剑过后，只要对手硬拼，当然不是就可以准确推断出敌手境界深浅，而是可以清晰知道对手大致在什么修为之上，那么之后递出第二剑第三剑，就必定不会在此之下，更有益于他的剑心通明。

酒楼成了好似没有遮蔽的简陋酒肆，显露出二楼一站一坐的男女。

宋念卿果然如同传闻，一剑递出后马上就一剑归鞘，一手搭在另外一柄剑鞘上，朗声问道："老夫东越剑池宋念卿，敢问楼上何人？"

老宗师郑重其事开口询问的对象，自然不会是天下皆知的世子殿下，江湖上不论高手还是低手技击过招，大多都有询问底细的习惯，绰号是啥，师出何门，身世如何。这可不是多此一举，除去那些初出茅庐的无名小卒喜好给自己取个响当当的绰号，可以忽略不计，其余江湖人士能有个不俗气绰号

就相当难得，都是靠本事靠金银辛辛苦苦堆出来的。大家一起身在江湖，就是同行，混口饭吃也好，混口气也罢，与人为善总归不是错事，对上成名已久的人物，大多不愿往死里得罪，所以许多武林中一语不合拔刀相向的摩擦启衅，在互报名号后往往就可以化干戈为玉帛，其实打都没打，但还是美其名曰不打不相识，江湖上吃香的肯定是擅长左右逢源的老油条们，愣头青们哪怕修为不错，不懂得不看僧面看佛面的道理，往往也要吃上许多没必要的闷亏，许多大好前途的江湖儿郎，就是一根筋，惹上了财大气粗宗门雄厚的仇家还不知道进退，结果怎么死的都不知道。在天下剑林中名列前茅的剑道巨子宋念卿亦是不能免俗，那瞧着年纪不大的白衣女子实在是让他心惊，离阳何时多出这么一个深藏不露的女子？

徐凤年冷哼道："是我朋友，咋了？"

洛阳斜眼徐凤年，她岂会不知这家伙肚子里那点小九九，要是直截了当报出她的身份，恐怕宋念卿不管如何恃力自负，也要好好掂量一番，那眼前这家伙的如意算盘就不一定能打得响。

徐凤年犹自在那里唱独角戏，"姓宋的，有本事就试着登楼，别跟我们套近乎。当年你扛着十二柄剑去武帝城，还不是灰溜溜空手返回，今天多了两把剑又能如何，有本事十四剑都使出来，我把话撂在这里，咱们一柄不差都接下了！"

洛阳平静问道："你不无聊，不嫌丢人？"

徐凤年转头低声笑道："好不容易抱上魔道第一人的大腿，让我好好抖搂抖搂威风。"

宋念卿倒是没有被徐凤年的轻佻言语所激怒，心境古井无波，也不跟徐凤年搭腔，仅是轻轻一拍剑鞘，这一次手不握剑，而是离手驭剑二十丈，剑气比起第一剑大涨几分，剑尖微抬，斜着掠向二楼徐凤年。

洛阳站起身，她显然没心情耗下去坐等那十几剑，跃下酒楼，跟那柄飞剑错身而过，然后一手握住剑柄。长剑颤鸣不止，满城可闻。

宋念卿握住悬挂马背上的第三柄剑，非但没有因为出鞘长剑被洛阳抓住而慌张，反而会心一笑。此剑名白首，世人白首难逃相离命，剑与剑气出鞘时便已分离，只破其一都无关大局。宋念卿这第二剑，原本剑尖本身所指是徐凤年，但剑气却是牵引向那丰姿英武的白衣女子，而且白首相离心不分，

236

只要徐凤年仓促出手，对长剑施加任何击打和气机，都可以转嫁到剑气上，这才是白首一剑的精妙所在。若是率先察觉到剑气的存在，对剑气展开阻挡，也是同理。

洛阳五指猛然一握，手中长剑顿时中断哀鸣，圆满剑胎尽碎，可她是手段凌厉了，对潜伏暗处的剑气无异于火上浇油。

徐凤年等到剑气蓦然逼近才醒悟其中玄妙，咒骂一声，也不知是骂宋念卿奸诈，还是埋怨洛阳故意坑人，八柄飞剑出袖做雷池。

阴了徐凤年一把的女子嘴角悄悄翘起，倒提那柄彻底丧失精气神的长剑，轻灵落地，奔向宋念卿。

只见她手中剑气暴涨横生十余丈，粗如碗口，如彗星拖尾，气势凌人。

宋念卿心头一震，原本右手握剑而已，立即添加一剑入手。

倒握长剑的洛阳松开剑柄，长剑和剑气一并丢向宋念卿，其实更像是砸。

剑与剑气好像画师以大写意泼墨洒下。.

剑气之盛，以至于宋念卿第二剑不等临近，就已经碾作齑粉。宋念卿不退反进，脚底离地不过几寸，碎碎前行一丈有余，停下身形后双脚脚尖一拧，那双崭新青素布鞋脚底板在地面上滑带起一阵烟尘，左手一剑负后，右手先是抱剑于胸前，然后朝下一点，剑尖再由向下变作撩起，这一撩剑抵在了那团剑气底部，宋念卿手中长剑逐渐弯曲，一点一点强硬转为崩剑式，剑尖高不过头，轻喝一声，竟是将这团凝聚成形的剑罡越过头顶往后挑落，落在街上，砸出一个深不见底的大坑。而剑池宗主的那柄剑并未伸直，始终保持略微弯曲的崩剑姿态，松手弃剑，不等长剑下坠，左手剑剑尖撞在悬停空中的长剑中段，铿锵作响，如同一记骤然响起的寺庙晨钟，悠扬洪亮。

洛阳不急不缓前行，伸臂随手一挥，拦去剑剑相敲激射而来的一缕剑气。

宋念卿迅速变直撞为横敲，第二声响如暮鼓，沉闷至极。朝来撞钟夜去击鼓，鼓声杀人钟摄魂，这两手剑，便是宋念卿二十年前悄然踏足江湖，游历四方时借宿一座无名古寺，听闻晨钟暮鼓而悟。宋念卿重复枯燥乏味的撞敲，不停歇，瞬间就是一百零八下。

洛阳始终径直前行，到后来连抬手都吝啬，在她身前传来不断的砰然

炸裂声，所过之处，被钟鼓剑鸣毁坏得满目疮痍。原本寓意发鼓听声，当速归，不得犯禁。可洛阳既然可以两次孤身杀穿北莽，小小嘈杂钟鼓剑气声算得了什么？

宋念卿双剑终于熬不住剑气反弹力达千钧的敲撞，双剑折断落地，宋念卿没有反身从马背上取剑，而是掐剑诀，手印剑诀似佛似道。驭剑出鞘，三柄长剑依次出鞘，从马背那边纷纷跃起，如一挂长虹落在洛阳头顶。宋念卿须发皆张，青衫大袖剧烈飘荡，双脚陷入地面一尺。

洛阳简直是目中无人到了不可理喻的地步，双手负后，一脚踩下，踏碎青石板，碎石激扬，跟敦煌城邓太阿一战第一手如出一辙，不过当时是脚踏地面，震起雨水水珠千万滴做千百剑，每当一剑迎面刺来，就在她数尺之外被一颗石子弹射偏移，洛阳三十步之间，三剑已经无功而返六十余次，剑尖早已崩断，她与宋念卿的距离已经缩短到不足十丈。

宋念卿双手往下一按，三柄长度仅剩原本一半的利剑同时刺向洛阳，做那垂死挣扎。洛阳一手拂过，轻描淡写把强弩之末的三柄飞剑都握在手心，继续向前缓行，只是不同于被她当场捏碎剑胎的第一剑，三剑在她手心非但没有断绝生气，反而剑气犹如雨后春笋，茁壮成长。洛阳缓行时低头望去，即便察觉到手心蛇吞象的景象，也没有任何应对，三剑剑气就在她手掌发芽生根。

宋念卿眯起眼，打了个响指，那匹老马熟谙主人习性，轻踩马蹄，来到年迈老人身边。

宋念卿取下十四剑中唯——柄挂有剑穗的长剑，剑身清亮如明镜，故而命名照胆。当年携十二剑登楼武帝城，宋念卿不过是初入江湖的剑林新秀，而王仙芝已是公认的天下第一人，可宋念卿却是何曾后退了半步？手上照胆一剑，是宋念卿闭关以后亲自铸造的第一柄剑，每一名剑士都是铸剑师，都要自己在剑炉铸剑做佩剑，虽然剑池堆积千万剑，但那只是用作缅怀先辈追思前人，剑池自宋念卿开始，就不许宗门任何后辈崇古贬今，这才有了众多剑道访客不约而同发出"剑池如今无古剑"的感慨。

宋念卿照胆在手，豪气横生，剑心越发清澈。那白衣女子步步前行，看上去不曾主动出手，是迫于形势，可宋念卿心中并不轻松，她的步步不停，走得越是闲庭信步，给宋念卿造成的心境侵扰就越大，宋念卿不取他剑，独独取下照胆，何尝不是对那女子无声的重视。

宋念卿蓄势之时，望向那来历不明的女子，先前当空挂虹三剑分别命名天时、地利、人和，是专门用作针对指玄甚至是天象境高手的，可以强行汲取气机，遇强则强，愈挫愈勇。宋念卿每悟一招便铸一剑，这些年铸剑养剑勤耕不懈，十四把剑，每一柄剑都倾注大量心血，辅以独创剑招，都是当之无愧新鲜出炉的"新剑"，真正可谓是前无古人，若是同境敌手掉以轻心，肯定要吃大亏。宋念卿原本希望此生养足二十剑，再将最后一战留给邓太阿或是王仙芝，只是皇命难违，只得破关而出，青衫携剑走江湖，不过起先不觉得那北凉世子担当得起十四剑，有五六剑就差不多大局已定。

宋念卿突然间瞪大眼睛。

"天时地利人和，都给你又何妨？"白衣女子冷笑一声，气机如洪倒灌三剑，手掌间粗如手臂的紫黄白三色剑气疯狂萦绕，三剑醉畅长鸣顿时变成了哀鸣，饥汉饱食，是快事一桩，可一旦活活撑死就是乐极生悲了。

三条惊世骇俗的紊乱剑气顿时烟消云散。

宋念卿惊叹道："好一个天象境界，好好好！"

两人相距仅剩七八丈，剑池宗主不怒反笑，闭上眼睛，并拢双指在横放胸前的照胆剑上轻轻抹过，喃喃自语道："老兄弟，走在你前头的七剑死得不算冤枉啊。"

洛阳拍了拍手，笑道："东越剑池数百年底蕴，就这点道行？"

宋念卿没有睁眼，洒然笑道："且看老朽提灯照胆看江山。"

青衫老人递剑而出，接下来一幕谈不上惊天地泣鬼神，落在门外汉眼中，只会认为滑稽可笑，就像一个才开始练剑的稚童，不怎么拎得起手中重剑，勉强提剑跟跄乱走，步伐混乱，剑势扭曲。身形与剑招乱虽乱，速度却极快，七八丈路程眨眼便缩小到短短两剑距离。世人练剑，前辈名师都会苦口婆心叮嘱切不可被剑驾驭，那样的剑术成不了气候。已算剑道屈指可数大宗师的宋念卿则反其道行之，人随剑走，没有气冲斗牛的恢宏剑罡，没有浩然正大的剑意，就这样歪歪斜斜来到了洛阳身前。

洛阳皱了皱眉头，一手拍出。

宋念卿在照胆剑牵扯之下，竟然躲过了洛阳这一拍，剑锋挑向她肩头。洛阳首次离开那条街道中轴直线，横向踏出一步，双指捏住照胆剑尖。不等

洛阳叠力，剑尖一拧，宋念卿随之身形一旋，绽出一朵绚烂剑花，洛阳屈指一弹，宋念卿却又撤剑，颠颠倒倒绕了半个圈，朝洛阳后背就是一剑。洛阳这一次不再出手，双脚不动，身体向后倒下，那一剑分明已经落空，可剑气却在洛阳倒下之处如爆竹炸开，洛阳双脚始终落地生根，可身体向左一转，堪堪躲过那羚羊挂角的一团剑气。可宋念卿得势不饶人，长剑照胆胡搅蛮缠，一时间两人四周剑气纵横，像是云蒸霞蔚，让人目不暇接。

洛阳终于挪出一步，宋念卿手中照胆剑气也开始峥嵘毕露，大街地面和街边两侧楼房被搅烂无数，尘烟四起。

洛阳走走停停，任由磅礴剑气肆虐，笑道："看似无迹可寻，实则依循天下龙脉蜿蜒，也算是摸着天象境的门槛了。"

两人重新恢复洛阳据北宋念卿在南的位置。

这个扰乱北莽、离阳两个江湖的白衣女魔头一手攥紧刺脖一剑，宋念卿猛然睁眼瞪目，怒喝一声，一步踏出，剑尖向前推进三尺，洛阳神情平静往后退一小步，剑尖离她脖子不过两尺。透剑而出的充沛罡气吹乱她双鬓两缕青丝向后飘拂，握剑袖口猎猎作响。没有半点慌张的洛阳不去理睬手心鲜血流淌，直视宋念卿，笑着出声："哪来那么多的指玄杀天象，滚！"

洛阳攥紧剑锋，往后一推，不肯弃剑的宋念卿被剑柄砸在心口，洛阳似乎恼怒他的不识趣，一脚狠狠踢在青衫老人的胸口。

布鞋被地面磨损得薄了一层，双脚离地的宋念卿人剑几乎持平，又将剑尖往白衣女子的脖子推到两尺距离。

"让你得寸进尺好了。"

洛阳竟然拎住剑尖往自己脖子移近一尺，嘴角冷笑，然后一掌扬起拍下，直接用手掌砍断长剑照胆。

既然剑断，宋念卿不得不退。

洛阳根本不屑痛打落水狗，随手丢掉半截剑，让宋念卿掠回那匹挂剑老马附近。

宋念卿被剑柄敲在心口，加上被一脚踹中，嘴角渗出血丝，竭力平稳气机。

老人一脸匪夷所思。

若是对阵天下第一的王仙芝，自己如此狼狈也就罢了，一个在江湖上名不见经传的年轻女子，怎的如此霸道？

还是说自己太过孤陋寡闻？

接下来那白衣女子一句话才真正让宋念卿忍不住气急败坏，在整个天下剑道都占据一席之地的老人再好的养气功夫，也做不到心平气和。

"我教你用剑。"

酒楼二楼那边，与剑身同气连枝的剑气被洛阳火上浇油，剑罡刹那涨潮，让徐凤年大吃一惊，连忙驭出八剑构造一座雷池，以此抵御，飞剑与剑气仿佛同室操戈，剑气敲击飞剑，叮叮咚咚不绝于耳。徐凤年的举止也出人意料，没有急于摧毁剑气，就这么且战且退，在二楼辗转腾挪，一点一点削去剑气，直至那一剑罡气完全消弭。此后洛阳下楼前行，步步紧逼，宋念卿顾不得楼上正主，除去刚开始的两剑，接下来晨钟、暮鼓两剑，继而天时、地利、人和三剑，再是照胆一剑，总计八剑，都是当之无愧的新剑，犹如一棵棵剑林新木，让人眼前一亮，尤其是窃取天象境界的三剑和随后"走剑"跟跄的照胆一剑，都让徐凤年大开眼界。抛开剑走偏锋的飞剑术不说，徐凤年的剑道勉强算是登堂入室，可眼光奇佳，剑池宋念卿按部就班一剑递一剑，徐凤年哪怕一直小心翼翼提防潜藏暗处的柳蒿师，也目不转睛，不敢漏过一丝一毫。看剑就像赏字，门外汉兴许只是觉得一幅字写得笔走龙蛇，可换成自己提笔，不知筋骨缘由不懂勾画法度，也就不得其门而入，这就是江湖上大多数人都想要求个师父领进门的原因。徐凤年就像一个经常看书法大家写字的看客，入眼的书法有的秀媚丰腴，有的清远雄浑，有的气象森严，但不约而同都是自得其乐，徐凤年心底有个不为人知的狂妄念头，那就是希冀将来某日可以熔铸一炉，自成剑坛一座大峰，峰上林木不多，但务必株株参天。

徐凤年望了一眼街上背剑老马，十四去八，不知道宋念卿剩余六招能否跨过指玄直达天象，若是一直滞留指玄，想要对洛阳造成伤害，无异于痴人说梦。洛阳不是三教中人，她的境界是实打实的武夫证道，跟王仙芝是一个路数，跋扈至极。当初新武评天下前五的高手，拓跋菩萨、邓太阿、洪敬岩，她都打过，洪敬岩更是被他从第四宝座拉下，取而代之。遇上这样几乎没有破绽的女魔头，别说指玄剑，恐怕天象剑也没有五五分的胜算。

宋念卿短暂惊怒之后，喟然长叹道："老夫眼拙，常年闭关不出，不承想成了井底之蛙，直到此时才记起青渡江畔有白衣女子阻拦无用和尚，总算猜出了你的身份。也不知是不是太晚了。"

洛阳说要教宋念卿一剑，可没有见她从何处取剑，也不曾假借外物做剑，只是伸出左手横胸，掌心朝上，右手缓缓往下按下。

站在那匹马身边的宋念卿抬头望向灰蒙蒙的天空，余光在马背上悬挂的六柄剑上一起抹过，剑不出鞘，三剑点地，三剑悬空，随意落在四面八方，看似杂乱无章。

宋念卿自言自语道："老夫一生持剑，娶妻生子，也只视为香火传承的麻烦事，生怕耽误剑道精进。四十年前，曾有一丝明悟，几乎成就剑仙一剑。二十年前机缘巧合，在一处洞天福地观云海起伏，一轮赤日东升，仿佛猛然跳入天地间，又生感触，可仍是被老夫放弃了那一剑。自此开始闭关，只想循序渐进，先入天象，再入陆地神仙。渐有所得，才知老夫这一生出身剑池，生平第一次选剑便是那绝世名剑，第一次拿到的剑谱便是上乘秘籍，第一次修习内功也是绝世心法，教我练剑的恩师更是那一代剑道宗师，一帆风顺，剑道修为，却仍是被一些出自市井山野的逸人遥遥抛在身后，才知道大凡物有不平则鸣，老夫心中既无不平事，如何跟天地共鸣？"

洛阳没有理会宋念卿的感悟，更没有理睬那竖立于天地之间的六柄剑，双手手掌看似贴合，却仍是留下一丝缝隙。

天地异象。

徐凤年倒抽一口冷气。城中最高处是一栋道观钟楼，楼尖翘檐如同被无形的天人出手压迫，折断，紧接下来便是钟楼异常平整地往下倒塌，城中高度仅次于道观钟楼的一座千年古塔也开始被压断，整座城池，所有较高建筑都开始往下齐齐坍塌，出现一刀切平的景象。偌大一座城池竟像是砧板豆腐，被人一刀轻松横切，越切越薄。眨眼之后，以至于徐凤年都不敢在二楼逗留，飘落到地面，耳中仅是万钧重力碾压木石的刺耳嘈杂声音。徐凤年轻轻跺了一脚，然后苦笑一声，不光是老天向下推移，地面以下也不安分，如同俯瞰天地的一尊大佛双掌合十，让人无处可躲。

天地相合，仅余一线，这一线便是洛阳的剑。

宋念卿脸色凝重，悬空三剑往上刺去，地面三剑往下渗透，显然是要竭力摆出顶天立地的威武架势。

天地之间这一线，还有三丈高。不用说，城头高墙早已被摧毁得一干二净。

先前从外地调入负责清空城池的精锐骑卒还真是歪打正着，要是没有他们的"先见之明"，在洛阳这浩浩荡荡一剑之威下，那就是板上钉钉近万人的尸骨无存。

徐凤年越是在大局已定的时刻，越是没有忘记城内还隐藏有柳蒿师、慕容龙水和朱魁老蛾三位高手。慕容龙水和老家伙的确身在城中，而且离此不远，隔了三条街。慕容龙水坐在一座低矮巷弄墙头上，不知从哪里弄来一壶酒，盘膝而坐，用袍子兜了一兜碎嘴吃食。老蛾站在巷弄中，跟徐凤年做了一个相同动作，狠狠一跺，整座巷弄青石板都裂开，老家伙感叹道："怎么都没想到洛阳这魔头跟拓跋菩萨在极北冰原一战后，手腕越发歹毒艰深了。郡主，有她在，咱们还要不要插手？就怕火中取栗，没吃着烤栗，反而惹祸上身哪。"

慕容龙水屈指弹了几颗花生米，一远一近，眼睁睁看着它们炸碎，说道："这般驾驭天地的仙人手段，跟大雪坪借剑是一般道理，毕竟还是不能处处无懈可击。剑剑仙剑无敌，你我的行踪注定要被察觉，但要是争取一线生机不是没有可能。我现在就怕太安城那只赵家看门狗耍无赖，非要等洛阳收拾咱们以后才出手，不过到时候他再想杀徐凤年也会更难，就看这柳蒿师如何取舍了。想必徐凤年的人头，比你我二人相加应该还要值钱一些，再说听闻这老头跟北凉有私怨宿仇。总之咱们离远点看戏，洛阳性情不定，万一惹恼了她，我可不想就这么死在离阳。"

慕容龙水轻轻落到巷弄，老蛾已经快步离去。高壮郡主瞥了眼老蛾有些匆忙的背影，笑了笑。

街上，宋念卿的浮空三剑开始下坠，入地三剑则开始上升，六剑俱是颤颤巍巍，摇摆不定。

宋念卿闭目凝神。

人有七窍，每当一剑砰然折断，剑主宋念卿便一窍淌血。

六剑全断之时，宋念卿双目双耳双鼻都已是流血不止，这位剑道大家的凄惨模样实在惊恐骇人。

只是宋念卿神情依旧平静。

既然七窍才六窍流血，那就说明除了明面上的马背十四剑，剑池第一人宋念卿极有可能还藏了一剑。

等宋念卿最后开口出剑，多半亦是留下遗言。徐凤年其实只猜对了一半，郡主和老蛾是在城内没有错，但柳蒿师并不是在城中伺机潜伏。

离城十里路外。

一名面容古板的老者站在原地，等到洛阳双手开始并拢天地，他才开始极慢极慢地挪动脚步。

第一步踏出，还不足常人一步的一半。

第二步步子稍快，与常人无异。

第三步已是寻常百姓脚力的两步间距。

以此类推。

天地一道横雷，奔向城池。

沈家坊在田源里是数一数二的大庄子，人多势众，山深水僻，勤耕读而避兵刀，风水不俗。一老一小行走在田间阡陌，寒冬霜冻，田土硬实，田垅上还有些霜打蔫了的干瘪茄子，老头子弯腰摘下几只兜在怀里，身后小姑娘戴了顶廉价貂帽，时不时回头远望。老人犹自念叨："别看这会儿茄子不光鲜，可被霜打了以后，偏偏入嘴就甜，味道不比冬天的鲫鱼差，跟冬笋都能有一拼。回头找户人家，我给你亲自炒一锅。沈家坊以前欠我一个大人情，当年这块风水宝地还是我给他们挑的，别说几只不值钱的茄子，就是几条人命，也是说拿走就拿走。你呀，别瞧了，我既然给那小子找了洛阳做帮手，生死就在五五之间。别瞪我，对，是我让他掉进这个圈套，可他让我闺女吃了这么大一个亏，我不算计他算计谁。我呢，一般而言，谁都不帮，东越皇帝声色犬马，我照样保全了大半东越皇室，要说按照当世人喜欢讲的道理来说，我做的那些勾当，是全然没有道理的。当初要你刺杀那小子，跟你说那小子命薄，迟早夭折，与其死在女人肚皮上，或是别人手上，还不如死在你手上来得干净，起码还有全尸，有下葬处，相比春秋千万孤魂野鬼，何曾差了。"

老人不说话还好，一说这些比茄子还干瘪的大道理，小姑娘就干脆驻足不前，扛着向日葵，望向那座几十里外的城池。老人讪讪然，伸手想要抓一把葵花子下来，小姑娘赌气地扭了扭身躯，带着枯败向日葵旋转，不让他得逞。老人讶异咦了一声，眯眼望去，只见远方城池那边风雨飘摇，气海轰隆隆下坠，仿佛天地挤压一线，他叹息一声，揉了揉闺女的貂帽，轻声道："偏是无心之人最痴心。"

老人得不到任何言语回应，好在早已习惯，掂量了下怀兜里茄子的分量，还不够一顿午餐，就又摘了几只，这才自言自语道："若是城里两三万人来不及驱散，洛阳这一手，天怨人怒，三教中人，龙虎山自顾不暇，可依照两禅寺李当心的性子，肯定要出手。世间武夫拾级而上，境界攀升，在入一品之前，尤其是二品以下，都有个简单明了的法子，就是破甲几许，一拳拳罢破几甲，一剑剑气穿几甲，一目了然。可跻身二品尤其是一品以后，就没这个说法了，因为这个法子太死板。人是活的，邓太阿的一剑堪称剑术极致，一剑破去千百件甲胄，轻而易举，可若是披甲之人身负武学，就要大打折扣，若是王仙芝披甲，饶是邓太阿也无法轻松破甲，难道邓太阿就是剑术雏儿了？三教圣人得天独厚，李当心携河送礼道德宗，若是河水抛下，一招淹死数千北莽百姓并不难，可能淹死几个二品武夫？这便是三教圣人不入武评的根源，借势天地，就要看老天爷的眼色行事，王仙芝、拓跋菩萨之流则不用。这两三百年来，最实在的以少杀多，其实就只有三场，一场是吴家九剑破万骑，一场是李淳罡一剑破甲两千六，一场是前不久的洛阳南下，因为对方都是披甲不说还身负精湛武艺的铁骑。尤其是后两者，己身到达天象境后，即便不如三教圣人那样明显，可或多或少也要受到气数浸染，有些时候杀一名分明籍籍无名的小卒子，比起斩杀一名战阵大将还来得后患无穷。由赵勾牵头，派遣精锐铁骑驱逐城中百姓，多半是柳蒿师的意思。老而不死是为贼，是贼就胆小，柳蒿师这是怕洛阳出手无所顾忌，到时候被殃及池鱼，天劫紫雷滚滚落下，就算洛阳承担十之七八，他被殃及池鱼十之二三，可由于他在天象境逗留太多年月，又有在天子身侧依附天时的附龙嫌疑，一样要遭受大罪，须知不知者不罪的说法，用在天象境高手身上最为合适。三教中人，正因为知道不可泄露的天机太多了，反而束手束脚，洛阳入境时间相对短暂，又不是三教中人，更能彻底放开手脚。"

呵呵姑娘蹲在地上默默捏泥巴，独占春秋三甲的黄龙士呼出一口雾气，轻声道："不知我者谓我何求。哪有知我之人？太安城半截舌荀平知道，可惜志不同道不合；北凉毒士李义山知道，可惜一山不容二虎，离阳已经没有他的位置；纳兰右慈也知道，可惜天生跟我背道而驰。书生治国，书生平世，书生祸国，这三人各有所求，恐怕是谋士最后的璀璨时光，以后再也见不到我辈读书人如此意气风发颠倒乾坤的场景了，以后啊，书生尽是帝王家的戏子伶人啦。"

兜着满怀茄子的老头子微笑道："春秋读书人的脊梁歪了，我要将其扳正。春秋武夫恃力乱禁，我要销毁成千上万的秘籍，给他们套上缰绳，野狗变家犬。我要叫以后数百年的天下，再不见江湖青衫仗剑风流，再不见地仙朝游北海暮苍梧，再不见真人骑鹤飞升过天门。"

小姑娘呵呵一笑。

黄龙士突然自嘲一笑，"当年李当心骂我放个屁都自以为是浩然正气，骂得真好。"

小姑娘饥肠辘辘，肚子咕噜响。老人哈哈大笑，带着她去了村子，沈家坊不知黄龙士真实身份，只当是神龙见首不见尾的神仙方士。当年黄龙士指点迷津，才让南唐沈家逃过一劫，留下此脉香火，连家族命根子的谱牒都是黄龙士亲笔撰写。村子里的几个宗室大房长辈听说恩人造访，都执意要兴师动众摆下一大桌盛宴，不过黄龙士没有答应，只是借了一处灶房和一坛子酒，跟闺女独处。老人亲自下厨，炒了一尾鲤鱼和一盘茄子，老人没有怎么吃，只是喝了几杯酒竟然便醺醺醉了。陋室昏暗，烛光飘摇，老人醉眼惺忪枕在桌面上，合眼时泪光依稀，轻轻呢喃："千年世事同蕉鹿，我梦蝴蝶蝶梦我？"

小姑娘摘下温暖貂帽，轻柔戴在老人头上，下巴抵在桌面上，望着昏昏睡去的老人，怔怔出神。

城内，敌对双方皆是声势大振。

天地只留一线成剑，天下第一魔头洛阳以天象境使出前无古人的剑仙一剑。宋念卿双耳双目双鼻六窍淌血不止，始终闭嘴不言语。城内街面翻裂，六柄断剑剑折气犹存，在圆润剑胎支撑之下，六股粗如成年男子大腿的剑气

246

屹立天地间，隐约有钟鼓齐鸣之声，悠扬激荡。天地一线缝隙如同磨盘研磨，缝隙已经仅存一人高度，飞沙走石，昏暗无光，仍是没有能够当场毁去六剑剑胎。

这趟出关来到久违的江湖，并没有太多高手架子的剑池宗主也仅是换上一双崭新素青布鞋，此时以白布裱成袼褙、多层叠起纳而成的鞋底已经磨损大半，这让宋念卿浮起一丝遗憾。此生专注于剑道，从未有过儿女情长，与那嫁入剑池的娴静女子也止步于相敬如宾，只是不知为何，大敌当前，生死一线，却记起了年轻时那一夜掀起她的盖头，烛光映照之下她的羞赧容颜，这么多年发乎情止乎礼，竟然不知她何时慢慢成了一位霜发老妪，也不知她何时亲手制成了这双鞋子。两人离别，接过视为累赘的行囊，他只当作女子持家的天经地义，此时才知当时若是能接过行囊，念一声她的小名，道一声谢，该有多好。

宋念卿记起了许多往事，正值壮年，携带十二剑，意气风发去武帝城挑战天下第一人。

她在他离家时，亦是没有多言，只是婉约笑脸，帮着他仔细理了理衣裳，送至门口，独独站在那儿，没有等到他的回头。后来宋念卿返家，冷着脸与她在家门口擦肩而过，她欲言又止，只是挤出干净的笑脸，一点都没有委屈幽怨。

宋念卿以往总是在不关心之余，难免有些阴郁，怎么找了这么个闷葫芦无趣的女子，如何配得上自己的剑？

这一抹要不得的致命恍惚，本该让宋念卿的蓄势受挫，不承想恍惚之间，生平第一次心起愧疚，宋念卿只觉得剑心在刹那之间净如琉璃。

城外原本有如出一辙背负硕大剑匣的剑池剑客百余骑，在洛阳出手之前便开始绕城疾驰，所过之处，飞剑出匣，悬浮墙外空中，停而不坠。城池之外，已是悬剑近千柄，剑阵威严，剑势浩荡。

可勒马停步的剑池剑客都面面相觑，因为墙外悬剑不约而同纷纷坠地，失去了气机牵引，宗主好似根本就放弃了动用剑阵的念头，可这套剑阵应该才是宗主宋念卿深藏不露的第十四剑啊？以宗主的性情，根本不可能面对强敌选择束手待毙。宗主既然一直将武帝城王仙芝视作此生最后敌手，就算城内遇上了罕见的强手，也不至于如此收场，一时间停马剑客都不知所措，感

到了一种强烈危机。可当剑池剑客按照境界高低，陆续感知到城内不断攀升的浓郁剑意时，不由面露惊喜。

宋念卿低头深深看了眼鞋面，微微一笑，任由六缕剑气在磨盘中烟消云散，任由飞木滚石扑面，轻轻踩了踩脚下仅存完整的街面，重重吐出一口浊气，终于压抑不住喉咙翻涌的鲜血，吐在身前，很快被尘埃遮掩得消失不见。

宋念卿轻声道："是时候为你走一趟江湖了。"

宋念卿一踩地面，开始狂奔。

最后一剑，亦是最后一次走江湖。

宋念卿本人即是剑。

宋念卿一线剑对撞洛阳一线剑。

宋念卿的衣衫肌肤如同身受千刀万剐，开始血肉模糊，可这位剑道大宗师浑然不觉，笑声豪迈，一掠如虹。

舍去声势浩大的剑阵千剑，换来在外人看来莫名其妙拿命换来的剑仙一剑。

这一剑堪称举世无敌，生生撕开了洛阳并拢的天地。天地昏暗云遮雾绕，宋念卿剑气如一幅仙人驾龙图，不见宋念卿本人，只见剑气横生蜿蜒，雷电森森，云雨沛然。

没有预料到宋念卿会有这一剑的洛阳屏气凝神，气机刹那流转八百里，金刚、指玄、天象三种神妙，熔铸一炉，摆明了要强势证明宋念卿这必死一剑也重伤不了她。

其实两人还相距数丈，宋念卿就已几乎气绝身死。

可临死之气冲九天，剑气仍然在壮大磅礴。

洛阳双手推出，袖口尽碎，满头青丝吹拂飘乱，如同与一条蛟龙角力，脚步不断往后滑去。

第十一章

真武帝法身再现，王仙芝一退千丈

女子的身影逐渐飘摇不定，开始消散在风中，她泪流满面，却是笑着弯腰敛袖，犹如八百年前那一场初见，他尚未称帝，她在田野之间还不曾入宫，用魔头洛阳绝对不可能说出口的娇柔嗓音，百转千回轻呼一声，『大王！』

千钧一发之间。

城外，一道奔雷炸入城中。

速度之快，以至于奔雷入城之处，有剑池两骑都被裹挟得马匹离地腾空，一起飞向城内。奔雷破墙而入，可两名剑客连人带马直接撞在等人高的墙头上，砰砰两声，化作两摊血迹，根本就没有还手之力，就当场死绝。

洛阳艰辛转头望向东方，眼中露出一丝不甘的恼怒。

那道深谙天地共鸣故而隐蔽极佳的奔雷眨眼便至。

洛阳没有预料到宋念卿会拼死使出剑仙一剑，也没有预料到那柳蒿师会一开始就将矛头指向自己，而不是那个离阳朝廷一心杀之而后快的家伙。

洛阳咬牙，两尾青赤大鱼竭力露出小半截缥缈身躯，试图以此去抵挡柳蒿师恰到好处的偷袭。

一抹白影几乎跟柳蒿师不约而同奔至洛阳身侧，硬生生扛下天象秘技的全力一击。

哪怕这个不知死活的家伙仅仅争取到了一个眨眼的工夫，柳蒿师也已经跟洛阳以及剑气擦身而过。

柳蒿师勃然大怒，心中权衡之下，没有追击失去最好时机重创的白衣魔头，而是奔向那个坏他好事的小王八蛋。

从城中到城西整整四五里路，那道背影不知撞烂了多少面墙壁，在最后一扇城墙前，柳蒿师一手五指成钩，好像从那人体内抓出了一样物件，另一手一拳推出，将这个家伙从城内砸到了城外。

柳蒿师冷着脸捏碎手上丝丝缕缕依稀可见的气机，如同一株风中摇曳的莲花，讥讽道："不自量力！敢坏了老夫一箭双雕的打算，老夫不光要你死，还要你在死前就一无所有！"

城中传来一声震天刺耳的女子哀叫，凄婉至极，让柳蒿师没来由一阵心悸。

一人突兀破墙出城，在墙外才拾回一把把剑池藏剑的剑客都吓了一跳，认清那年轻人半生不熟的面容后，才如释重负，他们起先还以为是心目中当世剑道前三的宗主被人打出了城外。这趟倾巢出动离开剑池，一小拨跟随李懿白去快雪山庄，他们这一大拨精锐则跟随宗主秘密行事，临近此城，才轮流传递一幅画像，宗主言简意赅，见到画中人杀无赦。附近几骑乘马剑客也都迅速围上来，随着响起剑宗独有的弹剑秘术，不断有剑客闻讯往这边策马疾驰。那名近在咫尺的画上人物似乎身受重创，挣扎了一下，还是没能站起身，席地而坐，容貌枯槁，气色晦涩，分明陷入了魂魄精气神都在剧烈浮动的凄惨迹象。

他没有理睬缩小包围圈的剑池剑客，双手握拳撑地，盯住城墙窟窿另一面的锦衣老人。常年在天下首善之城内养尊处优，位居高位，让年迈老者积威深重，城内城外两人气象厚薄，立判高下。光线阴暗中，身材雄伟不输北地青壮男子的柳蒿师缓缓走出，让剑池诸人都感到透不过气的窒息错觉，剑术修为最是拔尖的几人，才止住胯下坐骑后撤趋势，大多数剑客都不由自主跟随马匹往后退去。

柳蒿师心中冷笑，这小子精明鬼祟了二十几年，甚至上次在太安城都活着离开，没想到得意忘形，昏着不断，结果只能自寻死路。方才要不是他挡在那女魔头身侧，柳蒿师就可以跟宋念卿灵犀而至的地仙一剑配合，给予逐鹿山新任教主重伤，如果这小子聪明一点，早些干脆利落地出城逃亡，任由洛阳拖住他与宋念卿，虽说九死一生，毕竟还有一线生机，既然这小子自己求死，柳蒿师也就不跟他客气了。四五里路程，身为天象境高手的柳蒿师不光打散了那小子拼命护住体魄的充沛气机，还顺势斩草除根，凭借敏锐的天象感知，直接将他体内半开的那株大黄庭金莲给扯出了丹田，这简直就是天大的意外之喜，连见惯风雨的柳蒿师都忍不住要仰天长笑，踏破铁鞋无觅处，得来全不费工夫！当年京城围杀那名女子剑仙功亏一篑，这么多年他一直寝食难安，如今不但徐瘸子十有八九大限将至，如果还能宰掉这个当年本就该胎死腹中的年轻人，那才是真正没了后顾之忧，奉他为老祖宗的南阳柳氏未必不能后来者居上，成为春秋硝烟之后新崛起的一座高门豪阀。柳蒿师从城内走到城外，从剥离大黄庭根基的金莲那一刻，暗中就没有片刻停手，出袖双手不断隐秘叩指，将年轻人四周溃堤奔走的气机完全撕碎，不再能够成就新气候。

太安城两大高手，韩貂寺在明，柳蒿师在暗，两人身份迥异，手段大不相同，可有一点极为相似，那就是都懒得讲究江湖道义，很务实，一如碧眼儿张巨鹿的治政手腕。柳蒿师不因什么前辈身份就优柔寡断，不因胜券在握就掉以轻心，眼睁睁看着那白头年轻人的气数在自己曲指下逐渐淡去，眼神炙热，如启封一坛窖藏二十多年的醇酒，一口悉数饮尽，那是何等的酣畅淋漓。

徐凤年挣扎着要站起身，被冷眼旁观的柳蒿师虚空一脚，好似踢中脸面，往后坠去数丈。柳蒿师继续前行，每一脚踩下，看似轻描淡写，其实都会牵动天地气象，重重踩在徐凤年的身体和紊乱气机之上，他平静地说道："帮你在太安城逞凶的阴物，春神湖上吞食掉龙虎山初代天师紫金气运，此时饱腹难平，尚未消化完毕，正值它阴阳交替的衰弱关头，既然存心想靠它做对付老夫的撒手锏，那就乖乖避让锋芒，老老实实装你的孙子，为何还要帮逐鹿山女子扛下老夫那一击？哪怕再熬过几炷香，也好过现在这般让它眼睁睁看你遭罪，却只能躲在一旁束手无策，不停灌输修为为你去徒劳续命，任由老夫一脚一脚，既踩在你身上，也踩在它这头阴物的魂魄上。老夫此生虽说杀人无数，成名高手不计其数，跟那只人猫联手硬生生压下离阳江湖一头，仍是头一回如此随意虐杀同为天象的高手，真是有意思。"

柳蒿师一步一步前行，每走一步，徐凤年四周就传出一声闷响，扬起一阵尘土。

柳蒿师停下脚步，重重一踏，徐凤年身躯顿时陷入一座大坑，已经主动远离的剑池剑客只见到一只手在土坑边缘，沾满鲜血，犹自不甘心地往外一寸寸递出。生性谨慎的柳蒿师以密语传音，微笑道："听说你这个北凉世子孑然一身赶赴北莽，还被你一路杀人，连谢灵和第五貉都被你阴死，回到离阳，铁门关那场牵动京城局势的截杀，更是连杨太岁都死在你手上，想必你脑子灵光得很，怎么算计来算计去，这么一颗聪明脑袋，反而自己主动去让驴踢上几脚了？为了一个无亲无故的北莽女魔头，连世袭罔替北凉王都不顾了？连北凉三十万铁骑都不要了？"

柳蒿师脚尖一拧，伸出土坑的那只手鲜血溅射，年迈天象境高手一脸狞笑，用阴毒语气反问出第三个问题："连你娘亲的仇也不报了？"

一口口呼吸，带来一次次痛彻骨髓，徐凤年几乎只能听到自己的沉重呼吸声，柳蒿师的三问，让他耳膜震荡，更如撞钟一般轰然撞在心口。徐凤年一直不敢断开与朱袍阴物的心意相通，不是怕死，而是怕徐婴失去控制后一意孤行，那只会死在他前头。破墙坠地后，他暗藏了一份心思，希望假借他山之石攻玉，借机锤炼徐婴体内的紫金气运，既能拖延时间，也能让徐婴提前恢复境界，不料柳蒿师老奸巨猾，每一次踏脚都玄机重重，只伤根本不伤表皮，不愧是在天象境龟缩时间最长的一只老王八。徐凤年翻了个身，平躺在土坑内，强行扯断跟徐婴的神意牵挂，望向灰蒙蒙的天空，视线模糊。

自打重新提刀起，只要认定想要什么，那就一定会步步为营，怕死惜命，故而无所不用其极，练刀养剑两不误，一线金刚后偶得大金刚、伪指玄，拼却全部气运强入伪天象，跌跌撞撞一路攀登，又一次次跌境，有得有失，连沾沾自喜都来不及，此时再蓦然回想这几年做成的许多练刀之前想都不敢想的壮举，徐凤年缓缓闭上眼睛，想起徐骁说过的一句话：没有谁一开始就该死，也没有谁不可以死。

徐凤年脑中猛然闪过一幅春神湖大战之后拼命想要记起却始终没能记起的图画。意识模糊的徐凤年瞬间沉浸其中，仿佛置身画面之中。那是一个视野所及尽是金黄麦穗的丰收秋季，一望无垠，清风习习，小径之上，有一名女子走在前方，伸出纤手在成片麦穗上轻轻拂过，留下一个刻骨铭心的背影。徐凤年所在的躯壳，不知为何生出一股大秦国祚定当绵延万世的豪情。"徐凤年"低头望去，手中拎了一株沉甸甸麦穗，猛然抬头，女子恰好转头，就在即将看清她容颜的时刻，那幅画面瞬间支离破碎，一切都随风而逝。他伸手想要去抓住她，可越是用力，越是徒劳无功，耳边只听到两个口音腔调似乎十分陌生却又矛盾到仿佛听过千万遍的字。

分明已经醉死过去的黄龙士缓缓睁开眼睛，烛火灼烧，偶尔发出类似黄豆崩裂的细微声响，早已不见闺女的踪影。老人心中叹息，在他被赶出上阴学宫后，这辈子跟春秋诸国的帝王卿相说了无数其心可诛的言论，偏偏他们都爱听，如痴如醉，可他好不容易找到一个自己愿意说些真心话的闺女，却又不爱听他唠叨。黄龙士给自己倒了一碗酒，小酌一口，夹了一筷子十分入味的红烧鲤鱼。他这次给逐鹿山和西楚做了一次媒，在中间牵线搭桥，曹长卿担当逐鹿山客卿，逐鹿山则为西楚复国出钱出人出力，忙忙碌碌，不过是拖延赵家取得一统天下的时机。黄龙士自知这辈子所作所为，不过是"顺势"二字。

黄阵图，王明寅，轩辕大磐，李淳罡，杨太岁，韩生宣，宋念卿……算上接下来多半无法善终的柳蒿师，赵黄巢，顾剑棠，等等。屈指算来，离阳江湖老一辈好像一夜之间就死得七零八落了。

他黄龙士在中原海晏清平之后，将天下气运转入江湖，沸水滚滚，看似

热闹，不过是拔苗助长和竭泽而渔罢了。

大兴科举、独尊儒术的庙堂越来越讲规矩，而苟延残喘的江湖越来越归于死寂。

百姓得太平。

黄龙士从头上抓下貂帽，瞥了眼横放在桌上的那杆向日葵，苦笑道："闺女你去凑什么热闹？我还想着剩下个人，将来能给我清明上坟。"

一名少女奔出沈家坊，鸦鬓斜钗。

在离阳广袤版图根本不值一提的小城外，洛阳比柳蒿师预料之中要快了些许光阴摆脱宋念卿。

这点在往常可以忽略不计的时分，在这里就足以翻天覆地。

天下历朝历代所谓跻身陆地神仙的剑仙，仙人之剑寥寥无几，许多剑仙一生中仅有一剑一招达到地仙境界，前朝百年前被刘松涛挂尸山顶的剑仙魏曹，便是如此。宋念卿这一剑递出，一往无前，在柳蒿师看来哪怕是王仙芝和拓跋菩萨对上也要头疼。撼大摧坚必定只能缓缓破之，宋念卿那一剑已是臻于剑道巅峰，柳蒿师久在天象境界耳濡目染，若是他自己遇上，就只能一退再退，当年在太安城，那名女子强入陆地神仙境界，硬是凭借那半递半收的一剑全身而退，足见地仙一剑的无上威严。宋念卿这毫无征兆直破两境的一剑无疑让柳蒿师收获颇丰，也让徐凤年和白衣女子吃尽苦头。原本在柳蒿师计划中，既然察觉到洛阳的存在，那就只能浑水摸鱼，入城后不论是击杀还是重伤徐凤年，只能一击便退，绝不恋战，柳蒿师自认遇上能够合拢天地做一线剑的洛阳，没有任何胜算。

之前遇上她是如此，可她不管不顾，全盘扛下宋念卿一剑之后，柳蒿师就不觉得胜负会如何悬殊了。

白衣女子放弃并拢天地的一剑威势，掠至徐凤年身边，眼神晦涩不明。

缩袖十指偷偷勾画的柳蒿师嗤笑道："堂堂天下武评第四的魔头洛阳，竟然也会如此鲁莽行事？"

背对柳蒿师的洛阳默不作声。

墙头有一袭终于现世的鲜艳朱红袍子，阴物五臂捧住脑袋，抓住双面，尖锐指甲钩带出鲜血，痛苦得发不出声音。

城中，全身血肉模糊的宋念卿跪跄坐地，颤颤巍巍伸手，艰辛脱下那双破损严重的布鞋，轻轻捧在怀中，就此死在江湖。

与洛阳相依为命的一尾青鱼已经在城内剑气中消散，另一尾同是从大秦帝陵带出的长须赤鱼凭空浮现，洛阳折断所有龙须，龙须迅速融入手心血脉。

柳蒿师双手猛然抖袖。

白衣洛阳背后如遭重击，剧烈震荡摇晃之后仍是不倒，她悠悠吐出一口不绝于缕的金黄雾气，轻声道："不等了。八百年前你留给我的，我今日一并还你。从今往后，世间再无大秦皇后洛阳。你与她以后如何……"

洛阳咬了咬纤薄嘴唇，不再说话，任由后背次次被柳蒿师牵动的气机倾力撞击，口吐数百年积淀下来的浑厚修为，化作一团金黄雾气，弥漫徐凤年全身。

柳蒿师脸色剧变，不假思索就开始回掠后撤。

"徐凤年"缓缓起身，双眸金黄，向天地示威一般伸了个懒腰，然后安静望向眼前的白衣女子，嗓音醇厚，"洛阳？"

女子的身影逐渐飘摇不定，开始消散在风中，她泪流满面，却是笑着弯腰敛袖，犹如八百年前那一场初见，他尚未称帝，她在田野之间还不曾入宫，用魔头洛阳绝对不可能说出口的娇柔嗓音，百转千回轻呼一声，"大王！"

襄樊城，银装素裹下如披裘的雍容妇人，很难想象二十年前就是一座阴气森森的鬼城，颇像一位嫁入豪族的寒门寡妇，骤然改头换面，不见任何寒酸气，只有珠光宝气。

一架马车缓行在一条幽静深邃的窄巷，马蹄碎碎踏，在青石板上踩出一串清脆的声响。驾车马夫是位秀美女子，在靖安王府被唤作杏花，都知道是陆公子的贴身丫鬟，随着那位眼瞎的陆公子在襄樊的地位越发稳固，她的身份也随之水涨船高，便是王府的大管事，瞧见了她也要挤出笑脸，生怕她可能会在陆公子那边吹枕头阴风，至于她到底是否真的跟陆公子有肌肤之亲，天晓得，靖安王府上谁不知道陆公子是年轻藩王跟前的头号红人，谁敢胡乱碎嘴，还不得被乱棍打死。本名柳灵宝的死士杏花小心翼翼挽起帘子，陆诩走下马车，推门步入这栋私宅小院，杏花只能待在院外恭候，都不敢多瞧一眼院门。两进的小院子，院中原本移植了两株海棠，可海棠向阳不耐阴，院

落光线偏暗，不纳阳光，一株已经死去。陆诩径直走向正房，登上台阶之前，停下脚步。一位守在门口的女子原本愁眉不展，见到陆诩后，先惊后喜，连忙走下台阶，离了一段拿捏好分寸的距离，毕恭毕敬柔声道："见过陆公子。"

陆诩面露清淡笑容，微微低头拱手，不缺礼数。他虽心底反感这个来路不明的尤物女子，也从不在年轻藩王那边掩饰，可真避不了要与她打交道，还是不会在面子上交恶。屋内传来一阵瓷器砸地摔碎声，陆诩抬头"望"向正房，皱了皱眉头。自从春神湖真武大帝法相一脚踏船后，靖安王失魂落魄返回襄樊城，已经多日不曾露面，许多需要藩王朱笔批注的紧要政事都给耽搁，他虽然是靖安王府当之无愧的头号智囊，但僭越之举历来是谋士大忌。女子抿嘴叹息一声，"恳请陆公子入屋劝一劝，王爷回来之后就只是饮酒，不曾用餐。"

陆诩点了点头，走上台阶，这位女子紧随其后，容貌端庄眉眼却妩媚的她跟那位跟随暴毙老靖安王殉情的王妃既形似又神似，她帮陆诩轻轻推开房门。

房内赵珣披头散发，背靠墙壁坐在角落，身边滚落十数个酒壶，满身酒气，哪里还有半点藩王风采，见到陆诩之后，先是愧疚难安，继而恼羞成怒，手指颤抖提起酒壶，酒壶空荡，在襄樊声名直追父王的年轻藩王仰头等了半天，都没等到几滴酒水，不由恼怒丢出酒壶，将柜架上仅剩的一只瓷瓶砸得粉碎。

陆诩眼瞎心不瞎，对于赵珣的一蹶不振并不奇怪。这位世子殿下这辈子没有经历太大大波折，侥幸成为新靖安王之后更是顺风顺水，却在逐步走向巅峰时，被心底最仇视的敌人以近乎举世无敌的姿态狠狠践踏尊严。陆诩没有出声安慰，而是转身伸手，从女子手中接过一只新酒壶，坐在赵珣对面，递给这位只敢躲起来借酒浇愁的年轻藩王，听到女子走出屋子的脚步声以及关门声，这才缓缓说道："北凉世子果真是真武大帝转世，那才是好事。"

眼神浑浊的赵珣愣了一下，恢复了一丝清明。接过酒壶，停下仰头灌酒的动作，目不转睛盯着这位襄樊真正的主心骨。

陆诩温颜平淡道："当年上阴学宫的阴阳五行学说盛行，黄三甲断言占据火德的离阳要一统天下，克火者为水，北凉坐拥西北，辖境内有尊奉真武大帝的武当山，传言八百年前真武降世，成为一统天下的大秦皇帝，大秦王朝便是水德，发轫于北凉南境，这让赵室如何能安心？这才是钦天监当初为何要怂恿出一场京城白衣案的根由。对不问苍生问鬼神的帝王而言，王朝更迭、五行转换，宁可信其有不可信其无。老王爷是武帝城王仙芝的义子，春神湖上又闹出真武降世的风波，我就不信天子还坐得住，我信王仙芝可以不管圣旨皇命，可我不信王仙芝会抵得住与真武大帝一战的诱惑。世间还有怎样的比试，比得过跟走下天庭的玉京尊神一战来做收官战更合适？朝廷可以容忍一个已经得势的世子殿下，但是万万不会接纳一个有野心有命数坐北望南的北凉王。要不王爷跟我打个赌，赌王仙芝会不会在近期出城？"

赵珣顿时眼神熠熠，对于陆诩言语之中对皇室赵家的不敬嫌疑，根本不上心，重重拊掌笑道："有道理！不赌不赌，我肯定输！"

陆诩站起身，拍拍尘土，自顾自说道："堂堂藩王数日酗酒，成何体统，不怕陆诩笑话，就不怕被女子笑话了？只听说男子都喜好在心仪女子面前打肿脸摆阔充好汉，可没听说有男人在女子面前故意装孙子的。"

赵珣释然一笑，还有些汗颜，好在那目盲书生也瞧不见，他放下酒壶，猛然站起身，自己整了整凌乱不堪的衣襟。屋外传来一声男子浑厚嗓音的压抑咳嗽，赵珣匆忙开门，看也不看那名王府死士的面孔，从他手中直接夺过一截由信鸽秘密捎带到靖安王府的密信，摊开以后，面红目赤，那张英俊脸庞兴奋到扭曲，将字数寥寥的密信看了数遍，这才狠狠攥在手心，转身快步走去，一把抱住陆诩，大笑道："陆先生果真未卜先知不输黄三甲，出城了！出城了！"

远远站在院中的女子偷偷望去，正巧望见万事成竹在胸的瞎子那张清逸面容，不知为何，直觉告诉她那位笑意恬淡的陆先生，并不是在笑。

与世无争的沈家坊，炊烟袅袅，鸡犬相闻。双鬓霜白的青衫儒士步入其中，气韵清逸，丰神疏朗，年轻时候一定是能让许多女子一见倾心的美男子。他静静站在村头一排用以挡煞纳吉的茂盛风水树下，好像在寻人等人。黄龙士走出屋子，两两相望对视，黄龙士犹豫了一下，还是往这名上了年纪的青衣男子走去，一起站在村头。

溪水潺潺。

青衣文士轻笑道："前些年偷偷翻过沈氏谱牒，你的字比起在上阴学宫

求学时，还是没两样。这次猜想你多半会在这里出现，就来碰碰运气。"

黄龙士扯了扯嘴角，"怎么惊动你大驾了，西楚复国在即，千头万绪都要你曹长卿事必躬亲，哦，知道了，原来是王老怪走出武帝城，重入江湖。可既然是这老怪物出手对付那个可怜虫，你曹长卿即便已经入圣，也一样拦不下。除非邓太阿从东海返回，而且还得是他乐意跟你联手拒敌。不过真惹恼了王仙芝，他铁了心想杀谁，天王老子都没辙，这么个五百年一遇的怪物，都有资格去跟吕祖一战，不服气不行。"

曹长卿笑问道："如果我加上洛阳，拼死也保不住徐凤年？"

黄龙士摇头道："那边出了状况，宋念卿直接祭出了地仙一剑，我本以为他最后的第十四剑撑死了不过是天象，哪里想到这老小子抽筋，柳蒿师抓机会又抓得奇巧无比，洛阳这次大意了。你要是想着那小子安然无恙，就只能希冀着他不会跟宋念卿一样抽筋，在春神湖之后又请下什么真武大帝法身，否则王仙芝即便初衷只是买赵家天子一个面子，出城做个样子，到时候指不定也会手痒，好好打上一场。可请神容易送神难，不说这种上不了台面的伪仙根本经不住王仙芝的全力打杀，就算王仙芝放过一马，送神一事，也要让那小子掉一层皮。要我看，说不准就是身边谁要横死了——洛阳？徐龙象？还是徐骁？"

曹长卿叹气道："怎么听上去真武转世就没半点好处。"

黄龙士讥笑道："本就是注定亏本的一锤子破烂买卖。你看那小子这二十几年，身边有谁过得轻松了？假设真有天人投胎一事，那么八百年前真武化身大秦皇帝，就是应运而生，如今别说是真武大帝，就算是三清大殿里坐着的那三尊老爷亲自下凡，都不顶屁用，因为有违天道，照样要被奉天承运的赵室压制得死死的。只有三百一十四年后，才会……"

曹长卿笑眯眯追问道："才会怎样？"

黄龙士冷笑道："你再活个三四百年自然知道。"

曹长卿洒然笑道："不管身后几百年如何，活在世上，当下的很多事情，在不钻牛角尖的前提下尽力而为，那么到头来依旧问心无愧就好。"

黄龙士破天荒询问别人问题："那个被李淳罡看好的丫头呢？"

曹长卿打趣道："你都算不准？"

黄龙士淡然道："我算不准的人多了。"

曹长卿感慨道："神武城杀人猫，我与公主就在一旁观战。要是没有那去往武帝城的一剑，也会有从天而降的另外一剑。"

黄龙士："咱们啊，不过都是老槐下的野叟村言。至于这江湖，更是回光返照而已。"

曹长卿一笑置之。

一位满头雪发的魁梧老人不走平坦驿路，而是独独去拣选那些人迹罕至的深山老林，皆是一闪而逝。

临近那座城池，才稍稍放缓奔掠速度，仍是远超骏马疾驰。

麻鞋麻衣的老人自打东海出城往西，第一次停下身形。

一名姿容绝美的年轻女子，叠手按在一柄插入地面的古剑剑柄之上。

拦下了武帝城王仙芝的去路。

她仅有一柄大凉龙雀。

面对的却是一位称霸江湖足足一甲子的天下第一人。

坐镇武帝城八十年的雄魁老者看了眼出自吴家剑冢的大凉龙雀，点了点头。不言而喻，仅凭这柄剑，就有资格向他王仙芝问一剑。

姜泥咬了咬嘴唇，要说她半点都不紧张，肯定是自欺欺人。她可以不给羊皮裘李老头儿好脸色，那是因为那位教她练字却不练剑的老前辈没有半点高人架子，瞧着倒像只是喜欢吹牛皮的糟老头子。她可以不怕曹长卿，因为在她心里曹官子一直是那位幼年时经常在西楚皇宫见到的棋待诏叔叔，和蔼可亲，对于大官子所谓独占八斗天象风流的武道修为，反而看得很淡。但王仙芝不一样，哪怕是在苦寒北凉的那座锦绣牢笼，也听说过这位姓王的老怪是如何力压天下群雄，是如何以自称天下第二无人敢自称天下第一来嘲笑整个江湖——断木马牛，败邓太阿，败曹长卿，败顾剑棠，所有登榜武评的离阳高手，都输给了这位从不出城的老人，王老怪成了整个武道的一块磨刀石，别人到底锋利几许，都得乖乖去东海去武帝城磨一磨才能服众，不知有多少江湖俊彦做梦都想跟王老怪交手，哪怕一招就输，也引以为荣。最可怕的地方在于王仙芝所处的这一百年，武林层峦叠嶂，巨峰对峙，各样江湖天才辈出，可谓层出不穷，远非前几个江湖百年可以媲美，但王仙芝仍然无人可以撼动，一骑绝尘，举世公认唯有甲子前斩魔台齐玄帧可以与之媲美，可惜齐

玄帧之后道门又一位仙人洪洗象才入江湖便离开，故而王仙芝依旧是当之无愧的无敌于世，连眼界奇高的李淳罡都自认哪怕重入剑仙境界，仍是不敌王老怪，甚至将王仙芝抬高到可以与吕祖全力一战的地位。

姜泥犹豫了一下，说道："王城主，曹叔叔说你是要去杀徐凤年。"

王仙芝嗓音洪亮，平淡道："老夫与离阳先帝有誓约，在老夫有生之年，无论老靖安王赵衡夺嫡是否成功，都要保证他这名义子这一脉荣华富贵。赵衡之死，跟北凉有莫大关系。不过老夫还没有下作到要跟一个后辈纠缠不休，否则当初北凉世子徐凤年端碗登楼，就算邓太阿亲自给他护驾，也不会那么轻松。这次出城，缘于老夫听说徐凤年在春神湖上请下真武大帝法相，更有一位道门隐逸野老天人出窍，给武帝城捎带了一封密旨，老夫此生一直将不曾与齐玄帧战过一场视为生平大憾事，恰好借此机会来见识一下天人丰姿。"

姜泥欲言又止，王仙芝笑意浅淡，和颜悦色说道："老夫知你本名姜姒，是西楚亡国公主，身负始于大秦终于西楚的莫大气运，你自身根骨也是极佳，又有李淳罡为你在剑道领路，曹长卿更是不遗余力替你修持境界，才有了今日女子御剑的壮丽风景，对江湖而言，殊为不易。老夫坐镇武帝城多年，除了那些无牵无挂的求死之人，不曾毁去武林一株良材栋梁，曹长卿之所以敢让你单独拦路，想必也是吃准了老夫不会与你为难。老夫不妨直说，我王仙芝能有今日成就，与李淳罡当年不惜自败名声任由我折断佩剑木马牛有莫大关系，再者，老夫之所以会走入江湖，起先也是羡慕李淳罡的名剑风流，姜姒，你既然是他的徒弟，那么老夫不管如何，都不会主动伤你性命坏你境界，这一点大可以放心。不过老夫岂会眼拙到看不出你的境界根底不稳，在真正进入陆地神仙之前，每使用地仙一剑一次，就是折损阳寿的搏命手段。所以老夫奉劝你一句，既然明知拦不下，就不要轻易有意气之争，老夫在东海看了江湖八十余年，却只等到了吴素一位女子剑仙，委实不希望你中途夭折。"

姜泥摇了摇头。

王仙芝笑了笑，"老夫从不强人所难，之所以格外多说这些，大半还是因你与李淳罡的渊源。你若是一剑不出便退，肯定也不会甘心，于你剑心砥砺亦是不利。"

姜泥认真说道："我有两剑。"

王仙芝哈哈大笑，天底下竟然还有人胆敢跟他讨价还价起来，只听他朗声道："两剑也无妨，让老夫瞧一瞧李淳罡跟曹长卿的徒弟，加上一柄大凉龙雀，是否会让人失望。"

姜泥一板一眼说道："曹叔叔这一年中曾偷偷带我去了一趟吴家剑冢跟东越剑池，我登上了吴家那座插满历代名剑的剑山，也看了那方藏有十数万柄古剑的深潭。"

王仙芝何等阅历，略加思索便一语道破天机，"是观千剑而后识器的上乘剑道，曹官子的气魄一向罕见，他教你的剑道，自然不俗。"

姜泥摇头道："起先曹叔叔是这个意思，可我不小心牵动了两处气机，然后就误打误撞换了一种剑法，但是目前仅是一个雏形。曹叔叔说这一招遇强则强，对手如果不是王城主，换成一般人，就不那么厉害了。"

王仙芝笑道："小丫头，你不用跟老夫解释得这么清楚，老夫恨不得有人能重伤了老夫。"

王仙芝说这话，毫无半点故作姿态的跋扈气焰，因为这就是天经地义的道理。

姜泥微微红脸，点了点头。

姜泥缓缓闭上眼睛，按住大凉龙雀剑柄的叠放双手微微上浮几寸，名剑展现出鞘之势。

王仙芝仰望天空，点了点头，称赞道："有意思。"

才提起双手的姜泥猛然下按，大凉龙雀重新归鞘，轻喝道："落子！"

棋盘落子？棋盘在哪？要落在棋盘之上的棋子又是何物？

身材雄伟的老人脸色依旧云淡风轻，但眼中闪过一抹异彩，竟是小觑了这丫头，在他眼中那先手的剑出鞘剑归鞘若说是小打小闹小意思，那接下来就有一些大意味了。

万里晴空，瞬间被切割成无数条纵横沟壑。

剑气！

千万条凌厉无匹的剑气肆虐当空。

两拨浩浩荡荡的剑气，一拨出自吴家剑冢，一拨出自东越剑池，如黑白双线勾勒棋盘，以剑气为线，以云天做棋盘。

好大的手笔！

王仙芝刹那间就明悟其中精妙——小丫头所说遇强则强，半点不假，正因为对手是他王仙芝，那一道道一条条借自剑冢剑池两地的灵犀剑气才会来得如此迅猛，来得如此密集！

王仙芝笑意更浓——倒真是个实诚到可爱的闺女，难怪李淳罡如此器重。

当姜泥"落子"二字出口之后，天上剑气就如同暴雨灌顶，齐齐落下，而且下落得并非毫无章法，而是全部剑尖直指王仙芝一人，以至于像是呈现出一个气势恢宏的陆地龙卷。

王仙芝岿然不动，任由剑气当头泼下，只是剑气无一例外在他头顶数丈外被搅烂，当最后一条剑气溃散时，不过是挤压到距离王仙芝头顶一丈而已。麻鞋麻衣的老人始终没有任何动静，就是这般仅凭外泻体魄的雄浑罡气，便硬扛下了所有千万里之外远道而来的上古剑气。

王仙芝望向那个脸色苍白的年轻女子，平静道："确实还只是个雏形，老夫很期待你以后引来两座实打实剑山如同蝗群的场景。"

王仙芝心中感慨，这女子竟然隐约有了成为天下名剑共主的气象。

有多少年没有生出后生可畏的感触了？

王仙芝沉声道："姜姒，老夫很好奇你的第二剑。"

徐凤年那双原本略显阴柔的丹凤眸子，在呈现诡谲的金黄之后，整个人竟然有了君临天下的意味，他伸手握住形神不稳的洛阳，轻笑道："我只要不死，不让你走，你能去哪里？八百年前，出海访仙的方士原本已经求得了一枚长生药，只是被你暗中毁去。你以为我不知道？只是不跟你计较罢了。"

说完之后，不理会错愕的洛阳，徐凤年转头对墙头那边的朱袍阴物摇了摇头，后者瞬间安静下来。

徐凤年单手按住额头，闭上眼睛，然后睁开，理清了头绪，笑着说了一句自相矛盾的言语："我不愧是我。什么都是一脉相承，逃不过孤家寡人的命。一炷香后，我还是我吗？你还是你吗？"

徐凤年拉过哭哭笑笑不自知的洛阳，背在身后，然后大踏步前奔，直追那位见机不妙便脚底抹油的柳蒿师。仿佛几次眨眼过后，就撵上了号称身处天象五十年的赵家看门犬，徐凤年跟他几乎并肩而掠，笑道："柳蒿师，先前三问，很是威风啊。"

柳蒿师瞬间横飘出去十数丈，惊恐怒喝道："你到底是谁？！"

金黄双眸的徐凤年微微眯眼笑道："柳姓老祖宗所在的那座小国国都，被大秦劲弩射成了刺猬，大秦锐士一人不死，就灭了你们。"

柳蒿师怒极而笑，"徐凤年，你疯了不成！"

行走江湖之所以对那些僧尼道姑礼让三分，就是忌惮他们的"陌手"，这跟对敌剑客很怕遇上新剑是一个道理。除非是武评上的高手，否则谁都不敢说自己一定不会阴沟里翻船。柳蒿师看守皇宫一甲子，遍览武学秘籍，说他坐井观天也没错，可这口大井本身就是几近天地同阔了。柳蒿师见识过太多足可称之为惊才绝艳的招数，他从不敢因为在天象境界逗留数十年便一味自恃清高，那一年武当年轻掌教出入太安城如入无人之境，他跟韩貂寺便在远处静观，权衡之后竟是连出手的欲望都没有，今年龙虎山又出了一个说是初代祖师爷转世的赵凝神，也一样让柳蒿师感到棘手。不过柳蒿师生性谨慎，却不意味着这位年迈的天象境高手就是一颗软柿子，想要杀死一个不愿死战的一品高手，历来都是难如登天。

柳蒿师空手而归，只是觉得没面子，觉得那个徐凤年对于旁门左道出奇地熟门熟路，不好对付。

徐凤年如同附骨之疽，始终不让柳蒿师拉开距离，笑问道："都说艺高人胆大，你这么个天象境高手为何如此胆小如鼠？"

头顶天空原本湛蓝无云，蓦地先是云卷云舒，再是乌云密布。

柳蒿师一路长掠，并不言语。

徐凤年瞥了眼天空，停下脚步。

先前像是丧家之犬的柳蒿师也停下，一脸阴森，"听说有剑阵名雷池，可哪里比得上真正的雷池？对付你这等阴物，对症下药得很！"

我有一壶，江湖做酒。我有一掌，可托五岳。我有一口，吃掉春秋。数百年一位武林前辈定下了一品四境的规矩，曾用这三句话来赞誉天象境界，说的就是天象高手能够跟天地共鸣之后，会有何种睥睨天下的巍巍气象。柳蒿师看了眼天色，笑意浓郁起来。想要在江湖上成名，只要是个江湖儿郎就都藏有几手压箱技艺，像宋念卿这趟江湖行就带了十四剑十四招，柳蒿师当然也不例外。这一招雷池，原本是打算作为一份大礼，就等着超凡入圣的曹长卿下次赴京——曹官子的三过皇宫如过廊，次次都打在他的脸上，柳蒿师如

何能咽下这口恶气，不承想到头来先用在了这小子身上。

黑云如墨，柳蒿师静等天雷滚滚。

柳蒿师见过许多靠走终南捷径博取帝王青睐的聪明人，沽名钓誉的本事很是高明，青词宰相赵丹坪就是之一，可在太安城，柳蒿师侍奉过离阳三代皇帝，始终都是那座京城的中流砥柱，哪怕赵丹坪也无法瓜分柳蒿师对赵室积攒下来的香火情分。柳蒿师习惯了靠境界碾压对手，这次背负皇命前来绞杀徐凤年，他跟宋念卿只是一着先手，万一没能得手，让徐凤年逃过一劫，还有万无一失的后手，故而柳蒿师没有拼命的兴趣，可泥菩萨也有火气，更何况柳蒿师跟北凉那是不死不休的局势，这个徐凤年浑身上下冒着一股邪气，柳蒿师就生出了一探究竟的念头。

还背着洛阳的徐凤年好整以暇，等着天劫落地。他只有一炷香时间，如果柳蒿师执意避而不战，他也没有太大把握抓住这只老狐狸的死穴。天象境界高手本就是天地宠儿，极难捕获气机流转，一心想逃的话，因为没有跻身可以引来天劫的陆地神仙境界，甚至躲过疏而不漏的天网恢恢，好似那条昭昭天理之外的漏网之鱼，徐凤年即便追得上柳蒿师，却耗不起光阴。可天底下就没有无懈可击的招式，只要柳蒿师托大，有胆子落地生根，徐凤年不介意扛一扛所谓的池中滚雷，然后伺机而动。

天上黑云猛然下坠，飘浮在大地之上，宛如一幅人世转换云海的玄妙画卷，让人有沧海桑田之感。徐凤年上半身露出云层，齐腰高的黑云连绵翻涌动荡，四周云雾中电闪雷鸣，电光逐渐交织成网，徐凤年缓缓行走，立即成了被撒网渔夫盯上的游鱼。云海中眨眼间浮起一颗颗紫雷，一眼望去，粗略计算就有不下五十颗，大小不一，大如井口，小似拳头。紫雷之间又有一条条不断跳动的雪白闪电牵连，还真是一座名副其实的雷池。

脚步不停的徐凤年胆大包天，伸手握住一颗紫雷，整座雷池翻转，五十多颗紫雷顿时渐次飞掠而来。徐凤年右手五指钩入紫雷，紫气萦绕手臂，左手也没闲着，轻轻挥动，每次恰好拍掉一颗颗砸来的紫雷，不过这座雷池霸气十足，加上被徐凤年死死攥紧的那一颗，毫无颓势，惊世骇俗的壮阔景象根本没有半点折损，五十多颗紫雷去而复返，被拍掉之后，不过弹出二十丈外就迅猛旋回，来势汹汹，速度不减反增，慢慢行走的徐凤年就像被围困在一座随之移动的雷池之中。

背后女子拿下巴抵了抵他的肩膀。

徐凤年柔声道："记得当初答应要陪你去昆仑山巅看云海，可几次巡狩天下要么忘记要么错过了，后来下定决心时，你已经不愿意。今天就当弥补一些。"

她柔声道："比起你送给那狐媚子的举国狼烟，云海算什么？"

徐凤年侧了侧脑袋，轻轻摩挲了一下她的脸颊。

深呼吸一口气，徐凤年将手中那颗始终没有松开的紫雷放入嘴中，一口吞入腹，大笑道："当年整个天下都被我吃掉了，小小几颗天雷算什么？"

徐凤年一手拎住一个紫雷，纷纷放入嘴中，当他吞掉一半紫雷后，云海消散，雷池也就荡然无存。站在三十丈外的柳蒿师瞠目结舌，哪里料到这家伙会是以这种蛮横手段破解掉他苦心孤诣造就的天象秘术。五十多颗借天地借龙气借气运辛苦形成的紫雷，可以说颗颗都是价值连城，为此北宗附龙练气士不知倾注了多少心血，几名大宗师的修为甚至直接被榨干。原本雄厚的家底一下子就没了一半，柳蒿师如何能不心疼！更可恨的是那莫名其妙就境界暴涨的恶獠还打了个舒舒服服的饱嗝，对柳蒿师露出一个讥讽笑脸，懒洋洋问道："还不跑？"

柳蒿师干净利落就开始撤退。

"难怪整整五十年都没能成就地仙境界。"

徐凤年眯起眼，冷笑道："要是刚才一直不停脚，我还未必能拿你怎么样。不过现在嘛，已经晚了。"

徐凤年伸出一根手指，在眉心割出一条细微血槽。

急掠之中的柳蒿师顿时头颅裂开一般，从额头开始凭空出现一条从上往下触目惊心的裂痕，满脸血迹，狼狈不堪。但这并不是最让柳蒿师胆战心惊的恐怖，随着脸面上淌血不止，他的天象境界竟然像是洪水决堤，江河日下，一泻千里。柳蒿师清晰感知到自己的深厚境界，原本就像一座湖泊，然后眼睁睁看着湖水干涸，却完全无法阻挡湖面下降。柳蒿师痛心疾首的同时更是匪夷所思，天象境界的精髓便是与天地共逍遥，是跻身陆地神仙超然世外的前兆，哪里听说会作茧自缚，难不成那家伙有与天地并肩的成就，能够强行吸纳别人的气数，自作天地？若说是剑斩六国气运的洪洗象，柳蒿师还会有几分将信将疑，可身后那小子就算继承了洛阳的修为，也绝对不至于如

此骇人。

柳蒿师几乎走火入魔，一咬牙，在势如破竹的险境中，硬是趁势崩碎自己本就摇摇欲坠的天象境界，在跌入指玄的瞬间之前，壁虎断尾，任由剩余一半紫雷滚落，如同陆地神仙一气掠出数百丈，远远抛开那个让他输得一败涂地的疯子。

徐凤年停下脚步，心中叹息，只要柳蒿师稍稍犹豫，再晚上一点点时间，他就有把握宰掉这条老狗。抬头看了眼天空，徐凤年嘴角噙满冷笑，离阳赵室不愧是如今的正统，连给赵室看门护院的一条走狗都身具相当可观的气数。徐凤年转身望向十里之外，密密麻麻的剑气，阵仗宏大。

徐凤年默默将一颗颗紫雷纳入袖中，融为气机。

洛阳挣扎着落在地上，平静道："你去吧。"

徐凤年牵着她的手，转头跟她对视。

她凄然决绝道："你要天下，我只要你。我不能独占，我宁肯不要。八百年前是如此，八百年后还是如此。"

徐凤年突然笑了，"大秦皇后了不起啊？"

洛阳一脸震惊，后退一步。

徐凤年嘴角翘起，笑道："我是他，他可不是我。"

洛阳神情复杂。

徐凤年蹲下去，示意她上背，柔声道："洛阳，回北凉之前，咱们去洛阳城看一看吧？"

洛阳一脚狠狠踢在他屁股上。

摔了个狗吃屎的徐凤年继续蹲着，轻声道："当年大秦铁骑没能踏平如今叫北莽的大漠，这辈子补上。拓跋菩萨敢欺负我女人，我……"

不等徐凤年说完，洛阳轻轻趴在他后背上。

徐凤年站起身，"回头跟你慢慢算账。"

洛阳说道："你先打赢了王仙芝再说。"

东海武帝城。

城外有一剑悬停，停了许久，以至于起先看到千里飞剑一惊一乍的江湖人士，都渐渐失去了耐心兴趣，一些无聊的江湖人就自己找乐子，坐庄赌博那柄剑到底要停几日，押注早的，大多输了大把银子。城内有人说那柄飞剑是桃花剑神邓太阿的挑战书，很快就会骑驴入城。也有人说是东越剑池宋念卿新悟出的一剑，也有人信誓旦旦扬言吴家剑冢的老祖宗要出关了，要为吴家枯剑正名。看热闹凑热闹的说到底就是等那个"闹"字，可既然这柄剑不闹，雷声大雨点小，就对城外停剑习以为常，只有一些在武帝城土生土长的顽劣稚童，时不时攀上外城墙头，拿弹弓去射剑。其间有个想一鸣惊人天下知想疯了的佩剑游侠，掠到剑身上站定，耍了许多蹩脚剑招，结果招来白眼无数，他也觉得尴尬，讪讪然跳下，灰溜溜出城。几乎没有人留意城中来了个双眉雪白的老家伙，他进城以后，深居简出，只是偶尔去那面插满天下兵器的墙壁下站定，看上半晌就安静反身。墙上每日都要有一柄名剑消失无踪，只是墙壁上的名剑利器实在太多，不可计数，像宋念卿当年携带十二柄剑登楼挑战王仙芝，除去碎裂的六剑，其余六柄都按照武帝城输人留下兵器的老规矩插在了墙上，这一留就留了许多年，结果其中一柄昨天就悄然不见。

双眉及膝的独臂老人又独自来到墙下，瞧着墙上较高处的一柄无主遗剑，咂巴咂巴嘴，看上去有些嘴馋，别人都是馋美色馋美食馋美酒，他就显得格外特立独行了。墙上兵器无疑以名剑居多，将近占据了半面墙壁——这也不奇怪，剑林之盛，一直是独茂武林。老人伸出两根手指，捻住一缕白雪长眉，正打定主意今晚拿那柄新近瞧上眼的长剑下嘴，蓦地咦了一声，转头望去，就见一名气韵出尘的负剑道士正好与他对望。

长眉老人问道："龙虎山的小道士，本该挂在武当大庚角的吕祖遗物为何会在你身上？"

一身素洁普通道袍的年轻道士反问道："前辈为何入城内，却停剑城外？"

老人笑道："老夫此生最后一剑，力求圆满，才好去问一问当世百年最强手，本来差不多可以入城了，可姓王的竟然破天荒出城去了，反倒是把老夫晾在一边。也无妨，等他回城就是。你是？"

道士平静答复："小道龙虎山齐仙侠。"

老人哦了一声，"听说过，江湖上有'小吕祖'的说法。"

下武当后一直游历江湖的齐仙侠问道："王城主是去拦阻来自西域的无用和尚？敢问前辈是？"

老人微笑道："什么无用和尚，是逐鹿山的刘松涛。至于老夫姓甚名谁，

无关紧要，你只需知道世间仍有一剑，有望将王仙芝变成真正的天下第二。"

齐仙侠温温淡淡笑了笑。

老人手指松开长眉，"你虽是道人，却也是剑士，老夫他日若是输了，就由你跟上下一剑，十几二十年后无所谓，只要别太久，久到王仙芝飞升。"

齐仙侠轻轻作揖，然后转身离去。

柳蒿师从未如此仓皇失措，像一条落水狗，五十年天象底蕴，半炷香不到的工夫，就成了过眼云烟。确定那家伙没有追杀后，仍是一口气掠出十几里路才停下脚步，他这辈子哪里想到自己也有成为惊弓之鸟的一天。武道进阶，越是后面越是难如登天，行百里者半九十，三品到二品是一个大门槛，坐拥秘籍名师丹药的门派豪阀子弟，大多数被拦在这个门槛之外。习武本就是极其吃苦的行当，既需要根骨天赋打底子，也靠滴水穿石的毅力，跻身二品，成为一般意义上的小宗师后，马上就遇到一座更高的门槛，高到让不少恒心不足的天纵之才都会知难而退。柳蒿师见过太多具有先天优势的年轻人，不得其门而入，蹉跎到老，更别提一品四境的攀升，正因为知晓路途艰辛，即将登顶的柳蒿师才痛心疾首自己的跌境。恨意滔天的柳蒿师颓然坐地，双手插入地面，十指成钩，划出一条条泥沟。

柳蒿师心神激荡缓缓趋于平稳，从袖中掏出一方小巧古檀盒子，小心翼翼打开。开盒之后，露出一小枚丹药，没有香气弥漫，反而恶臭扑鼻，可柳蒿师却郑重其事地慢慢伸出双指，试图去拈住丹药。这颗不起眼的刀圭饵，传言脱胎于大秦皇帝出海访仙而得的半张仙药秘方，道教典籍有密言"既然不得刀圭饵，且留人间做地仙"，意思是若得此药，便可飞升，哪里需要做什么陆地神仙。柳蒿师当然清楚盒中饵药没有这等灵效，不过可以帮他稳固现有境界争取到那一丝重返天象的天大机会。

柳蒿师猛然缩回手指，盖好盒子，站起身环视四周，仍然不放心，绕弧而掠，确定方圆两里之内没有一人，这才盘膝而坐，吞下那枚刀圭饵，闭目凝神，逐渐进入"尸居龙见渊默雷声"的境地。

"呵呵。"

轻轻两字，在柳蒿师耳畔骤然响起，如同真真切切的炸雷。

王仙芝做什么事情都不急，慢性子得很，但当这个江湖上聪明的人太多了，脚下捷径多得乱人眼，到头来脚踏实地的王仙芝反而成了异类，入主武帝城之后，他的境界修为始终在稳步上涨，他既不是当时最年轻的二品高手，更不像李淳罡在跻身一品境界后数年破一境，势如破竹得无法无天，王仙芝也从未有过一步跨境的惊艳举动，相比那时直追四大宗师的一拨武学奇才，王仙芝只能算是大器晚成，可在他成就金刚体魄之后，在同等境界之中，王仙芝就逐渐有立于不败之地的趋势，何况谁都没有想到这个当年只配一旁观战的高大年轻人，大器晚成得如此之久，尤其是他徒手折断被誉为无坚不摧的木马牛后，更是让王仙芝真正登上江湖顶峰，那以后，直到被人习惯性称作王老怪，王仙芝始终未尝一败。这个沉默寡言的老人，就那么孤零零站在武帝城楼顶，冷眼俯瞰江湖，倒骑毛驴拎桃枝的邓太阿傲然登楼，输而下楼，让赵家天子寝食难安的曹长卿登楼，也是输而下楼，以至于到最后，少有人是冲着打败这个老怪物去的，只是想着快些登楼就知足，如果侥幸能与老家伙见上一面，讨教一些武学心得，无疑是意外之喜。

王仙芝不喜欢这样的江湖。

等待那小丫头第二剑的武帝城城主挑了下眉头，不知是惊讶还是气怒。

她这一剑，让王仙芝古井无波的心境泛起一丝涟漪。

剑开天门！

天开一幕，流华绚烂。

天门一柱轰然落地。

当另一根天柱竖起，天门才算开启。

叠手拄剑的姜泥面无血色，那柄大凉龙雀被她一寸一寸推入大地。

为了阻拦王仙芝前行，这女子竟然强开天门，显然此门是为王仙芝而开，分明是要自作主张，送眼前这位举世无敌的武帝城城主一程。

姜泥嘴角渗出血丝，仍是继续推长剑入地，拼死去牵引另外一根天柱下落。

世间寥寥几人知道真相，她当年只是一个搬书上山就疼得以为自己会死的女子，只是一个只因为怕吃苦就不敢去练剑的胆小女子，只是一个读书挣些铜钱就心满意足的女子。

什么御剑，什么复国，什么剑开天门，她都没有想过，这么遥不可及的事情，她从不认为自己做得到。

她就想趁着他哪天不注意，偷偷一剑刺死他。然后这辈子就算完事了。

王仙芝依然没有阻拦她的开门一剑。

我王仙芝不想过天门，天门大开又如何？

就在此时，王仙芝突然一脚后滑，做出拒敌姿态。

一道身影破开天门流华，一拳砸向王仙芝。

王仙芝倒滑出去整整三百丈。

第二根天柱在即将支撑起天地的瞬间，烟消云散天门闭。

姜泥甚至顾不得吐出一口鲜血，痴痴望向那个身影。

身影一闪而逝，直扑王仙芝。

又是简简单单一拳。

王仙芝虽然仍是身形不倒，但狠狠倒退七百丈！

世间从未有人，能让可杀仙人的王仙芝倒退一千丈。

微风拂过，王仙芝所退千丈直线之上，尘埃飘散，一些稍高土墩土坡更是被老人后背直接破开，所幸交手双方身处荒郊野岭，没有外人看到这惊世骇俗的一幕。

王仙芝抖了抖脚腕，干脆踢掉那双破败不堪的麻鞋，双袖碎烂，也被他撕去，露出古铜色的粗壮手臂，肌肉坚若磐石，蕴藏开山裂城的力量。

武帝城临水而建，以观沧海，每年夏秋交汇，都会有白浪滔天，大潮横拖千里，拍打东城墙头。三十年以前，王仙芝每逢海上起龙卷，都会傲立东城墙头，以双臂拍浪弄潮，这三十年以来，先后换了两人替他去"打潮"，声势都不如王仙芝浩大。武夫以力证道，一直为三教中人所不齿，视作不合天道的下乘手法，是王仙芝以一己之力力挽狂澜，扭转了世人的看法，尤其是拓跋菩萨和轩辕大磐诸人相继功成名就，更让这条武道的先行者王仙芝如日中天，始终不落西山。

王仙芝神情平静，遥望脚下一线远处，气机流转鼓荡，体内如汪洋肆意。仅论内力，武评前十人，曹长卿比之天下第三的邓太阿还要出类拔萃，直追拓跋菩萨，可自称对上王仙芝，仍是难以望其项背。单论战力，甲子之前的青衫剑神与广陵江一步不退的羊皮裘老头，与之大致持平，可王仙芝却比甲子以前的自己高出一大筹不止，这也是为何东海一战，哪怕面对重返剑道巅峰的李淳罡，王老怪也仅是使出九分力而已。江湖五百年来公认的天下第一出了六七人，到了这最近百年，最终敲定由王仙芝扛鼎，而这个自称天下第二的老人，无疑要比百年前的逐鹿山魔头刘松涛更加生猛无敌。当年有甲子高龄却面容清逸如年轻人的齐玄帧站在斩魔台看天下，为天道把守关门，世间便没有魑魅魍魉可以作祟。有老而弥坚的王仙芝做定海神针的江湖，也就没有武夫可以出头，因此何谈一棵新木秀于武林？

八十年潮来潮去，当初的四大宗师变成了十年一届的武评十人，高手换了一茬又一茬，没有谁知道这个老怪物到底在想什么。

王仙芝嘴角勾起一个酣畅笑意，终于来了。

百多岁高龄的老人双膝微屈，左手摊开向前缓缓伸出，右肩低斜，右手握拳。那名不速之客两拳赠礼，送了他王仙芝足足一千丈，王仙芝万万没有不还上一礼的理由。

身穿粗麻衣裳的老人这一平淡无奇的起手式，天地之间既没有风卷云涌与其交相呼应的意境，四周也没有任何飞沙滚石的雄烈气象。王仙芝收回视线，轻轻呼出一口气，耳膜剧烈震动。穿过天门那人在两拳过后，没有乘势追击，只是在七百丈外微微停顿了一下，等到王仙芝站稳身形，这才开始第三次冲击，一步一个脚印，却不是踏在地面上，而是凌空而行，如同石子打出一串水漂，离地数尺，形成一圈圈气流涟漪，每一次踩地，都如洪钟大吕敲在王仙芝心坎上，使得王仙芝不光是耳膜振动的幅度越来越大，甚至连两侧太阳穴都开始一凹陷一突出。王仙芝仍然没有出拳的迹象，等到那人最后一跃，一步跨过百丈，重重踩地后，蓄势到了极致，一拳砸来，王仙芝耳膜与太阳穴同时猛然静止不动，这才一拳轰出！

两拳相撞。

砰一声巨响。

两人双拳之间侧面横生出由磅礴气机散开的一扇"湖面"，这抹纤薄湖面狰狞扭曲，震天响声传遍荒野，几只冬雀低空盘旋，不经意间撞上这面气墙，立即被撕裂粉碎得面目全非。

王仙芝脸庞那张不见老态的面皮如同湖水吹皱，浮现一层层细微起伏，然后缓缓归于平静。

两人出拳手臂都不约而同往后荡去，然后同时换手一拳，几乎又是一场响彻平原的冬雷震震。

王仙芝微微一笑，轻轻缩手。

那人晃了晃手臂，也没怎么胡搅蛮缠。

两人都没有挪步，但两者之间的距离却越来越远。

大地撕裂出一条宽度长度都在逐渐拉升的沟壑。

王仙芝缓缓问道："是该称呼你北凉世子还是真武大帝？"

有一双熠熠生辉金黄眼眸的年轻男子笑道："徐凤年就行。"

王仙芝望着年轻人那双逐渐暗淡下去的古怪眼眸，全身气机如一挂长虹向身后飘伸出去，老人有些遗憾道："原来才一炷香的风光。也不知道规矩是谁定的，无趣。"

徐凤年讥讽道："想要有趣，你怎么不去天上找神仙打？"

王仙芝笑道："腐草为萤，就算真有飞升证道的天上仙人，也未必是什么好货色。"

徐凤年问道："你是想在人间打输了一架，才能心甘情愿跨过天门？"

王仙芝摇头朗声道："生而为人，死而为鬼，才是最实在的道理。至于神仙不神仙，在老夫看来无非是些贪生怕死的窃贼。窃钩者诛，窃国者侯，窃命者仙，所以鬼神之说，老夫只肯信一半。"

徐凤年摆手道："不说这些有的没的，你现在要杀我轻松得很，你到底怎么说？"

王仙芝笑问道："你还有没有机会恢复方才的境界？"

徐凤年无奈道："难。"

王仙芝点头道："只要有就行，老夫下次就在东海等你。"

徐凤年见老人就要转身，追问道："你跟隋斜谷没有打起来？"

王仙芝仍是转身径直离去。

徐凤年咽下一口血水，蹒跚反身。

剑开天门处，姜泥拔出大凉龙雀，神情犹豫不决。

她不远处，白衣洛阳蹲在地上，抓起一捧泥土，望着远方。

姜泥一抬手，驭来紫檀剑匣，放好大凉龙雀，背在身上。

洛阳站起身拍了拍手，转身跟那八百年前真正倾了国的女子对视，冷笑道："还是这副天生让男子我见犹怜的皮囊。不过如今比起以往，有心有肺多了。"

姜泥对她的说法感到一头雾水，只是对这个白衣女子天生恶感，当即瞪眼道："要你管？！"

洛阳莫名其妙抬手，朝她做了个举杯一饮而尽的手势，哈哈大笑，然后问道："你渴不渴？"

姜泥不想跟这个疯女人一般见识，眼角余光瞥见那个走近的身影，咬了咬嘴唇，毅然转身离去。

徐凤年停下脚步，闭上眼睛。

那一年，一望无垠的金黄麦穗，被当成贡品选送入宫单名狐的女子，怯怯走在他与大秦皇后身后小路上，还未饮下那一杯鸩酒。

徐凤年睁开眼睛，揉了揉脸颊，继续前行，走到洛阳身边。

而被徐凤年误以为会一路逃回太安城的柳蒿师，他的那颗脑袋已经被一记手刀割下，被小姑娘一脚一脚踢着向前滚动。

徐凤年本想以春神湖请神一战作为江湖收官，就已经对得住这几年拼命练刀，返回北凉以后，一般来说就再难做到心无旁骛。一品四境，已经有过三次伪境，不说后无来者，最不济也是前无古人的壮举，徐凤年已经对以后的境界提升不抱期望，在北凉安安心心做个土皇帝就足够。可怎么都没有想到真正的收官之局，会是如此惨烈——宋念卿地仙一剑仍是战死，柳蒿师的天象碎境，最后甚至要跟王仙芝打上一场。

徐凤年静静站在这位白衣魔头身边，一身修为都已还给洛阳，一来一回，她的境界损耗巨大，天下第四应该仍是天下第四，可与武评随后洪敬岩等人的差距却不可避免地缩小，徐凤年自己更是一穷二白，原先跌到二品的内力，也所剩无几，如果说身躯体魄是一栋气机充盈的楼房，那么徐凤年就称得上是家徒四壁了，尤其是被柳蒿师毁去大黄庭池塘中的紫气金莲幼株，更是让他苦不堪言。

徐凤年默诵口诀，试图凭借在北莽悟得的起火得长安之法，凝聚真气内观起火，去流转百脉，可惜些许真火自脚下涌泉穴起，才至玉枕便成强弩之末，连泥丸都过不去，徐凤年神情枯槁，放弃挣扎。乡野一阵清风拂面，一股泥土气息扑鼻而来，徐凤年手脚冰凉，只得双手插袖御寒。

洛阳淡然问道："王仙芝到底有多强？"

徐凤年跺了跺脚，望向天空，轻声道："王老怪硬扛两拳时也就出了五

分气力，最后约莫有八分。"

洛阳对此不做评价，平静道："我会带丹婴回逐鹿山，三年后在城外相见。你现在仅余下邓太阿赠送的几把飞剑，别随随便便死在归途。没死在宋念卿和柳蒿师手上，没死在王仙芝拳下，要是到头来死在无名小卒手里，就是个天大笑话。"

徐凤年坦然笑道："我的确是没什么后手，可赵家天子那边也差不多一样黔驴技穷，没有韩貂寺和柳蒿师两大顶尖高手坐镇的太安城，仅比纸糊稍好一点，我要是曹长卿，直接就去京城摘了皇帝头颅。江湖事了，以后就看北凉如何见招拆招，我的武学修为如何，其实已经无关大局。"

并肩而立的洛阳讥诮道："拼家底，你们徐家拼得过赵家？曹长卿这时候有胆子去太安城闹事，恐怕就没命复国了。"

徐凤年皱眉道："不就还剩下个鬼鬼祟祟的吴家剑冢给朝廷撑腰吗？"

洛阳冷笑反问道："就？"

徐凤年感慨道："确实，我娘亲出自吴家，邓太阿也是，吴六鼎和他的剑侍翠花更是，宋念卿的第十四剑就已经有那样的气魄，想必那柄素王剑的主人，更是高深莫测。"

洛阳犹豫了一下，问道："你为何不练剑意？"

徐凤年自嘲道："珠玉在前，见过太多剑道高人，不是不想，是不敢啊。"

徐凤年猛然回神，"是剑意不是剑？"

不过洛阳已经不见踪迹。

原地驻足不前的徐凤年环顾四周，天地清明，气象萧索，就这么一直发呆。不知过了多久，他慢慢闭上眼睛，记起了许多往事，许多旧人。在脑海中走马观花，直到幽燕山庄的那场亲手借剑，刘松涛疯癫后的《无用歌》，以及亲见城内天地并拢一线。当一个人手头太过阔绰时，往往眼花缭乱，不知道应该珍惜什么。

徐凤年抬臂伸手一拂，好像是推掉了杂乱案桌上的一样物件，"山岳退散。"

不见武当，不见龙虎，不见徽山，不见所有名山。

拂退脑海中的天下山岳之后，徐凤年第二拂，"江海退散。"

不见春神，不见波阳，不见青渡，不见一切江湖。

第三次推拂，"城楼退散。"

不见襄樊，不见神武，不见太安，不见一切城池高楼。

第四拂拂退草木。第五拂拂退日月。第六拂拂退世上众生。

这一刹那天地之间，徐凤年仿佛茕茕孑立，仍然闭眼，却在漆黑中"茫然四顾"，不知在寻找什么。

等到徐凤年以为就要无功而返的时候，却骇然发现无法睁眼，如同练刀之前许多次午睡时遭遇的鬼压床，如何都睁不开眼睛恢复清明，分明是误入歧途的征兆！以往有道门大黄庭傍身，徐凤年修行路数不管如何驳杂，不管如何剑走偏锋，根本不用担心会沦落到走火入魔，可此时大黄庭已经荡然无存，正是徐凤年根基最为动荡不安的时刻，他又一时起意，想趁着与王仙芝巅峰一战后的残存余韵，抓住那一丝可遇不可求的明悟，希望可以一步登天，直接跻身天象甚至是陆地神仙的伪境，学练气士去撷取那稍纵即逝的凤毛麟角。

欲速则不达，何况徐凤年经历过三次伪境，本该每次升境都更加如履薄冰，外人根本不敢想象有人会像徐凤年这样不知死活，无异于自寻死路。既然无法醒来，徐凤年竟然在不知深浅的伪境中笑了。

先前拂退山河，此时便慢悠悠一抱一揽渐渐收回所有山河景象。都说请神容易送神难，可徐凤年发现在此境中完全颠倒乾坤，好在他也不急，按照常理，无论武道还是天道修行，都以心猿意马为大忌讳，徐凤年干脆反其道而行之，放任自流。依稀之中，徐凤年好似看到了怀捧布鞋的宋念卿被一众心神凄凉的剑池弟子抬入一辆马车，看到了一个脚踢头颅的少女背影，看到了袈裟飘摇的僧人长掠而来，看到了白衣女子带着一袭朱袍去而复返又去。

然后徐凤年的"视野"瞬间抛远千万里，既看到了一位年轻俊雅道士为人守坟，也看到了南海的潮涨潮落，一名中年剑客御剑劈波斩浪，还看到了一头似马非马似鹿非鹿的古怪灵物拾级上山，到了天师府门前。

最后看到了山清水秀的一个小村外，一个蹲在河边痴傻发呆的幼龄稚童突然开了窍，灵气四溢，回到村子见到一扇窗户所贴剪纸的那一抹红，稚童便心生莫名欢喜。

徐凤年终于睁开眼睛，抹了抹脸，不知不觉已是满脸泪水。